U0903287

保安族
文学资料整理
与研究

彭青 著

民族出版社

图书在版编目（CIP）数据

保安族文学资料整理与研究 / 彭青著 . — 北京：民族出版社，2023.6

ISBN 978-7-105-16996-2

Ⅰ. ①保… Ⅱ. ①彭… Ⅲ. ①保安族—少数民族文学—文学研究 —中国 Ⅳ. ① I207.934

中国版本图书馆 CIP 数据核字（2023）第 122814 号

保安族文学资料整理与研究

策划编辑：马少楠
责任编辑：马少楠　黎莉
封面设计：金晔
出版发行：民族出版社
地　　址：北京市东城区和平里北街 14 号
邮　　编：100013
电　　话：010-64228001（汉文编辑二室）
　　　　　010-64224782（发行部）
网　　址：http://www.mzpub.com
印　　刷：北京中石油彩色印刷有限责任公司
经　　销：各地新华书店
版　　次：2023 年 8 月第 1 版　2023 年 8 月北京第 1 次印刷
开　　本：787 毫米 ×1092 毫米　1/16
字　　数：310 千字
印　　张：24.75
定　　价：120.00 元
书　　号：ISBN 978-7-105-16996-2/I · 3216（汉 2926）

目　录

第二部分　保安族作家文学资料整理研究

第三部分　21世纪以来保安族非虚构文学资料整理研究

第四部分　保安族作家及有关文化学者访谈录

绪 论

保安族是甘肃特有的三个少数民族之一，也是中国人口较少民族之一，历史上被称为“保安回”。截至2020年，保安族有2万余人口。保安族主要分布在甘肃省临夏回族自治州积石山保安族东乡族撒拉族自治县大河家镇的大墩、梅坡、甘河滩三个村（习惯上成为“保安三庄”）和刘集乡的高李、肖家大庄村。另外，在柳沟乡斜套村、吹麻滩镇、寨子沟乡以及临夏市、兰州市、青海西宁市、新疆等地，也有少量的保安族散居。

保安族文学由民间文学和作家文学两部分构成。保安族民间文学从它的类别形式划分，有神话、传说、故事、花儿、宴席曲、谚语等。保安族作家文学起步较晚，到20世纪80年代初，才有真止意义上的作家文学，截至2021年，保安族书面文学作家数量不到10人。保安族作家文学作品从形式上划分，有小说、散文、诗歌，公开发表的小说仅有马少青、绽秀义两位作家七篇短篇小说，中篇小说、长篇小说为零；戏剧文学剧本公开发表的仅有马少青、郭正清合著的歌舞剧剧本《桑摩尔》；散文、诗歌作品相对较多，保安族作为中华民族大家庭的一员，她的文学，尤其是作家文学正在成长之中，值得我们去探讨、研究。

一、保安族族源及其文化特征

（一）保安族族源

保安族在13世纪中叶至19世纪中叶生活在青海省同仁县隆务河畔的保安城。明末清初时，青海省同仁县的保安城地区已经形成了多民族大杂居和小聚居的“四寨子”。“四寨子”又称“四屯”，即尕撒尔、年都乎、吴屯、保安（妥加），保安人聚居的尕撒尔、保安和下庄三地被称为“保安三庄”，居住在三庄里的人自称“保安人”。“保安三庄”以外居住的是藏族、土族部落。清朝同治初年，保安人向东迁徙。迁徙途中，保安人先在今青海省循化撒拉族自治县居住数年，后又辗转迁徙到今甘肃省积石山保安族东乡族撒拉族自治县的大河家镇、刘集乡一带定居，他们居住的大墩、梅坡、甘河滩等村庄，仍习惯地被称为“保安三庄”。此外，在积石山县柳沟乡斜套村、寨子沟乡、吹麻滩镇有部分保安族人居住，临夏市、兰州市、西宁市以及新疆等地，也有少量保安族散居。从1930年起，南京国民政府在县以下的基层行政组织推行保甲制，保安人也不例外。1949年中华人民共和国成立后，经过民族识别，于1952年3月25日经政务院批准，按照本民族意愿，以“保安”一词为基础，被正式命名为保安族，“保安”是由地名演变为族名的。1954年4月2日，成立了大河家回族保安族撒拉族土族联合自治区。1956年9月，改设大河家保安族自治乡。1980年6月14日，根据保安族、东乡族、撒拉族各民族人民意愿和要求，国务院以保安族主要聚居地作为县名，批准成立了甘肃省第一个多民族联合自治县——积石山保安族东乡族撒拉族自治县。保安族经济快速发展，保安族文化得到传承与保护。保安族族源、文化、文学等成为学界关注、研究的热点。

对于保安族族源，无论在学术上还是在保安族内部都存在争议，“争论的焦点集中在保安族在最初形成时的主要组成部分到底是来源于信仰了伊斯兰教的内蒙古人还是来自西亚、中亚的色目人，抑或是四川、甘肃河州或其他地区的回族。较有代表性的说法有两种：一是蒙古人说、一是色目人说。”① 另有论者认为，保安族族源有三种说法：“第一种是蒙古人为主说，第二种是回族为主说，第三种是色目人为主说。”② 马少青认为：“保安族是元朝以来一批信仰伊斯兰教的中亚色目人，在青海同仁地区戍边屯垦，同当地蒙古、藏、土等各民族长期交往、自然融合，逐步形成的一个民族。”③ 对于保安族族源问题，尽管有不同的看法，但是最后学者们达成共识，认为保安族族源为“一主多元”型：“一主”即保安族先民的主体是来自中亚细亚的信仰伊斯兰教的色目人或信仰伊斯兰教的蒙古人；“多元”即这些驻扎在青海省隆务河畔的信仰伊斯兰教的保安族先民，在长期的戍边生活中，与不同时期迁入保安地方的回族、土族、撒拉族、汉族、藏族等民族不断交流、互动、联姻、融合，形成了保安族的多元复合文化形态。④

（二）保安族文化特征

1. 复合层次型的保安族文化

保安族受蒙古族、回族、藏族、汉族、土族等多种文化的影响，

① 马少青：《中国保安族》，7页，银川，宁夏人民出版社，2012。

② 迈尔苏目·马世仁：《在“田野”中发现历史——保安族历史与文化研究》，5页，北京，中国社会科学出版社，2008。

③ 马少青：《中国保安族》，7页，银川，宁夏人民出版社，2012。

④ 马少青：《中国保安族》，7—8页，银川，宁夏人民出版社，2012。

具有复合型文化的特点。保安族的精神文化具有理想信念与务实相复合的特点，这种特色民族精神文化来自于保安族的发展历史，反过来，这种民族文化精神又指导、激励着一代代保安族人努力奋发，最终和其他民族一同走向兴旺发达。

2. 保安族的基本文化类型[①]

保安族文化主要受伊斯兰文化影响，也受到生活地周围其他民族各种文化的影响，形成了富有特色的民族文化，与伊斯兰文化发展历史密切相连，贯穿于保安族的生、老、病、死、衣、食、嫁娶、丧葬等各方面。

（1）生产文化

对保安族文化起到实践影响作用的经济生产文化主要是农耕文化、游牧文化和商贸文化。

①农耕文化

保安先民自在青海同仁“屯戍”起，就开始了“亦兵亦农亦牧”，“上马则备战斗，下马则屯聚牧养”的生活。大部分保安族人在青海同仁地区时就以农业为主要生产方式，迁居大河家后长时期也同样以农为本。农业生产区域和农作物品种、工具、技术不断演变，而农耕生产方式并没有改变。长期的定居性农耕生活方式，使得保安族形成了注重实际、求稳定的特点。

③游牧文化

保安族早期生活在青海同仁农、牧区接合地带，与藏族、蒙古族、土族等多个游牧民族的游牧部落为邻。他们相互仿效学习，满足物质需要，还为农业生产、商贩运输提供畜力资源，获得肥料燃料。因此，除了交换所得外，自然而然地从事游牧的畜牧生产，这在一些保安民族习俗中都有体现。如婚礼中的赛马仪式、甩抛尕等。保安腰刀就是

① 参见 http：//www.guayunfan.com/lilun/97166.html。

适合游牧生活所需的用具。保安族人具有勇敢、顽强、进取的牧业生活特点。打猎、采集是保安族在农业间隙、放牧过程、商贸交易时所需的，在自然环境中进行生产、生活物质补给的获取方式。保安族人不仅上小积石山打猎，还训猎鹰，用来抓野鸡、野兔，还采集可食、可用的植物、果实等。

③商贸文化

从事商业，进行商贸经营活动是穆斯林的传统行业，是受伊斯兰文化嘉许的从业行为，具有特定的商业精神。保安族穆斯林概莫能外，具有善于经商的传统，从自产自销，长、短途贩运，到商驮队贩，形成了善于经营、敢于冒险、灵活应变、处事果断、重信誉的特点。

(2) 其他文化

除了青海同仁、甘肃积石山大河家聚居地民族文化与不同信仰文化的影响外，军事文化骑射备训、手工技术行业文化对保安文化的形成与演变影响也比较大。保安族的聚居地和其他多民族生活地共聚共存，文化方面处于汉、藏、回、蒙古等民族文化的交融地带，也是道教、伊斯兰教、佛教、民间信仰等宗教文化的互动空间，在这种特定的文化氛围中，保安族的文化呈现复合文化的特点。

以保安族民族体育项目为例，如赛马、马背打枪、射箭、抹旗等形式的运动项目其实是军事行为的遗留转变，是骑射军事文化的训练与竞技，是保安族先民来华时的军兵职业技能、技术的传承。[①] 制刀技艺成为保安族特色民族手工业，同样是伴随着军旅生活的军事、民族生活两用的工具装备制造行业，其中衍生形成了冶铁、制刀的行业文化。保安族是一个以腰刀起家，以腰刀安身立身的民族。这是保安族文化最为鲜明的一个符号。因为腰刀不但象征着保安族顽强勇敢的民族精神，而且还是保安族人民赖以生存的重要的技能之一。2006年，

① 马少青:《保安族文化形态与古籍文存》，48页，兰州，甘肃人民出版社，2001。

保安族腰刀的锻制技艺被列为我国首批非物质文化遗产保护名录。保安族腰刀和维吾尔族的英吉沙刀、云南阿昌族的户撒刀齐名。从保安文化的形成发展及文化特色上考量，保安族是一个勤劳智慧、坚毅顽强果敢、务实能干、适应性强的民族。

保安族之所以被识别为单一的民族，是有它的依据的，保安族民族识别的依据里至少包括这样三个方面：第一，有固定的居住地；第二，文化传承鲜明；第三，有独特的语言——保安语。

保安族文学与上述文化基因有很大的关系。从地域文化上看，保安族生活的青海同仁与甘肃积石山地区历来是多民族居住、迁徙、交融之地，是一个多元的文化空间。保安族有自己的语言，没有文字，语言属于阿尔泰语系蒙古语族。其民族文化融合了中亚伊斯兰文化、西域突厥文化、蒙古高原的蒙古文化、青藏高原的藏族文化和中原地区的汉文化，在长期的历史发展中形成了自己独特的文化模式。保安族文学是这种多元文化长期交融的结晶。

二、保安族文学研究综述

保安族文学传统源远流长、内涵丰富。保安族文学包括口头文学与书面文学两大部分。国内对保安族文学资料的整理与研究，起步于20世纪50年代对民间文学的收集，到20世纪60年代中期奠定了初步的基础。1978年改革开放后，一方面保安族口头文学的搜集整理进入繁荣期，在收集和整理的资料公开发表和出版以后，研究者便以书面资料为基础，有的结合田野调查，从文学、历史、宗教、民俗等角度入手开始了研究工作；另一方面，保安族书面文学也得到了长足的发展。保安族文学是中华民族文学宝库珍贵的资源，保安族文学体现了其独特的民族精神气质。保安族文学只有超越了族群的边界，才有可能获得更广泛的影响。

（一）国内研究

国内对保安族口头文学资料的整理在20世纪80年代后呈现出繁荣态势，出现于各类民间故事集以及各类研究论著中。保安族文学最早被编辑到少数民族文学作品选集的，是1981年《中国少数民族文学作品选》编辑委员会编纂，上海文艺出版社出版的《中国少数民族文学作品选》，这套选集共5个分册，第二分册辑录了保安族民间文学5篇，分别为《苦胆的锅锅里熬黄连》《我把你没忘过半天》《种庄稼要实现机械化》《拖拉机手》《三邻舍》，这些作品前4篇为“花儿”，《苦胆的锅锅里熬黄连》《我把你没忘过半天》是对底层老百姓现实生活概括与对爱情的忠贞不渝的歌颂。《种庄稼要实现机械化》《拖拉机手》是对农业现代化生产的向往，具有浓郁的时代气息。《三邻舍》为经典的保安族民间故事。

1983年毛星主编《中国少数民族文学》一书，由湖南人民出版社出版，分上、中、下三册，在上册中对保安族民间文学从“民间传说故事”“民歌”“宴席曲”三个部分做了极为简略的介绍，除引用民歌、宴席曲外，总的评论字数约2500字。民间传说故事部分仅对《三邻舍》《神马》《兔子哥哥》的故事情节进行复述，民歌部分从内容分为四类，每类各列举一至两首简短的民歌。第一类为“反抗阶级压迫的歌”，用“花儿”的形式，表达保安族人民反抗压迫的心声；第二类为“情歌”，在保安族的“花儿”中，情歌非常丰富，这些“花儿”表达了男女青年冲破封建礼教束缚，建立纯洁真挚爱情的美好愿望和崇高品质；第三类为“歌颂党和民族团结的歌”，大多也是以“花儿”为表现形式，表达保安族人民在中国共产党的带领下翻身解放，过上了幸福美好的生活，表达对党、对社会主义的赞美之情；第四类为“宴席曲”，列举了庆贺喜事的赞歌一首。该书对这些花儿的内容进行了简单的归纳，宴席曲部分列举了一首保安族宴席曲。总体来看，《中国少数民族文学》对保安族文学的概括与归纳，仅限于民间文学的简单梳理。

1989年《中国民间故事全集·甘肃民间故事集》[①]收录保安族民间故事4篇，2001年《中国民间故事集成·甘肃卷》[②]收集保安族民间故事7篇，2014年《中国各民族神话》[③]收录了保安族神话2篇：《妥勒尕尕上天取雨》《兔子哥哥》。保安族文学作品被《中国少数民族文学作品选》《中国少数民族文学》《中国民间故事全集》《中国民间故事集成》《中国各民族神话》等著作收录，标志着保安族、保安族文学具有独立的民族标识和研究价值，已经成为民族文学研究者关注的对象，正式进入全国少数民族文学研究者的视野。

甘肃省内专家、学者对保安族文学资料的搜集与整理，在20世纪80年代后也进入了繁荣期。如1982年甘肃省临夏回族自治州群众艺术馆编纂《临夏民间故事集》收录保安族民间故事6篇，分别为：《三邻舍》《木匠和妻子》《神马》《哈比卜的故事》《阿舅与外甥》《妥勒尕尕》；1987郝苏民主编《东乡族保安族裕固族民间故事选》[④]收集保安族民间故事9篇，分别为：《保安腰刀的传说》《神马》《三邻舍》《妥勒尕尕上天取雨》《三星哥的故事》《木匠和他的妻子》《哈比卜的故事》

① 陈庆浩、王秋桂：《中国民间故事全集·甘肃民间故事集》，台北，远流出版事业股份有限公司，1989。

② 中国民间故事委员会、全国编辑委员会：《中国民间故事集成·甘肃卷》，北京，中国ISBN中心，2001。

③ 姚宝瑄：《中国各民族神话：土族 东乡族 回族 保安族 裕固族 撒拉族》，太原，书海出版社，2014。

④ 郝苏民：《东乡族保安族裕固族民间故事选》，上海，上海文艺出版社，1987。

《阿舅和外甥》《谎口袋胡群木加》；2001 年马少青编著《保安族文化形态与古籍文存》[①] 是目前整理出版的第一本研究中国保安族古籍的专著，收录保安族民间传说故事 21 篇，保安族叙事曲 3 首，保安族宴席曲 4 首，保安族打调 5 首；2001 年董克义编著《积石山爱情花儿精选 2000 首》[②]，收录保安族花儿多首；董克义主编《积石山民间传说集》[③] 收录保安族民间传说 13 篇。

1994 年甘肃人民出版社出版马克勋著《保安族文学》，这是第一部保安族文学史专著，分绪论、口头文学、书面文学三章。绪论部分内容包括保安族聚居区的社会历史概况、保安族的族源及迁徙前后的社会状况、保安族的生活习俗和民间文学概况；口头文学部分内容包括保安族迁徙前的民间故事、保安族迁徙后的民间故事、保安族民间歌谣——保安族“花儿”、保安族的宴席曲四个部分，这部分也是马克勋着力最大、整理研究非常扎实的部分；书面文学部分内容包括书面文学概况，诗歌、散文、小说、戏剧，书面文学的艺术特色三部分。书面文学部分的研究较为粗略，在全书中所占篇幅较短，分量较轻。这与当时保安族书面文学作家少、作品数量不多有很大的关系。

1999 年郝苏民主编《甘肃特有民族文化形态研究》[④] 从实证性、个案性的人类学角度对保安族文学进行研究。王沛《河州说唱艺术》[⑤]、郗慧民《西北民族歌谣学》[⑥] 等，也都或多或少地论及了保安族文学。

对保安族口头文学研究的主要论文有钟进文《“创伤记忆”与幻想记忆——藏边社会民间叙事研究》，论文以保安族民间叙事为例，探讨

① 马少青：《保安族文化形态与古籍文存》，兰州，甘肃人民出版社，2001。

② 董克义：《积石山爱情花儿精选 2000 首》，兰州，甘肃人民出版社，2001。

③ 董克义：《积石山民间传说集》，积石山保安族东乡族撒拉族自治县志编辑部内部出版，2014。

④ 郝苏民：《甘肃特有民族文化形态研究》，北京，民族出版社，1999。

⑤ 王沛：《河州说唱艺术》，兰州，敦煌文艺出版社，1999。

⑥ 郗慧民：《西北民族歌谣学》，北京，民族出版社，2001。

了社会文本和文学文本的关系。尤其从族群民间故事角度重点探讨社会创伤事件如何进入文学文本，或者说文学文本是如何“消解”或表达社会“创伤经历”的。[①] 马克勋《保安族语言民间文学中的民族个性化探索》[②]，马忠才《从保安族民间文学看其民族认同》[③]，杨志娟《大河家的故事——保安族民俗文学述评》[④]，马自祥《保安族“花儿”的特色及格律》[⑤]，魏鸣泉《保安族“花儿”的格律》[⑥]，马莉、马沛霆《浅论保安族“花儿”的艺术特色》[⑦] 等论文，分别从保安族民族个性化、民族认同、保安族民俗文学、保安族“花儿”的特点等角度对保安族民间文学进行了多角度、全方位的研究。张智勇、宁梅《略论保安族“花儿”中的口头程式》[⑧] 将帕里－洛德“口头程式理论”运用到保安族花儿的研究之中，从保安族花儿的构形程式——格律和内容程式——传统主题单元两方面分别进行归纳和探讨，力求清晰地展现保安族花儿这一口头诗歌创作的内在规律和特点。马斌《东乡族、保安族文学作品中的的魔鬼原型研究》[⑨]、高占福《保安族历史、文学艺术与婚姻服饰概述》[⑩] 分别从保安族魔鬼原型，保安族历史、文学艺术与婚姻服饰等角度进行研究。伦珠旺姆《水：精神家园的神话喻体——保安族神话传说话语分析》[⑪] 认为保安族民间文学中的神话传说，深受汉民族“大禹治水”等神话原

① 钟进文：《“创伤记忆”与幻想记忆——藏边社会民间叙事研究》，载《西南民族大学学报（人文社会科学版）》，2015（11）。

② 马克勋：《保安族语言民间文学中的民族个性化探索》，载《甘肃民族文学》，1998（1）。

③ 马忠才：《从保安族民间文学看其民族认同》，载《西北民族学院学报》，2004。

④ 杨志娟：《大河家的故事——保安族民俗文学述评》，载《中国穆斯林》，2000（4）。

⑤ 马自祥：《保安族“花儿”的特色及格律》，载《民族文化》，1987（2）。

⑥ 魏鸣泉：《保安族“花儿”的格律》，载《西北民族大学学报（哲学社会科学版）》，1990（1）。

⑦ 马莉、马沛霆：《浅论保安族“花儿”的艺术特色》，载《丝绸之路》，2016（20）。

⑧ 张智勇、宁梅：《略论保安族“花儿”中的口头程式》，载《甘肃广播电视大学学报》，2008（6）。

⑨ 马斌：《东乡族、保安族文学作品中的的魔鬼原型研究》，载《沈阳大学学报》，2009（5）。

⑩ 高占福：《保安族历史、文学艺术与婚姻服饰概述》，载《民族论坛》，1986（2）。

⑪ 伦珠旺姆：《水：精神家园的神话喻体——保安族神话传说话语分析》，载《民族文学研究》，2006（2）。

型和“黄河家园”等地域寻根文化传说的影响；其“源于水而流于水”的“聚水情结”，是保安民族以“水”为根的宗教情怀和民族归属感的精神家园所在；而“家源于水—徙流如水—根归于水”的黄河情结，则是保安民族族源史和迁徙史情感隐喻的最终话语表述。张蒙蒙《论保安族谣谚文化中的和谐理念及其意义》[①]认为保安族的谣谚文化体现出鲜明的和谐理念，这与社会主义核心价值观的思想高度一致，对于规范个人言行、调节社会关系、丰富精神文化生活、促进社会和谐都有着重要的意义，应该得到进一步开发和保护。

硕士学位论文有：西北民族大学马沛霆《保安族口头文学的确认与研究》把保安族历史各个时期，通过语言形式保存下来的诸多口头的民俗，分为散文类口头文学、韵文类口头文学和民间熟语三个方面，以人类学的视野对其进行动态的研究，并将其放置在相应的生活场域中，把它作为一种活态的传统，考察其与民俗生活的关系及其变化过程，并探索口头文学的民俗文化价值、社会功能和现实意义；陕西师范大学裴亚兰的《保安族民间文学研究》对保安族的神话、民间故事、传说及歌谣等民间体裁进行了个别研究；兰州大学周艺的《流淌在积石山的文化之流——保安族“花儿”述评》综述了保安族花儿的历史渊源，详细阐述了保安族花儿的艺术形态及其美学特征，解读了保安族花儿传承的文化意义等问题。

保安族书面文学起步较晚，资料的整理与研究也比较薄弱。保安族书面文学体裁有小说、散文、诗歌、戏剧等。马少青是保安族书面文学的奠基人，1999 年出版个人文学作品集《积石山的路》[②]。2018 年，马学武出版个人诗集《花儿漫过野风的山岗》[③]，2020 年 12 月，马祖伟

① 张蒙蒙：《论保安族谣谚文化中的和谐理念及其意义》，载《济源职业技术学院学报》，2017（9）。

② 马少青：《积石山的路》，兰州，甘肃人民出版社，1999。

③ 马学武：《花儿漫过野风的山岗》，兰州，敦煌文艺出版社，2018。

出版散文集《情满大河家》[①]，2021年12月，马祖伟出版诗集《远行》[②]，2021年，韩维礼出版诗集《羊卑河诗集·雪域礼赞》。[③] 2022年，马尚文出版诗集《积石新韵》[④]，保安族其余作家作品散见于各种报刊当中。在马克勋《保安族文学》[⑤]中，对保安族书面文学的论述所占比例较小，在当时编写出版《保安族文学》的时候，保安族书面文学尚处于发轫阶段，与民间文学相比较，作家作品数量明显不足。

对保安族书面文学作品收集整理比较全面的是2015年出版的《新时期中国少数民族文学作品选集·保安族卷》[⑥]，编者为马少青、马沛霆。《新时期中国少数民族文学作品选集·保安族卷》分小说、散文、诗歌三个部分，收录了20位保安族作家的144篇书面文学作品，这个选集成为研究保安族书面文学的重要参考文献。

另外，马沛霆创建了保安族文化网，该网站收录了部分保安族作家作品。20世纪80年代以来，保安族作家文学进入全面发展的时期，对作家文学的研究也有一些学术成果，出现了对马少青、绽秀义、丁生智、马文渊、马尚文、马沛霆等作家的相关研究，主要有马克勋《略述保安族书面文学的产生与发展》[⑦]、马沛霆《五彩缤纷的保安族书面文学》[⑧]等。

保安族文学以1980年为一个节点，1980年之前基本都是口头文学，因为保安族的文化都是通过口耳相传的，之前没有书面文学。1980年前后，马少青、丁生智、马瑞等当时的这些保安族青年，他们

① 马祖伟：《情满大河家》，北京，团结出版社，2020。

② 马祖伟：《远行》，北京，中国华侨出版社，2021。

③ 韩维礼：《羊卑河诗集·雪域礼赞》，兰州，敦煌文艺出版社，2021。

④ 马尚文：《积石新韵》，昆明，云南大学出版社，2022。

⑤ 马克勋：《保安族文学》，兰州，甘肃人民出版社，1994。

⑥ 中国作家协会：《新时期中国少数民族文学作品选集·保安族卷》，北京，作家出版社，2015。

⑦ 马克勋：《略述保安族书面文学的产生与发展》，载《甘肃民族研究》，1993（1—2）。

⑧ 马沛霆：《五彩缤纷的保安族书面文学》，载《甘肃日报》，2016-8-4。

出生在积石山、工作在积石山，他们都在积石山县委宣传部工作，他们怀着对保安族母族文化、文学的一腔热情，在工作之余收集整理散落在保安族民间的口头文学，这些口头文学主要包括神话、传说、民间故事，还有一部分儿歌、谚语等，他们对这些进行了原始的记录。记录之后，在当时甘肃省省一级的杂志，还有一些临夏州州一级的杂志投稿发表。《陇苗》是最早发表保安族文学的省级杂志。1980 年，积石山保安族东乡族撒拉族自治县成立，马少青等人创办《积石柳》杂志，该期刊只有一期，为油印版。《积石柳》虽然只有一期，但是它是保安族文学里程碑式的文学作品集，是保安族人自己编纂的第一部文学作品集，比《新时期中国少数民族文学作品选集·保安族卷》早了 35 年。保安族第一代作家发表的文学作品大部分发表在积石山县办刊物《积石柳》、临夏回族自治州的《河州》、甘肃省级刊物《陇苗》等杂志。《陇苗》杂志是甘肃省文联杂志《飞天》的前身，1981 年创办。在这些杂志上发表文学作品，标志着保安族书面文学正式启幕。保安族书面文学创作队伍中，以男性为主，直到 2018 年左右，出现了以马春芳为代表的女作家的身影，这是一件令人欣喜的事情，标志着保安族书面文学出现了可喜的变化，也为保安族书面文学创作提供了更大的发展空间。我们相信，随着保安族女性接受中等教育、高等教育人数的不断增加，保安族女作家的队伍将会逐渐扩大，她们的文学创作将为保安族书面文学增添新的内涵，她们的写作将会成为研究者关注的焦点，她们的文学作品也会成为保安族书面文学中一道亮丽的风景。

（二）国外研究

国外对于保安族的研究，有日本学者左藤畅治、小高裕次等，他们主要集中在对保安语的研究。他们的研究，不仅仅停留在语言的层面，还有对保安族民间故事、歌谣等的整理、研究方面。1977 年以来，日本广岛大学佐藤畅治和台湾文藻学院的小高裕次每隔一两年就到保安族聚居地调查访谈。佐藤畅治先后在《NIDABA》《东亚语言研究》《北研学刊》等发表《从藏语安多方言借词看保安族和藏族的接触》[①]《关于保安语同仁方言格表示体系的问题》[②]《关于保安语同仁方言自动词主语的格表示》[③]《关于保安语同仁方言年都乎复数表示的问题》[④]《保安语的变化与社会变化——问题与今后的研究课题》[⑤]《关于年都乎保安语的若干特征》[⑥]《保安语积石山方言的下位方言和归属意识——从说话者角度进行的考察》[⑦]《在大墩村的一个小插曲》[⑧] 等，内容涉及保安族方言、民间文学等领域。佐藤畅治对保安族民间故事语音材料的搜集与整理有《大墩保安语话语材料——变化后的"toligaga"》[⑨]《从保安族老人处采集的现代化的 Torigaga》[⑩]《关于 CD 版〈保安语〉语料》[⑪]。在《关于 CD 版〈保安语〉语料》中收录了大河家大墩村马福全用保安话讲的三个故事《婚礼》《妥勒尕尕》及同题目内容不同的《妥勒尕尕》。左藤畅治除了上述研究外，还与保安族文化学者马沛霆合编了《保安语汉语词典》[⑫]，中国艺术研究院院长连辑先生认为："这部作品的问世，为人们

① 佐藤畅治：《从藏语安多方言借词看保安族和藏族的接触》，载《NIDABA》，1996（25）。
② 佐藤畅治：《关于保安语同仁方言格表示体系的问题》，见《吉川守先生御退 官纪念语言学论文集》，东京，溪水社出版，1996。
③ 佐藤畅治：《关于保安语同仁方言自动词主语的格表示》，载《东亚语言研究》，1997（1）。
④ 佐藤畅治：《关于保安语同仁方言年都乎复数表示的问题》，载《东亚语言研究》，1998（2）。
⑤ 佐藤畅治：《保安语的变化与社会变化——问题与今后的研究课题》，载《东亚语言研究》，2000（4）。
⑥ 佐藤畅治：《关于年都乎保安语的若干特征》，载《东亚语言研究》，2001（5）。
⑦ 佐藤畅治：《保安语积石山方言的下位方言和归属意识——从说话者角度进行 的考察》，载《东亚语言研究》，2003（6）。
⑧ 佐藤畅治：《在大墩村的一个小插曲》，载《东亚语言研究》，2005（8）。
⑨ 佐藤畅治：《大墩保安语话语材料——变化后的"toligaga"》，载《北研学刊》，2004（1）。
⑩ 佐藤畅治：《从保安族老人处采集的现代化的 Torigaga》，载《中国民间故事学会通讯》，2003（6）。
⑪ 佐藤畅治：《关于 CD 版〈保安语〉语料》，载《北研学刊》，2004（4）。
⑫ 马沛霆、佐藤畅治：《保安语汉语词典》，北京，民族出版社，2016。

提供了解、学习保安语的第一手资料，有利于强化保安族青少年的民族文化认同感和文化归属感，并为保护传承保安语、发展保安族文化夯实基础。其重要意义不言而喻。”[①] 保安族文学，尤其是民间文学，是用保安语传唱、讲述的，随着全球化的进程，保安语逐渐式微，《保安语汉语词典》的价值和意义，不仅停留在对语言的保护层面，更重要的是对保安族文化的延续、传承具有重要的价值，对保安族文学的研究也具有非常重要的辅助作用。

综上所述，当前保安族文学资料整理与研究的突出特点是，口头文学与作家文学两条研究线索各自独立发展，两方面资料整理与研究都取得了较大的成绩。但也存在一定的问题：第一，对保安族文学资料整理缺乏系统性、全面性；保安族完整独立的口头文学资料明显欠缺，截至目前，没有单独的保安族口头文学作品集；对于保安族文学话语资料的搜集与整理不足，尤其是用保安语讲述民间故事的资料明显缺乏；对保安族书面文学单个作家、作品的专题研究处于空白状态。保安族书面文学从产生到现在已经有 40 多年的历史，作家队伍不断壮大，有高质量作品、有一定影响力的作家至少在 10 人以上，但对这些作家的关注、研究明显处于滞后状态。第二，围绕保安族的历史、文化、宗教、商贸等外部研究资料、成果比较多，如马少青《中国保安族》《保安族古籍文存》，马世仁《在“田野”中发现历史——保安族历史与文化研究》等，从文学文本入手的内部研究较少；仅就口头文学而言，多是民歌、故事、神话的单一体裁的研究，作为保安族口头文学的综合性研究较少。第三，研究视角单一，跨民族、跨地域甚至跨国界的比较研究较少；支撑研究的理论方法滞后，个别研究者对新理论运用过于死板，缺乏改进。如，对保安族民间文学的研究，大多处于简单归纳的层面，对现象进行描述，没有深层的民族文化、心理的

① 马沛霆、左藤畅治：《保安语汉语词典》，5 页，北京，民族出版社，2016。

关照与分析，更缺少与其他民族的对比研究。第四，《保安族文学》于1994年出版，距今已有27年的历史。截至2021年2月，保安族书面文学无论从作家人数、作品数量、创作内容、体裁等都有长足的发展，但从目前的研究文献看，对保安族书面文学作品的整理与研究十分匮乏。第五，从事保安族文学研究的人员非常少，即便有个别人有过研究，但持续性不够。一些研究者，仅是民族院校或民俗学的硕士研究生，他们为了完成毕业论文，选取保安族文学作为研究对象，一旦完成毕业论文，就停止了相关研究。另有一些研究者，仅从研究视角独特、便于发表论文等功利化的角度对保安族及保安族文学进行短期研究，一旦论文发表，亦停止研究，持续性不够。由于以上原因，导致对保安族文学的研究止步于表层，缺少深入、细致、全面的研究。第六，对保安族文学的研究重视程度不够。有一些研究者认为保安族人口少，民间文学、书面文学作品数量少，没有什么研究的价值。他们不理解“小民族、大文化”的深刻内涵，从浅表层面对保安族文学的价值进行不准确的判断，从而导致了对保安族文学、保安族作家的研究一直处于被冷漠、被搁浅的状态。

三、本书资料收集和数据采集情况

保安族文学资料收集和数据采集情况，我们通过以下三个方面进行。

（一）调查研究

课题组先后8次赴甘肃省临夏州积石山县吹麻滩镇、大河家镇、大墩村，刘集乡高赵李家村、柳沟乡斜套村等保安族聚居区进行实地调研，深入农家，对保安族花儿、民间故事、宴席曲、服饰、民居、保安腰刀作坊、本民族语言的使用情况等进行实地考察，了解保安族人民生产生活的现实状况，对他们的性格、秉性全面了解，以便与文学作品中的写作形成参照。

（二）文献整理

首先，复印、购买大量研究资料，包括《中国保安族》《保安族文学》《保安族文化形态与古籍文存》《保安族研究文集》《在“田野”中发现历史——保安族历史与文化研究》《甘肃少数民族》《积石山的路》《河州花儿》《中国花儿通论》《积石山史话》《保安语汉语词典》《裕固族东乡族保安族社会历史调查》《保安语汉语词典》《华夏边缘》《全球化——人类的后果》《故事学纲要》《文学人类学教程》等40余种，对这些文献资料进行了全面、细致的阅读，并进行了分类整理；其次，复印购买保安族书面文学资料，通过对《新时期中国少数民族文学作品选集·保安族卷》《甘肃日报》《民族报》《民族日报》《星星》《诗刊》《陇苗》《临夏文艺》《积石山》《积石柳》《民族文学》等报刊的筛选、整理，搜集到保安族作家诗歌、散文、小说、戏剧等文学作品500余篇；最后通过“保安族文化网”“微观保安族”微信公众号、保安族作家博客主页、微信等网络渠道，搜集到400篇（首）以上保安族作家的散文、诗歌作品。

（三）学术交流情况

首先，对马少青、马尚文、马沛霆、马学武、马祖伟、韩维礼、马学英等保安族学者、作家进行专题采访，获得第一手的研究资料。搜集到保安族作家未发表长篇小说 2 部、散文集 2 部、长篇报告文学 1 部。其次，对甘肃省著名的少数民族作家、文化学者的专题采访，如对东乡族文化学者、作家马自祥等的采访，在甘肃特有的三个少数民族东乡族、裕固族、保安族的横向比较中进行研究，从而达到开阔研究视野的目的。最后，与对保安族文化、历史、文学有深度研究的汉族文化学者进行学术交流，如与甘肃省社科院文化研究所所长马步升、临夏州民间文艺家协会名誉主席董克义多次进行学术交流，扩大视野，获得了 10 部相关学术著作，20 多篇相关研究论文。

四、研究内容及方法的创新程度、突出特色和主要建树

（一）研究内容及方法的创新程度

1. 研究内容的创新

一是对保安族文学资料的全面搜集与整理，从口头文学与书面文学两个方面进行。在现有资料的基础上，对口头文学资料从田野调查、文献资料等角度进一步挖掘、梳理，尽可能找到更为完备的口头文学资料；书面文学资料通过对《甘肃日报》《民族报》《民族日报》《星星》

《诗刊》《陇苗》《临夏文艺》《积石山》《积石柳》《民族文学》等报刊与作家作品集等进行全面的搜集整理。

二是对口头散文叙事文学进行具体研究。从口头散文叙事文学的故事中提炼出不同的“母题”，以此作为文本分析的逻辑起点，分析故事的类型和结构及母题的文化内涵。包括以下几个逻辑点：洪水母题（讲述宇宙起源、人类诞生和民族形成）；神助与自救母题（反映人与自然的冲突）；难题考验母题（难题求婚等）；世俗生活母题（草根的思维和话语）；等等。

三是对韵文体口头文学进行具体研究。以韵文体口头文学（包括保安族歌谣和宴席曲等）的几个基本特质作为分析点，综合运用口头程式理论、表演理论等进行多学科交叉研究。其主要逻辑点有：圣仪式、惯用程式、文化展演等。

四是对作家文学进行多维视角的聚合。具体内容可细分为：创作主题与内容、创作的风格与特点、口头与书面之间保安族文学趋向展望等。

2. 研究方法的创新

一是突破单一民族文学研究的局限，对保安族文学资料的整理与研究展开跨民族、跨地域的横向比较研究，又进行历史的纵向比较研究；不仅在同一民族内迁徙前、迁徙后比较，还在口头文学与作家文学之间进行比较。运用民俗学、民间文学、文化人类学、历史学、地理学等相关学术理论与方法，对保安族文学内部特征和外部历史文化语境作了系统而全面的考察。

二是把保安族民间文学和作家文学同时纳入文学史系统，并作为一个相互联系的有机整体进行研究，更新、补充、完善这方面的研究成果。

三是与前人研究成果相比，课题组对保安族神话与传说、“花儿”进行了全面的梳理与研究，并结合通过对文本的细致分析，从作品内部进行了一定深度的文化发掘。我们认为：

第一，保安族缺少产生神话的现实条件和故事文本的独创性。保安族没有自己特有的神话，但并不是说保安族没有神话，保安族神话是由后天自发地进行吸收、融合、增补周边民族神话的结果。

第二，保安族民间传说故事具有审美娱乐、教育认识和改造现实三大功能。传说故事种类全面，内容丰富，它们融合了保安族人的历史文化特征，凝聚了保安人民的集体智慧，体现了保安族鲜明的民族个性特征。

第三，保安族“花儿”兼容并包，不仅吸收了回族、藏族、土族、撒拉族等民族“花儿”的优秀成分，还借鉴了新疆、青海等地区“花儿”的艺术手法，既可表达出缠绵悱恻的思念之情，又可表达出苍凉悲壮的幽怨情恨。保安族“花儿”贴近百姓生活，源于生活，数百年来显示出其旺盛的生命力，很多曲令依旧保留着其古老的面貌，历久弥新。

第四，将保安族文学作为一种文学现象进行整体研究，总结其发展规律；从文学史的角度，重点对保安族书面文学资料进行全面搜集整理与研究。

（二）突出特色和主要建树

一是对保安族民间文学中的神话、传说、故事、花儿、宴席曲进行了深入、细致、全面的审美评判。从口头散文叙事文学的故事中提炼出不同的“母题”，以此作为文本分析的逻辑起点，分析故事的类型和结构及母题的文化内涵；对韵文类口头文学作品运用口头程式理论、表演理论等进行多学科交叉研究。

二是突出对保安族书面文学的整理与研究。截至 2016 年，保安族文学研究成果主要集中在民间文学方面，对于保安族书面文学的研究明显不足。针对此种现象，本书在对保安族神话、传说、故事、花儿、宴席曲进行专题研究的基础上，偏重于对保安族书面文学成果的整理研究。在全面收集整理保安族书面文学作品的基础上，作细致的分类梳理，并进行专题研究。对保安族重要作家作品分专人、专章从文学审美角度进行全面剖析；探讨保安族书面文学的特征以及与共同信仰伊斯兰教的回族、撒拉族、东乡族等书面文学的区别；对保安族文学作品进行叙述模式或“集体记忆”的创作过程的研究。

三是拓宽了研究领域，对保安族非虚构文学资料整理及创作进行了深入研究。随着时代的发展，保安族书面文学作品的体裁也在发生着非常大的变化。他们的创作突破了文学“四分法”体裁范畴，在非虚构文学写作中有突出的成就。如马祖伟有大量的侦破通讯、马世仁有大量的关于保安族历史、文化、经商等的口述实录。这些作品虽然是非虚构作品，但是具有非常鲜明的文学意味，对于了解保安族人物性格特征具有重要的参考价值。本书结合保安族书面文学发展的现状，结合21世纪世界文学与中国文学发展的轨迹，以及文学研究的最新成果，专列章节探讨保安族非虚构文学作品及其审美价值，拓宽了保安族文学研究的领域。这样的研究，有利于发现、挖掘保安族作家的潜能，对保安族作家进行文学创作打开一扇崭新的大门，使他们能够体悟到更大的写作空间，可以不断开掘多样化的创作体裁，而不是局限于诗歌、散文、小说、戏剧的创作。非虚构文学的研究，可以为保安族作家的写作提供自信力。根据现有保安族作家创作题材来看，大部分作家作品题材狭窄，难以跳出民族特色描写的窠臼，怎样拓宽、拓深写作题材，是摆在每个保安族作家面前的难题，非虚构文学写作对于他们摆脱写作困境，可能会带来一定的启发和写作的热情，有利于保安族文学的可持续发展。

四是通过访谈实录，加深对保安族历史、文化的理解，突出对保安族民间文学和作家文学的文本解读与审美评判。因课题组成员全部为汉族，不懂保安语，对保安族历史、文化、文学的了解仅限于外部的研究，这对理解、研究保安族文学带来了一定的困难。针对这种状况，课题组进行缜密思考、细致分工。在对保安族文学资料进行全面搜集、整理的同时，结合保安族、保安族文学研究现状，对保安族作家、文化学者进行了专题访谈，先后对马少青、马世仁、马尚文、马沛霆、马学武、马祖伟、韩维礼、马学英、马春芳等人进行了专题访谈，通过访谈，不仅对作家作品、创作心理有了明确的认识，还对保安族文化习俗、民族性格有了进一步的了解，对理解保安族文学作品提供了重要的参考要素。课题组还对对保安族文化研究有突出贡献的非保安族人物进行访谈，如对民俗学家、“花儿”研究专家董克义进行专题访谈。董克义出生于积石山保安族东乡族撒拉族自治县，主编《积石山县志》《积石山史话》《积石山县概况》《积石山县年鉴2006—2007》《积石山爱情花儿精选2000首》《古今诗赋咏积石》《中国西北角的旋律》《积石山诗歌选集》《积石风韵》《甘肃保安族史话》等，并发表有关“花儿”的论文十万多字。董克义对保安族历史、文化、文学的研究成果是非常突出的。通过对董克义的采访，使课题组成员加深了对保安族历史、文化、文学的理解，研究视野更加开阔。课题组还对著名作家、甘肃省社会科学院文化研究所所长、时任甘肃省作协主席马步升进行了专题采访。马步升谈到保安族聚居地大河家重要的地理位置与文化多元性，对保安族文学的健康、良性发展提出了具有建设性的建议。除此之外，课题组对东乡族著名学者、作家、西北民族大学教授马自祥进行专题采访。马自祥作为具有突出成就的作家、学者，对保安族文学非常熟悉，他对保安族历史、文化有独到的见解，为我们研究保安族文学提出了建设性的建议。课题组还专门采访了裕固族作家、历史文化学者铁穆尔，铁穆尔从事文学创作和中亚民族以及中国西北及北方民族历史研究。铁穆尔的文学创作以散文、纪实文学、小说和诗歌为主，其中以散文成就最大。著有散文集《星光下的乌拉金》[①]。铁穆尔散文作品在国内散文界引起了广泛关注，其散文以草原游牧文化的独特风格、文化寻根和人文主义精神得到了国内专家、学者和读者的肯定。他的很多作品由国内多种刊物和书籍转载、选载。被评论家认为是中国西部新乡村主义写作者的代表人，铁穆尔以文学的方式，在某种程度上复原了游牧民族的历史和心灵的世界。铁穆尔对保安族历史、文化比较熟悉，对保安族文学的发展也提出了非常好的建议。

以上这种全方位、多角度、多民族人物访谈的形式，不仅可以全面了解保安族作家创作情况，还可以通过其他民族研究者的视角，多方位了解保安族文学的发展及研究状况，为本研究的顺利开展获取了书本中没有的、鲜活的素材，也为本书的理论研究与对保安族文学文本的审美评判打下了坚实的基础。

① 铁穆尔：《星光下的乌拉金》，兰州，甘肃文化出版社，2006。

第一部分
保安族民间文学资料整理研究

民间文学是口口相传的文学样式，是广大劳动人民的口头创作，也是民间文学的主要流传方式。具体包括：散文类的神话、民间传说、民间故事，韵文类的歌谣、长篇叙事诗以及小戏、谚语、说唱文学、谜语等体裁的民间作品。保安族民间文学有散文体民间文学，种类有神话、传说、民间故事等；韵文体民间文学，种类有花儿、宴席曲、哭嫁歌、哭丧歌等。口头文学是保安族最早期的民间文学，是后期保安族书面文学的源泉。对于保安族民间文学的整理与研究，马克勋《保安族文学》、马少青《保安族文化形态与古籍文存》以及马世仁《在"田野"中发现历史——保安族历史与文化研究》中有专门、细致、到位的研究。马克勋、马少青在其著作中，列举了大量的保安族口头文学作品。本书从保安族神话、传说、民间故事、花儿、宴席曲五个部分对保安族民间文学进行整理研究。

第一章　保安族神话

保安族神话讲述人结合社会生活有所发挥，有所改编创造；有些神话吸收了周边汉族、藏族的神话模拟改编而成。保安族传说是伴随着保安族的形成发展而存在发展的，反映的是本民族的来源、形成过程和居住地的社会状况和自然环境。“神话”源出于古希腊，是近代以来引入国内的一个概念，意思是关于神和英雄的故事、传说。[①]马克思在《政治经济学的批判》导言中指出了神话的幻想性质，认为神话是“在人民幻想中经过不自觉的艺术方式所加工过的自然界和社会形态”[②]，高尔基在《苏联的文学》中认为“神话是自然现象、对自然的斗争以及社会生活在艺术概括中的反映”，旨在强调出神话是艺术领域对客观存在的一种反映形式。根据万建中在《民间文学引论》中的解释，“神话”一词具有两种性质的含义：一种是指神秘的、不可及的事物；另一种是指距离我们遥远的关于神的故事文本。而民间文学中对神话的研究大多呈现为对神话故事文本进行的叙事研究。

保安族先民在早期的社会历史中，面对着陌生的世界，同样对他们的生存环境、民族起源充满了好奇，萌生了幻想。神话产生的年代可以被看作是一个民族的童年时期，保安先民们在这一时期，将自己的思索对象和心理乐趣不自觉地集中到了对自然界的不断探究和解释上。但由于认知水平上的限制和思维上的独特性，决定了他们在族群

① 段宝林：《民间文学教程》，99页，北京，高等教育出版社，2006。

② 马克思：《马克思恩格斯选集·第二卷》，29页，北京，人民出版社，1995。

来源等问题的思考中必然带入强烈的主观性，致使他们不能对整个外部世界作出科学的解释。在这个过程中，他们通过幻想，对自然万物赋予神话色彩，然后通过故事的形式进行讲述。保安族神话故事文本的数量偏少，且收录情况参差不齐。在姚宝瑄著的《中国各民族神话》中，收有保安族神话5篇；董克义主编的《积石山传说集》中收录了8篇，其中4篇都与大禹治水有关；另外马克勛编著的《保安族文学》和郝苏民著的《东乡族保安族裕固族民间故事选》中都将神话、传说和民间故事同时集中增加到了民间故事中，并没有作出明确区分。而根据以上文献收录的共同特点来看，其中有两篇保安族神话故事是争议不大的，即《人祖阿旦·哈娲的故事》和《大禹导河得延喜玉的故事》，这也是其他学者进行研究时所公认的保安族最为典型的两篇神话故事。

第一节　保安族神话的确认

每个民族在自己的“童年”时期都产生过自己的神话，因族群的差别使其神话的内容各不相同，但这种客观事实证明了神话在历史文化进程中具有深厚的现实基础与一定的思想条件。在生产工具较为落后的远古时期，人们往往要承受外界自然力种种变幻莫测的威胁，日月运行、风雨雷电、生老病死等各种因素常常给他们带来困惑，甚至恐惧。他们认为一切都在受到自然界有灵的神的支配，在这种“万物有灵论”的观念下，人处在了某种被支配的地位，而自然万物及自然力就被人格化、神性化了。他们要获得生存和发展就得去认识、改造自然界，并与自然进行各种斗争，进而产生征服自然的冲动和征服欲，这种意志促使他们不自觉地幻想出了各种超越人力的形象，辅以具体的情节，从而产生了神话，神话的形成也使他们征服自然的愿望在此精神活动中得到了落实。

保安族究竟有没有神话，历来受学术界所争议。学术界一般比较认同狭义神话论，刘魁立在《神话及神话学》中对神话有个合理的定义是："神话是生活在原始公社时期的人们通过他们的原始思维不自觉地把自然界和社会生活加以形象化人格化，而形成的幻想神奇的语言艺术创作。"[①] 这一定义明确指出了神话的范围仅限于原始神话。而从民族形成的时间上来看，保安族并非是一般意义上的原始民族。保安族的形成，最早只能追溯到元代，即成吉思汗西征到河州地区后，历经了长期的集聚、融合，大概到明代中期才形成了保安族。因此保安族先民生活的年代并非是人类的原始社会时期，他们早已超越对自然万物进行幻想、畏惧，进而崇拜、禁忌并创造神话故事的时代，既然缺失了这种历史现实，他们自然也是不具有原始思维的。而且按照文学形式的演变规律来看，保安族形成时期已经不是神话产生的时代了。从保安族的族源来看，主要是由来自西域的色目人和当地其他少数民族融合而成的新的民族共同体，在这样一个新的民族共同体中，通过各民族成分的凝聚融合，产生了文化心理上的认同、交流与渗透，融入到保安族中的新成员将他们原有的神话故事带到保安族中进行了文化上的交融与互补。在青海同仁地区和甘肃大河家，保安族都在不断吸收其他兄弟民族的故事，并根据自身的审美趣味和民族特色不断经过模拟、改编、补充等创作手段，进而形成了新的神话故事，对自己所面对的自然界重新作出了带有自身民族色彩的解释。由此看来，保安族所拥有的创世神话和英雄神话是后天自发式地增补到保安族神话故事中去的。

---

① 刘守华：《故事学纲要》，3页，武汉，华中师范大学出版社，2006。

普遍公认的保安族神话故事主要有两篇，一是由大河家一个姓冶的阿訇[①]讲述、马克勋整理的《人祖阿旦·哈娲的故事》[②]和马以黑牙讲述、马少青搜集整理的《大禹导河得延喜玉的故事》[③]。这两篇故事广泛流传在“保安三庄”和周边其他保安族村落。从这两篇神话的具体内容来看，《人祖阿旦·哈娲的故事》属于保安族的创世神话和人类起源神话，它的基本内容和主要情节皆出自于伊斯兰教典籍《柏达义尔卒胡勒》中人祖创世的内容。民国初年，我国李虞寰（廷相）曾用半文言将此典籍译出，书名为《天方大化历史》，流行甚广。流传在西北回族、保安族、东乡族、撒拉族间的故事是依照阿拉伯文本翻译的，故事包含的大致情节与《天方大化历史》的叙述大同小异。这篇故事认为人类系出同根，都是人祖阿旦的后代，表达了保安族与各兄弟民族共同追求平等和睦生活的愿望。

根据民间故事所具有的传承性和流变性，基本可以认定保安族的神话故事是对传统宗教故事和外来民族故事的继承和改编。尽管在流变过程中，保安族先民在神话故事中融入了自身的地域色彩、宗教成分和民族情感，反映出了保安先民一定的生活场景和心态遗存，但它并不是保安族所特有的神话。无论是从神话的产生时间，还是神话故事的具体内容看，保安族缺少的是产生神话的现实条件和故事文本的独创性。保安族没有自己特有的神话并不是说保安族没有神话，至少我们可以得出保安族神话是由后天自发地进行吸收、融合、增补的结果的结论。

① 阿訇：波斯语音译，伊斯兰教教职称谓，意为教师、学者。

② 马少青：《保安族文化形态与古籍文存》，63页，兰州，甘肃人民出版社，2001。

③ 马克勋：《保安族文学》，54页，兰州，甘肃人民出版社，1994。

第二节　保安族神话的母题特征

“母题”又叫题旨，是较小的具体的主题性单位，是在文学作品中经常出现的，比如，爱、恨、生、死、战争、离别、异化等。神话故事作为母题的载体，主要表现在以下三个方面：第一，母题这个因素不能离开神话而单独存在，它是构成神话的要素；第二，神话与神话母题的产生具有共时性，如果一个神话由一定的方式固定下来，它所包含的母题也便开始了它的发展历程；第三，神话的产生、发展、变化也自然会引起神话母题的相应变化，反之亦然。神话研究借用“母题”这个概念，不仅可以洞察一个民族神话产生、发展和流变的轨迹，也有助于我们凭借神话母题进行横向的比较研究，逐步了解到各民族之间相同母题的关系，从而探究出各民族神话的不同民族特征和文化差异，以便进行溯源性探究。同时也可在横向上进行对比，多角度地去探讨各民族神话之间的影响关系。神话的分类是进行神话母题分类的重要参考依据，保安族的两则神话《人祖阿旦·哈娲的故事》和《大禹导河得延喜玉的故事》按照二分法可以从神话的内容划分为创世神话与英雄神话，这也是本书需要探讨的保安族两大基本的神话母题，借用“母题”概念来解读保安族神话，也是为了弥补将神话创作的目的简单归结为“征服自然”和将神话的产生归于创作主体“幻想性”结果的不足。

保安族创世神话是保安先民对人类由来作出的解释，反映了保安族人的思想观念。几乎世界上的每一个民族都有自己族群的创世神话，他们借助创世神话主要探讨的是宇宙起源、人类起源和文化起源这三个基本问题，又通过自己的认识和族群观念在神话中回答他们提出的问题，这无疑为各种神话的产生增加了丰富性。《人祖阿旦·哈娲的故事》是保安族唯一的创世神话，主要讲述了安拉用泥土造化人类的时候，命令大天仙哲白勒依力和尔孜拉依力去地面取土，用香水和泥，塑成男性形体，使其灵魂附体，并派遣他给众天仙在主麻日念赞主词。后来又取出阿旦的肋骨，造化成少女哈娲，二人从此成为伴侣。由于他俩受到了魔鬼依比利斯的诱惑，违背禁言，偷吃了麦果，被安拉发现，于是他们被大天仙赶出了天堂。来到人间后，大天仙又奉命教会了哈娲剪羊毛、纺线、织衣，阿旦学会了耕地、种五谷。从此，阿旦夫妇繁衍子孙，称为人祖。

关于《人祖阿旦·哈娲的故事》，整体上看内容充实完备，情节丰富。整篇故事容纳了很多伊斯兰词汇，比如“主麻日”[①]“赛俩目”[②]“闵白日”[③]“赞主词”……而且融入了穆斯林的宗教生活场景和善恶观念，该神话中宗教成了神灵崇拜的载体，具有神秘的宗教色彩。人们往往在自己的创世神话中将自己的幻想内容与宗教相结合，以此来实现宣扬教义、强化信仰的目的，这也是保安族创世神话的价值所在，这非常有利于我们更深入地了解保安族民族文化的渊源。故事中安拉和泥造人的细节与汉族神话中女娲抟土造人的情节相似，又有安拉取阿旦的肋骨造女人以及偷吃麦果的内容，与西方亚当夏娃的故事有契合处，由此可见，保安族的创世神话是融合了其他民族又兼具自身民族特色的神话故事。从阿旦、哈娲被贬到人间后男耕女织的场景中，我们可以看到保安先民们过去的生活场景和风俗遗留。

大禹治水是汉族中盛行的神话故事，传说大禹将以往的治水手段“堵”改成了疏导的办法，也有大禹在治理洪水期间“三过家门而不入”

① 主麻日：是伊斯兰教聚礼日，穆斯林于每周星期五下午在清真寺举行宗教仪式。

② 赛俩目：伊斯兰最常用的问候语。汉语意思为：愿真主的平安、慈悯和吉庆在你上。

③ 闵白日：阿拉伯语音译，意为讲台、讲坛。

之说，自此，大禹也成了无私的象征。保安先民依据中国《尚书·禹贡》中“大禹导河自积石至龙门，入沧海”的记载，创作了自己的民族神话《大禹导河得延喜玉的故事》，从神话母题上可以将这则保安族的神话列为英雄神话。保安族结合了自己的地域特色，运用大禹治水的传说，并赋予其神话色彩，幻想了他们所生存的积石山之积石峡的来历。这则英雄神话反映了保安族人对居住地美好的自然崇拜，表现了早期的保安先民们对自然现象的解释和对周围世界的认识。

第二章　保安族传说

中国当代著名的民间文学研究专家乌丙安认为："传说是与历史事件、人物相联系的或与地方事物（名胜、古迹、风俗、地方特产或常见事物）有关联的幻想性散文叙事作品。"① 与神话的产生有所不同，少数民族的传说内容，一般直接来自于他们本民族、本地区的事件和人物，涉及内容比较广泛，上至民族历史及人物，下到对居住地地名、物名来源的解释，包罗万象。民间传说往往随历史的发展而产生，它所涵盖的历史意义，极大提高了它的艺术性，加上人们经常在传说中将丰富的生活内容寄托在具有代表性的历史人物、事件或某种自然风物上，就更加增加了传说不断存在与发展的强劲生命力。民间传说大致可分为三类，即人物传说、史事传说和地方风物传说。由于传说以一定的历史事件或人物为依托，因而它本身具有特殊的历史性，即使它是不真实的，但相比于神话，又具有一定的可信度，因此保安族传说在一定程度上反映的是保安先民的历史观和保安族人民对自己民族历史的认知和解读。同时，保安族传说也是保安族集体价值观的体现和民俗生活的重要记录，通过一个个传说故事经由口头方式的生动讲述，"活化石"般地再现了保安族人的生活场景和心态遗留，客观上也反映了保安族人对美好生活的向往与追求。关于保安族的人物传说，主要讲述的是他们所幻想的一些普通人物的生活故事，这与其他民族

① 乌丙安：《民间文学概论》，106—107 页，沈阳，春风文艺出版社，1980。

传说中以历史人物为中心的人物传说有所不同。因而本书对保安族民间传说进行划分时，依据论证角度的不同，将人物故事根据需要分别归入了地方风物传说和史事传说两大类型中，并结合保安族的地域、历史、文化等因素，对保安族的地方传说和史事传说进行集中分析，从而探究出保安族与其他民族传说间的迥异性及保安传说在保安族民间文学中所孕育的独特价值。

保安族民间传说涵盖的内容极其丰富，反映了保安族的历史族源、语言文学、商业经济、民俗文化、宗教信仰等各个方面。因此，对保安族民间故事进行研究，有利于增进我们对保安族人民生活风俗、价值观念和性格特征的认知与了解，进而从保安族民间故事中探讨出保安族在文化上的特殊性。

第一节　地方风物传说中的“水体”话语

地方传说是与某一地区有关的山川、风物等的解释性传说。地方传说的基本特点是通过讲述生动的故事情节，对特定的自然物或人工物的来历、命名、特征等原因，给予一定的说明和解释。保安族传说主要取自于他们本民族或本地区的历史，经由口头传说这一古老的文学形式，反映了保安民族的来源、形成过程和他们所居住地区的地理环境和社会生态。保安族在族源形成及其生存历程中，都与“水”结下了不解之缘，“水”在他们的生活风俗和精神世界中也留下了很深的印迹，甚至在一定程度上，“水”成了他们安身立命、追寻理想生活的根。保安族传说中存在很多与“水”有关的话语流传，有《禹王爷治黄河》

《妥勒尕尕[①]上天取雨》《甘河滩的传说》《五眼泉的传说》《天池的传说》《神马》等，这些故事通过“水”这一意象题材集中地反映了保安族传说中暗含的“水体”话语特征。从“水体”话语这样一个能指的角度，对保安族传说进行剖析与挖掘，有利于我们更深入地对保安族历史文化进行探究。普遍包含了“水体”话语的保安族民间传说，正是保安族族源、历史和迁徙历程中情感隐喻的最终话语表达。

西北地区少数民族曾多为游牧民族，游牧民族的生活习惯普遍是“逐水草而居”，追求“水草丰美”的理想居所，因此水资源与族群的生存与发展之间建立起了密切相关的联系。保安族先民成分复杂，但我们可以从来自中亚的色目人中，感受到由于战争、贫困等原因经历如此漫长的迁徙，是何其的艰难。同治年间，保安族安居在了青海同仁县，由于清朝统治者“分而治之”的民族策略，经常利用引水灌溉和宗教信仰的差异在少数民族之间不断制造矛盾，正是由于这一原因，导致了当时居住在保安城内和下庄一带的保安族人的用水之争。

水资源成了保安族和其他民族矛盾的导火索，为走出灌溉的困境，保安人被迫迁移到甘肃积石山下的大河家定居。水可以被视为是生命的象征，尤其对保安族来说，经过这样曲折的历史，水更加地成为了他们在心理上极为珍视的事物。保安族传说中关于大禹治水的版本比较多，有《禹王爷治黄河》《大禹斩蛟崖》《大禹导河得延喜玉的故事》《禹王石的传说》等，内容大致相似，细节各有差异。由此可见，保安族传说中的“水体”话语传承，深受汉族“大禹治水”的神话原型和“黄河家园”地域寻根文化的影响。20 世纪 90 年代当地遗存的禹王宫遗址，在每年的农历四月初，保安族都有举办祭祀大禹的传统，充分说明他们对“水王”大禹的崇拜，也表现了生活在黄河之滨的保安族人

① 妥勒尕尕：保安语，意即兔子哥哥。

对黄河文明的认同，和当地其他民族一样，他们也有着被大河文明孕育的感恩情怀。

《甘河滩的传说》大致讲述了这样一个故事：从前，甘河滩是一块肥沃的地方，那里水草丰茂，人民安居乐业。甘河滩附近有口白马泉，泉内有一匹雪白的神马，白马常去吃另一家的庄稼，凡是被白马吃过的庄稼都会生长的更加茁壮、旺盛，这可惹怒了一个巴羊坤（财主），于是他派人射白马，白马流着血跑进了神泉，后被大善人“花花帽”救下，于是爆发了山洪，唯有善人“花花帽”的家园未遭水患。从此，这块富饶的地方变成了乱石滩，人们称“甘河滩”。

《天池的传说》大致讲述的是：很早以前，因为有一泓甘泉的存在，当地人畜兴旺。后来，人家多了，由于乱倒脏物，水池被污染了。龙王伤心地离开了此地，当地渐渐衰败了起来，半年未下一滴雨，庄稼死了，牛羊死了，人们实在没有活路了，只好去求龙王。来到积石峡跟前，在半山腰发现了一片湖水，乡亲们便在池边烧香叩头，祈雨求安。不久后，当地大雨倾盆恢复了往日的生机。从此以后，人们认为池里有神，所以称为天池。

《五眼泉的传说》大致讲述了今保安族人聚居的梅坡村以北的五眼泉。早些年这里一直干旱不下雨，庄稼每年干旱枯死，保安人经常聚集在泉水边，希望通过诵经祈求降雨。于是推选了一位阿訇诵经三日三夜后，从五眼泉里出来了一只白山羊，阿訇解下自己的“岱斯答勒”（缠头巾）拴在羊角上，一头抓在自己手里，用皮带抽打山羊，白山羊痛的乱喊乱叫，忽然乌云四起，下起了大雨，人畜也得救了。从此以后，每次遇到干旱年月时，保安族人就聚集在五眼泉边求雨。

从上述三则故事中，我们可以看出保安族人在农耕时期的风俗和理想。他们的共同点都是农耕文明对水的需求，通过讲述遭受水的困境，寻找水源，实现安居乐业的生活，说明了当地很多水源的命名及来源。故事中皆出现“过去”“后来”“很早以前”“早些年”“从此以后”等时间概念上的对比，这种对比也是“天气干旱”和“风调雨顺”的对比，两者的对比之间又插入了调解或造成转变的因素，如“白马”“神”“阿訇”“祈雨”等，这些因素在人无能为力的时候，成了只有靠幻想去实现的超验的事物，他们共同构成了具有“神灵”意义的意象。如何失风水好地而复得，人们只有祈求降水，将希望寄托在“神灵”上，期望使“神”显灵并发挥作用。地处西北，靠地为生，干旱成了生存生活的隐患，保安族人有着对雨水充沛、水草丰美、五谷丰登的美好愿望，通过以上故事我们可以看到他们解决困难的方式往往是求雨祭祀，隆重的祈雨活动成了他们的风俗仪式，有时还兼具了纪念意义。同时，保安族传说《神马》是《甘河滩的传说》的文本变异，不过融入了与其他民族联姻结亲的内容，其主题仍然是表达对“水”的渴求。《妥勒尕尕上天取雨》中也沿用了以上讲述方式，将与水有关的故事内容同当地自然现状及地名来源结合在一起，以表现对风调雨顺的诉求。对保安族或任何民族来说，“水”意味的是丰收，具有生命的象征意义。水的存在创造了人们赖以生存的家园，精神的归属领地。这使保安传说中“水体话语”的涌现具有了可能性，“水体话语”成为历史文化、地理地貌、宗教信仰、精神领域的一种反映形式。

第二节　史事传说中的特有题材——保安腰刀

史事传说以叙述历史事件为主，是人民对历史的认识。它们往往以某一历史事件为中心，广泛刻画各阶层、各方面的人物动态，描写历史的真实，表现人心的归向。[①] 保安族的史事传说主要以讲述保安民族的普通生活故事为主，其中最具保安特族色的史事题材就是保安腰刀。从保安族的族源上，我们就可以发现保安腰刀有它存在的必然性。公元 1227 年，成吉思汗的军队消灭了西夏，占据了河州地区。军队中的中亚色目人组成了“探马赤军”和“各色技术营”，他们都驻扎在隆务河畔，休时为农，战时为兵。居留此地的屯垦将士后来与蒙古、藏、土、回、汉等民族融合而形成保安族。行伍出身的保安先民，多为西域工匠，他们打制各种兵器已成为保安族的传统。农耕生活中，制造腰刀又成了保安族人生存的手段。保安族打制腰刀是他们传统的技艺，它融入了保安族的灵性和豪气。2006 年保安族腰刀作为优秀的传统艺品被列为第一批国家非物质文化遗产名录，与新疆的英吉沙小刀、云南阿昌族的户撒刀并称为“中国少数民族三大名刀”，享誉中外，闻名遐迩。

保安族有自己的语言，但会说保安语的人如今越来越少，保安语正处于不可逆转的消亡趋向，所以腰刀作为实体的文化形态，相对而言更加具有不断存在或延续的可能，也更能反映保安族人的精神气质。《“波日季”腰刀的传说》是一个以“腰刀”为题材的故事，通过塑造少

① 钟敬文：《民间文学概论》，142 页，北京，高等教育出版社，2010。

年英雄哈克木制服魔鬼，为民除害的正义形象，说明了“波日季”腰刀的来源。故事却并没有明确说明“波日季”的含义，据马沛霆在调研中听到的对“波日季”的解释是：“波日”是青海省黄南州年都乎乡村庄的旧称，“季”在藏语里面有“腰刀”的意思。那么，如果以现今很多用产地命名“刀名”的保安腰刀生产传统来看，“波日季”的含义即是青海省黄南州“波日”这个地方制造的小刀。《“波日季”腰刀的传说》是对保安腰刀富有想象力的美好解释，具有工艺仿生方面的现实意义，反映出了保安族人对持有制刀绝技、富有正义感的匠人的褒扬和敬佩之情，并蕴含了保安人特有的审美思想和价值观念。

《索南尔与保安神刀》的传说讲述了一位名叫开吉尔的保安族兄弟到城里卖自家祖传的“什样锦”腰刀时被田财主强行耍赖，骗走腰刀，又由保安族老人索南尔出谋策划，索回腰刀的故事。这则故事与很多民间故事一样，它具有以讲故事的方式为道德立法，教育民众明辨是非之道的功能，这常常是故事原初的本意。《索南尔与保安神刀》中融合了保安族的地方特色、生活风俗和价值观念，它们又构成了一个民族在语言上的特色，因此，读少数民族的故事格外地引人入胜。该故事幻想了保安人迁居到大河家的原因，并以故事的形式反映了出来，从故事中可以看出，保安人被迫迁徙主要是由于地方上不同阶级之间的矛盾所造成的原因，如何在故事中解决这样的冲突与矛盾，“腰刀”的出现对冲突故事起到了调节作用，但保安族故事中“腰刀”始终没有武力、强硬、狰狞的一面，它成了维护正义和追求和睦生活的象征，故事中的“腰刀”精神也暗自隐喻了保安人的“硬骨头”精神。

“保安腰刀”作为保安人民的传统工艺品，是保安族文化的瑰宝，它具有工艺精美、刀刃锋利、经久耐用、携带方便等特点，是藏、回、保安、哈萨克、维吾尔等少数民族不可缺少的日用品。[①] 保安腰刀不仅仅是生活工具，也是装饰品，其制作历史迄今已有130多年。过去保安族的年轻人喜欢身穿柔纳，腰系丝线带，佩戴自己民族的保安腰刀，英俊潇洒。

从保安族民间文学中可以看出，保安腰刀名种繁多，有"波日季""什样锦""一把手""雅乌切""双落刀"等百十种类型，作为最具保安族特色的工艺美术品，它们不仅反映了保安族腰刀匠人手工生产技艺和商业经济形态，而且保安腰刀也成了保安族民间文学与书面文学的重要素材，在保安族史事传说中具有特殊价值。

① 马少青:《中国保安族》，98页，宁夏，宁夏人民出版社，2012。

第三章　保安族民间故事

民间故事是民间文学的重要门类之一，张紫晨认为："民间故事就是劳动人民创作的以通称的人物，广泛的背景，在完整而又富有趣味的情节中表现人民生活和思想的口头散文作品。"[①] 民间故事的创作主体一般都是人民群众，因此，它是人民群众生活的艺术反映，也是民俗生活的重要记录。从广义上讲，民间故事涵盖了神话、传说在内的一切由人民集体创作并传播的，具有遐想内容和散文形式的口头文学作品，即民间文学中对散文类口头文学的通称。本章所讲述的保安族民间故事是狭义的，指除神话、传说以外的那些富有幻想色彩或现实性较强的口头民间故事。保安族民间故事、保安族神话与传说是保安族民间文学的重要构成部分。但民间故事不像原始神话那样，以人类的原始思维为基础，通过幻想方式去表达人们征服自然的欲望，而是以人与人的关系为基础，在融合了现实与假想成分的情节中，表现自身所处的社会生活和对故事人物做出评价；它也不像传说那样借历史中的特有事件和人物，或地方风物去陈说主题，而是以通称的人物，广泛的背景原原本本地讲故事。正如乌丙安所指出的："民间故事的假想内容时有一些原始观念的痕迹，但整个内容并不像神话那样全部概括着人类的认识和观念。民间故事的人物和情节，很少有附会到具体事物上的，有些故事即使联系到某些事物上，但在内容的基本特色上与

① 张紫晨：《民间文学基本知识》，34 页，上海，上海译文出版社，1979。

传说内容的生活特色也有区别。”[①]

第一节　保安族民间故事主要类型

对于口头文学的分类，学者们的分类标准不一。有的学者依据相对有限的情节来划分，有的依据口承叙事的母题进行分类，还有的以口承叙事情节的功能或主人公的形象特点来进行分类。其中在世界范围内产生较大影响并为各国学术界普遍所熟知的就是“AT分类法”。“AT分类法”是由芬兰学者阿尔奈提出，后经美国学者汤普森所完善的一种编制故事类型索引的方法，即按相对有限的情节类型故事进行分类编目的一种分类方法。从已经书面发表和目前收集到的保安族民间故事来看，根据“AT分类法”为故事情节分类的原则，可以将保安族民间故事分为机智人物故事、生活伦理故事和动物故事三部分。由于保安族动物故事在相关资料中的民间故事篇幅较少，且不具有代表性，所以略去不计，本章仅以探究保安族民间故事中的机智人物故事和生活伦理故事两种类型为主。

一、机智人物故事

机智人物故事是指民间故事中由某个或某些特定的机智人物作为主人公贯穿起来的，富于幽默色彩的系列故事。机智人物故事是把各个故事归附在某个或某些人物身上，即使有些故事是以具体的真实的历史人物为主角，但在故事的讲述和传承中，这些人物又常常远离了他们的历史原型，融入了讲述人的主观见解和流传地区的社会背景，

① 乌丙安:《民间文学概论》，119页，沈阳，春风文艺出版社，1980。

从而凝聚了普通民众的智慧和幽默。无论何时何地，人类对智慧的学习和崇尚都是普遍存在的一种文化心理，他们常将“智慧”这种抽象的精神事物寄托到特定的机智人物身上，以讲故事的方式传递出来。机智人物故事中的主人公多遭受压迫，或有志难酬，不满当时当地的统治方式，便运用自己的胆识和智慧，做出许多惊世骇俗之举，一般表现为身处困境后经出谋划策和运用智慧手段而克敌制胜，达到最终的理想结果。

现搜集整理的保安族民间故事中机智人物故事种类最多，流传较广。典型的保安族机智人物故事可归类出8篇，分别是马克勋搜集整理的《叶其木[①]——伍麦勒的故事》，由马哈三讲述、马少青搜集整理的《谎口袋“胡群木加”》，绽秀义搜集整理的《聪明的蜂蜜匠》，由马麦燕儿讲述、马少青搜集整理的《子留阿勾和库其果阿勾[②]》，由马海祖讲述、马瑞搜集整理的《哈比卜的故事》，由多保老人口述、王彰明整理的《砍柴老人的故事》，积石山一带流传、马瑞搜集的《“舒坦”的故事》，由马福全讲述、马少青搜集整理的《木匠和他的妻子》。

《叶其木——伍麦勒的故事》通过讲述主人公伍麦勒受继母欺侮、被赶出家门，继母又派人迫害却自食恶果的故事，塑造了机智人物伍麦勒诚实、聪明的形象。这个故事实际上与伊斯兰教典籍《劝善录》的故事情节类似。故事中多处有伍麦勒做礼拜的场景，以及伊斯兰教词句如“苏勒”[③]“嘟哇”[④]“走过清真寺门，看见阿林站在台阶上向人们宣讲”等，都是对保安族宗教文化的反映，表现了善恶有报、规劝行善的逻辑。

《谎口袋“胡群木加”》属于民间故事中针砭时弊的一类小品故事，这类故事常以诙谐幽默的方式来讽喻社会生活中的不良行为。胡群木

① 叶其木：阿拉伯语音译，指孤儿。

② 子留阿勾和库其果阿勾：保安语音译，意思是“聪明的姑娘和大力的姑娘”。

③ 苏勒：《古兰经》中的一节称一段苏勒。

④ 嘟哇：祈祷词。

加的骗技中含有劳动者的智慧，他通过自己“谎口袋”般的能说会道，不断弄虚编谎，戏谑了馋嘴“油香”和“手抓”的阿訇，嘲弄了混在宗教中没有学识却整天蹭吃蹭喝的人，该故事也是对社会上那种不学无术、游手好闲的人的揶揄讽刺。

《哈比卜的故事》讲述了灾荒之年，为救父母活命，甘愿献出自己的苦胆为头人治病的八岁孩子哈比卜的故事。哈比卜为人勇敢，通过向头人说明自己“三哭三笑”的原因，不仅保全了自己的性命，还获赠了头人赏赐的一百两黄金。哈比卜所表现的机智是建立在自己善良的基础上的，由此我们可以看出故事反映了智慧和聪明在任何情况下都不能违背“仁善”的前提，智慧必须是为大众奉献的正义的，如哈比卜一样，在“头人”和“穷人”之间要有普遍的同情和悲悯，既要为正义而努力，有时也需要原谅一个像“头人”一样知错就改的人。

机智人物故事的叙述特点来源于民间诙谐幽默的“玩笑”“笑话”，他们在通俗又大众化的自娱自乐中创作了这类故事，故事的主人公往往具有优越的喜剧才能，他们通过运用这些才能使常人感到意外的智慧，在与各种权威对象较量时出奇制胜压倒对方，从而使故事的听众在心理上达到某种虚幻的满足。从本质上来说，这也是对现实生活的“戏仿”。《木匠和他的妻子》《聪明的蜜蜂匠》等故事都讲述了劳动者智斗财主的故事，这些都反映了对现实秩序的不满和对权威不合理的挑战。

二、生活伦理故事

保安族的生活伦理故事主要讲述的是保安人的日常生活故事。它的现实性比较强，主要以描述现实生活和现实人物为主，幻想成分较少，大都是具有写实性的世俗故事。当然，它并不是对现实生活的直接复制，而是经过了处理、加工的虚构性创造，多反映阶级社会的社会关系和人们的日常生活经历。生活伦理故事的主人公通常是亲近民间的、为众人所熟知的普通劳动者，如贫穷的农民、老人、木匠、老实人、仆人等，他们身上一般具有善良、勤劳、聪明、正直的品质。它所讽刺的一般是压迫者，如地主、富人、头人一类。因此，生活伦理故事中具有丰富的情感表达，它既有对底层人物的同情、赞美，又有对压迫者的愤恨、控诉，两种对立交错的感情，加强了其故事本身的抒情性。

根据目前收集的有关保安族文学的资料，筛选出具有代表性的保安族生活伦理故事大致有5篇：乔维森、野枫搜集整理的《三邻舍》，马少青搜集整理的《阿舅和外甥》，刘瑞搜集的《娇娇女》，由马伊布拉欣讲述、马少青搜集整理的《叶松尕格豆和瓜日尕格豆[①]》，王彰明搜集整理的《三星哥的故事》。

《三邻舍》讲述了居住在大河家的三个当家人“风里耳”“穿山眼”“万能手”原本是友爱互助的三邻舍，他们几次齐心协力识破了魔王的诡计，并战胜了魔王，后来魔王派出“嗤叫子”鸟对他们三个进行挑唆离间，使他们各怀异心，给魔王制造了可乘之机，从而使他们三个在灾害中先后死去。临死前他们幡然醒悟，给各自的儿孙留下了“和睦团结，齐心协力”的祖训，他们的后代繁衍成了当地的保安族、东乡族、土族三个民族。该故事通过丰富的想象，说明了保安族、东乡族、土族三个民族的来源，用“三邻舍”喻指三个兄弟民族，体现了保安人世代追求与兄弟民族团结互助的美好理想。故事中有“她用三升雪花盐、三斤好清油，把皮胎擦了几遍，吹饱了气”，这是黄河边上制造羊皮筏子的情景，也是对保安族手工业生产的再现，折射了当地的生活环境和生产方式。

《三星哥的故事》是一则反映家庭伦理道德观念的故事，主要讲述

① 叶松尕格豆和瓜日尕格豆：保安语音译，意为九个兄弟和两个兄弟。

了身为人子的三兄弟大星、二星、三星对母亲不孝，母亲死后托梦给他们，告诉他们以后也会遭到相同待遇的故事，反映了因果轮回的思想。又与狼子反哺作对比，突出三兄弟的不孝，直到母亲托梦后三兄弟以死来忏悔。该故事是对家庭伦理观念的强调，教育人们要孝顺父母，尊敬长辈。

《阿舅和外甥》用生动的语言叙述和浓烈的抒情性质，讲述了失去“阿大[①]”的“尕娃[②]”，借助神弓、宝箭和神马为父报仇的故事。在语言形式上将散文体叙述与韵文对唱相结合，增加了语言上的音乐感，使故事有了鲜明的节奏变化和感人的情节变化，富于抒情性。该故事是对保安族与其他民族通婚后由于信仰习俗的不同而在亲属间产生家庭矛盾的一种映射，同时也反映了保安族人对压迫者的仇恨，对过上平安和睦生活的追求。

保安族的生活伦理故事大都结合了居住地的自然景观和社会环境，在反映保安族人的现实生活和理想愿望的基础上，既有与其他民族交错融合的痕迹，又有自身的民族特色。他们在有所选择地吸收了其他民族故事的同时，又以自己本民族的生活现实和文化底蕴为创作基础，产生了许多表达“和为贵”“劝善”“敬孝”等伦理道德观念的故事。保安族的伦理道德一方面在他们的社会实践中所形成，另一方面则来源于他们所信奉的宗教思想，这两种条件共同构成了他们在生活伦理故事中所表达的善恶观念体系。

① 阿大：保安族地区汉语方言，意为父亲。

② 尕娃：保安族地区汉语方言，一般指男性儿童。

第二节　保安族民间故事的社会功能及叙事艺术

民间故事的集体性决定了它所具有的深厚的群众基础，它生动活泼便于传播，但他的口头性又决定了它的不稳定性。因此，民间故事也是容易散失和被遗忘的，如何抵抗民间故事日益消亡？一是应该继续不断地加强对民间故事的搜集整理工作；二是应竭力发挥民间故事流传时本身具有的社会功能。保安族民间故事的搜集整理工作目前已经有了可观的成果，而对其社会功能的挖掘与实践方面的工作仍需要长期的努力。

保安族民间故事种类全面，内容丰富，它们融合了保安族人的历史文化特征，凝聚了保安人民的集体智慧，鲜明地体现了保安族口承民俗的民族特征。纵观保安族各类民间故事，它们在保安族的社会生活中主要有审美娱乐、教育认识和改造现实等三大功能。讲故事的活动主要是由讲述者和听众所组成，他们之间是口耳相传的传承关系。讲述者一般要有丰富的故事积累，而且故事要具有吸引力，在选择适宜的讲述场所和讲述时机后，讲述者就可以展示自己良好的口头表达才能了。在这种口头活动中，听众直接获得的是视觉、听觉以及想象力上的美感享受。在保安族村落，到了夏季的傍晚，村民们有时会扎堆儿闲聊，有时孩子们围着老人讲“古经”，甚至在村头巷尾，田间地头的交谈中人们往往会有意无意地听到一些有趣的民间故事，甚至他们常被那些生动的故事所吸引，因故事中主人公的遭遇而引起情感上的共鸣，从而愉悦身心，陶冶性情，甚至有时因悲剧故事而感到难过，这些都是民间故事在讲述中发挥审美娱乐功能的体现，人们在欣赏故事时，来自故事的深层结构同人们的心理结构时常会实现自然的契合，使人们常将自己的生活经历带入到故事情节中去，感受到生命的活力。

民间故事在讲述活动中往往是多种功能相交织的，比如听众在讲述场所获得审美娱乐的同时，讲述者与听众之间实际上也产生了人际关系，故事一定程度上也具有了促进人际交往关系的功能。同其他很多民族一样，在过去教育尚未普及的社会中，保安族民间故事对民众发挥了重要的教育认识功能。如保安族民间故事中解释人类来源以及积石山、甘河滩、“波日季”腰刀等地名、物名的来历时，一定程度上起到了传播知识、启发智慧的作用。相比于这种知识教育，保安族民间故事的道德教育作用更为显著，如《三邻舍》《哈比卜的故事》《三星哥的故事》《叶其木——伍麦勒的故事》等故事都宣扬了“和睦”“孝敬”“仁善”的道德观念，它们以故事的形式不自觉地教育和影响了民众，使民众感到亲切，从而较为容易地接受故事对他们的教育。民间故事的教育认识功能也就很自然地促进了普通民众对善恶是非观念的判断能力。相比于听众从民间故事的审美娱乐功能和认识功能中直接受益，民间故事改造现实的功能对他们来说更加具有隐匿性，因为改造现实的功能首先是附加在了人们的精神力量中，而不是直接改造了人们的现实生活。如保安族民间故事中的《哈比卜的故事》《木匠和他的妻子》《砍柴老人故事》《谎口袋“胡群木加”》等都反映了生活斗争和阶级斗争的关系，这类故事抵抗的对象往往是具有压迫性质的头人、财主、富人和那些不学无术、游手好闲的人，常用鲜明的对比方式赞美勇敢、机智、善良、勤劳的品质，鞭挞自私、贪婪、残暴、欺诈的恶行，激励了民众的斗志，对反抗压迫和追求美好生活的民众给予了一定的鼓舞和启示，也为他们改造不平等的社会准备了信心和勇气。总之，保安族民间故事能够不断传承的生命力，不仅由于它是对保安族人民现实生活和心理状态的折射，也是因为它本身所具有的多种社会功能对它们的实际生活产生了巨大影响。

保安族民间故事既有普遍民间故事的叙述特征，也有保安族自身的文化特色，无论是它所包含的神话、传说还是民间故事，所叙述的故事情节大都生动曲折，引人入胜，具有很强的故事性。而且保安族民间故事题材多样，叙事结构上也灵活多变。整体来看，以单一的人物或事件进行线形叙事的故事居多，像《大禹导河得延喜玉的故事》《妥勒尕尕上天取雨》《哈比卜的故事》等都属于这一类，线性叙事一般以单一的时间或事件发展为顺序，这种方式使故事的线索显得较为清晰，通俗而易于理解。嵌套叙事的模式是将各个故事嵌套在整个核心事件中，这类叙述方式最具代表性的是保安族神话《人祖阿旦·哈娲的故事》，而民间故事中较少出现。但保安族民间故事中的《阿舅与外甥》和《娇娇女》两篇故事由于韵文对唱的出现，在一定程度上体现出了回环叙事的特征，不断跌宕回环的节奏升华了故事的戏剧性冲突，同时也增强了故事浓郁的抒情性气质。保安族民间故事在语言上还大量运用当地的方言土语和一些伊斯兰教词汇，加上故事本身更侧重于对普通民众普通生活的写实，多叙述而淡描写，更加有力地展现了保安族丰富而独特的民族语言特征。

保安族神话表现了早期保安先民对自然现象的解释和对周围世界的认识，反映了保安族人民对居住地美好的自然崇拜。无论是从文学形式的演变规律、保安族族源形成的时差上看，还是从神话故事的内容情节上看，保安族神话故事都缺乏独创性，基本可以认定是对传统宗教故事和外来民族故事的继承与改编。与神话故事相比，保安族的民间传说更具有他们自身的民族特色，地方传说中“水体”话语的涌现，共同构成了保安族自然景观、族源、历史和迁徙历程中情感隐喻的最终话语表达。而史事传说中的特有体裁——保安腰刀，作为最具保安族代表性的实体文化形态，更是暗含了保安族人特有的审美思想和价值观念。比及神话与传说，保安族民间故事又有更强的写实性，它是对保安族人过去生活场景和心态遗留的重要反映，从保安族民间故事的类型、社会功能及叙事艺术中就可以窥见其中所孕育的善恶观念、现实价值和叙述魅力。

我们将保安族民间传说故事作为研究对象放置在整个民族研究中，既对保安族神话、传说和民间传说故事进行了全面的解读，又结合保安族的历史文化对作品进行了集中分析，并将口头文学与民族特性进行了互证研究，在一定程度上，阐释了保安族民间故事所具有的独特性。然后通过对保安族在民间故事中所展现出来的语言运用方式和表达习惯，探究了保安族人民的性格特征和价值观念，以及保安族在同一地区与其他民族的迥异性，以此来凸显保安族整体的现实生活状态及独特的精神风貌。与前人研究成果相比，本书一是对保安族散文类口头文学作品在整体上进行了梳理与研究；二是结合通过对保安族民间故事文本的细致分析，从作品内部进行了一定深度的文化发掘。

第四章 保安族“花儿”

保安族“花儿”属于河州型“花儿”。它的显著特点是在歌唱中用“保安令”。用汉语演唱，但在衬词衬句中夹杂保安语、撒拉语、藏语借词。

第一节 保安族“花儿”渊源

一、中国西北“花儿”类别

千百年来，在我国西北内陆，一种被称为“花儿”的民间歌谣在当地人民中广泛流传。虽然“花儿”唱词使用的是汉语方言，但其流传区域民族众多，创作及演唱以汉族和回族、藏族、保安族、土族、蒙古族、撒拉族、东乡族、裕固族，以及中亚的东干人等为主，它是多族人民共同的文化艺术结晶。其流传区域不仅地理环境独特，且曾是繁盛的古丝绸之路，“花儿”之所以被广泛流传及传唱，与丝绸之路的历史、文化存在着一定的渊源关系，同时，这种关系在一定程度上也反映着“花儿”的产生、发展与演变。

“花儿”大体上分为两大类：一类是河州“花儿”；一类是洮岷“花儿”。本书主要讨论河州“花儿”。所谓河州“花儿”，首先，是由于它的主要发源地是古河州地区。河州是古地名，始于十六国前凉时期，终于民国初年。历史上它的地理外延很大，包括现在甘肃省的大部地区以及青海省的一部分，其辖区延续至清朝末年。“花儿”这一艺术珍品就是生活在这片土地上的汉族、撒拉族、保安族、东乡族、藏族、回族、土族等多个民族人民用他们的智慧共同创造的。其次，“花儿”是用当地的河州汉语方言演唱的。最后，“花儿”是以“河州令”为基础曲调，以爱情为主要内容，歌唱方式独特的民间歌谣。

河州“花儿”之所以能够让多个民族传唱，被多个民族所喜爱，这与其独特的历史、文化密不可分。古河州是一个河流纵横，林草茂盛，气候适宜的地方，长期以来成为游牧民族与农耕民族相争之地，其多元的文化交流与碰撞就形成了“花儿”优美的歌唱形式，融合了当地多个民族音乐的优点，以爱情为主要题材，旋律高亢中带有柔情，率真的语言表达着炽烈的情感，多年来被这些民族的人民世世代代传承下来。

二、保安族“花儿”的由来

保安族“花儿”的由来与保安族这个民族的由来密不可分，如若想要弄清楚保安族“花儿”的由来，就必须先厘清保安族的由来及其生活环境等因素。

保安族的族源可追溯至元代，1219—1225 年成吉思汗带军远征中亚细亚，在蒙古军队的强势进攻下，曾一度占领城池七十余座，每占领一座城池，蒙古军队就会强征当地的工匠、手艺人充军入伍服役。1225 年成吉思汗率军回师，此时军队中带回了许多从中亚等地强征入伍的穆斯林。1227 年蒙古军队占领河州、临洮以及金朝的积石州，为了加强对这些地区的管理，蒙古军队组建了一支由保安族先民参加的

"赤马探军"，被派到现在青海同仁县保安城驻防，由于其中大多数人为工匠，所以他们亦工亦兵，仍然从事工匠职业。元朝建立后，元世祖封皇子孛儿只斤·忙哥剌为安西王，孛儿只斤·忙哥剌死后其子阿难答继承王位。由于阿难答自幼被穆斯林抚养，遂信奉伊斯兰教，他继承王位后广泛传播伊斯兰教，由此影响了同仁地区的一部分居民，从而促进了这一地区保安族的形成。

到1250年左右，由于"西域亲军"的多次东来，青海同仁地区逐渐成为过往的交通枢纽，各民族都在此栖息，共同生活。明代以后，统治者为了加强边防建设，曾先后派兵驻守。明代洪武四年（1371年），在今青海同仁县保安地方建立保安堡。明朝万历年间，朝廷又在同仁附近修建了保安城堡，并设"保安营"，在此之后的岁月中，由于贸易的来往、民族的迁徙等原因，隆务镇附近逐渐形成了汉族、蒙古族、土族、撒拉族等多民族大杂居、小聚居的杂居状况，那时保安族先民们聚居在同仁地区的保安（妥加）、下庄、尕撒尔三地，因此，当地有"保安三庄"的说法，居住在这儿的人自称为"保安人"。

明末清初，随着社会整体趋于稳定，人民生活得到相对改善，保安族人口也随之逐年增加，保安城内外住户达一千多户，由当地土千户统治。同治初年，保安族举族东迁。保安族先民先是在循化居住数年，后因当地人多地少，又辗转至今甘肃省积石山下的大河家、刘集乡一带定居，他们居住的大墩、梅坡、甘河滩三村庄，仍被习惯地称为"保安三庄"。中华人民共和国成立后，经民族识别，1952年3月25日由政务院批准，按照其民族意愿，正式命名为保安族。

保安族使用两种语言，一部分人使用汉语；另一部分人使用保安语。目前，使用保安语的人越来越少。保安语属于阿尔泰语系蒙古语族，与其他各亲属语言蒙古语、土族语、东乡语等有着密切的联系，但保安语也有其自身的特点。一是保安语固有词的词首元音或词首音节脱落现象比较突出。二是保安语不存在元音和谐现象，在一个词的不同音节里可以出现任何元音；词干中的元音与附加成分中的元音不要求和谐。因此，保安语的附加成分只有一种语言形式。三是保安语没有方言差异，保安族聚居的大墩、梅坡、甘河滩、高赵、李家庄等村庄之间，只有极个别语音上的不同，但不影响彼此间的日常交流，语法方面几乎没有差别。

保安族人世世代代居住在隆务河畔，同其他民族共同生活在这一片土地上，不但一起开发了这片土地，而且在生活各个方面建立了深厚友谊。清朝时，因宗教和灌溉用水问题，保安人举族迁徙，最后定居在积石山下，保安人与当地居民和睦相处，并且从当地民众那儿学习先进的生产技术，引进新的作物品种，提高了生产质量。在语言方面，保安族也受到当地汉语方言和其他民族语言的影响，促进了彼此之间的交流。

因此，保安族“花儿”的由来与其生活环境、语言文字、宗教信仰等因素息息相关，尤其是其大杂居、小聚居的居住状况密切相关。保安族“花儿”应当是在保安族居住环境改变的过程中，吸收、借鉴了部分其他兄弟民族“花儿”的因素后形成了自己独特的风格。

第二节　保安族“花儿”的内容与特征

保安族属于人口较少的民族，截至2017年年底总人口约2万人，主要生活在多民族杂居的甘肃省积石山县大河家镇及周围地区，他们在长期的生产生活中形成了自己的民族精神和具有保安族特色的文学艺术，保安族“花儿”不单是保安族的生活百科全书，而且还是河州

“花儿”中的一枝奇葩，它的显著特点是在歌唱中“保安令”的运用，同时保安令还吸收了蒙古族、藏族等民族民歌的影响，进而形成了其独特的风格。

一、社会生活中的“花儿”

（一）颂歌

所谓颂歌，就是以歌颂新时代、新生活为内容的“花儿”。保安族在历史上两次迁徙，受尽了迁徙之苦。此外，在中华人民共和国成立前，保安族劳动人民也受尽了封建地主的压迫、剥削之苦，新时代到来后，社会生活发生了翻天覆地的变化，保安族人民翻身当家作主，压在头上的三座大山被推翻，他们内心中的喜悦犹如火山爆发出来一样，他们把内心中从来没有感受到的轻松喜悦的感情熔铸在“花儿”中唱了出来。

这一块云彩有雨哩，山里的青草儿长哩；
保安人有了共产党，光阴越过（者）越好哩。[①]

这首“花儿”运用形象的比喻，将共产党比作天上的云彩，将劳动人民比作“山里的青草”，云彩飘过来给青草带来了甘露，青草得以茁壮成长，犹如共产党给保安族人民带来了幸福的生活一样，保安族人民“光阴越过（者）越好哩”。

东山的日头发红了，牡丹的颜色儿俊了；

① 马克勋：《保安族文学》，87页，兰州，甘肃人民出版社，1994。

受苦的穷人翻身了，共产党的恩情重了。[1]

在地主横行的时候，在穷苦人民的眼里早晨的太阳就是地主开始新一天的剥削的开始，看盛开的牡丹没有一点美好的象征。自从共产党到来后，每天早上升起的太阳变成了红色的，盛开的牡丹也越发的俊了，说明广大人民群众已经从心理上彻底地得到了解放，更加形象地说明了共产党给保安族人民带来了幸福生活。

自中华人民共和国成立后，土地改革、改革开放等一系列政策的实施，人民生活日新月异，保安族“花儿”的内容也在跟随着时代的步伐不断变化着，歌颂共产党、歌颂祖国、歌颂民族团结、歌颂美好生活的“花儿”如雨后春笋般层出不穷。

（二）苦歌

苦歌是劳动人民苦难生活的真实写照，它是旧社会阶级压迫与阶级剥削下的产物，尤其是在旧社会，广大劳动人民在封建制度的制约下，承受着封建地主的夹击压迫和剥削，生活困苦不堪。广大劳动人民作为社会财富的主要创造者，一年到头，起早贪黑，累死累活地劳作，但是到年底，所得的劳动成果却被封建地主掠夺一空，自己的生活捉襟见肘，自始至终挣扎在饥饿和死亡线上，犹如身陷沼泽，无法自拔。在这种残酷的社会现实之下，广大劳苦百姓只能通过“花儿”来抒发心中的怨愤，揭露社会的丑恶与不公，苦歌中对现实生活的写照广泛而深刻。

东山的日头落西山，三伏天，脊背（哈）晒的者肉卷；

① 马克勋：《保安族文学》，87页，兰州，甘肃人民出版社，1994。

一天三顿的清水面，实可怜，没有吃饱的半天。[1]

早晨太阳还没有出来就已经在劳动了，直到日落西山看不见才可以收工，在夏天最热的时候，毒辣的太阳能把人脊背上的皮晒得卷起来，然而一天只吃了三顿的清水面，不但一天到晚肚子吃不饱，而且还要不停地为剥削阶级创造财富，贫苦人民的现实生活实在是可怜。

天没有日月地没有水，万花儿他不能长了；
挣断了筋骨苦断了腿，娘老子（哈）没法养了。[2]

三间的房子没柱梁，椽椽子悬担下了；
风交雪花的夜又长，冷炕上爬不着亮了。[3]

上边这两首“花儿”也是广大穷苦人民穷困潦倒生活的真实写照：不但缺吃，而且少穿，爬在没有柴烧的冷炕上等不到天亮，挣断了筋骨到头来连自己的娘老子都没法养活。这就是在封建社会下保安族劳动人民的现实生活，这些“花儿”作品直接控诉了阶级剥削和阶级压迫的罪恶。

无论哪种“花儿”都是劳动人民的即兴作品，除了传统的歌词之外，描写社会生活的优秀“花儿”作品也非常多，在中华人民共和国成立之前，国内外战争频繁，加之腐败统治者的黑暗统治，致使各族人民都生活在水深火热之中，许多“花儿”就反映了这些尖锐的社会矛盾。

日落西山天黑了，星星一颗颗的见了；

① 马克勋：《保安族文学》，82页，兰州，甘肃人民出版社，1994。
② 马克勋：《保安族文学》，82页，兰州，甘肃人民出版社，1994。
③ 马克勋：《保安族文学》，83页，兰州，甘肃人民出版社，1994。

拔兵要粮的催款子，穷光阴没法子办了。[1]

上边这首“花儿”是受到迫害的当事人的心灵歌唱，在诉说苦难生活的不幸的同时，也强烈地表达了保安族人民对于土豪劣绅官僚统治者穷奢极欲行为的愤愤不平，抒发了内心真切的感情，表达了人民内心的爱憎和愿望。

胡麻开花蓝上篮，天上的鹁鸽瓦兰；
如今活人难上难，右难上加的左难。[2]

上边这首“花儿”不仅揭露了旧社会的残酷剥削和统治压迫，同时又激励保安人民不要悲观失望，犹如“生活不止眼前的苟且，还有诗和远方”一样，积蓄力量，盼望幸福生活的来临。

（三）反映生活环境的“花儿”

中间的黄河两边的崖，峡口里有两朵云彩；
云彩搭桥者你过来，心上的花儿哈漫来。[3]

积石山根的牛尾巴草，
金鸡娃多，
黄鹰们抓不下兔了；
尕妹的肚子里心思多。[4]

① 马克勋：《保安族文学》，85页，兰州，甘肃人民出版社，1994。
② 马克勋：《保安族文学》，86页，兰州，甘肃人民出版社，1994。
③ 马少青：《保安族文化形态与古籍文存》，156页，兰州，甘肃人民出版社，2001。
④ 马少青：《保安族文化形态与古籍文存》，149页，兰州，甘肃人民出版社，2001。

满山满洼的山丹花，层层吧叠叠的菊花；
我给你说哈的一句话，尕心里牢牢地记下。[①]

保安族同周边其他少数民族相似，有着多种生存方式，如农耕、手工、制作、劳务输出等，因此，保安族的命运和自然环境息息相关。保安族现在主要聚居在甘肃省积石山保安族东乡族撒拉族自治县，其位于甘肃省西南部，为黄土高原与青藏高原的交界地带。积石山县地处黄河上游地区，同时属于黄土高原丘陵地区，境内多山地，地势起伏大，水流湍急。境内夏秋两季降水较多，植被覆盖率高，不仅风景优美，更是许多野生动物的栖息地。

（四）反映生产生活的“花儿”

庄稼哈三犁者三耱哩，买卖哈照本着做哩；
阳世上三说三笑哩，尕刀子心头上搅哩。[②]

八月九月里碾场哩，扬场时刮倒风者哩；
满街满巷的寻你哩，打听是去娘家者哩。[③]

保安族早在青海同仁时，农业以种植青稞、小麦、豌豆、胡麻为主，由于种植方式粗放，生产工具大都自给自足，农业生产资料落后，粮食产量较低。定居到大河家以后生产环境有所改变，学习和吸收当地其他民族先进的生产方式和生产技术，逐渐掌握了调茬种地的耕作方法，农业生产技术得到了提高。同时，保安族人民还引进了农作物

① 马少青：《保安族文化形态与古籍文存》，153页，兰州，甘肃人民出版社，2001。
② 马少青：《保安族文化形态与古籍文存》，159页，兰州，甘肃人民出版社，2001。
③ 马少青：《保安族文化形态与古籍文存》，163页，兰州，甘肃人民出版社，2001。

新品种，农业经济有了很大发展。

手工业是保安族重要的副业，主要是金属加工，其中制刀业不仅具有悠久的历史，而且其产品质量达到了很高水平，保安腰刀远近闻名，是保安族优秀传统工艺品的代表作，不但畅销西北各省，而且还远销海外。

保安族经商传统由来已久，积石山县曾是古丝绸之路上的重要通道，在保安族地区的社会劳动分工中，男子农忙时节在家务农，其余时间便从事手工业和商业。

（五）反映习俗的“花儿”

羊肉半斤葱半斤，水粉哈捞给了两斤；
银钱看淡人看重，情义们赛过了千金。①

罐罐的茶哈喝惯了，黄烟哈吃成个瘾了；
我你的大门上来惯了，不来是由不下我了。②

保安族种植的农作物品种主要有小麦、大麦、土豆、荞麦、甜菜等，保安人民日常饮食以小麦为主，兼食土豆、玉米、大麦等。保安族的日常食品有米有面，但以面食为主，与北方其他民族一样，经常食用馒头、花卷、包子、臊子面、搅团、散饭等。除此之外，在蔬菜方面，青菜、豆角、黄瓜、西红柿等各种蔬菜也已端上了餐桌，保安族的特色食品有炕锅馍馍、青麦包子、鸽肉稀饭。此外，保安族人民也像其他穆斯林一样，喜欢吃手抓羊肉，而且茶叶是不可缺少的生活

① 马少青：《保安族文化形态与古籍文存》，170页，兰州，甘肃人民出版社，2001。
② 马少青：《保安族文化形态与古籍文存》，170页，兰州，甘肃人民出版社，2001。

必需品，保安族人民喜欢喝罐罐茶。

大红棉袄绿夹夹，大门的台台上站下；

你见了旁人嫑答话，恐害怕人家们看哈。[①]

民族服饰不单是一个民族的身份标志，更是一个民族外在的直接表现形式，具有丰富的文化内涵。保安族服饰不仅承载着保安族的文化传统，也体现着保安族的精神心理，表现了保安族服饰形态与功能的有机统一。

保安族的传统服饰受到多方面的影响，首先在地理位置上处于黄土高原与青藏高原的交界地带，同时也是农业与牧业的过渡地带。其次在地域文化上保安族处于汉、藏、蒙古、回等多民族杂居地区，同时又是道教、佛教、伊斯兰教文化交融碰撞的地带。所以保安族传统服饰既是这种多元文化的缩影，又是保安族传统文化的体现。

保安族在迁往青海同仁居住之前，生活习俗受到蒙古族的影响，其民族服饰与蒙古族服饰相似，但其中又有本民族的特点。冬季男女皆穿皮袄，在春夏秋三季，男女均穿长衫，内穿高领白色短褂，外套黑色坎肩。在同仁居住后又吸收了藏族服饰的风格，迁徙到甘肃大河家之后，保安族与汉、东乡、撒拉等族人民交往日益加深，服饰由袍服变为短装，一是为了适应自然条件，二是受到其他民族的影响，吸收了对方的优点，完善了本族服饰风格。

保安族服饰风格在很大程度上还受到宗教习俗的影响，喜欢戴白帽、穿白衣。

① 马少青：《保安族文化形态与古籍文存》，174 页，兰州，甘肃人民出版社，2001。

胡达[①]的拨派[②]要受哩，塞拜卜[③]个家们做哩；

三岁上离娘的那提目[④]，东亚[⑤]上好哈受哩。[⑥]

烂木头搭下的闪闪桥[⑦]，你走是牢，我走是牢里么不牢；

你我哈吟哄给了这一遭，我你吟饶，胡达你哈饶里么不饶。[⑧]

宗教不仅是一种文化现象，更是一种精神纽带，在人类社会发展中承担着重要的社会功能，同时对信仰群体产生着一定的影响。保安族普遍信仰伊斯兰教，伊斯兰教不仅对保安族人民的精神领域产生影响，而且对他们的社会、经济、文化等方面，特别是对保安族的形成和民族凝聚力都产生过重大影响。

二、“花儿”中的爱情

爱是人类永恒的主题，也是情歌永恒的主题，对于爱情的追求更是人类本性所致。“花儿”作为一种民间口头文学样式，是由广大劳动人民口头创作与流传的。在河州“花儿”的流传作品中，爱情“花儿”独树一帜，占“花儿”数量的绝大多数，诚然爱情在人类生活中是本能的组成部分，且与其他社会生活密切相关，更是社会生活的一个窗口。保安族爱情“花儿”内容广泛，涉及爱情的所有步骤和细节，因此在不

① 胡达：甘青一带信仰伊斯兰教的人对真主的尊称。

② 拨派：指安排、指令。

③ 塞拜卜：阿拉伯语音译，指干善事。

④ 那提目：阿拉伯语音译，即孤儿。

⑤ 东亚：阿拉伯语音译，意为现世、今世，引申为生活。

⑥ 马少青：《保安族文化形态与古籍文存》，169页，兰州，甘肃人民出版社，2001。

⑦ 闪闪桥：下面挖坑，上面盖上树枝、撒上土，类似陷阱。

⑧ 马少青：《保安族文化形态与古籍文存》，169页，兰州，甘肃人民出版社，2001。

同的过程会有不同的情感表达，或热烈真挚，或沉痛悲怆，或幽怨伤感，或含蓄委婉，或直露坦率。一般爱情“花儿”以爱慕、追求、热恋、别离、相思、重逢、情变、抗争、训诫等内容反映出爱情生活的各个方面，描绘人生爱情的酸、甜、苦、辣、咸，感情真挚，内容丰富，贴近生活，富有感染力，艺术水平高，是“花儿”中最有价值、美丽的部分。

（一）表达爱慕的“花儿”

脸如银盘手如雪，黑头发赛丝线呢；
嘴是樱桃一点红，大眼睛赛灯盏呢。①

短短的二十八个字，描绘出了一个姑娘绝美的容貌，圆圆的脸蛋，雪白的皮肤，黑丝线一样的头发，加上樱桃一样的小嘴、灯盏一样明亮的眼睛，都说情人眼里出西施，如果不是这个少年爱慕这位姑娘，又怎会有如此仔细的观察、如此生动的比喻呢。

（二）表达追求的“花儿”

冬天过了春天来，请木匠画出个画来；
叫声尕妹跟前来，说两句知心的话来。②

都说春天是充满希望的季节，在大地回春之时，一位少年勇敢地对自己心仪的姑娘表达了自己的心意。春天万物复苏，又到了农忙的季节，这也正好给少年创造了与自己心上人见面的机会，攒了一个冬

① 董克义：《积石山爱情花儿二〇〇〇首》，11页，香港，天马出版社，2001。
② 董克义：《积石山爱情花儿二〇〇〇首》，18页，香港，天马出版社，2001。

天的心里话终于可以一吐为快了。

（三）表达热恋的“花儿”

好马不备双鞍鞯，好女不嫁二情郎；
生丝的手帕儿我拿上，把我的荷包儿戴上。[①]

男方为女方准备了手帕，女方为男方绣了荷包，这不正是恋爱中的男女在互换信物嘛，一首“花儿”将青年男女约会的场面生动地展现在了我们的面前，仿佛我们亲眼所见一样。

（四）表达别离的“花儿”

翻过园子种白菜，两面种西瓜哩；
双双身子难离开，临走时心疼烂哩。[②]

恋爱中的两个人在离别时难舍难分，运用夸张的手法表达了两人不愿分离的心情。在这儿推断，穷人可能要出远门，两人将在很长一段时间内在不能见面，分别时两人的心都疼烂了，更加刻画出了两人的难舍难分。

（五）表达相思的“花儿”

天上的云朵黑下了，地上的雨点儿大了；

① 董克义：《积石山爱情花儿二〇〇〇首》，41页，香港，天马出版社，2001。
② 董克义：《积石山爱情花儿二〇〇〇首》，84页，香港，天马出版社，2001。

我倒坐门槛哭下了，想起你说下的话了。[①]

自己思念的人可能为了生活出远门了，在家等待的那一个人日思夜想，再加上天又无情地下起了大雨，这让离家在外的人的生活更加不容易，同时也让在家等待的人越发的担心思念的那个人。

（六）表达重逢的“花儿”

冰消了么云散了，才把个天日见了；
泪干了么心烂了，才把个花儿见了。[②]

天气变晴才看到久违的太阳，眼泪都哭干了才见到日思夜盼的花儿，表达出了少年对花儿深深的思念。

（七）表达情变的“花儿”

自然养成习惯了，罐罐茶捣上瘾了；
良心坏了心变了，白白儿把你等了。[③]

为了对方自己改变了原来的习惯，漫长的等待之后却是对方的变心，自己终日只能以喝罐罐茶解闷，以此来化解心中的忧伤。

① 董克义：《积石山爱情花儿二〇〇〇首》，95 页，香港，天马出版社，2001。
② 董克义：《积石山爱情花儿二〇〇〇首》，122 页，香港，天马出版社，2001。
③ 董克义：《积石山爱情花儿二〇〇〇首》，128 页，香港，天马出版社，2001。

（八）表达抗争的“花儿”

一对白马进西海，西海里刮风者哩；
你有决心我有意，死活是一块儿到哩。[①]

两个自由相恋的人却遭到了家人的反对，可能是男方家拿不出女方家所要的彩礼，但女方大有：生是你家的人，死是你家的鬼的决然，男方也有今生今世非她不娶的决心。表达出了他们两人海枯石烂永不分离的态度。

（九）表达训诫的“花儿”

羊肉半斤葱半斤，粉条儿称给了三斤；
钱财看淡人看真，情义儿要重过千金。[②]

在日常生活中，不能因为别人给了自己一点好处，就认为这个人值得交往，更应该看重的应当是一个人的品质，看他是重情义还是重钱财，只有重情义的人才值得去交往。在保安族“花儿”中，表达训诫的曲目不在少数，它是保安族人民对日常生活的一种总结，不但提醒自己要吃一堑长一智，更能警示他人，引以为戒。

① 董克义：《积石山爱情花儿二〇〇〇首》，147页，香港，天马出版社，2001。
② 董克义：《积石山爱情花儿二〇〇〇首》，165页，香港，天马出版社，2001。

三、保安族“花儿”的格律

（一）保安族“花儿”的停顿

“花儿”都是歌唱的艺术，它的停顿和字数就取决于歌唱时唱词的节奏和节拍。保安族“花儿”唱词结构规整，一首一般为四句，一三句为九个字，基本上是每句三顿或四顿，单字结尾；二四句为八个字，节奏基本上是每句三顿，双字结尾，每次停顿的重音都落在末尾一个字上，每一句的重音都落在最后一顿上。但需特别强调的是，每次最后停顿的一个字大多是“者”“了”“个”“是”“哈”“们”“哩”“拉”“嘛”等语气助字，它是保安族“花儿”结构的需要，具有明确的实词意义和语法功能。如：

核桃树 / 开花的 / 人没 / 见，
绿核桃 / 咋这么 / 大了？
我两人 / 好哈的 / 人没 / 见，
名声儿 / 咋这么 / 大了？①

保安族“花儿”在演唱时，为了换气、表达、承上启下时，还要加上一些虚词，比如“咳”“呀”“哎哟”等，这些虚词起到的作用是对色彩、线条、声音、动作等因素在时间或空间上进行更和谐的搭配。

（二）保安族“花儿”的押韵

保安族“花儿”的押韵，犹如中国古代唐诗一样，具有自己鲜明的特征。“花儿”虽然是民间随口歌唱、信手拈来的，但是在押韵上还是

① 马克勋：《保安族文学》，81页，兰州，甘肃人民出版社，1994。

有一定要求的，总的来说不管是押韵还是转韵，都是为“花儿”唱起来顺口流畅服务的。保安族“花儿”的押韵除具有一般民歌所有的押韵之外，由于使用方言歌唱的，方言中许多语音特征，也都会在花儿的押韵中体现出来。

“花儿”的押韵主要有三种，即通韵、间韵和交错韵。

1. 通韵

所谓通韵就是每句都要押韵，这是保安族“花儿”中最常见、最基本的押韵方式。在通韵的押韵中，“花儿”末尾以保安族方言中的“了”“者”“哩”等虚词作为韵脚，这应当是保安族“花儿”押韵的一个明显特点，这些字的押韵一般都是一押到底，这应当与保安族人的说话方式有关，比如押“了”字韵的：

好一座青山哈雾拉了，尕马上生个个顿了；
我的尕妹哈人挑了，见面时搭不上话了。①

尕马哈骑上枪背上，西口外摆了个战场；
想起尕妹者哭一场，路远者辨不过地方。②

2. 间韵

间韵也叫做混合韵，即一三句不押，二四句押韵的形式。有一三句不押和第三句不押两种情况。单句中首句不押的如：

---

① 马少青：《保安族文化形态与古籍文存》，148 页，兰州，甘肃人民出版社，2001。
② 马少青：《保安族文化形态与古籍文存》，178 页，兰州，甘肃人民出版社，2001。

黄河沿上牛吃水，鼻圈儿[1]起不者水里[2]；

端走饭碗想起你，面片捞不者嘴里。[3]

第三句不押韵的如：

尕妹是冰糖阿哥是茶，茶离了冰糖是不甜；

尕妹是河水阿哥是鱼，鱼离了河水是死哩。[4]

3. 交错韵

交错韵即“花儿”歌词中对偶句之间交错押韵的方式，一三句押一韵，二四句押一韵的方式。

如实词与虚词间的交叉押韵：

积石山带帽一朵云，山根里拉起个雾了；

我背上名声你要上人，我羞者没走的路了。[5]

（三）“花儿”中的修辞：赋、比、兴

“花儿”以赋、比、兴为主要的表现手法，与我国古代《诗经》的表现手法十分相似，《诗经》是中国古代流传下来的一部最早整理的民歌总集，“花儿”与《诗经》高度相似的表现手法，至今无人解释其原因。“花儿”中的赋比兴的手法，使“花儿”构建了许多生动的人物形象和美好的生活景象，给人们留下生活的启迪与思考，不但成为后人

① 鼻圈儿：用树根拧成圈子套在牛鼻子上，用以牵拉和栓系。

② 起不者水里：伸不进水里。起，伸进去的意思。

③ 马少青：《保安族文化形态与古籍文存》，157页，兰州，甘肃人民出版社，2001。

④ 马克勋：《保安族文学》，93页，兰州，甘肃人民出版社，1994。

⑤ 马少青：《保安族文化形态与古籍文存》，150页，兰州，甘肃人民出版社，2001。

的智慧的源泉，也成为中国传统文化中的文学的艺术表现形式。

“花儿”的这种表现形式在一定程度上是由其情歌性质决定的，因为是情歌，其中就有不可言明的地方，需采用一种手法来表现，使其表达含蓄，让人能够听出其言外之意，使听者在比喻和暗示中去领会其中的意味。一对男女在山间偶遇或在路头相逢，初次见面不适合用啰唆的话语去表达自己的意思，只能用简洁的句式、暗示的方法来表达自己对对方的追求之意和爱慕之情。这就使得“花儿”必须具有这种情形下需要的表意结构。

赋体构思，这种构思的“花儿”，通篇叙事，在叙事中引入事物，再由物及情，表达歌者自己的思想感情，使得听者能够理解自己所要表达的中心思想。如：

头一帮骡子走开了，二一帮骡子撵了；
一步一步地走远了，清眼泪刷刷的淌了。[①]

比体构思，这种构思“花儿”以比喻手法和比拟手法为主，即用两事物间的某种相似的地方来作比，用浅显易懂的语言来说明道理，抒发感情，打动对方。用比喻来进行“花儿”的艺术构思是“花儿”的一大鲜明特色，也是“花儿”主要的表现方式。如：

墙头上站的是红鸡公，我当了绿孔雀了；
这一个阿哥的好声气，我当了金唢呐了。[②]

兴体构思，在兴式“花儿”中，兴是启发，是触物生情，是歌者见

① 马少青:《保安族文化形态与古籍文存》，179页，兰州，甘肃人民出版社，2001。
② 马少青:《保安族文化形态与古籍文存》，165页，兰州，甘肃人民出版社，2001。

到一种景物后，从景物的形状、动静中产生联想，触动其内心深处潜伏的思想和情感，继而发出歌唱。兴式“花儿”的起兴和赋式“花儿”的起兴有所不同，赋式“花儿”的起兴是引起叙事，在叙事中呈现出自己的所思所想，兴式“花儿”的起兴与比式“花儿”的起兴也有不一样，比式“花儿”的起兴与其叙事结构形成比喻关系，起兴与比喻紧密地结合在一起，继而产生情感。然而在兴式“花儿”的起兴中，起兴句和叙事句不一定具有情节和意义上的联系，主要起着引发联想、句型对应等作用，使“花儿”展现的活灵活现，其意境也更加宽调。

高墙的园子里种白菜，要浇个清泉山水里；
世上有钱的我不爱，要爱个好心的你里。[①]

（四）保安族“花儿”的句式

就保安族“花儿”的句式类型来说，可分为三种，即四句式或四行体，六句式或六行体，五句式或五行体。

1. 四句式或四行体

四句式或四行体，又称齐头尾式或头尾齐式，这是保安族“花儿”中最普遍、最常用、最基本的的形式，因此也是保安族“花儿”中最常见的句式。这类句式，每首四句，分为上下两段，每段由两句组成，如：

袖筒里筒的是千里眼，远山照成了近山；
尕妹妹不见我寻寻的脸，好人忧虑成病汉。[②]

这种四行体的基本特征是单句单字结尾，双句双字结尾，这既是

① 马少青：《保安族文化形态与古籍文存》，161 页，兰州，甘肃人民出版社，2001。
② 青海省群众艺术馆：《青海花儿曲选》，内部资料，1979。

河州“花儿”中一种最为奇特的构建方式，也是保安族“花儿”中一种最为奇特的构建方式。在唱词中单双句的字数，停顿数则要看歌手的自身素质了，由于人与人的文化素养、演唱技巧的不同，就会使得唱词中的字数与停顿数有所不同。

2. 六句式或六行体

六句式或六行体，又称为两担水式或折断腰式，如：

尕骡子带的是铜铃铛，
咣啷啷响，
尕犏牛驾的独杠，
尕妹妹撒籽我抓个杠，
我抓上杠，
尕庄稼种出名堂。[①]

这类六行体“花儿”实际上是四行体花儿扩写的变体，它的特征是一与四、二与五、三与六句互相对称，二、五是一、四句后半句的重复句，这类六句式亦被称为双折断腰式。这类六句式的字尾是一四句单字结尾，三六句双字结尾，实则他们仍是四句式单句单字结尾，双句双字结尾的变体，他的第二、五句只是半句，若除去这两个半句，语句仍与四行体相同。

3. 五句式或五行体

五句式或五行体，又分为上折腰和下折腰两种。

白袍小将的薛丁山，
下射了鱼，

① 魏泉鸣：《胡乔木同志关注花儿》，载《兰州晚报》，1985-06-29。

上射了张口的雁了，
尕妹的模样们赛天仙，
想死再不能见了。[①]

这类上折腰的五行体，既是四行体的发展，增加了第二句，也是双折腰式的六行体的减句式，减去了第四句的后半截句，这类五行体的字尾则是一四句单字结尾，二五句双字结尾，它仍是四行体单字单句结尾，双句双字结尾的变体。如果去掉其半截句，它的句序仍与四字句字尾的格式相同。这类五行体还有一小类叫下折腰，如：

宁河的街道是两头翘，
中间里连朵这里，
小阿哥好比个绿葡萄，
摘个是好，
绿叶子蓬严着哩。[②]

这类五行体也是四行体的发展，在第三句的后面增加了一个半截句，当然，它也是六行体的减句式，减去了第一句后的半截句。这类五行体的下折腰式的字尾是一三句单字结尾，二五句双字结尾，如果减去第 句的半截句，仍然是单句单字结尾，双句双字结尾。

四、保安族“花儿”的衬词衬句

保安族“花儿”多为通俗易懂的河州方言，衬词衬句的使用，除河州型“花儿”常使用过的语言外，多使用保安语、藏语、撒拉

① 王沛：《河州花儿》，载《陇苗》，1986（76—77）。
② 王沛：《河州花儿》，载《陇苗》，1986（76—77）。

语、阿拉伯语等借词，这种状况的出现与保安族的生活环境、民族历史密不可分。“花儿”中的衬词衬句，即在“花儿”曲令的曲首、曲中、曲尾，为了换气、起音、表达情绪和转调的变化，加入如“了”“是”“的”“哩”“哎”“呀”“者”“个”“哟”等一些语气助词，或者加入“我的花儿呀”“穆尼吾日冈”①“哎唏勒靠”②“尕尕尼麦日燕”③等附加语句放置于曲中或曲尾，作为唱词的陪衬部分被唱出来，这样会使得“花儿”歌唱富有特色，听起来优美动人，这是保安族“花儿”的一个显著特点。如：

（哎咳呀），中间的黄河者（耶）两边的崖，（咿哟就这个哎话耶），（哎呀）山口里（哟）有两朵云彩（呀）；

（咳），云彩者搭桥者（耶）你过（了）来，（咿哟就这个哎话耶），（哎呀）心上的（个哟）花儿（哈）漫来（呀）。④

在保安族“花儿”中，不同的衬词衬句放入曲调中，便会形成不同的曲令，衬词衬句在“花儿”中不仅起换气、表达情绪和转调的作用，更重要的是可以反映出不同“花儿”曲令不同的风格特点。衬词衬句不仅是“花儿”的重要组成部分和艺术手法，也是表现“花儿”山野歌唱的重要成分。

保安族“花儿”的衬词衬句可分为三种类型。

（一）用于“花儿”曲首

用于“花儿”曲首的衬词衬句一般都是具有呼唤性质的。“花儿”曲子的开始一般有一个“哎”或“哎哟”作衬词的起音词，它漫长而尖锐，

① 穆尼吾日冈：保安语音译，意为我的嫂子。

② 哎唏勒靠：保安语音译，意为后悔、遗憾。

③ 尕尕尼麦日燕：保安语音译，意为阿哥的麦日燕。麦日燕，一姑娘名。

④ 董克义：《河州爱情花儿对唱》，229页，兰州，甘肃文化出版社，2012。

人们一般称其为“勒”，他通常是一句长长的颤音，它如黄河中推动的水波，大风中起伏的麦浪，要求歌手一口气唱完这长长的起音，唱到高音段时需要用假音，婉转高亢，开阔清澈，使“花儿”具有悠长、高亢、热情奔放的音质。如《阿哥的肉令》中，一句长长的颤音“哎哟”，使“花儿”具有一种撕心裂肺的感觉，“花儿”曲首的衬词衬句不仅可做唱腔引子，而且能够表现出这个曲令独有的特色。

（二）曲中的衬词衬句

在“花儿”曲调中常常加入一些如“哎”“呀”“哟”等装饰音的衬词，形成连音、颤音和倚音，熟练的“花儿”歌手对这些衬词衬句运用的十分巧妙，使其曲令十分动听。如：

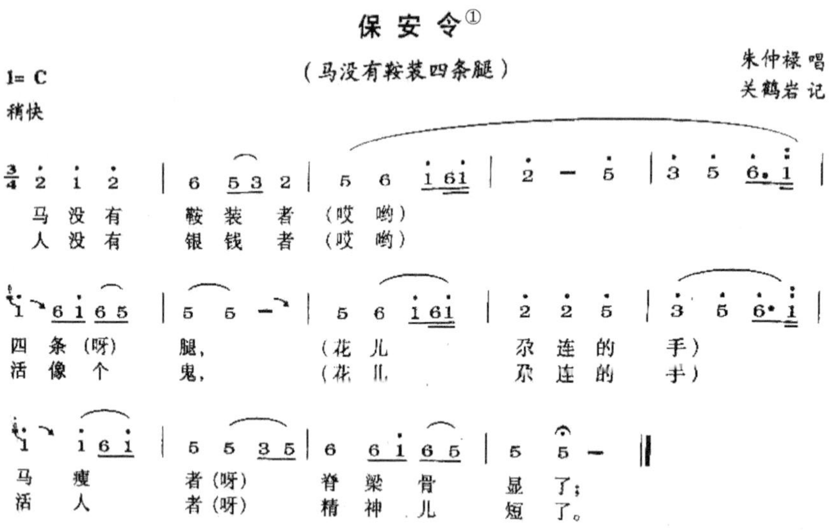

① 郭正清：《河州花儿》，290页，兰州，甘肃人民出版社，2007。

（三）曲尾的衬词衬句

曲尾衬词衬句是由“花儿”唱词的情绪、内容延伸的，可分为短句和长句两种。短句衬句如《清水令》的“阿姐哟”；长句衬句如《水红花令》的“我的水红花的大哥哥，哎哟，你走哩吗尕妹是个孽障的个人哟”。这种类型有的与唱词有直接联系，是对唱词内容的补充，曲令声乐的延展，歌唱者情绪上的交融。有的则在内容和唱词间不一定有直接的联系，但是在情绪上有所关联。这种曲尾衬词衬句的重复、变化，使乐曲能够得到较大的扩充，在音乐情感的表达、形象的塑造等方面起到十分积极的作用，使得不同地区的“花儿”彰显各自的特色，更使得歌唱自由奔放。

第三节　保安族“花儿”的传唱及文化价值

各个地区特有的“花儿”各具特色，唱法也各有千秋，犹如中国各地区的戏曲一样，各有各的韵味。保安族“花儿”作为河州“花儿”的一支，它的唱法与河州“花儿”的唱法大同小异，但其中融入了保安族的民族特性，并且在一些“花儿”的唱词中加入了保安语构成的衬词衬句，使得保安族“花儿”听起来与众不同、更具特色。保安族“花儿”作为保安族的一张名片，通过歌声彰显了保安族的民族特色，随着“花儿”的传播，保安族也越来越多地被人们所了解。

一、保安族“花儿”的演唱

“花儿”产生于西北内陆，它与西北高原独特的自然地理环境相辅相成，具有高亢、热烈、奔放、舒畅的风格，不但具有深情表达悲欢离合的内容，而且还有缠绵、忧伤、苍凉婉转的独特风味，演唱“花儿”的歌手会根据所表达情绪的不同，内容的不同来选择不同的曲令，以表达不同的感情，如表达思念的曲调缠绵悱恻，表达歌颂追求的曲调热烈欢快，表达幽怨情恨的则苍凉悲壮。为了使“花儿”表现出独具特色的音乐风格，在“花儿”曲调中会常加上一些装饰音，比如颤音、连音等，这些都由衬字、衬词、衬句表现出来，优秀的“花儿”歌手们对这些衬字衬词衬句添加得非常巧妙，使得曲调唱起来格外动听，“花儿”的唱法具有很高的技术要求，常常需一口气唱完很长的一句曲调，唱到高音段时需要用假声来唱，会使乐声开阔、清澈。

在“花儿”演唱中最重要的是发音方法，男声多用假声，女声则以真声为主。因为在对唱中女声音高较高，男声为了和女声音高，一般便用假声唱，这样发出来的声音音质明亮、尖锐，可以穿山越谷。从前人那儿传承下来的演唱方法，彰显着高原地区的特点。用假声演唱时，声带只需局部的振动，歌手必须控制好气息，才能够发出嘹亮的歌声。同时，还需要注意低音的连接，尽量避免明显的音区转换痕迹，尤其是高音的演唱，在控制冲击声带气息的同时，还要熟练运用口腔、头腔共鸣的作用，达到透亮、圆润的声音，以达到声音感人、传音选的目的。接下来是苍音唱法，即通常说的满口腔唱法，满口腔唱法对气息的运用是比较自由的，只需要掌握好叹气和换气，就能唱出感人的音调。最后就是尖苍音相结合的唱法，这种唱法的要求比单一的唱法要高，它需要在高音区用假声，中低音区用真声，使其演唱音域得以扩展，既能发出高音，又能发出中低音，这就是“花儿”演唱出现的新方法，这种方法增加了“花儿”的声乐魅力。

“花儿”的歌唱音域很宽，声调高亢而悠长，声音在很宽阔的音域中运动并大量运用四度跳进，甚至七、八度跳进，尤其是大幅度下滑音的使用，形成“花儿”独特的优美旋律，充分体现出了西北高原地域辽阔、视野空旷的地理环境和西北人民剽悍、粗犷、豪放的性格。

“花儿”可以随意散唱，在西北的很多地方，不论是年近古稀的老汉，还是十六七岁的少年，无论男女都会唱“花儿”，不论他们是在大街上游逛，还是在山林田间劳作，看到或想起什么有意思的事情来，随口就漫几句“花儿”，来排遣心中的烦闷或消除劳动的疲倦，由于演唱不是面对观众的，所以其形式十分自由。

“花儿”对唱是“花儿”最主要的演唱形式，在“花儿”对唱中，有一种对唱形式是带有选择性的，它需要一定的场合，一定的对唱对象，方可进行。再者，因为“花儿”是情歌，是男女之间交流感情、传情达意的载体，所以其最基本的对唱方式是男女对唱。以歌求偶是“花儿”对唱的主要目的，出于中国传统“礼”的约束，对唱一般都是在野外进行的。

二、保安族“花儿”的传唱

“花儿”作为传统的民间文化，口口相传是其根本传唱方式。“花儿”自产生以来，以口传为主要传承方式，代代相传，绵延至今，这应当是“花儿”最具吸引力的地方。

“花儿”的口传方式与其流传地区、流传群体等因素密不可分。在中华人民共和国成立之前，能够有条件接受教育的人寥寥无几，再加之“花儿”又主要在少数民族聚居的地区流传，少数民族多以游牧生活方式为主，文盲现象更为严重。同时，在传唱“花儿”的多个民族中，只有汉族、藏族、蒙古族有自己的文字，东乡族、保安族、撒拉族、土族、裕固族等民族只有语言没有文字，在这样特殊的环境生存，口传方式便成了“花儿”传承下去的不二选择。“花儿”的创作与传唱主体以生活在社会底层的劳动人民为主，他们多样的生存方式与复杂的内心情感需要用一种合适的方式表达出来，“花儿”的口传方式使它成为这一群体表达心绪的最佳载体。“花儿”的口传方式表达灵活，“花儿”的传唱者可以不受文化水平等因素的限制，就可以将心中的感受、情绪细致地表达出来，这种特点往往是文字不可比拟的。正如“花儿”的先驱研究者张亚雄、牙含章所说：“花儿在歌唱的时候，它们是盛开的鲜花和飞舞的蝴蝶，一旦记录到纸上，就像从树上摘下的叶子，或从空中扑到的蝴蝶，花儿就会失去七成的魅力。”①

“花儿”的口传形式还具有“去其糟粕，取其精华”的功能，任何文化的流传都是带有选择性的，能够流传下来的往往是被人民群众认可的，艺术含量不高、内容低俗的自然就被人们淘汰。“花儿”的口传形式无处不在，无论是在田间劳作，还是在路上游荡，张口都可以漫几句“花儿”。口头传承“花儿”，没有年龄、社会地位的限制，人们的参与度高，不论老幼都可传唱。

三、保安族“花儿”的文化价值

一是保护保安族“花儿”，彰显了积石山文化特色。在经济全球化的浪潮下，各国、各族人民更加注重发掘和保护非物质文化遗产，作为西北民歌的“花儿”也越来越被学术界关注，不论是它的艺术价值还是文学价值都值得探讨研究。“花儿”是劳动人民反映自己真实生活面貌的载体，表达着自己对生活的深深思考和美好愿望，“花儿”是西北地区人民的生活画卷，极具特色地彰显了地方色彩和民族特色。非物质文化遗产是现今每个国家和民族在新形势下强有力的竞争力量，对“花儿”进行发掘和保护，更能增加人们的民族认同感和归属感。

① 马少青、马自祥、郭正清：《花儿的口传与文本——兼论花儿文献的保护意义》，载《甘肃文苑》，2006（3）。

二是促进民族团结，共建文化强国。“花儿”的传唱将多个民族联结在一起，打破了民族和区域的界限，它不仅被汉族人民广泛传唱，而且在西北少数民族聚居的地区广泛流传。回、藏、土、撒拉、保安、裕固、东乡等多个民族都用汉语传唱“花儿”，这在一定程度上增进了各个民族间的感情。在各民族文化相互传播、交流的过程中，民族凝聚力、自信心得以激发，在全球多元文化背景下，对建立文化强国、实现中国梦具有重要意义。

综上所述，一个民族民歌的产生、发展到成熟就是对该民族历史的写照，该民族的生存环境及本族人民的生活习俗对本民族民歌的发展有着重要影响。保安族“花儿”的形成与保安族的形成密切相关，随着保安族的日渐发展，保安族“花儿”也逐渐发展成熟，且作为西北民歌独具特色的一部分，在中华人民共和国成立后，保安族“花儿”走出保安族、走出积石山，出现在全国乃至世界人民面前，赢得了海内外人民的一致好评。

保安族“花儿”具有高亢、奔放、热烈的风格，不仅反映出了西北人民剽悍、朴实、豪放的性格，也十分符合黄土高原沟壑纵横的地理特征。保安族“花儿”还具有兼容并包的开朗胸怀，不仅吸收了回族、藏族、土族等民族“花儿”的优秀成分，还借鉴了新疆、青海等地区“花儿”的艺术手法，既可表达出缠绵悱恻的思念之情，又可表达出苍凉悲壮的幽怨情恨。保安族“花儿”贴近百姓生活，源于生活，数百年来显示出旺盛的生命力，很多曲令依旧保留着其古老的面貌，饱含沧桑，历久弥新。

保安族地处农业与牧业、汉族与少数民族的交汇地带，受到多民族文化的影响形成了具有本民族特色的“花儿”。保安族“花儿”作为保安族文学的重要组成部分，生动而真实地记载了保安族的历史发展进程和人民生活习俗等，是其民族文化艺术的结晶。

第五章　保安族宴席曲

保安族歌谣中，有名的还有宴席曲。宴席曲是河湟地区各民族人民在婚庆宴席场中演唱的一种民歌，也是保安族说唱艺术中的一种主要形式。①

第一节　保安族宴席曲的渊源

据清代“同治事变”后的《陕甘劫余录》记载：“河州的西部与青海新疆交界处，住民很复杂，风俗也不同。缠头回回每逢有婚礼的时候，聚男女两家的亲友，举行跳舞，谓之‘围囊’。跳时两家贺客与主人，围成一个大圆圈，选男女两人，各执手巾一条，群相歌舞一次，既将手巾任掷一人，另行歌舞，以此循环作乐。”② 这是对河州穆斯林宴席曲舞的最早记录，“循环作乐”与当今宴席曲轮换表演的形式是一脉相承的。保安族的宴席曲融汇吸收了回族、撒拉族等民族在婚庆宴席场中演唱的精华，以清唱为主，伴有简单舞蹈动作，形式多样，内容丰富，并且具有浓郁的民族特色。它是从结婚宴席上吟唱婚礼小调衍变而来的。宴席曲与“花儿”不同，“花儿”一般是在村庄外演唱，不

① 马克勋：《保安族文学》，114 页，兰州，甘肃人民出版社，1994。

② 参见《禹贡》，1936 年 5 卷 11 期。

能在家里演唱，被称为“野曲”；而宴席曲一般被称为“家歌”。宴席曲的产生除了受当时社会生活、环境的影响外，还有较为深厚的文学传统源流。马克勋认为：“宴席曲产生于宋末元初的一种少数民族民间‘散曲’，它同元曲流行的时代和回回民族的形成历史基本上是一致的。回族形成的时代正是词和元曲昌盛的时期，当时的民歌对词曲的产生和发展影响是十分重大的。早在南北朝和唐宋时期的文化大交流中已有域外少数民族的许多民歌（音乐）传入内地，很快与中原民歌合流，成为一种崭新的音乐体系。”① 这就是当时流传在北方的散曲。由于散曲是在“俗谣俚曲”的基础上产生成长起来的，因此它带有浓厚的地方色彩和民间风格。再加上当时青海、甘肃交界地带多民族杂居区社会生活的影响，它必然吸收不同民族的曲调和声腔，这就构成了散曲不同于诗调的特色。在明代得到了新的发展，民间产生大量的民谣和歌曲，广泛地在城乡人民口头流传，形成民歌兴盛的局面，在当时统治阶级的正统文学，一般表现为内容贫乏，面临严重危机的情况下，民歌的新鲜活泼引起了文人的重视。明代的民歌，大致分为传统的民间歌谣和当时新兴的民间“俗曲”两部分。宴席曲在甘肃省临夏回族自治州的回族、东乡族、保安族、撒拉族中成为一种传统的喜庆仪式曲，原因与回回民族的经济生活是密切相关的。

宴席曲的歌词、曲调、舞蹈动作一定程度上仍然带有先民原来的文化影响。同时，宴席曲不仅是回族人民婚嫁喜庆节日里的一种娱乐活动，而且还是保安族、东乡族、撒拉族等民族的娱乐活动。

① 马克勋：《保安族文学》，114 页，兰州，甘肃人民出版社，1994。

第二节　保安族宴席曲的内容

“保安族宴席曲的内容有庆贺喜事的赞歌，倾诉社会生活的苦歌和欢歌，还有以讽趣兼备的贬歌。”[①] 保安族宴席曲的内容几乎涉及社会生活的各个方面。保安族宴席曲的思想内容主要表现在伦理道德方面，演唱曲目非常多。《恭喜曲》是保安族群众在喜庆场合演唱的宴席曲，内容诙谐风趣；《十劝人心》是农村常听的劝善歌，奉劝一家人和和气气，勤劳致富；《没奈何》表现的是保安族妇女思念当兵丈夫的歌曲，音调委婉动听，唱词在苍凉中带着诙谐。在叙述各种动人的故事时，只要能叙述清楚一件事，表达一种思想即可。叙事曲主要以古今社会发生的重大事件、英雄人物或传统故事为内容，有对英雄人物的赞美，也有对统治者的揭露，对封建社会里妇女命运深表同情，对生死离别的痛苦、相思的缠绵、重逢的喜悦刻画得尤为深刻。对战争的残酷，反动派的罪恶行径痛斥怒骂，嬉笑讽刺，使演唱者助兴者受到激励和启发。

保安族宴席曲的内容融合了回族宴席曲丰富多彩的内容，大凡在积石山大河家镇、刘集乡的回族群众中流行的宴席曲，在大墩、梅坡、甘河滩、高李村等地聚居的保安族人都有演唱能手，他们演唱的曲调更加优美婉转，表现形式多样，体现出保安族特有的情感和审美价值。

保安族婚礼分为娶亲、送亲、闹宴席场等程序，全部婚礼过程充满喜庆色彩，男女老少共乐，有“三天无大小”的习俗。也就是结婚后的三天内，无论长辈还是晚辈，都可以尽情地欢乐，不必拘谨于平

① 裴亚兰：《保安族民间文学研究》，西安，陕西师范大学硕士学位论文，2009。

时的长辈、晚辈之间的“规矩”，用来增加婚礼的热闹气氛。保安族的婚礼大多选择在星期五伊斯兰教的“主麻日”举行。保安族的婚礼程序中，“送亲”仪式是最具民族特色的，又称“撒五色粮”。在送亲开始的时候，新娘家中年龄较大的一位妇女，左手扶着新娘，右手托着一只盘子，盘子里盛着五色粮食：麦、豆、玉米、小米、青稞，并掺有茯茶。新娘从自己的房门倒退到大门外，每退一步就向后撒一把五色粮食，用来表示祝福娘家，报答父母的养育之恩，把幸福留给父母、兄弟及姐妹。到了大门外，新娘被扶上马，头上盖着鲜艳的面纱，身上披一条红毯子，在送亲队伍的前呼后拥下，一起赴新郎家。到了新郎家，按习俗，新娘不能入席，而且三天内不吃男家的饭，只能吃娘家送来的饭，来表示父母对女儿的关怀，以及女儿不忘父母养育之恩。显示了保安族聚居地淳朴、美好的社会风俗。

一、恭贺喜事的赞歌

赞歌是在庆贺喜事的时候演唱的歌谣，一般在婚宴等喜庆场面演唱。宴席曲的主曲，在保安族青年男女举行婚礼的晚上，亲友邻里与村子的青年们同唱把式前来祝贺时唱的，它由门曲和院曲两大部分组成。一般进门前先唱门曲，到院内，燃起篝火，大家围成圆圈，边喝茶边唱起夸赞曲，进而赞至父母、兄嫂和亲友。有名的保安族的宴席曲有《恭喜曲》等，具体演唱过程是先唱门曲：

恭喜（呀）恭喜（的）大恭喜呀，
没拿个礼物（者）空讨喜呀，
你打个调来者我唱个曲呀，
欢欢乐乐地讨上个喜，

唱的不好了甭着气呀，
宴席的伙伙里要和气呀，
三星者上来者一溜星呀，
月亮上来者笑盈盈呀，
我们来在了院当中（呀），
明灯高挂者满子红呀，
恭喜、恭喜、再恭喜，
你喜、我喜，大家的喜！①

以上演唱歌词亲切、质朴、自然，营造了一种欢乐、祥和的气氛，通过反复的“恭喜、恭喜、再恭喜”的语调，表达了演唱者对婚宴喜事的美好祝愿。通过“三星”“月亮”等拟人手法，表达保安族人民在婚宴喜庆场面时快乐、美好的心情。当主人把大伙迎进院内，大家围成一个圆圈，唱把式就唱起夸赞曲。首先夸赞的是主人的院落房舍：

月亮上来者一点红，
照着了东家的虎座门；
虎座的门是金狮子口，
金狮子的口上两条龙；
进去个大门者三面房，
两面的上房当中的亭；
什么木的柱子什么木的梁？
什么木改板压了平房？
核桃木的柱子水清木的梁，
嗦罗木改板压了平房。

① 马克勋：《保安族文学》，116—117页，兰州，甘肃人民出版社，1994。

房上铺的什么瓦？

转槽里拴的什么马？

房上扣的琉璃瓦，

转槽里拴的是白龙马。

前院里栽的什么树？

后院里栽的什么树？

前院里栽的紫荆树，

后院里栽的摇钱树。①

在对东家的院落房舍夸赞时，唱把式们用运了夸张之手法。通过“虎座门”“金狮口”“两条龙”来渲染东家房屋的庄严、雄伟。通过对建造房屋木材的具体描述，表达东家财力的雄厚，最后通过房前屋后栽种树木的名贵，淋漓尽致地表达了对东家的赞美之情。保安族世世代代生活在青藏高原边缘地带，绝大多数保安族人根本没有见过紫荆树，因为紫荆树生长在珠江流域。唱把式通过人们在生活中从未目睹过的“白龙马”“紫荆树”“摇钱树”等，用浪漫主义手法极尽夸张，从而达到对东家房屋、院落的赞美。这是一种民间歌唱智慧，目的就是让大家在欢乐喜庆的日子里高兴。

然后，唱把式们以新人的口吻进一步开始夸赞父母、兄嫂和亲友：

阿大、阿娜如比个黄河的水，

水深者浪大者水面上养鱼者哟。

兄弟们如比个江海里的一只船呀，

船帮水水帮船呀，兄弟们的情谊重哟。

姊妹们如比个后花园里的白牡丹树呀，

① 马克勋：《保安族文学》，117页，兰州，甘肃人民出版社，1994。

随开者随败者呀，绿叶子扶持者哟。
嫂子们如比个高杆上的一盏灯呀，
高照者低亮者呀四下里分明者哟。
朋友们如比个远路上的一张弓，
弓软者箭端者呀翎毛儿扶持者哟。
亲戚们如比个高山的松柏树，
根深者叶旺者呀四季里长青者哟。①

在以上这段唱词中，演唱者连用六个比喻，一气呵成，将父母、兄弟、姐妹、嫂子、朋友、亲戚们连接在一起，营造出一种家庭和睦、邻里友善的田园美好场景。演唱者充分发挥自己的想象能力，通过生动、形象的比喻，将父母、兄弟、姐妹、嫂子、朋友、亲戚构成的家族网络进行阐释，形象地表达了大家庭在整个保安族日常生活中的原生态状况。为我们研究保安族民俗文化提供了参考依据。

二、苦歌

宴席曲既是回族、东乡族、保安族等民族婚礼喜庆过程中的仪式曲，也是真实反映生活全貌的说唱曲，有对美好生活的赞美与歌唱，也有对苦难生活的揭露与诉说。如《方四娘》《高大人领兵》等。《方四娘》通过唱词，讲述了旧社会一位美丽、善良的女子遭受到不幸婚姻的折磨：

黄河南里是三乡，三乡里出了个方四娘。
一岁上尕来两岁上大，三岁四岁上巧说话。

① 马克勋：《保安族文学》，118页，兰州，甘肃人民出版社，1994。

五岁六岁上跟娘转，七岁八岁上学针线。
九岁十岁上进绣房，天上的鸟雀都绣上。
十一十二上来媒婆，十三十四上到婆家。
新媳妇下轿者勾头走，走起来好像风摆柳。
金银的首饰头上戴，像一朵荷花水中开。
下身儿穿的是紫罗裙，绣花的尕鞋脚上蹬。
行动大方模样儿俊，姑娘是天生的贤良人。
脸像满月圆又圆，眉毛像月牙儿弯又弯。
鼻梁儿端的一根线，一对的大眼睛惹人恋。
樱桃小口红一点，糯米的牙齿尖对尖。
好一个仙女下了凡，满庄子的人们挤着看。
婆家是爱财如命的有钱汉，眼看方四娘要受落怜。
进去头门女婿娃尕，背过身子眼泪（哈）擦。
进去个二门老婆婆瞎（脾气坏），心上的疙瘩像碗口大。
进去个三门心儿碎，心上好像是浇冰水。
一日三来三日九，跟上柴郎打柴走。
吃不饱来穿不暖，一夜里没睡个二更天。
女婿娃抓来老婆婆打，小姑子过来拔头发。
可怜我方四娘苦水里泡，啥时候才能熬出个头。[①]

《方四娘》具有典型民间叙事歌谣的特征，有典型、生动的生活场景和逼真的人物形象描绘。通过方四娘从出生、成长，再到小小年纪嫁人，她的命运不掌握在自己的手中，她的一生是可悲的，方四娘是旧社会千千万万个妇女的代表，她们遭受着夫权、族权的压迫，成为封建大家庭的奴役对象，她们卑微又可怜的生命如草芥一般。《方四娘》

① 马克勋：《保安族文学》，119—120 页，兰州，甘肃人民出版社，1994。

是底层少数民族劳动妇女所喜爱的一首诉冤曲。通过这首宴席曲，让我们感受到当今妇女解放、当家作主的幸福生活是多么美好、多么来之不易。

三、讽趣兼备的贬歌

讽趣兼备的贬歌中，最具特色的是《出嫁歌》，《出嫁歌》是用保安话演唱的，表达保安族妇女的哀怨之情。

啊！我的父母，
从今日起我在人家的门上活尘土式的人哩，
我祝愿你们活得舒服，
每晚睡个好瞌睡！
感谢你们对我一生的抚育和操心，
从今日起，放下了你们的一片心。
你们受了人家的白银子，
受了人家的肉份子，
卸下了对女儿的重担子。
我生长在家里，
厨房里跑了千千遍，
为你二老侍候了万万遍！
今日我蒙打糊涂的出门哩，

哟！媒人，我的媒人哟，
你凭着你的麻雀嘴，
当了我的催命鬼！

你当媒人想穿鞋，
花言巧语能把鸦鹊哄得来。
你当媒人想吃油馍馍，
你就把两家的大人哄得团乐乐。
你当媒人想吃肉，
山上的野兔你也能哄上了走。

我的媒人哟，
你就像枯树上的黑乌鸦，
搅得我颇烦不安稳呀，
哎，坏了良心的媒人哟！
哟，我的媒人，
你千万再不要坏良心了！[①]

从内容上看，《出嫁歌》是新娘离别亲人朋友时唱的苦歌。一般都是唱把式借助新娘的口吻进行演唱。在封建时代，青年男女婚嫁都是凭父母之命，媒妁之言，没有婚姻自由，这对夫权思想占统治地位下的妇女来说，自己的婚姻美满与否，实在难以预卜，所以有的姑娘就又哭又说又骂，哭说得特别新颖别致，有心人听后再添枝加叶并进行传播。久而久之，演唱者们便把它们东拼西凑，创作成完整的作品。随着社会的发展，婚姻制度的变化及妇女地位的提高，这种以哭腔说唱的曲调逐渐消失，偶尔在宴席中由宴席曲的表演者所演唱，其目的也是为了娱乐而已。

保安族宴席曲还有以古今社会发生的重大政治事件为题材演唱的内容，如《高大人领兵》《韩起功领兵》《杨老爷领兵》等，描绘了男子

① 马克勋：《保安族文学》，124—125页，兰州，甘肃人民出版社，1994。

被逼迫当兵参战的疾苦，统治阶级凶狠残忍的罪恶，在这些宴席曲中，能对战争性质进行深刻地揭露，这是难能可贵的。如：

高大人领兵

正月里到了是新年，
口外的百姓们造了反，
千里的大路上出文传，
各州吧府县里拔兵员。
连拔带抓的一月整，
抓上的都是些穷苦人；
半夜的三更里起了身，
各家吧各户的动哭声。

二月里到了刮荒风，
领兵吧挂帅的高大人，
每人哈发给了二两银，
官扣饷银者兵受穷。
官骑上大马兵步行，
哭声里离开了众乡亲；
人人哈哭的个泪纷纷，
一心吧要当个逃跑兵。

三月里到了三清明，
把大兵发给了哈密城；
背包哈压给的胛子痛。

刀枪吧挎给的胯子痛。
一步一步地往西行，
走的者腿痛脚心肿；
想起了老子动哭声，
吃粮吧比下苦还艰辛。

四月里到了四月八，
戈壁上没水渴煞煞；
酒泉的街道里买战马，
酒泉的城我把营扎。
高大人吩咐不给骑马，
又下令者把站加；
一夜儿拉给了百七八，
鞋破脚烂的血辣辣。

五月里到了五端阳，
米粮川里办口粮；
这一趟口粮哈没办上，
苦苦菜的叶叶儿苦断肠。
日头哈晒的实难挡，
身上吧没个单衣裳；
破棉袄坠累的好孽障，
头没有戴的者毛苍苍。

六月里到了上战场，
吐鲁番的城里打一仗；

尽折了兵来没折个将，
尕兵们活人者实难怅。
大清家逼给的民造反，
还说是回汉们有仇冤；
汉杀了回者回杀了汉，
大清的江山坐的安。

七月里到了七月七，
八个人给了七合米；
这一月的口粮难挣扎，
兵抢民来者民杀了兵。
口传的坏信到家里，
吃粮人的家里做求祈；
求祈哈做得者心痛酸，
安拉的眼前讨平安。

八月里到了八月八，
官逼哥哥们把城爬；
滚木垒石的往下砸，
尕兵们倒给了一啪达。
攻城攻给了十七八，
尕兵们折给了万七八，
早折吧早死的早回家，
活的吧还比死的差。

九月里到了九月九，

打下反城杀呀杀反头；
反头哈杀的没多少，
没跑的百姓哈都没饶。
这一仗打给了几十天，
两下里死给了两三万。
不是回回就是汉，
大清家一边里乐安然。

十月里到了天气寒，
热身子底下没铺的毡；
十天的干粮两天里完，
身子爬的烂泥滩，
哈没有吃来穿没穿，
当兵的人是实可怜；
娘老子听见是心里酸，
哥儿们听见是送盘缠。

十一月里来雪花飘，
马打南山里吃饱草；
枪入库来刀入鞘，
吃粮的哥哥哈散给了。
号衣战裙哈剥下了，
破衣烂串的个家找；
一没有盘缠二没有粮，
这就是吃粮的好下场。

十二月来一年满，
一路上讨饭回家乡；
一庄子出去了六十三，
活活的回来了一十三。
一去一来的整四年，
这一趟死活的好悲惨，
狗官们把功劳一身揽，
大清的江山人头填。①

《高大人领兵》在保安三庄的宴席场中演唱的比较普遍，它取材于乾隆二十三年（1758年）派兵西征讨伐霍集占等在天山南路集结兵力进行割据活动的历史事实为依据，表达了高天喜从河州地区率军到新疆参加平叛的军事行动中，底层士兵的苦难生活。这首曲子是士兵们自编自唱的叙事曲，在民间流传至今。曲子的演唱以正月到十二月的时间顺序，叙述了底层劳苦青年男子被抓丁、离别、吃不饱、穿不暖，饱受炎热、寒冷折磨，在战场上冒死征战的场景，抒发了对战争的厌恶和对和平幸福美好生活的渴望之情。曲子对统治者的残酷本质给予了深刻的揭露，对军队中克扣粮饷、残酷镇压、压榨人民的腐败现象作了淋漓尽致地描述。“号衣战裙的剥下了，破衣烂串自己找；一没盘缠二没粮，这就是当兵的好下场。”保安族男子当兵吃粮，战争结束后，幸存者回到家中，家里没衣穿、没饭吃。日子艰难，比起在战场上死去的同伴，更艰辛。还不如死在战场上，免遭生活之苦。表达了在清朝统治下吃粮当兵的穷苦人的悲惨生活和愤怒感情，揭示了“狗官们把功劳一身揽，大清的江山人头填”的凶残本质。

① 马少青：《保安族文化形态与古籍文存》，110—114页，兰州，甘肃人民出版社，2001。

第三节　保安族宴席曲的艺术特色

宴席曲是河徨地区各族人民在婚庆宴席场中演唱的一种民歌，是唱和舞相结合的表演艺术，也是保安族说唱艺术中的一个主要形式。保安族的宴席曲融汇吸收了各族人民在婚庆宴席场中演唱的精华，集歌舞说唱为一体，形式多样，内容丰富并且具有浓郁的民族特色，在“宴席场”三天无大小的宽容场合，边歌边舞，创造欢庆热闹的氛围，从而使之成为宴席场的喜庆活动仪式保留至今。宴席曲没有打击乐，也没有道具，纯属清唱。但这种清唱伴舞，不受严格的节奏约束。舞蹈的动作和造型也随唱词而变化。保安族宴席曲融汇了回族、东乡族、撒拉族等民族的精华，集歌舞说唱为一体，形式多样，内容丰富，尤其以伴舞而显其妙。宴席曲的舞蹈形式一般是二人或四人对歌对舞，旁人伴唱或者合众伴唱。曲调大部分是商、徵性和角、羽性的五声音节，音域不宽，大多用真声演唱，旋律流畅自然，表现力非常强，从多方面表达思想感情。

宴席曲的曲调一般是一词多曲或一曲多词，没有严格固定的程式，因为有长短句，歌词造成曲式结构上音节的不足，常用“哈”“呀”“者”等虚词来衬托和补充。有些演唱者还借引“花儿”中的折断式来扩展和补充原曲调，把“花儿”和宴席曲融为一体，使得民族风格、地方特色显得浓郁而强烈。宴席曲作为歌舞乐曲，没有打击乐器，也无道具，节奏变化很大。其中虚词部分可以无限延长音，这是保安族宴席曲区别于其他歌舞音乐的一个显著特征。这种清唱伴舞的形式对潇洒自由的舞蹈动作，不受节奏的严格约束，具有较大的回旋余地。

保安族的宴席曲大致可以分为散曲、说唱曲、叙事曲。散曲，一般指恭贺、赞美之类的内容，曲调很多，大多一词一曲，固定不变；说唱曲，兼说兼唱，由起头、正文、结尾三部分组成；叙事曲，一般吟唱爱情悲剧故事和生活故事，多为二句式和四句式，可换调演唱。歌词欢快明朗，优美动听，多在新婚之夜，由村里的男青年集体演唱，演出多为二到八人的男子对舞，相互换位后，有屈膝半蹲、双手扶膝的行礼姿态。基本步法一般是脚尖或脚掌先落地、膝部屈伸，使身体如波浪起伏，与头部的摆动相协调。手势有单晃手、双晃手、掏手、望月等，舞姿洒脱昂扬，表现出高原民族豪放、开朗的性格。全村的人都可同闻歌声、共享新郎新娘的欢乐与喜悦。宴席曲的演唱由原来的一人增加为几十人，形成对唱问答式，或一人领唱众人合唱。

第二部分

保安族作家文学资料整理研究

保安族作家文学起步较晚，真正形成的时间在20世纪80年代初期。以马少青、绽秀义、丁生智等人为代表。21世纪后，保安族作家文学得到了长足的发展，作家队伍有所扩大。但与东乡族、撒拉族作家文学相比较，保安族作家文学明显处于滞后状态。

第一章　保安族作家文学发展概况

保安族无论在迁徙之前，还是迁徙之后，一直生活在偏远的甘肃、青海交界的少数民族聚居区，受教育文化程度较低，再加上本民族人口数量较少，致使保安族作家文学一直处于空白状态。解放初，一些有文化的保安族人写了零星的"花儿"诗，一直到20世纪80年代初，保安族作家文学才真正产生。

保安族作家文学创作概况，从时间上划分为以下三个阶段①：

第一阶段是中华人民共和国成立至改革开放前。1949年中华人民共和国的成立，也使保安族人民从此站起来，彻底翻身得解放，他们不仅从政治上、物质上获得当家作主的权利，而且开始享受文化教育的权利。由于历史的原因，中华人民共和国成立前，上过学的保安族极少，更不用提从事文学创作了，所以保安族的书面文学创作，是在中华人民共和国成立后，随着民族的识别、认定和受教育程度的不断提高而开始和发展的。在当时的保安族聚居区，扫盲识字、兴办学校、送儿童上学，文化教育事业逐步发展了起来。保安族有了认识汉字的人，一批年轻的知识分子在中国共产党的阳光雨露下茁壮地成长起来，为保安族书面文学创作打下了基础。1949年后培养起来的文化人大部分从事行政工作。1958年"大跃进"时期，提倡全民写诗，全民唱"花儿"。一些有文化的人写了一些即兴"花儿"诗，其他书面创作基本上还是空白的。他们开始用文字的手段记录身边人、身边事，有些

① 本观点引自马沛霆:《五彩缤纷的保安族书面文学》，见《甘肃日报》，2016-08-04（百花版）。

人甚至尝试着以创作“花儿”诗的形式赞美新时代、讴歌新生活，尽管他们的笔触还略显稚嫩，存世流传的诗歌也不多，但这是可贵的第一步，也是保安族书面文学的肇始。

第二阶段是改革开放后到20世纪末。1981年，积石山保安族东乡族撒拉族自治县成立，在中国共产党培养教育下成长起来的保安族文化人，正式登上民族文学的历史舞台，马少青、绽秀义、丁生智、马骥、马瑞等人便是其中的代表人物。他们利用业余时间搜集整理世代在保安族民间口耳相传的神话、传说、故事，并陆续发表在《陇苗》《临夏文艺》等省、州文学期刊上，吹响了保安族文学启程的号角。与此同时，一大批脍炙人口的诗歌、散文、小说也不断见诸于各类刊物、报纸。在积石山自治县成立之际，马少青、丁生智等人创办并刊印了有史以来第一本保安族文学刊物《积石山》和《积石柳》，开创了一块特殊的文艺园地，集中收录了所有保安族文学青年的作品，内容新颖，题材丰富，为宣传新成立的民族自治县和保安族文化作出了突出贡献。马少青出版了保安族历史上第一部个人文学作品集《积石山的路》，他还先后出版了《东乡族裕固族保安族民间故事集》《中国少数民族风土游记》《保安族》《保安族文化形态与古籍文存》《中国保安族》等40余种关于保安族的文化学术编著。与此同时，保安族作家通过辛勤耕耘，他们的作品也得到了少数民族文学界的认可和好评，一些文学作品获得临夏回族自治州、甘肃省乃至国家级的文学奖项。如马少青的《保安腰刀和蛋皮核桃》荣获1986年甘肃省少数民族文学创作二等奖、《艾布的房子》获第三届全国少数民族文学创作特别奖、甘肃首届敦煌文艺奖，绽秀义的小说《麻拉巴过节》获得1983年甘肃省少数民族文学创作二等奖、散文《柳叶青青》荣获1986年全国少数民族文学优秀散文奖。

第三阶段是21世纪以来。在上一代文化工作者的影响和熏陶下，保安族的书面文学创作得到进一步发展，新的文学写作者快速成长起来。其中，马祖伟、马学武、韩维礼、马文华、马沛霆等保安族作家创作的散文、诗歌得到广泛关注，他们的文学作品表达出保安族人豪放、执着而不失优雅的秉性特质，显示出刚毅、乐观的民族情怀。他们的作品，有的深沉厚重，追溯民族的历史变迁；有的托物言志，描绘家乡的发展变化；有的抒情浪漫，描写丰富的民俗风情。2018 年，马学武出版了诗集《花儿漫过野风的山岗》，这是保安族作家公开出版的第一部个人诗集，2021 年 12 月，马祖伟出版诗集《远行》、韩维礼出版诗集《羊卑河诗集·雪域礼赞》，2022 年 8 月，马尚文出版诗集《积石新韵》，这 4 本诗集的出版，不仅为保安族文学增添了硕果，也为保安族书面文学创作带来了活力。马文渊的代表作《山庄锤声》，以精练、形象的语言生动地刻画了保安族人锻制腰刀的劳动场面，展现了“如花似蜜”的生活图景。2020 年 10 月，马祖伟散文集《情满大河家》由团结出版社出版，这是保安族作家出版的第一部散文集，是第三部保安族作家个人文学作品集。马祖伟的散文在深刻描画保安族地区风土人情的同时，也表达出了保安族人细腻的感情和精神世界。马学武创作的现代诗《神往隆务》，用流畅的笔端传递出保安族人对故土的眷恋和对亲人的热爱。近年来，还有马尚文、马学英等，在繁忙的公务之余不断创作出大量优秀的文学作品。马尚文的《积石山赋》等系列诗赋、《花儿》等古体诗、《大河家》等现代诗，文思萦系，气韵豪迈，以其独特的视角、多元的手法、准确的表述以及丰富的感情，表达了自己对故土的深深眷恋和对家乡发展的美好憧憬。马学英的《摇路泉》《冬之韵》也充分显示了其较强的文学功底和细腻的内心世界。

保安族书面文学的发展经历了三个阶段，21 世纪以来，保安族书面文学得到了长足的发展。马学武、马祖伟、马尚文、韩维礼、马沛霆、马学英、马春花等作家的文学创作呈现出良好的势态。马学武、马祖伟、韩维礼出版了个人文学作品集，马学武的诗歌获得过省级及以上奖项。保安族作家文学创作扎根于本民族深厚的文化土壤之中，作家们怀着满腔的热情，讴歌自己的民族、追溯民族历史、抒发对亲人的赞美、怀念之情，对伟大祖国和人民的歌颂之情。与此同时，他们的文学创作紧跟时代步伐，及时反映现实生活，折射出少数民族地区的真实面貌。互联网时代，保安族作家们在网络发表作品，在网络、本民族、本地区产生了广泛的影响。例如，马尚文创作的诗歌《大山的呼唤、大海的深情》，抒发了在脱贫攻坚战中，积石山县和福建厦门市之间结对扶贫的动人事迹以及厦门市对积石山县的全力扶持。这首诗歌在网络发表后，产生了广泛的影响，点击率达到几十万，转载率也是比较高的。马尚文创作的歌词《大河颂》经配乐后传唱，影响也是非常大的。其他保安族作家作品在网络也是流传较广的。互联网时代，打破了文学作品在纸质文本发表、传播的狭小途径，他们的文学作品受到了更多人的关注，产生了较广泛的社会影响。

但是，与生活在相邻地区的其他民族相比较，尚需保安族的作家们进一步努力，还需要各级政府、文联的大力扶持。文学创作需要作家静下心来构思，更需要时间、物质的双重保障。从现有的保安族书面文学作家队伍的年龄来看，大部分作者为“60后”“70后”，“80后”寥寥可数，“90后”“00后”受过高等教育的保安族青年，从事文学创作的几乎没有，保安族作家文学后继乏力，现状令人担忧。现有的保安族作家队伍中，几乎没有专门从事文学创作的人员，大多数作家兼任公职，个别人还担任领导职务，他们没有更多精力创作大部头、高质量的文学作品。即便有个别人对文学怀揣梦想，几十年如一日坚持文学创作，但由于一些方面的限制，很难创作出高质量的文学作品。保安族书面文学的影响力非常微弱，缺少领军人物和高质量的文学作品。1983年、1986年绽秀义、马少青分别获得第二届全国少数民族文学创作奖、第三届全国少数民族文学创作奖，在之后35年的时间里，保安族作家再未获得过少数民族文学创作奖。

保安族书面文学要突破本民族文学创作狭小体裁范畴，保安族书面文学要想迈向一个更高的台阶，只有超越民族边界，才有可能获得更广泛的影响。要从本民族作家队伍、文学研究队伍抓起，形成良好的文学创作、文学研究的氛围，这样才能使保安族文学走向繁荣、昌盛之路。

第二章　小　说

保安族的小说创作开始于20世纪80年代初，作品数量非常少，仅有为数不多的几篇短篇小说。从作家数量来看，截止到目前，有影响并公开发表小说的作家有马少青和绽秀义。他们的小说创作紧紧围绕保安族人民生存的现状，真实而生动地描绘了一幅幅绚丽多彩的生产、生活画卷，塑造了有血有肉、个性鲜明的人物形象。马少青短篇小说有《保安腰刀和蛋皮核桃》《艾布的房子》《马六》《关怀》等，其中《保安腰刀和蛋皮核桃》获甘肃省民族文学二等奖，小说《艾布的房子》获全国第三届少数民族文学奖。绽秀义的短篇小说《麻拉巴过节》获甘肃省少数民族文学二等奖。自绽秀义、马少青之后，鲜有保安族作家从事小说创作。在小说创作方面，尤其是中篇小说和长篇小说的创作，仍然处于空白状态。我们期待着保安族作家能够突破中篇小说和长篇小说创作的瓶颈，创作并发表中、长篇小说。

第一节　马少青小说创作与评述

一、马少青的生平及对保安族文学的贡献

马少青，男，保安族，1954年2月出生，甘肃省积石山保安族东

乡族撒拉族自治县大河家镇大墩村人，作家、民俗学家。研究生学历，西北民族大学兼职教授，中国作协会员，书法家协会会员，甘肃省第三届书法家协会主席，第四届书协名誉主席，甘肃省少数民族书画摄影学会会长，甘肃省保安族文化协会会长。第六届全国人民代表大会代表，全国青联第六届常委，共青团第十二届中央委员，甘肃省政协第五届、第十届委员，甘肃省人大第七届委员，省人大十一届委员，中共甘肃省委第十一届候补委员，中国共产党甘肃省第十一届委员会委员。曾任临夏回族自治州临夏县铺川公社青年干事、临夏县委组织部干事、中共积石山县委宣传部部长、积石山县委副书记。1983 年，调任共青团甘肃省委副书记、甘肃省青联主席。1992 年 2 月，任省外办党组成员、侨办副主任。1998 年 10 月，任甘肃省民委党组成员、副主任，省宗教局副局长。2003 年 4 月，任甘肃省文化厅厅长、党组书记。2008 年 4 月，任甘肃省文联党组书记、副主席，省文联名誉主席等职。

马少青是中华人民共和国成立后培养的保安族作家、民族文化学者。他从 1980 年开始文学创作并潜心于民族文化的研究，利用业余时间搜集、整理了大量的保安族历史文化及民间文学素材。先后发表短篇小说《保安腰刀和蛋皮核桃》《艾布的房子》《马六》《关怀》，散文《隆务河缅怀》《积石山的路》《祖父》等，1999 年编撰并出版了个人文学集《积石山的路》，《积石山的路》是保安族作家出版的第一部文学作品集。这部文学作品集对于保安族书面文学来讲，具有划时代的意义，填补了保安族个人文学作品集的空白。马少青关于保安族历史文化方面的专著有《保安族》《保安族腰刀》，主编《保安族文化形态与古籍文存》、《保安族研究论文集》、《跬步集》、《河洲花儿》、《甘肃特有民族文化形态研究》（保安族部分）、《花儿的口传与文本》、《东乡族、保安族、裕固族古籍总目提要》（保安族部分）等。这些著作对保安族的历史文化、风土人情做了生动详尽的阐释，谱写了对自己民族的一片爱意、一腔痴情。马少青的论著对研究保安族历史文化的沿革和今后的发展具有重要的学术价值。

马少青被公认为“保安族书面文学的奠基人”，他之所以能够获得这样的殊荣，主要有以下方面的贡献：第一，他的文学创作起点高，获得奖项级别高。马少青从 1980 年开始文学创作以来，发表的小说、散文、戏剧作品 20 多篇，从数量上讲不算太多，但对于保安族作家而言，获得奖励级别高，小说《艾布的房子》获第四届全国少数民族文学特别奖和甘肃省敦煌文艺奖。马少青是中国作家协会会员，也是目前保安族唯一一位中国作家协会会员。第二，在保安族书面文学文体写作方面有突出贡献。在马少青之前，保安族作家绽秀义曾经创作短篇小说、散文 20 多篇，马少青除了短篇小说、散文的创作外，还与人合作创作了保安族历史上第一部戏剧《桑摩尔》，拓展了保安族文学体裁的范围。第三，公开出版了保安族作家个人第一部文学作品集——《积石山的路》，作品由小说、散文、民间故事与传说、戏剧四个部分构成。这部文学作品集出版于 1999 年，标志着保安族书面文学作家作品的成熟，在保安族文学史上具有填补空白的意义。第四，对保安族民间文学的整理研究，马少青的贡献也是非常突出的。经他整理、撰写、出版的民间文学有《神马》《阿舅和外甥》《妥勒尕尕上天取雨》《木匠和他的妻子》《“波日季”腰刀的传说》《叶松尕格豆和瓜日尕格豆》《子留阿勾和苦其果阿勾》等。第五，马少青的文学创作根植于民族母体，他以饱含着强烈情感的笔触摹写保安族人民的历史、生活、民俗、文化印记以及保安族人民的情感世界。他的文学创作，对保安族文学而言，既有发轫作用，更有辐射作用，为保安族文学的健康发展打下了坚实的基础，为后来的保安族作家文学创作树立了高标。

马少青是最早一批具有文化自觉意识的保安族人，他从 1980 年初，就开始了对保安族民间文学资料的搜集、整理。在其散文集《积石山的路》、著作《保安族文化形态与古籍文存》中，收录了多篇由马少青搜集、整理的民间故事和传说。民间文学是文学的重要组成部分，保安族民间文学源远流长，它是保安族作家文学的胚胎，滋养着作家文学的成长，马少青也不例外，他能成为保安族文学的奠基人，与保安族民间文学的长期滋养密不可分。保安族民间文学包括：民间传说故事、保安族叙事曲、保安族宴席曲、保安族打调、保安族传统花儿等。从小生活在保安族聚居村落，从小的耳濡目染，使保安族民间文学为马少青的书面文学创作提供了丰厚的养分，在他的小说及散文《心曲》《积石山的路》等创作过程中，保安族“花儿”、谚语等信手拈来、运用得当。这些保安族民间文学的养分，为他的书面文学增添了浓郁的地域文化色彩和民族色彩，使得他的文学创作打上了鲜明的民族印记，通过阅读他的文学作品，读者既能感受到书面文学的典雅、含蓄，又能体验到保安族民间文学的机智、幽默、活泼。另外，民间文学为马少青的文学创作提供了丰富的语言。

马少青不仅搜集、记录、整理和改编了一部分保安族民间文学作品，还在《中国保安族》《保安族文化形态与古籍文存》等学术著作中，对保安族民间文学进行全面的介绍。由于具有扎实的本民族民间文学功底，他的书面文学创作融入了民间文学的养分，他的作品，尤其是小说创作，至今在保安族作家中是一座难以超越的“高峰”。

二、马少青小说主题与艺术特色分析

在现有的保安族作家中，马少青的小说创作成就最高。马少青的小说创作篇目不多，仅限于短篇小说的创作。他在创作过程中，始终围绕保安族进行叙事，他用饱含着强烈情感的笔调塑造了鲜活的保安族人物群像。在塑造人物的同时，也恰当地描绘了保安族文化习俗、风土人情、景物景致等。马少青的小说语言鲜活、生动、传神。其小说采用现实主义的创作方法，真实再现了典型环境中的典型人物。他的小说大多具有讽刺韵味，往往在不露声色中完成对社会不良现象、对某类人物的讽刺，从而达到批判现实的目的和作用。马少青的小说创作是保安族小说创作的起步阶段的代表，能够达到这样的水平，已经是难能可贵的了。

短篇小说《保安腰刀和蛋皮核桃》创作于1985年，1986年荣获甘肃省少数民族文学创作二等奖。小说篇幅很短，讲述一个叫马古牙的保安族青年第一次在地区文艺刊物发表小说《腰刀恨》的遭际。小说从马古牙去乡邮电局取稿费写起，写出了马古牙激动、自豪、尴尬、无奈的心路历程。让马古牙激动、自豪的是：他是保安族第一位发表小说的人，他知道这篇小说在本民族历史上具有划时代的意义。他内心是非常自豪的，他有意没有早早取汇款，而是把汇款单摆在堂屋的八仙桌上，好让乡亲们不费劲就能看见。马古牙发表小说的消息传到只有百十户人家的保安山庄，引起了巨大的轰动，成为村庄里大大小小的人议论的头号新闻。通过这些故事情节，从侧面展示了保安族书面文学创作对于保安族人的重大意义，也体现出80年代文学在老百姓心中神圣、崇高的地位，即便是位于偏远、落后地区的保安山庄，人们对文学依然充满了敬仰之情。当马古牙走到集上后，同样受到集市上买卖人的赞美，马古牙也是非常自豪、骄傲的。可是，当他来到卖腰刀的铁匠跟前时，铁匠有意说出生意不好，是因为乡亲们赊账不及时还钱，这给正在兴头上的马古牙当头浇了一盆冷水，他的心情由激动、自豪、骄傲变得尴尬无比，甚至有些无地自容。因为他为了发表作品，从铁匠这里赊了4把保安腰刀，送给地区文艺杂志的胡主编，以便于胡主编“了解小说中描写腰刀与实物比较是否真实”。4把腰刀共计20

元，而稿费只有15元，马古牙身上正好带了5元钱，他把盖好自己名章的汇款单和5元现金交给铁匠，自己饿着肚皮回家去。在回家的路上，他想到自己今后的文学创作，想到胡主编的"教导"，感觉自己今后的文学创作之路越来越艰辛了，因为保安腰刀涨价了，写不起了。但是，当他看到村庄前面的一颗核桃树的时候，受到启发，下一篇就写《核桃的使命》，因为除了保安腰刀，这里的蛋皮核桃也是特色，关键的是：蛋皮核桃便宜，每斤最多4毛钱，"真正可以大写特写一番"。

《保安腰刀和蛋皮核桃》善于通过心理描写来刻画人物性格。小说塑造人物不多，在关键处寥寥几笔心理描写，将主人公的性格特征刻画得鲜明、生动。马古牙性格直爽、憨厚、善良、朴实。他的喜怒哀乐溢于言表，他自豪、骄傲的时候显得非常可爱，他脸红、尴尬的时候，表现出非常可贵的精神品质。15元钱的稿费对他来说意义非常，这是他从事文学创作以来的第一笔稿费，也是保安族书面文学史上的第一笔稿费，显得弥足珍贵。但面对铁匠、面对赊账，他毫不犹豫地把稿费拿出来，并补上自己的5元钱，饿着肚子回家了。通过这个细节，将马古牙善良、朴实的性格特征展现在读者面前。作为一名人口较少民族、又处于偏远地区的保安族基层写作者，马古牙的文学创作之路本来就艰难，发表作品更是难上加难。小说结尾，通过马古牙的心理描写，将以胡主编为代表的编辑，盘剥马古牙之类的基层作者的情形进行了鞭挞和讽刺。小说带着含泪的微笑，写出了基层少数民族作家创作的艰辛和发表作品的艰难。

小说语言朴实无华，人物口头语言运用生动，为小说增添了活力，也增强了地域色彩。在叙述过程中，除了使用平实晓畅的白话文外，在恰当的地方，加上一些方言词语，如："昨个""啊呀呀""一搭了""啊干散"等词，既符合人物身份，又贴近群众口语，更体现出浓郁的河州方言特色。小说讽刺艺术效果运用恰当，作者不动声色，借助马古牙的心理，寥寥数笔，将胡主编的丑态揭示得淋漓尽致。小说结尾，保安腰刀价格和蛋皮核桃价格形成强烈的对比，通过对比，一方面暗示了基层作者创作的不易，更重要的是，达到了反讽的效果。

短篇小说《艾布的房子》获得第三届全国少数民族文学创作特别奖，这是保安族迄今为止，唯一一篇获得全国少数民族文学创作奖项的小说作品。《艾布的房子》相对于《保安腰刀和蛋皮核桃》而言，篇幅长，人物多，对社会生活的广度和深度挖掘得更精细。马少青是用饱含着深情的笔调创作这篇小说的，他以感同身受的方式表达母族保安族农民的命运遭际和他们的内心世界。这篇小说以饱满的热情、鲜活的语言，通过主人公艾布从20世纪50年代到80年代30多年间建设自家房子的坎坷遭遇，客观、真实地再现了保安族农民艾布跌宕起伏的命运，小说以小见大，以现实主义的创作手法概括出保安族人民在中华人民共和国成立后生活的变化和精神世界的丰富多彩。

第一，小说中有大量对保安族民俗、风情的描写。在小说开头，从保安山庄村民下地割麦写起，庄稼丰收带给他们的欢乐和喜悦。在割麦的人群中，有艾布和他的好朋友哈三尼。艾布和哈三尼都是五十四五的人了，从小就是好朋友，他俩唱"花儿"小有名气，唱"保安令"没有人超过他们。在割麦的时候，哈三尼让艾布唱"保安令"解解乏气，艾布说："你我都是有孙子的人了，还不正经，你的嗓子痒了自个来一段。"[1]通过简短的叙述，写出了保安族人既唱"花儿"，更唱"花儿"中本民族特有的"保安令"。"花儿"是流传在中国西北部甘、青、宁三省（区）的汉、回、东乡、藏、保安、撒拉、土、蒙古、裕固等民族中共创共享的民歌。因歌词中把女性比喻为花朵而得名。在花儿中，保安族有自己特有的曲调"保安令"，它是在对回族、汉族花儿改造的基础上，吸收蒙古族、藏族民歌的艺术特点而形成的。通过哈

① 马少青：《积石山的路》，4页，兰州，甘肃人民出版社，1999。

三尼、艾布在田间地头劳作，作者不动声色地介绍了“花儿”“保安令”都是“野曲”，是在田间地头唱的，不能在村子里唱，而且年轻人唱得多，年纪大了，还唱“花儿”和“保安令”，就显得“不正经”，演唱者本人也觉得不好意思。马少青在进行小说创作的时候，抓住“保安令”，突出保安族民俗文化特色写作，凸显了小说人物的民族身份。

第二，小说情节跌宕起伏。小说采用倒叙手法，50 多岁的艾布在割麦，丰收带给保安族人民无尽的喜悦。正当沉浸在幸福中的艾布，却遭遇到大灾难——自家的房屋被无情地大火烧成灰烬。艾布的心情由欢乐转为悲痛欲绝。小说由此引发出艾布的身份：从 1952 年到 1980 年 30 年间的变动，他的身份从农民到国家干部再到农民，进行了两次转换；他的房子经由草棚—盖三间房子—被拆除—草棚—再盖新房—被火烧—乡亲们帮他建成新房，建造过程三起两落，通过跌宕起伏的故事情节，小说描绘了 30 年来国家政治运动带给南沟卡村普通保安族老百姓的冲击。马少青在小说创作中，将国家政策与保安族人的命运紧紧联系在一起，以小见大，写出了时代给平凡的小人物带来的一系列变化。小说的结尾写出了人性之美，曾经陷害过艾布的尕胡色，主动送来了木头，乡亲们伸出援助之手，帮艾布很快建起了房子。小说表达了保安族人民之间互亲互助、相帮相衬的美好品质。

第三，塑造了鲜活的人物形象。小说艺术，最重要的是塑造具有典型性格特征的人物形象。一部小说写得好不好，关键要考察人物形象塑造得好不好。在《艾布的房子》中，艾布是作者着墨最多，塑造得非常成功的人物形象。在艾布身上，表现出以下鲜明的特征：首先，艾布是一位生活在哈拉山下南沟卡村的保安族。他憨厚、质朴，做事踏踏实实，他是保安族人的典型代表。艾布娶亲分家另过，他和妻子阿西亚住在草棚里，晚上躺在炕上，能看见天上的星星，下雨天不能遮雨。摆在艾布面前的首要任务就是建造新房。同村的尕胡色分家单过后，不到几个月就盖上了新房，而艾布夫妻在草棚里整整过了两年还没有盖上新房。尕胡色之所以能快快盖上新房，主要是偷砍山上的木头。面对此事，艾布毫不动心，他认为偷砍木材既不道德，更是破坏了南沟卡村的美丽风景。他想要通过自己勤劳的双手，堂堂正正地盖起全村最气派的房子。其次，面对命运的摆布，艾布随遇而安，勤劳质朴。正在艾布奋斗盖新房的时候，他的命运发生了大转折。艾布因为有文化，被选拔到北京中央民族学院学习，他由一名普通的边远山区的农民，变成北京城里的干部。但是，好景不长，仅仅两年时间，“反右运动”开始，艾布被戴上地方民族主义帽子被遣返回村，他也没挣下盖房子的钱。艾布回到村里，妻子阿西亚也是平静地面对丈夫的回乡，她反而感到踏实。艾布与妻子一起勤勤恳恳劳作，用自己的双手建起了三间新房。艾布愿意过平静、安宁的生活，这不是说他对生活没有追求，而是表现出他豁达的人生态度。再次，面对别人的算计与陷害，艾布忍辱负重，具有坚忍顽强的性格特征。艾布有文化，但只能被选为村里的会计“助手”，会计由没有文化的尕胡色担任。尕胡色是一个自私自利、爱贪便宜、损公肥私的人。他贪污后让艾布记假账，艾布无法反抗，向大队支书提出辞职，但没被应允。艾布无奈，只能听从尕胡色的指挥记账。当“四清”工作组来村里查会计账目，发现不少问题。尕胡色说自己不识字，陷害这一切是艾布干的。所有的贪污、空亏都算在艾布头上。面对被人算计与陷害，艾布只能发出这样的呼告：“我艾布没有做一件亏心事，没拿村里的一颗粮食，胡达！只有求你襄助我了。”[1] 艾布被栽赃陷害，尕胡色领人强行拆走艾布的房子顶账，艾布又一次住进草棚。住进草棚的艾布，为了温饱疲于劳作，无暇盖新房。最后，艾布多才多艺、善良宽容。艾布是“花儿”高手，是种庄稼的能手，他还是一位打造保安腰刀的能工巧匠。艾布是保安

① 马少青：《积石山的路》，10页，兰州，甘肃人民出版社，1999。

族农民的典型代表，他勤劳、能干、憨厚、善良、执着、顽强，无论外界给予艾布多么严重的伤害，永远不能动摇艾布对亲人的热爱、对生活和美好理想的追求。在艾布身上，体现出中国农民，尤其是处于老少边穷地区农民的坚忍顽强的意志品质。正是像艾布一样的亿万农民，他们撑起了村庄、撑起了农业、撑起了理想和希望。他们为建设中华人民共和国默默奉献着；他们虽然平凡，但是他们为中国建设作出了不平凡的贡献。除了艾布，阿西亚这些朴实善良的农民形象也塑造得相当成功，作者既写出了他们在生活遭遇中的痛苦，也写出了他们在痛苦中坚强的生命力，感人至深。

第四，小说语言平实晓畅，保安语运用得当。《艾布的房子》叙述语言使用的是浅显的汉语白话文，没有运用过多的辞藻，显得质朴自然。保安族作家的书面文学创作一般使用现代汉语。马少青在创作《艾布的房子》时，在故事情节发展的关键节点上，巧妙地使用少量保安语、伊斯兰词语，突出了保安族民族特色。例如，小说开头，第一段只有短短三个字——“桑乃让”，没有任何的铺垫与交代，“桑乃让”在保安语中的意思为“好太阳”。“桑乃让”三个字用在小说的第一段，似乎显得有些突兀，但它恰恰体现出传统小说的叙事原则。在传统叙事学中，小说最基本的三个要素是人物、情节和环境，人物形象是其中的第一要素，往往从小说的第一句就开始传达出有关“三要素”的内容。毋庸置疑，《艾布的房子》采用的是现实主义创作手法。“桑乃让”开宗明义，传达出的信息是小说的故事、人物、环境与保安族有关，因为保安族使用他们特有的语言——保安语。“桑乃让”正好表达出这个故事的内容与保安族有关。戴·洛奇认为：“小说的第一句（或第一段、第一页）是设置在我们居住的世界与小说家想象出来的世界之间的一道门槛。因此，小说的开局应当如俗语所说：‘把我们拉进门去’。”①

① 乔·艾略特：《小说的艺术》，张玲等译，北京，社会科学文献出版社，1999。

如何把读者拉进门？不同的作者根据创作需要的不同选取了不同的方式。马少青巧妙地运用了保安语“桑乃让”，把读者“拉进门去”。当读者翻开小说，看到“桑乃让”这三个陌生的字眼后，就会产生好奇和疑问，这三个字是什么意思？作者通过这个陌生的词汇，要表达什么样的信息？怀着这样的好奇心，读者不知不觉就会进入小的阅读当中。马少青的这种“陌生化”的开头技巧，独具匠心，达到了引人入胜的效果。

《关怀》是一篇微型小说，字数仅有800多字。微型小说也被称为小小说、超短篇小说等。《关怀》立意新颖别致，描写了一个叫刘永的副乡长，为了“转正”，即当上正乡长的目的，一次次给打来电话的退居二线的原县委书记李宏办理私事，主要是为李书记的小姨子、小儿子、小舅子等亲戚安排工作，这样的事三五月要发生一次，李书记总是在电话里许诺会帮助刘永当上正乡长。一次次的许诺，一次次地为李书记亲戚安排工作，在循环往复的怪圈中，刘永深陷其中不能自拔。作者带着同情，也带着讽刺的笔调描写了刘永的遭遇，写出基层干部的希望与失落，写出了他们的无奈与辛酸。《关怀》是采用人物定点曝光的手法塑造人物的。何谓人物定点曝光？就像照相机摄影一样，只能写出闪光灯闪亮的一瞬间。因为微型小说受到篇幅的限制，不能对人物、事件、情节无节制地叙述，只能抓住某一瞬间，完成对人物形象的塑造。《关怀》抓住了刘副乡长和原县委李书记通电话的细节，精细、精巧地完成对人物、事件、情节的叙述，营造戏剧性的反差效果，片段情节定格，达到了艺术升华的效果。这个短篇小说语言借助人物口语完成对人物形象的刻画，原县委李书记的语言表达的是一个高高在上、倚老卖老的腔调；刘副乡长的语言则是一位下级毕恭毕敬、有求于人的唯唯诺诺的语调，在寥寥数语中，完成了对人物性格的刻画。

第二节　绽秀义小说创作与评述

一、绽秀义生平简介

绽秀义（1932—2009），保安族，积石山县大河家镇梅坡村人，农民作家。1981 年开始业余文学创作。曾在《陇苗》《河州文艺》《驼铃》《民族文学》《回族文学》等刊物发表小说、散文 20 余篇。其中《柳叶青青》荣获第二届全国少数民族文学创作散文二等奖、甘肃省第二届少数民族文学创作特别奖、《驼铃》文学荣誉奖，同时获甘肃省优秀文艺作品证书。散文《家门口的榆树》在临夏州庆祝新中国成立 40 周年文学评奖活动中被评为优秀作品奖。创作了散文《飘香的冬果》等。小说《麻拉巴过节》获全省第二届少数民族文学二等奖、甘肃省少数民族文学创作奖、甘肃省临夏回族自治州少数民族文学创作奖。绽秀义是最早从事书面文学创作的保安族作家。绽秀义的文学创作主要以小说和散文为主，数量不多。其文学创作根植于保安族文化沃土之中，以独特的视角展示了保安族人民勤劳、善良、质朴的精神风貌。

二、绽秀义小说艺术特色

绽秀义的小说创作从数量上来看，存世的极少，可查找到的仅有短篇小说《麻拉巴过节》。这篇小说开创了保安族小说创作的先河，也为保安族书面文学赢得了声誉。小说篇幅不长，但情节曲折生动，讲述了一个外号叫“麻拉巴”的人所经历的人生苦难与坎坷。作品讲述的故事并不复杂，但情节波澜起伏，写得质朴自然，线索分明，故事性强，有头有尾，适合农村欣赏习惯，具有朴素明朗平易的艺术风格。麻拉巴是凉州人，6 岁被人买到保安山庄当“伢娃”，从小给人家做苦力，打了半辈子长工，连个名字也没挣下。他姓什么自己都不知道，由于他脸上有几颗麻子，人们给他起了个绰号，叫“麻拉巴”。麻拉巴快 40 岁了，才娶了同村的保安族年轻寡妇才里麦为妻，麻拉巴过上了老婆孩子热炕头的好日子。可是，好景不长，“文化大革命”后期，粮食按人分配，勤劳的麻拉巴两口子工分虽然挣得多，但是分配的粮食很少，再加上麻拉巴饭量大，一顿要吃七八碗，越来越养不活自己了，只好到外地讨饭，一去三年不返。麻拉巴的讨饭行为被生产队认定为“单干副业”，每天要为队里交 1 元的款。1 元钱在当时是一个大数字，1 元钱可以买 20 个鸡蛋（一个鸡蛋按 5 分钱计算），一名正式工人，一个月工资不足 30 元。对于在外乞讨的麻拉巴，每天让他上交 1 元钱，是一个非常严酷的“经济制裁”，因为他给生产队抹黑了。在生产队“照顾”下，三年内要求上交 500 元副业款，这对于在家的妻子才里麦来说是一个天文数字。由于儿子病死，才里麦偷偷请了个阿訇为死去的儿子“念亥亭”进行祭奠，不料被人发现告发，她被拉到农田基建工地上批判了一顿。作为一名女性，丈夫外出杳无音信、儿子亡故，再加上在众多人面前被批斗，使得才里麦的精神世界坍塌，她彻底失去了对生活的信念，在绝望中跳黄河自尽。三年后，流浪回村的麻拉巴看到残破的家，绝望中也想跳黄河自尽，被乡亲们死拉硬拽回来。村里实行生产责任制后，麻拉巴辛勤劳作，逐渐过上了好日子。50 多岁的他仍孤身一人，开斋节快要到来的时候，麻拉巴要多炸些油馍馍，想过个丰盛的节日，可就是借不到油锅。隔壁的寡妇叭拉嘴耍了心眼，不让麻拉巴借到油锅。麻拉巴自己一个人在家里炸油馍馍，由于不会操作，浪费了半锅油，没有做成功。“叭拉嘴”是麻拉巴的邻居，守寡，有"一帮丫头"，她早就相中了老实巴交、能下苦力的麻拉巴。当麻拉巴炸油馍馍失败后，"叭拉嘴"乘机出现，带领同村的几个妇女为麻拉巴炸油馍馍。她想与麻拉巴把话挑明，但遭到了麻拉巴的回绝。就在这个时候，公社的马主任带来一位贵客到麻拉巴家里，这位贵客就是麻拉巴的妻子才里麦，才里麦跳黄河后并没有被淹死，她被人救活，先到处讨饭，后在一个干部家里当了几年保姆。麻拉巴与才里麦夫妻终于团聚。该小说具有以下特点：

第一，典型环境的营造。在《麻拉巴过节》创作过程中，绽秀义采用的是现实主义的创作方法。现实主义文学要求真实地再现典型环境中的典型人物。典型环境原指文艺作品中典型人物所生活的、形成其性格并驱使其行动的特定环境。典型环境是作家以鲜明独特的艺术个性，深刻地概括出来的现实生活中某些影响人物性格形成和发展的，并使人物必然如此行动的，各种社会关系和自然条件的总和。典型环境既能体现出作品中人物活动的具体、独特的社会环境与自然环境，又能体现出人物生活的历史时期的时代风貌与特征，以及社会发展趋势等。在《麻拉巴过节》中，麻拉巴生活的村庄，是一个典型的穆斯林村庄，作者没有明确指出这个村庄是回族，还是保安族，但是全体村民信仰伊斯兰教是毫无疑问的。小说开头从开斋节炸油馍馍写起，家家户户都要炸油馍馍，麻拉巴也不例外。麻拉巴是一个鳏夫，他也亲自动手做油馍馍，通过这个细节，读者可以体会到麻拉巴所在村庄对开斋节的重视，也从一个侧面真实地再现了典型环境的民族特色。一个民族，对其传统节日的重视，彰显出其鲜明的民族特征，通过对其民族传统节日的浓墨重彩的描摹，往往能对民族特色、民族人物的刻画达到事半功倍的效果。绽秀义抓住具有穆斯林鲜明特色的开斋节，通过麻拉巴炸油馍馍进行叙事，将麻拉巴的生平、生活的村庄、邻居以及村庄里的人一一道来，构思精巧，为主人公性格的塑造营造了具体而又独特的社会环境和人文环境。

第二，通过对主人公麻拉巴人生遭遇与命运的描写，再现了历史及历史中人物的悲欢离合。麻拉巴是《麻拉巴过节》中着墨最多，刻画较为成功的人物形象。麻拉巴的民族身份作者并没有进行明确的交代，不知这是作者的疏忽还是有意为之。麻拉巴是凉州人，6岁的时候被人买到黄河边的穆斯林聚居村。他的民族身份不明确，他姓什么、名什么都不知道，因为他脸上有几颗麻子，人们给他起了个绰号，叫麻拉巴。麻拉巴从此就成了他的名字。旧社会，麻拉巴当伢娃，稍大一些，他就像大汉一样给他人做苦力，打了半辈子长工。中华人民共和国成立后，他分到了田地，真正当家作了主人。麻拉巴力气大、吃苦耐劳，能干重活、苦活，从不偷奸耍滑，受到村里人的好评。在他40岁的时候，大队干部对他的生活、婚姻问题十分关心，及时向公社汇报麻拉巴的情况，公社发给麻拉巴300元的救济款。麻拉巴娶了同村的寡妇才里麦为妻，并生了儿子。按常理，麻拉巴的日子应该是越过越好。麻拉巴虽然能吃苦、能干苦力活，可是分到的粮食不够吃，麻拉巴只好外出乞讨。从麻拉巴的遭遇来看，他是一个苦命人，他受尽了人间的磨难。作者通过麻拉巴一家人的悲惨遭遇，要达到控诉造成人物悲剧的社会原因，从而让读者擦亮眼睛，认识中华人民共和国成立前那一段不堪回首的浩劫，引起人们对历史的反思，达到批判现实主义的目的。

第三，塑造了不同历史阶段的农村干部形象。麻拉巴的人生命运的几次转折，都与农村干部有关，这是《麻拉巴过节》值得我们深思的地方。这些农村基层干部，他们在小说中是以比较模糊的面貌出现的。他们在执行党的政策过程中，有时候表现得温文尔雅、通情达理；有时候则尖酸刻薄、不近人情。如，麻拉巴40岁还在打光棍，是大队干部关心他、帮助他，从公社要来300元钱，让他娶上了老婆。麻拉巴外出讨饭，队里给他算单干副业，每天要上交1元钱。“铁面无私”的队长三天两头向才里麦要账，才里麦忍饥挨饿、儿子病死，卖了两间房，抵了三分账，生产队才分给她一份粮食。才里麦因为请阿訇给儿子念亥亭，被拉到农田工地上批判了一顿，才里麦羞愧难当、无地自容，再加上对生活的绝望，选择了跳河自尽的方式来结束自己的生命。从才里麦的遭遇，我们看到了大队干部的苛刻，执行政策时的极端表现。改革开放后，麻拉巴过上了好日子，他的妻子是公社的马主任带到麻拉巴家里的，从这个细节我们又感到农村基层干部的热情与温暖。不同历史阶段的农村干部，他们在不同历史阶段的表现，折射出人性的复杂。但是，从总体上来讲，农村基层干部，尤其是公社干部，对麻拉巴是关心、爱护的。

第四，温暖的结局。麻拉巴的人生是悲苦的、不幸的。小说的结尾，出人意料，他的妻子活着回来了，他与失散多年的妻子团聚，过上了幸福的生活。这样的结局让我们感到了温暖、看到了希望，也对未来充满了憧憬，这正是这篇小说的价值所在。文学作品之所以和纪实类的新闻报道不同的地方就在于文学作品的“照亮”，这里的照亮就是文学的那种深层的人文关怀，那种对美的向往之情，那种诗意的理想情怀，那种发自内心地对弱小者的怜悯、同情与热爱之心。优秀的文学作品总给读者带来温暖，会照亮我们暗淡的心灵，给我们生活的勇气和正面的人生价值。正如斯塔尔夫人在《从社会制度与文学的关系论文学》中所说的：“光是震撼人心是不够的，必须照亮人心；而一切仅能打动视觉的东西，诸如坟墓、酷刑、暗影、战斗，只有当它能够直接有助于我们从哲学的角度刻画一个伟大的性格或者一个深刻的感情的时候，我们才能容许它在剧中出现。有思想的人一切感情都趋向于一个合乎理性的目标。一个作家，只有当他使感情为一些崇高的道德真理服务的时候，才无愧于真正的荣光。”[①]

第五，小说的语言流畅活泼，运用生动的民间口语，为小说增添了艺术魅力。如，对于人物，用绰号“麻拉巴”“叭拉嘴”来替代，既形象，又生动。由于作者熟悉生活，热爱生活，对生活有真切的感受，作品洋溢着浓厚的生活气息。例如，“刚压住风头的火，又招来了热浪上的气。开斋节的头一天，她偷偷请了个阿訇，给死去的儿子念亥亭，又让人给发现了。”[②]“刚压住风头的火，又招来了热浪上的气，”是民间谚语，生动形象地表达了才里麦遭遇到的双重不幸：本来丈夫外出讨饭，她在物质、精神两方面受到煎熬，日子难以为继，就在这个时候，儿子不幸夭折，这让才里麦的痛苦达到了无以复加的地步。作为一名虔诚的穆斯林，开斋节的头一天，她偷偷请了个阿訇，给去世的儿子“念亥亭”，这一句中，“开斋节”“阿訇”“亥亭”是穆斯林常用的词语，穆斯林是能理解的，但是对于一般的读者，可能不理解，尤其是“亥亭”。作者在这里运用具有民族特色、宗教特色的语言，不但不让读者感觉到生涩，反而感受到浓郁的生活气息，作者将此种社会现象生动地再现在读者面前。再如：“早晨，麻拉巴起床后，换了件洗得干干净净的白汗褟……”[③]这里的“白汗褟”是白衬衣的意思，作者用了口语“白汗褟”后，显得特别亲切，十分符合西北方言特点，接近口语的此类词语还有很多，这样的语言风格，符合农民身份，接近现实生活，属于鲜活的民间语言。

① 伍蠡甫、胡经之：《西方文艺理论名著选编》，28页，北京，北京大学出版社，1986。

② 中国作家协会：《新时期中国少数民族文学作品选集·保安族卷》，27页，北京，作家出版社，2015。

③ 中国作家协会：《新时期中国少数民族文学作品选集·保安族卷》，25页，北京，作家出版社，2015。

第三章　戏　剧

保安族戏剧作品数量极少，正式发表的仅有《桑摩尔》[①]，是马少青与郭正清合著的"花儿"歌舞剧。进行过戏剧剧本创作的保安族作家目前仅有马少青一人。

第一节　保安族戏剧创作概述

保安族戏剧创作最早可以追溯到1976年，马少青在这一年创作了独幕说唱剧《索菲亚上大学》，这个独幕剧曾参加临夏州戏剧汇演。《索菲亚上大学》是马少青对戏剧创作的初次尝试。这部戏剧剧本虽然没有正式发表，产生的社会反响也不是很大，但是它是保安族书面文学真正意义上的第一部戏剧剧本。这部剧本的创作，为马少青与郭正清共同创作《桑摩尔》奠定了坚实的基础。马少青对自己的第一部戏剧作品《索菲亚上大学》并不满意，他把不满意的原因归结于时代的局限。但笔者认为这部剧作价值非常高，它可以说是保安族戏剧文学的发轫之作，是保安族作家在戏剧创作道路上的一个开端、一个新的探索。在特殊的年代，苛求一位生活在偏远少数民族聚居地的年轻人超越时代束缚，写出不同凡响的戏剧作品，这是不现实的。马少青能在当时的

① 桑摩尔：保安语意为"和睦之路"。

环境下进行剧本创作，已经是难能可贵的了。2009 年，《桑摩尔》被改编为歌舞剧《花儿与少年》，由甘肃省歌舞剧院在甘肃、北京等地上演，赢得了较好的声誉。

《桑摩尔》分五幕，属于保安族历史歌舞剧。1983 年 12 月，由马少青与郭正清共同创作完成。这部戏剧是保安族作家公开出版的第一部戏剧剧本，也是迄今为止保安族唯一的一部戏剧剧本，这部作品在保安族文学史中占有重要地位，并具有深远的意义。对于这部戏剧的研究，在《保安族文学》中只有简略的评述，迄今为止再也没有人进行专门研究。

对《桑摩尔》，马克勋是这样评价的："《桑摩尔》以河州型'花儿'为主旋律，以歌舞形式塑造了藏族青年卓玛和保安族青年尕拉孜纯洁善良勇敢的形象，描绘了卓玛为友谊、为爱情即使'陷入泥潭也心甘'的美好心灵。同时还不同程度地刻画了具有一定思想意义的人物形象，生动地再现了保安族民众从青海同仁迁徙到甘肃积石山县大河家的经过，在迁徙过程中，受到藏族郎家部落的援助，从而避免了更大灾难的历史事实，再现了当时的场景。……表达了各民族之间的和睦团结、友好往来，这也是各族人民的共同愿望。"[①] 戏剧文学最主要的特征就是通过矛盾冲突，刻画人物性格，揭示人物命运。《桑摩尔》所表达的主题是民族团结、有情人终成眷属的美好愿望。这一主题的表达，作者是通过剧中人物的行动和歌唱表达来的，而不是生硬地强加在作品当中的。

① 马克勋:《保安族文学》，149—151 页，兰州，甘肃人民出版社，1994。

第二节 《桑摩尔》艺术特征

戏剧剧本《桑摩尔》是马少青与郭正清于1983年合作完成的，发表在《金城》杂志。我们从以下几方面具体探讨《桑摩尔》的艺术特征。

一、尖锐的戏剧冲突

戏剧冲突即表现人与人之间矛盾关系和人的内心矛盾的特殊艺术形式，同时也是戏剧中矛盾产生、发展、解决的过程。戏剧冲突是戏剧艺术最基本的审美特征，它是构成戏剧情节的基础，是展现人物性格、反映生活本质、揭示作品主题等的重要手段。《桑摩尔》中的戏剧冲突是多方面的，显示出多重性。保安人居住在隆务河畔的9个村庄："隆务河东的铁成山、保安堡、撒尔塔大庄、吴屯铁匠城、涧嘎滩上的巴喇赤亥（鹰城）、隆务河西的年都乎、郭麻日、尕撒尔和黄乃亥琼吾拉卡。"[①]保安人居住较为集中，他们聪明、勤劳、能干。保安人在同仁县的势力越来越大，这让以才让太为头人的麻巴部落感到恐惧。于是借藏族姑娘卓玛与保安族小伙尕拉孜之间的爱情以及交往挑起事端。保安城的清政府官员，对矛盾不采用积极调停的办法，而是坐山观虎斗，加剧了矛盾的冲突。由此推动了剧情的发展，达到扣人心弦、促人深思的戏剧审美效果。最后，这些矛盾冲突得到化解，表达了戏剧鲜明的主题——和睦之路，从而彰显了戏剧主题，在矛盾冲突中达到对主题

① 迈尔苏目·马世仁：《在"田野"中发现历史——保安族历史与文化研究》，3页，北京，中国社会科学出版社，2008。

的明晰和凸显。

二、逼真的人物形象

戏剧创作的中心任务和小说一样，是要塑造出个性鲜明并且具有典型意义的人物形象。在《桑摩尔》中，戏剧人物众多，有名有姓的人物达到10人以上。其中，卓玛是塑造得最为成功的人物形象之一。卓玛美丽、善良，对爱情忠贞，她对尕拉孜的爱是淳朴的、无私的，是发自内心的真爱。她没有因为尕拉孜贫困而放弃对尕拉孜的爱。她是这样表达自己对爱人的忠贞的："只要和尕拉孜在一块，陷入泥潭我也心甘。"

舍力布是保安族头人，是该剧塑造得非常成功的人物形象之一。作为保安人的头人，舍力布时时处处从大局出发、从保安人的长久生存、发展前提下考虑问题。他具有冷静、睿智的头脑，他有坚韧、顽强的品格。在舍力布身上，集中体现了保安族人的精神品质。

尕拉孜是这部戏中塑造得较为成功的人物形象之一。尕拉孜勤劳、勇敢、对爱情执着，他一如既往地爱着卓玛。同时，尕拉孜也是一个血气方刚、头脑冲动的青年。剧中他这样说："尕刀子摆了十二把，万不要怕，血身子豁上了干吧！"[①] 通过这段话，写出了尕拉孜的勇敢。这样的尕拉孜是真实的尕拉孜，他的言行折射出保安人骁勇无畏的性格特征。

剧中的下庄富户力保山尕、藏族五屯部落头人五屯王爷、藏族郎家部落头人阿旺仓、藏族麻巴部落头人才让太等都是塑造得较为成功的人物形象。

① 马少青：《积石山的路》，173页，兰州，甘肃人民出版社，1999。

三、戏剧场面的集中性

戏剧是表演艺术，戏剧冲突的具体化和直观性均是在一个又一个戏剧场面里完成的。戏剧场面是戏剧文学最小的结构单位。“在一个戏剧场面里，首先由具体的时间和地点构置了人物活动的环境，有两个以上的戏剧人物围绕着某一事件出现性格和言行的差异与矛盾。这些差异与矛盾具体展开便形成了戏剧场面里的戏剧冲突。有了戏剧冲突，戏剧场面才真正开始，人物的活动和事件的衍化都是集中围绕着戏剧冲突展开。”①《桑摩尔》是五幕剧，序幕的地点在保安城，描述了保安人收割麦子、尕拉孜与卓玛的见面等戏剧场面，第一幕地点在土巴总议事厅，第二幕、第四幕地点在保安城，第三幕地点在多曼尔山上，第五幕地点在积石山大河家。戏剧受到表演时间的限制，也根据表演节奏的需要，要以较少的人物、集中而典型的事件来表达特定的内容。《桑摩尔》的戏剧场面较为集中，这样便于表演，也达到了概括典型人物性格、集中反映社会生活的目的。

四、台词的口语化和动作性

《桑摩尔》是五幕歌舞剧。歌舞剧是指将音乐、戏剧、文学、舞蹈、舞台美术等融为一体的综合性艺术，通常由咏叹调、宣叙调、重唱、合唱、序曲、间奏曲、舞蹈场面等组成，有时也用说白和朗诵。《桑摩尔》采用西北“花儿”的形式进行演唱，舞蹈兼有藏族、保安族特色。“花儿”是民歌，属于民间文学的范畴。“就是通俗的文学，就是民间的文学，也是大众的文学。换一句话，所谓俗文学就是不登大雅之堂，

① 刘海涛：《文学写作教程》，234页，北京，高等教育出版社，2005。

不为学士大夫所重视，而流行于民间，成为大众所嗜好，所喜悦的东西。”[①]“花儿”的语言是口语化、通俗化的。《桑摩尔》台词因为运用“花儿”贯穿始终，无论人物演唱还是对白，都是口语化的。戏剧是借助听觉语言和视觉动作进行表演的艺术，背景的交代、人物内心世界的挖掘、人物性格的塑造、情节的推动都依赖于此。因此，戏剧台词的口语化和演员表演的动作性就显得尤为重要。如：

东海的日头西海的云，
雪山上飞来的老鹰；
阿哥是肝花尕妹是心，
心离了肝花是不成。[②]

以上台词就是口语化，“日头”“老鹰”“肝花”分别指“太阳”“雄鹰”“肝脏”，在以上台词中使用了西北口语后，一方面增强了舞台表演的逼真性，另一方面有利于表现人物性格。“尕妹”是西北地区穆斯林对年轻姑娘的通称。作者选取了这样通俗的、口语化的台词，达到了较好的舞台艺术效果。再如：

三张麻纸糊窗子，
白面搅下的浆子；
不分是非拍桌子，
不像个公正的样子。[③]

这段台词除口语化之外，还富有浓郁的时代气息和生活气息，符

① 郑振铎：《中国俗文学史》（上），1页，北京，团结出版社，2009。
② 马少青：《积石山的路》，152页，兰州，甘肃人民出版社，1999。
③ 马少青：《积石山的路》，155页，兰州，甘肃人民出版社，1999。

合剧中人当时的生存现实。在150多年前，生活在青海省同仁县境内的保安人，他们的窗户是用麻纸糊的，不像现代人用玻璃窗户。糊麻纸用的浆子是用白面掺水在火上不断搅动而成，达到黏合的作用。像这样富有时代气息、具有生活气息的台词在剧本中多处使用。

当卓玛与心爱的情人尕拉孜分别后，天气渐渐变冷。卓玛的阿爷为她拿来皮袄，她推开了；卓玛的小弟弟为她拿来一束鲜花，她也推开了。卓玛唱道：

冰冻三尺是冷哈的，
河里的麻浮是溅的；
尕脸脑瘦是晒哈的，
嘴上的血痂是昨的。

小羊羔皮不温暖，
因为我从心里寒，
远方的尕拉孜衣服破了，
天气冷了我不能给他缝连。[①]

以上唱词将卓玛伤心、思念、悲伤、无助的感情淋漓尽致地表现了出来。通过唱词，我们可以想象到卓玛的动作和表情。因此，《桑摩尔》戏剧人物语言的口语化和动作性，既体现了歌舞剧的特点，又折射出马少青、郭正清两人从事戏剧创作的扎实的基本功。

① 马少青：《积石山的路》，178页，兰州，甘肃人民出版社，1999。

第四章　诗　歌

在保安族书面文学创作中，诗歌创作的数量是最多的、人数也是最多的。保安族的诗歌创作始于模仿“花儿”形式，吸收了大量的“花儿”营养进行创作，所谓的“花儿”诗，就是在模仿“花儿”的基础上由文人创作的样式。这种诗歌具有从民间文学向书面文学过渡的痕迹。丁生智、马瑞是“花儿”诗创作中的佼佼者。如马瑞的《白糖里掺蜜是更甜》：

白糖里掺蜜是更甜[①]

积石山好像五彩的缎，黄河的水，
好像个十样的锦线；
积石山儿女表心愿，妙手（啦）绣，
给党中央献上个金匾。
民族政策金光闪，吹麻滩，
成立了自治的新县；
精神上舒坦心里宽，丰收的年，
白糖里掺蜜是更甜。
壮丽的音调四化的曲，“花儿”（哈）漫，
配上个琵琶（么）三弦；

① 马克勋：《保安族文学》，140—141 页，兰州，甘肃人民出版社，1994。

三股子琴弦弦挨弦，巧手（啦）弹，
好光阴就在眼前。

这首诗是保安族“花儿”诗的代表作之一。开头两句采用起兴的手法。起兴，又叫“兴”。兴者，先言他物以引起所咏之辞也。意思是先说其他事物，再说要说的事物。起兴一般用在诗章或各节的开头，是一种利用语言因素建立在语句基础上的借物言情，由此及彼的文学表现手法，具有引领情感，营造作品气氛，协调韵律，确定韵脚和音部，拈连上下文关系等的作用。运用起兴手法还可增加语言的咏唱自由，使诗歌显得轻快、活泼。第三、第四句，写积石山儿女给党中央绣金匾的想法，这里的“绣金匾”源自陕北民歌《绣金匾》，非常朴实，表达积石山人民对党中央由衷的感激之情。因为积石山成立了保安族东乡族撒拉族自治县，这里的人民心里面由衷的喜欢，他们无论从精神方面还是物质方面都获得了极大的满足，日子越过越甜美，怎么个甜美？作者用了一个非常朴实而又生动的比喻——白糖里掺蜜是更甜。诗歌最后几句与时代气息紧密相连，咏唱积石山县各族人民在“四化”建设中积极奋进的拼搏精神。这首诗从艺术手法上看虽然显得有些直白，但是充满着强烈的时代感和浓烈的生活气息。

随着改革开放的不断深入，保安族诗人的视野也得到了不断地拓展，在经过努力学习与各级文联、作协的大力扶持，他们的文学素养得到不断提升，诗歌创作无论是形式、风格还是内容，都得到大力发展。保安族诗人用诗歌或描绘风光物产，歌颂幸福生活，或讴歌建设成就，或歌唱美满爱情，或托物言志、咏叹人生，创作出了一大批勃勃生机的诗歌作品，如丁生智的《牛皮筏情思》、马文渊的《山庄锤声》《情撷马莲》《走进积石山》《情洒积石》、马世仁的《古渡新景》《农庄小景》《循化行》、马清湖的《背水姑娘》、马祖伟的《我的亲爹亲娘》《保安人》、马文华的《深情的眸子》、马尚文的《保安腰刀》《静安堡》《黄河石》《红崖》、冶福云的《雨后观积石山》《浣溪沙·积石山》、马学武的《花儿漫过野风的山岗》《遥远的甘南草原》《保安人的歌（组诗)》《保安，昔日我的家园》等。

这些作者当中，马尚文的诗歌创作不仅体现在数量和质量上，而且还表现在多种体裁的运用方面。马尚文拓展了保安族诗歌的体裁范畴，尤其是在古典诗、词、曲等文体的创作达到了一定的高度；马文渊的诗作语言清新自然，感情朴实真挚，内容有的描绘家乡的变化、民俗风情，有的托物言志，富有哲理，有的追溯民族历史，深沉厚重；马学武勤奋创作，他的诗歌语言朴实，篇幅短小精练，诗风清丽。在《阳关》《飞天》《星星诗刊》《民族文学》《文艺报》等报刊发表诗歌作品 20 多首，部分作品获奖，将保安族诗歌创作推向了一个新的台阶。

第一节　马学武诗歌创作与评述

一、马学武简介

马学武 (1972—) ，男，保安族，出生于甘肃省积石山保安族撒拉族东乡族自治县大河家镇大墩村。中国青年诗人学会会员、甘肃省作协会员、甘肃省少数民族作协理事、临夏州作家协会副主席、临夏州文联代表、积石山县作家协会名誉主席。诗歌曾获得甘肃省黄河文学奖、第七届中国诗歌春晚 2020 年度十佳少数民族诗人奖。部分诗歌被翻译成英语在国外发表。获得 2017 年中国作家协会全国少数民族文学作品重点扶持项目。在《中外诗人》发表了个人作品专辑。马学武作为少数民族作家，三次赴鲁迅文学院深造。他系鲁迅文学院第十二届中青年作家高级研讨（少数民族作家班）学员，鲁迅文学院第三十七届作家高级研讨班学员。三次不同寻常的北京见闻与研讨班的学习，打开了他的眼界，为他的文学创作打下了坚实的基础。马学武 1990 年开始发表作品，1996 年开始每年均有诗歌、散文、民歌（花儿）、报告文学等作品发表于《双城》《民族日报》《飞天》《黄河文学》《芳草》《星星诗刊》《民族文学》《诗刊》《文艺报》县、市（州）、省及国家中文类核心期刊中。获各种不同级别的文学奖项。马学武于 2018 年出版了个人第一部诗集《花儿漫过野风的山岗》，这是保安族诗人出版的第一部诗集，同时也是保安族作家第二部个人文学作品集，距离马少青个人文学作品集《积石山的路》发表后 20 年之久，这说明，保安族作家文学虽然人数在增加，作品数量也在增加，但是作为单个的作家作品从数量到质量均没有得到充分的发展。马学武诗集的出版，打破了这种僵局，为保安族作家文学的兴盛增添了活力。马学武的这本诗集的出版非常艰难。因为他没有固定的工作和收入，他的文学创作完全出于个人对文学的执着追求，在经济极其困难的情况下，他的诗集的出版，为保安族书面文学的发展注入了活力，也为其他保安族作家的文学创作带来了强有力的刺激与鼓舞。

二、马学武的现代诗创作

马学武浑身上下浸透着质朴，但他的文风超俗。他在诗里既表达了对保安族的热爱，又充满了对人生真善美的讴歌。马学武总是不忘初心，一如既往地追求诗和远方。马学武的文学创作自 1990 年开始崭露头角，他高中毕业以后，曾在大河家水电站工作。后来在新疆、青海、南方各地打工。因为没有固定的工作和稳定的收入，他的生活条件不太好，文学创作环境也不尽如人意。经管如此，马学武把文学、诗歌当作生命一样，始终保持着对诗歌的热情。诗人海子在《夜色》中写道："在夜色中 / 我有三次受难：流浪、生存、爱情 / 我有三种幸福：诗歌、王位、太阳"。马学武像海子一样，将诗歌创作作为生命追求的全部，沉浸其中，不亦乐乎。他性格孤僻，但是很有骨气。他写了上千首诗，他的这种精神，不被别人理解，以为是"傻""阿Q式"的精神胜利法或"精神至上"等，周围人总是用异样的眼光打量他，但他不为所动，坚持创作，他的执着，为他带来了荣光。他是以年轻的保安族诗人的身份被大家所熟知、认可的。在保安族诗人中，他的诗歌在《星星》《诗刊》等国家级诗歌刊物发表，这是很难得的，马学武将保安族诗歌创作推向全国，迈上一个高台阶，具有划时代的意义。

一个女人

今夜
一个女人走进我的诗歌
深处
沉睡了
就是赶不进我的
梦中

守护那个女人
犹如守护一群绵羊
我就是那位过往的牧羊人
那个女人

轻而易举掠走了我所有的

情感

马学武创作的《一个女人》刊于《星星》2006年第2期。整首诗歌弥漫着浓烈的情感，但诗人写得非常含蓄、隽永，令人回味无穷。一个女人走进“我”的诗歌深处，沉睡了，诗人却异常兴奋，不能入寐。诗人没有说怎样“辗转反侧，不能入寐”，而是用“赶不进我的/梦中”来表达自己的难以入眠。诗人强烈的情感，是通过动词“赶”被表达出来的，给读者留下想象、回味不尽的意味。古今中外，爱情诗名篇俯拾皆是。诗人避开大家所熟知的写作方式，以轻柔的、不经意的“守护那个女人/犹如守护一群绵羊”，将无形的爱情化作有形的、可感知的“牧羊人”“一群绵羊”。牧羊人、绵羊是一对互为补充、互为交织的概念。牧羊人想驾驭绵羊，让绵羊服服帖帖地臣服于自己的鞭子之下，接受自己的驱赶。而那些看似温顺的绵羊，与牧羊人隔着两重天地，不属于同一类物种，牧羊人的情感绝不会被绵羊所真正理解。因此，此时的诗人，看似像牧羊人一样主宰着绵羊，但是他们却被硬生生的、不同的物种类别所隔离。“绵羊”不懂得“牧羊人”的情感，对于“牧羊人”来说，这是多么悲伤而又痛苦的情感啊！这种情感折磨着“牧羊人”，“那个女人”轻而易举掠走了“我”所有的情感，却不知“我”所有的爱情的苦痛。印度诗人泰戈尔在《世界上最远的距离》中曾经阐述爱的痛苦、爱的凄迷：“世界上最远的距离/不是生与死的距离/而是我站在你面前/你却不知道我爱你……”马学武的诗歌《一个女人》，同样表达了爱的迷惘与痛苦，诗人用富有西北地域特色的“绵羊”“牧羊人”等意象抒情，使得诗歌充满张力，使读者产生无穷的联想，同时，也将诗人温婉、细腻的感情表达得淋漓尽致。《一个女人》在意象的使用方面也是别出心裁的，“牧羊人”“绵羊”意象的运用，为整首诗歌注入灵动的气息，使诗歌盛满诗意的想象，也给诗歌融入地域文化的特质。对于大多数保安族作家来说，写自己的民族、写民族文化成为他们不可或缺的创作题材，“积石山”“保安三庄”“保安腰刀”“大墩峡”等，已经反复被他们写“滥”了。马学武本人也反反复复写《保安，昔日我的家园》《歌唱积石山》《保安人的歌》《保安山庄》《花儿》《山丹花》《思乡》《家韵》等，这些直接以保安族生存的地域、文化、习俗为主题的创作，几乎占据保安族书面文学创作的95%以上。几代保安族作家都这样写，一方面，给读者带来了一定的审美疲劳；另一方面，使保安族文学创作陷入创作瓶颈。怎样表现保安族文化，又要超越前辈、超越既定的写作窠臼，表达全人类普遍的情感，成为保安族年轻一代作家必须直面思考的问题。

马学武在《一个女人》中有所突破，他抒发了个体生命真实的情感，又没有生硬地贴上“保安族”这个标签。在他的诗行中，我们从字面上看不出“保安族”文化信息，但是透过字面，我们可以体会到游牧民族浓浓的文化氛围，而这种氛围是通过“牧羊人”“绵羊”等意象表现出来的。我们知道，保安族人早期生活的青海同仁县是游牧民族生存的中心地带，同仁县草场资源丰富，拥有天然草地477.03万亩，占全县土地总面积的91.10%，草地可利用面积450.98万亩，占天然草地总面积的94.54%。后来，迁徙到积石山的保安族人生活的地区牧业依然占据着重要的分量。马学武在《一个女人》中的创作匠心是独到的，在整首诗歌中，从字面看没有保安族、少数民族的符号，但他把民族文化、地域特色通过诗歌的意象传递给读者。这是马学武诗歌创作的一个大突破，也是他成功的地方。

载于《诗刊》2010年第1期的《花儿漫过野风的山岗》同样表现出诗人的超越：

花儿漫过野风的山岗

盛夏
一种被称为世界民歌的
“花儿”
漫过野风的山岗
也漫过我的心头
我的心情突然长出翅膀
羽毛丰满
飞向四方

为了你啊！爱情
胡子和麦子一同疯长

在这首诗中，诗人围绕“花儿”抒情，与《一个女人》相较，这首诗贴近保安族文化、民俗。保安族能歌善舞，绝大多数人能唱民歌“保安花儿”。保安族民歌独具一格，有“保安令”“脚户令”“六六三”等曲调，即兴编词入唱，优美动听。保安族是一个善于歌唱的民族，西北黄土高原上的艺术奇葩——花儿，已经深深融于保安族人的血液之中，成为他们在田间劳作之余、出门旅途之时传达心绪、抒发情怀的最佳方式。诗人在标题《花儿漫过野风的山岗》中，用了一个“漫”字，这个词用得非常贴切、到位，表达出诗人对保安族花儿的娴熟。唱花儿通常被称做“漫花儿”。原因除了习惯，大概是花儿演唱是在原野而非室内，百姓们自由自在地唱山歌，“漫”要比“唱”来得更潇洒，例如，《出门人》：

出门人

外头的天气热，
身上的汗不干啊，
尕妹妹啊，
你的阿哥走了呀，
哎哟，
出门人孽障（日子过得苦）死了，
破烦（烦心时）把花儿漫上啊，
阿哥们是出门人。

花儿是心上的话，不唱是不由人的，只有唱了花儿，才能抒发内心的强烈的情感。出门人日子过得几乎要苦死了，心情特别烦闷时，漫上花啊，尕妹妹，心里就会舒坦很多。这首花儿以粗犷、原生态的唱词，表现了花儿在西北少数民族心中的分量。“何以解忧，唯有花儿”。花儿是保安族及周边少数民族心灵中神圣的歌谣，唱着这高亢而又缠绵悱恻的“心上的话”，那些生离死别、那些煎熬难过的日子，在悠扬的歌声中被消解了，心中的愤懑之情得以抒发，心中也畅快了。1970 年以前，只有少部分人接受过现代教育，大部分人的教育是从民族民间故事、歌谣中得到滋养的。因此，他们的情感是通过“花儿”来表达的。唱花儿成为他们表达爱情、情感的最直接、最有效的方式之一。渗入河州人骨髓里的花儿文化给了他们生活的力量、生存的信念。他们的苦痛，通过花儿高亢、悲壮、苍凉的曲调被漫了出来，太多的压抑、太多的郁闷在花儿的唱腔中被一丝丝地化解。与此同时，美好的希望在胸中再一次被点燃。中国的农民，特别是西北少数民族农民就在这样周而复始的“花儿”声中生活了一代又一代，“花儿”也传唱了一年又一年。

民间歌手漫“花儿”，大多是即兴作词，内容主要表达男欢女爱、对美好生活的向往等内容。作为一名书面文学创作者，如何将花儿从“民间”领入正统文学的“殿堂”，马学武进行了认真地思索和艰难的尝试。他的诗歌《花儿漫过野风的山岗》被《诗刊》刊登，这对于保安族文人来说，应该是一件值得庆幸的事情。因为《诗刊》是中国作家协会主管，中国作家出版集团主办，诗刊社编辑出版的全国唯一的国家级诗歌刊物，是荣获国家新闻出版总署评定的“国家期刊奖”的优秀品牌期刊。马学武先后在《星星》《诗刊》发表诗作，显示出较高的诗歌创作水准。“花儿”是西部民歌，要让全国人民了解、喜爱，需要一个漫长的过程。西北花儿歌手们进京表演，给全国观众留下了深刻的印象。保安族女歌手马红莲就是代表之一。原生态的花儿是用河州方言唱的，除了演唱者和熟悉花儿的人以外，大部分人听不懂歌词，这为花儿的传播带来了一定的障碍。马学武《花儿漫过野风的山岗》能够在国家级刊物发表，为花儿的传播起到了积极的推动作用。当读者在《诗刊》上看到这首诗歌的题目后，会思考：什么叫花儿？为什么不叫“唱花儿”？而叫“漫花儿”？带着这些问题，读者查找相关资料，会进一步了解花儿。从这个意义上讲，马学武的诗歌创作对花儿、保安族文化起到了积极的推动作用。保安族作为甘肃特有的少数民族，全国人了解的并不多，就甘肃本地，了解保安族的也不多，对保安族文学作品熟知的人更是少之又少。尽管如此，马学武在困窘的生活重压之下，忘我写作，为保安族文学的发展起到了积极的作用。马学武的价值，不在于他在国家级诗刊上发表的作品多不多，而在于他以保安族作家的身份登上了全国最高的诗歌殿堂，发出了这个民族的声音，这是他最大的贡献。他以一个人口较少民族诗人的身份，完成了历史赋予他的神圣使命。

马学武另有一些贴近生活、接地气的诗歌作品。这些作品表达了诗人对劳动者的感同身受的真实感情。马学武出生、生活在西部偏远少数民族地区，作为一名“临时工”，他的内心深处遭受种种的煎熬，“临时工”的待遇不仅仅体现在薪酬的多少上，更重要的是体现在“主人翁”意识上，“临时工”是一个非常尴尬的角色，它与单位之间的关系，只不过是“临时”的关系而已。没有主人翁感、没有长久感。这对于很多人来说，是一种极大的不安全感。对于发达地区的人来说，辞职可以是一件轻而易举的事情。但对于马学武来说，这份“临时工”是他生活的主要经济来源，也是他能抽出空闲进行诗歌创作的必要保障。如果他离开了这个岗位，经济来源就会断绝。他必须进行小商品买卖，要么打腰刀、耕种，这是保安族人祖祖辈辈生存的方式。从事什么样的职业，对于写作者来说，没有绝对的限制，但保持持久而强烈的创作欲望，不被庸常的生活所吞噬，这是每一位写作者必须直面的现实。保安族自古以来，崇尚经商，因经商而发家致富的人比比皆是。致富的人们建起了漂亮的庄窠、开上豪华轿车，这些对于马学武来说，不过是过眼烟云。因为他的眼界已经不仅仅局限于大河家、积石山。他在2009年9月6日至2010年1月8日，参加了鲁迅文学院第十二届中青年作家高级研讨（少数民族作家）班。这四个月的研修，扩大了马学武的视野，增长了他的见识，也提高了他的文艺理论水平。在与其他少数民族作家的接触、交往中，更加坚定了马学武从事文学创作的决心。他的诗歌创作题材，从本民族历史、文化写作中脱茧而出，开始关注底层、关注西部、关注其他少数民族的生活场景。组诗《打工诗抄》《青海印象》等体现出他诗歌创作题材的广度与深度。

打工诗抄（组诗）

我的农民工兄弟

今天，我走近一家工地
我所有的农民工兄弟戴白线手套，戴安全帽
身着工作服
似乎像一群国企工人
他们的脸却黄金般耐人寻味
走近任何一家工地半夜鸡叫
此起彼伏
……

与母亲通电话

越过时间
越过空间
越过黑色
与母亲通电话很长很长的时间
长满老茧的乡音里
我终于读懂了母亲
和故乡的温柔

《论语·阳货》："子曰：'小子，何莫学夫《诗》？《诗》可以兴，可以观，可以群，可以怨；迩之事父，远之事君；多识于鸟兽草木之名。'"兴、观、群、怨，来自孔子对诗歌社会作用的高度概括，是对诗的美学作用和社会教育作用的深刻认识，开创了中国文学批评史的源头，说明了诗歌欣赏的心理特征与诗歌艺术的社会作用。当下，诗歌受众越来越少，与诗歌创作者无病呻吟、写作题材狭窄有极大的关系。

诗歌应该承担起对人类存在的现实追问、质疑与洞察，对人类未来的前途、命运的终极关怀与憧憬，如果这些有关文学灵魂和文学存在的合法性元素处在被悬置、被遗忘的境遇，便会使诗歌沦落为搞笑、杂耍、自慰与自恋的工具，那么诗歌就失去了她独特的价值和意义，就与现实社会人生与广大人民的生存状态几乎完全隔膜。马学武的《我的农民工兄弟》体现出“为人民抒写、为人民抒情、为人民抒怀”的博大情怀，正是这些富有生活气息、关心民众疾苦的诗歌，使他从单一民族狭小的写作题材脱颖而出，走向更加广阔的创作空间，其写作中闪耀着人性之美、生活之美，作者的一腔悲悯情怀，给他带来创作热情与灵感，并有着取之不竭、用之不尽的创作源泉。例如，《青海印象(组诗)》：

青海印象（组诗）

大美青海，我的恋人

黄河是一条很长很长的辫子
长江又是一条很长很长的辫子

大美青海，我的恋人
风吹草低见牛羊
格桑花姐妹揽青海湖
梳妆打扮

无题

清晨的池塘里
游荡着一双绣花鞋
穿鞋的人
芳踪难觅

夜深人静
是谁在摆渡

时光如水

时光如水每一天
从我身边流淌
我挥舞双手去抓
除了一把汗颜
一无所有
时光如水每一天
她都牵着我的手
在行走

一个筛沙的女人

走近甘河滩阳光灿烂
干涸的河床上镀上金
一个女人在不远处筛沙

她从容地支起沙床
像一个画家支起画夹
在沙床上挥毫泼墨
她扬沙的姿势的确很美
像是在舞蹈在阳光下
她的身后
一座又一座青藏高原
一座又一座喜马拉雅山
一座又一座珠穆朗玛峰

梦

如果每一个梦都是真的
我多么的快乐，多么的快乐呵
天堂触手可及
除了诗意
就是诗意
如果每一个梦都是真的
我多么的不幸，多么的不幸呵
千百次的死去活来
千百次的活来又死去
除了疼痛
就是疼痛

脸

一个男人在楼上
精细地修理胡须
不慎刮破了脸
为一个女人

一个女人在楼下
被撕破了脸
和另一个女人
为一个男人

《青海印象（组诗）》是作者行吟于青海大地所抒发的真实情感。在这组诗中，诗人写出了青海的自然之美、个人心灵的片刻感悟。马学武的写作题材在行吟中进一步扩大，尤其是《一个筛沙的女人》这首诗歌以见证者的视角，写出了平凡的在劳动的妇女。这是马学武写作题材的又一突破。这里的妇女，不单单是保安族妇女，而是他目光所及的中国西部普通妇女生活场景的真实写照。

《一个筛沙的女人》第一句这样写道："走近甘河滩阳光灿烂"。乍看"甘河滩"三字，读者以为是到了积石山保安族东乡族撒拉族自治县大河家镇甘河滩村，即著名的保安三庄之一。其实，通过这组诗的题目《青海印象》，我们知道，诗人写的是青海的"甘河滩镇"，位于青海省湟中县城鲁沙尔北部。通过两个相同名字的村镇，我们可以体会到青海、积石山的山水相连和地理环境的相似。保安族在150多年前迁徙到甘肃积石山大河家，但他们的根在青海，保安族曾经在青海生活的地方在同仁县，距离湟中县甘河滩镇不到200公里，从大河家镇甘河滩村至湟中县甘河滩镇约200公里的距离。在短距离范围内，两个地名相同，既有偶然的因素，更有千丝万缕的自然、民族、文化等内在的因素。保安族迁徙到甘肃之后，将他们生活的地方依然叫“甘河滩”，这不仅仅是偶然。作者在《一个筛沙的女人》中，亲临青海甘河滩镇，并在诗的开头引出“甘河滩”，诗人是大有深意的。作为保安族诗人，他的脚步在甘肃、青海之间丈量，并有意在诗中写出“甘河滩”，不仅仅是点明诗歌创作的地点，更让读者领悟到青海、甘肃接壤地带各民族融合、一衣带水的关系。干河滩上筛沙的女人，作者也没有特意点明属于哪个民族，透过诗行，我们体会到的这个筛沙的女人是甘肃、青海边远少数民族地区各族劳动妇女的缩影。诗人将艰辛的劳作场面，写得浪漫而又从容：“她从容地支起沙床 / 像一个画家支起画夹 / 在沙床上挥毫泼墨”，在这看似轻盈、优美的动作中，包含着这位劳动妇女的吃苦耐劳和力量之美，作者写得举重若轻，把她扬沙的姿势比喻成在阳光下舞蹈。这样优美的赞唱，对于不了解西部的人来说，感觉很美妙。其实，从地理、气候条件看，无论青海湟中县还是甘肃积石山县，位于青藏高原边缘地带，气候寒冷，降水量少。各族妇女承载着繁重的劳作，她们默默地付出，得到的物质回报极其微弱。她们就像雪山一样，坚守在青藏高原这片土地上，生根、发芽、开花、结果，她们不仅孕育生命，还在物质的劳作中度过平凡的日日夜夜。筛沙的女人仅仅是其中一个劳作女人的生活场景的写照。在诗歌的结尾，诗人这样写道：“她的身后 / 一座又一座青藏高原 / 一座又一座喜马拉雅山 / 一座又一座珠穆朗玛峰”。连绵起伏的群山，富有画面感的场景，既衬托出筛沙女人的渺小，又寓意着筛沙女人如同青藏高原、喜马拉雅山、珠穆朗玛峰般的坚韧不屈。

通过这首诗，我们可以体悟到作者细心的观察力和敏锐的嗅觉，诗人之所以和普通大众最大的区别就在于他能从常人所不能体悟到的细小生活场景中发觉艺术的火花，并写出脍炙人口的诗篇。

一首诗歌，能不能给读者留下深刻的印象，除了语言的精炼、含蓄之外，更重要的是能不能打动读者的心。要打动读者，首先要打动作者自己，其次要与读者内心息息相通，再次要在诗行中写出我们内心只可意会，不可言传的瞬间感悟。马学武的诗歌试图在这些方面有所突破，一些诗篇达到了很高的艺术境界，但有一些诗歌还是显得生硬、牵强附会。如《时光如水》，虽然写出时光宝贵和匆匆流逝之快，但是缺少哲理和含蓄凝练的韵味。《论语》："子在川上曰：'逝者如斯夫，不舍昼夜。'"早已将时间流逝之快、人生变化无常概括得淋漓尽致。马学武的《时光如水》相对就显得直白、不耐读。

保安族文学队伍的文学水平因为起步晚、作家数量少，从整体衡量创作水平比较低。怎样表达本民族文化题材，又要超越民族写作，是摆在马学武以及其他保安族作家面前的一个难题。他有一首诗：

河州花儿

古老的河州大地
一种被称为世界民歌的"花儿"
从古至今盛行不已
每年的六月六或四月八

人如潮
歌似海
连天上的仙女们耐不住寂寞
纷纷下凡

与人间少年

竞风流

《河州花儿》与《一个女人》《花儿漫过野风的山岗》相比较，显得直白、虚夸，不在同一个档次。在这首诗中，诗人所抒发的感情，直露缺少韵味。如“一种被称为世界民歌的‘花儿’”一句，在《花儿漫过野风的山岗》中已经使用过，在这里完全重复。诗人在诗歌创作中，意象或句子可以重复，但语境不同，丝毫不影响其使用的频率。如“远方”意象，在海子的诗歌中反复出现。在《九月》中有：“目击众神死亡的草原上野花一片 / 远在远方的风比远方更远……/ 我把这远方的远归还草原……/ 远方只有在死亡中凝聚野花一片”在这首诗中，“远方”出现了四次，达到了复沓铺排的效果，读起来朗朗上口，将诗人的孤独、绝世而独立表达得淋漓尽致。在《以梦为马》中，诗人开篇写道：“我要做远方的忠诚的儿子 / 和物质的短暂情人”。这里的“远方”是诗人理想中的世界，与现实相对应，如果我们将现实比作“此岸”，那么“远方”就是“比岸”，现实是物质世界的话，“远方”就是诗人的精神世界。海子在两首诗歌中都使用了“远方”这个意象，但语境不同，读者丝毫不觉得重复，反而加深了对海子诗歌理解的印象。可是马学武“一种被称为世界民歌的‘花儿’”语句相同、语境相同，表达效果亦相同，这样的重复给读者带来的是审美疲劳，这也是诗歌创作的大忌。再从内涵上分析，“一种被称为世界民歌的‘花儿’”表达有误，准确的表达应该是“享誉世界的西北民歌‘花儿’”。通过对这一句诗歌的深度剖析，马学武的学养还可以进一步提升。

对于一位诗人而言，激情赋诗是先决条件，但诗人的学养必须不断提升，这样才能永葆诗歌创作的生命力。诗人李老乡曾说：“当下的一些所谓诗人学养储备不足，凭情绪写诗，把诗弄成了狗屁牢骚，诗歌成了怨妇的出气筒。当下不少写小说的好在语言上玩花哨，不懂中国古典文学的精髓和西方文学的思想根基，小说里通篇看不到中国文化的影子，越是不伦不类，越敢招摇过市……”[①]老乡的这段话，一针见血地指出一些诗人缺少学养，在诗歌创作中所表现出来的浅薄与低俗。作为一名少数民族诗人，要延续其旺盛的诗歌创作势头，对本民族文化、中华文化以及西方文学的学习、借鉴是一项终身追求的事业。

三、马学武新编“花儿”创作

“花儿”是流传在中国西北部甘、青、宁三省（区）的汉、回、藏、东乡、保安、撒拉、土、裕固、蒙古等民族中共创共享的民歌。花儿属于民间口头文学的范畴。花儿原生态地展现了西北农牧业社会的面目，而且表白得那么生动、形象，那么扣人心弦。花儿的歌词一般情况下是口头即兴作词，流传于民间的花儿一般是口口相传，有的经过文人加工、整理集结成册，如张亚雄《花儿集》等。在1940年后，有文人模拟花儿的样式进行文学创作。文人创作的书面“花儿”，不等同于民间老百姓唱的“花儿”，民间老百姓唱的“花儿”是原生态的，具有浓郁的泥土气息，包含着大量的民俗等文化信息。文人创作的“花儿”，从语言上来看，具有很强的书面语特征，原生态的生活场景有所淡化，情感没有原生态“花儿”那么奔放、炽烈、粗犷。如果要用一个较为准确的词来概括文人书面创作的花儿，我们姑且仿照“拟话本”[②]的形式，称为“拟花儿”。马学武在现代诗歌创作之余，创作了一部

① 秦岭：《诗人老乡其人》，载《南方周末》，2017-07-27。

② 拟话本是中国古典小说的一种，指的是宋元时代产生的《大唐三藏取经诗话》和《大宋宣和遗事》等作品。它们的体裁与话本相似，都是首尾有诗，中间以诗词为点缀，词句多俚俗。今则多指明代文人模拟宋元话本而写的、供案头阅读的白话小说，多反映市民生活，表现市民价值观念和审美情趣。代表作品如冯梦龙“三言”中的一部分和凌蒙初的“二拍”等。

分书面花儿，有《新编花儿五首》《保安族花儿（男女对唱）》等，这些“拟花儿”作品与他的现代诗歌相比较，口语化程度高、贴近生活原貌、语调轻松，具有强烈的民族色彩和时代特征。如：

新编花儿五首

五十六个民族五十六朵花
好花儿开给在大河家
科学发展观精神传天下
好“少年”漫了（个）不罢

山清水秀的积石山
大河家修（下）的水电站
各族儿女齐发展
科学发展观提下的干散

风景如画的甘河滩
花儿烂漫（者）歌声欢
“和谐社会”的“发展观”
保安人大步（者）向前

清水峡里的清泉水
漫上了三庄的地了
胡总书记提出的“科学发展观”
保安人舒坦（者）笑了

积石山下的保安庄

金盆里养鱼的地方

阿哥(啦)尕妹"花儿"(啦)唱

好日子地久(嘛)天长

这五首新编花儿，保持了原生态"花儿"的结构特征。"花儿"的结构一般每首词由四句组成，前两句常用比兴，后两句切题。字数上单双交错，奇偶相间，不像一般民歌那么规整，因此更加自由畅快。《新编花儿五首》仿照花儿的表现形式，前两句都是起兴，后两句切题。五首诗歌具有强烈的时代特征，主要赞颂胡锦涛"科学发展观"给保安族人民带来的思想变化和心理感受。每首花儿的开头两句均有保安族聚居地的身影，如"大河家""积石山""甘河滩""清水峡""保安庄"等，一气呵成，从结构上连接成为一个整体。作为文人创作的"拟花儿"，马学武没有忘记衬字的渲染、修饰的作用，诗行中的"个""下""者""啦""嘛"等衬字用括号进行标识。作者在创作过程中，十分重视民间口语的运用，如"舒坦""干散"等词语，强化了花儿的民间特色和民族特征。

《保安族花儿(男女对唱)》是马学武在搜集保安族民间花儿基础上，加工、整理、润色的一组花儿。这组花儿以男女对唱的形式串连成篇，每篇先男后女，各唱四句歌词。由"序歌篇""爱慕篇""求爱篇""热恋篇""别离篇""思念篇""重逢篇""情变篇""抗争篇""悲剧篇""训诫篇"11个篇章构成。从整体来看，故事情节完整，时代感鲜明，对保安族民俗、风情、人情的描摹具体、到位。

保安族花儿（男女对唱）①

序歌篇

男：宁夏的大米兰州的瓜，好辣椒出给（者）循化。唱一首花儿传天下，花儿的故乡是临夏。

女：藏里的走马千万匹，不知道挑阿一匹哩。心上的花儿千万支，不知道阿搭些唱哩。

爱慕篇

男：青石头青来蓝石头蓝，白石头跟前的牡丹。生下的俊来长下的端，尕妹是天仙女下凡。

女：大马上备的是好鞍子，鞍子上搭的是花褥子。腰儿里别的是三件子，手儿里拿的是马鞭子。

求爱篇

男：天没有云彩雨没有下，石头上麻啦啦的。跟前跟后的没搭上个话，尕心里急爪爪的。

女：青油的灯盏羊油的蜡，着哩么不着（者）照下。三六十八的憨娃娃，尕妹妹疼肠（者）耍下。

热恋篇

男：花花喜鹊连声（者）叫，心急（者）眼皮儿跳了。昨晚夕我把你梦见了，今格子端遇上你了。

女：上山的鹿羔下山（者）来，下山（者）吃一趟水来。心上阿哥看妹来，看妹（者）亲一回嘴来。

① 马学武新浪博客：http：//blog.sina.com.cn/s/blog_5e209d090100bwn9.html。

别离篇

男：打一把满尺的刀子哩，配一个乌木的鞘哩。见你是容易离你是难，心尖上扎刀子哩。

女：送我阿哥走西口，尕妹妹下了个地头。青稞地里拔草走，宽心的少年（哈）漫走。

思念篇

男：月亮上长的是索罗罗树，万飞禽落不（者）上边。日日月月尕妹（哈）盼，小阿哥变成了老汉。

女：马步芳修下的乐家湾，拔走了心上的少年。哭下的眼泪调下的面，给阿哥烙给些盘缠。

重逢篇

男：打马的鞭子闪折了，走马的脚步儿乱了。想你（者）腔子里积血了，见你是化成个水了。

女：青石头栏杆玉石的桥，桥头上蹲的是花喜鹊。听见阿哥的声气吵，面手（哈）顾不上洗了。

情变篇

男：大河家街道里牛拉车，车拉了搭桥的板了。你把阿哥的心拉热，拉热（者）再不管了。

女：三月的清明田绿了，四月里立了个夏了。错了是我俩齐错了，不是（哈）少球些怪了。

抗争篇

男：鸳鸯窗子鸳鸯门，大老爷堂上的宫灯。杀人的刀子接血的盆，舍我的尕妹是不能。

女：千万年不倒的太子山，万辈子不塌的青天。谁教我俩的婚姻散，就教它天塌地翻。

悲剧篇

男：尕妹是牡丹花园里开，阿哥是蜜蜂（者）采来。采了三天（者）没采上，碰死在花椒的树上。

女：王母娘娘嫁玉皇，早已把天规（哈）犯了。不让七仙女嫁董郎，娘老子良心（哈）坏了。

训诫篇

男：羊皮筏不如木头筏，木头筏坐上是稳哩。口头话不如心里话，口头话把人（哈）闪哩。

女：百七百八的码青稞，二百的街道上过了。年青的时候不欢乐，到老时时节们过了。

“序歌篇”开篇男主人公唱道：“宁夏的大米兰州的瓜，好辣椒出给（者）循化。唱一首花儿传天下，花儿的故乡是临夏”。唱词以比兴手法开头，道出西北地方特色物产：宁夏的大米、兰州的瓜以及循化的好辣椒，再进一步引申出“花儿的故乡是临夏”。男子的演唱节奏明快、句句押韵、朗朗上口，即便是朗诵，也是令人心旷神怡的一种享受。女子对唱道：“藏里的走马千万匹，不知道挑阿一匹哩。心上的花儿千万支，不知道阿搭些唱哩”。这句对唱，写出了女子迷惘、难以抉择的内心独白。分别通过挑选马匹、花儿，暗示了女子复杂的情感。

这种含蓄蕴藉的艺术表达，显示出保安族花儿语义含蓄，富于朦胧美的特质。“爱慕篇”通过男女对唱，表达出对对方容貌、气质的赞美和爱慕。男子通过比兴“白石头跟前的牡丹”，来形容女孩子的美丽、生动、鲜活，用“尕妹是天仙女下凡”来抒发对女子的赞美与渴慕之情。女子用“腰儿里别的是三件子，手儿里拿的是马鞭子”来形容男子的英武与潇洒，在这句唱词中还蕴含着浓郁的保安族民俗，“腰儿里别的是三件子”，三件子分别为腰刀、打火镰、短枪（打狗棒、长枪、火镰），在“思念篇”中有“马步芳修下的乐家湾，拔走了心上的少年”。通过这几个唱词，我们可以确切地断定这首花儿故事发生的时间在民国年间。通过“腰儿里别的是三件子”，可以想象出当时保安族男子尚武、善骑马，好使短枪的勇武精神风貌。“求爱篇”“热恋篇”“别离篇”唱出了恋爱中阿哥、尕妹的缠绵悱恻之情思以及别离的痛苦，男主人公以“心尖上扎刀子”来比拟离别之艰难、痛苦。

在“思念篇”中，尕妹的唱词：“马步芳修下的乐家湾，拔走了心上的少年。哭下的眼泪调下的面，给阿哥烙给些盘缠”。整整四句，出自青海“花儿”“水红花令”《马步芳修下的乐家湾》的第一部分。通过这句唱词，可以体悟到，马步芳在统治西宁的几十年间，生活在大河家的保安族人，也成为马步芳役使的对象。当时的征兵，带给老百姓极深的生离死别的痛苦，在歌词中，用夸张的手法淋漓尽致地表达了这种苦痛，用眼泪调面，做成了盘缠，这需要多少眼泪啊！热恋中的男女，就这样被无情地拆散了，所有的痛苦，都化作泪水，然后用泪水和面，给心上人做成路上的口粮。在这些质朴而又鲜活的字里行间，表现出民间歌谣的艺术美。细细揣摩，这些文字字字珠玑，散发着动人的艺术魅力。这就是老百姓的艺术创作，这些根植于生活深处的文字肌理，是所谓的“殿堂”文学欠缺的、不能描述的，这就是民歌的力量、俗文学的力量。而这种不登大雅之堂、为学士大夫所鄙夷、所不屑注意的俗文学，有着顽强的生命力，在民间、在老百姓心中发芽、开花、结果，滋养着一代又一代人的心田，成为大众嗜好、喜悦的艺术样式。正如郑振铎先生所说："'俗文学'不仅成了中国文学史主要的成分，而且也成了中国文学的中心。"[①]"情变篇""抗争篇""悲剧篇"三个章节，抒发爱情的挫折，两个相爱的人分手的情景。"大河家街道里牛拉车，车拉了搭桥的板了。你把阿哥的心拉热，拉热（者）再不管了"。这句唱词中的"大河家"点明故事发生的地点就是保安族聚居地大河家镇，再次提醒读者，这首"花儿"是保安族男女青年对唱的。无论以前的爱情是多么的甜蜜、熬煎，但残酷的现实让这段美好的爱情化为泡沫，至于是什么原因阻隔了这段甜美的爱情，唱词中认为是父母的不容许："不让七仙女嫁董郎，娘老子良心（哈）坏了"。看来，婚姻中家长的决定权在当时起着重要的作用。相爱的人不能结为连理，只能在遗憾、埋怨中化作痛苦的回忆。"训诫篇"是全文的结局，男主人公对女主人公似乎有强烈的怨恨，认为是女方变了心，用"口头话"闪了美好的爱情。通过这句唱词，我们明显地感觉到男主人公对爱情的执着，对女子的一往情深。女子则唱出了对美好爱情的甜美回忆和无怨无悔："年青的时侯不欢乐，到老时时节们过了"。也告诉人们，爱情是人生中最灿烂、最生动的场景，到年老体衰时，则无力享受爱情的甜美，表达了对美好青春、美好爱情的赞美之情。这首民歌的结尾虽以悲剧结尾，但与所谓的"正统"文学相比较，显得明快清新，充满对美好青春的礼赞，没有多余的讽戒，也没有封建礼教的劝说。正如《金缕衣》中所描述的："劝君莫惜金缕衣，劝君惜取少年时。花开堪折直须折，莫待无花空折枝"。抒发"莫负好时光"和错过青春便会导致无穷悔恨的情感。

《保安族花儿（男女对唱）》经过马学武的加工整理之后，依然保持

① 郑振铎：《中国俗文学史》（上），1—2页，北京，团结出版社，2009。

了“花儿”原生态的趣味。第一，从内容上看，这组“花儿”讲述的是积石山保安族少男少女的恋情，其中没有对当权者的歌功颂德，也没有表现文人墨客的惆怅情绪，花儿情节曲折生动，符合民众口味，表达了民间大多数人所共同情感的寄托。第二，这组“花儿”的语言是口语化的，是老百姓平时在花儿中惯用的语言。如：“阿搭些”“憨娃娃”“疼肠”“今格子”“急爪爪”等，这些河州方言，保留了民间语言的鲜活、逼真，使得民歌便于传唱。第三，《保安族花儿（男女对唱）》糅合了青海与临夏接壤地带花儿的特色，是多民族各种花儿的集结。如开篇“宁夏的大米兰州的瓜，好辣椒出给（者）循化。唱一首花儿传天下，花儿的故乡是临夏”。这首歌词在甘肃、青海、宁夏、新疆各地广为流传，影响深远，在保安族花儿中出现属于正常现象，并不是保安族所独有的。再如，“马步芳修下的乐家湾，拔走了心上的少年。哭下的眼泪调下的面，给阿哥烙给些盘缠”。这段歌词出自青海花儿《马步芳修下的乐家湾》，作者在整理的过程中，将这两段完全借用过来，穿插在男女对唱中，丝毫显不出生硬、拼接的痕迹。几百年来，“花儿”在甘肃、宁夏、青海、新疆等地的回族、东乡族、撒拉族、土族、藏族等各民族中相互借鉴、相互传唱，不是单个民族所独有的。作者之所以将这组民歌命名为《保安族花儿（男女对唱）》，应该是故事发生的地点、对唱的主人公是保安族。

马学武对于保安族花儿的新编、再创作，数量较少。花儿的整理与研究，经历了80多年的历史，从1940年张亚雄《花儿集》发表到现在，几代民间文学研究者挖掘整理花儿，取得了巨大的成绩。董克义先生出版了《积石山花儿2000首》，其中包含保安族、东乡族、撒拉族、回族等多个民族的花儿，但是，截至目前，还没有单独的保安族花儿集问世。保安族花儿的专门整理与研究，一方面显得不足，从另一方面来讲，挖掘的潜力比较大。保安族花儿还有较大的搜集、整理的空间。保安族作家、文化研究者，搜集整理保安族花儿有得天独厚的条件，可谓“近水楼台先得月”。马学武长期生活在保安族聚居地大河家，可利用便利条件，在当代诗歌创作之余，可搜集整理保安族花儿，这是一项十分有意义的事业。

第二节　马尚文诗歌创作与评述

一、马尚文简介

马尚文（1966—），男，保安族，甘肃省临夏州积石山保安族东乡族撒拉族自治县大河家镇大墩村人。2022年由云南大学出版社出版其个人诗集《积石新韵》，这是保安族第四部个人诗集，第六部个人作品集。马尚文1991年毕业于陕西师范大学汉语言文学专业。曾担任积石山县教育局局长、县委宣传部长、积石山县县长等职。在繁重的行政工作之余，马尚文怀着浓烈的对母族的无限热爱的情感，创作了大量的古典诗、词、铭、赋以及大量的现代诗歌、散文，这些饱含着情感的作品，大部分是唱给保安族的赞歌。马尚文的文学创作根植于本民族历史文化的深厚土壤，始终关注本民族的历史、现实和未来命运。马尚文的文学创作开始于21世纪初，他的创作是密集型的、厚积薄发式的。在《新时期中国少数民族文学作品选集·保安族卷》中，收录了马尚文作品33篇，其中诗歌25首、散文8篇，占总篇目的五分之一以上。马尚文的文学创作在保安族“60后”作家中占有较高的地位，他也是21世纪保安族作家中重要的一位作家，他的文学创作对保安族文学的发展起到了重要的推进作用，他的文学创作不仅体现在数量和质量上，还表现在多种体裁的运用方面。马尚文拓展了保安族书面文学的体裁范畴，尤其是在古典诗、词、曲、赋、铭等文体的创作达到了一定的高度。

二、马尚文的古典诗词曲创作

由于历史的原因，保安族人接受现代教育的时间比较晚，1949 年之后，才有个别人接受学校教育。保安族书面文学产生于 1980 年初，作家、作品数量少，作品以现代散文、现代诗歌、短篇小说为主，能够用古典诗词进行文学创作的作家有马尚文、冶福云等极少数人。马尚文是第一个全面尝试用古典诗、词、曲进行创作的保安族作家，这与他所学汉语言文学专业和扎实的文化功底有密切的关系。

（一）歌行体创作

马尚文歌行体诗歌收录于《新时期中国少数民族文学作品选集 保安族卷》中的有《家韵》《瑶露泉》《静安堡》《保安腰刀》《花儿》《咏柳》《积石山颂》等。歌行体是从乐府发展为古诗的一种体裁，音节、格律一般比较自由，采用五言、七言、杂言，形式也多变化。在歌行体的诗歌创作中，马尚文依然坚持以保安族最为显著的保安腰刀、保安家园等进行抒情。但与其古典诗词曲不同之处是：诗人温婉细腻的情感抒发得更为强烈，充斥在字里行间的，更多的是对亲人、家乡、童年记忆的缱绻情思。这些碎片式的、带有强烈个性色彩的诗歌，凸显了人口较少民族诗人强烈的族群认同感，体现出诗人挖掘本民族历史、民族文化、民族风情的强烈使命感。

《家韵》是一首七言歌行体诗歌，诗人在创作过程中严格恪守歌行体诗歌偶句押韵的要求，全诗“an”韵贯穿到底，大部分诗句讲究平仄，读来朗朗上口。全诗共有24行，诗歌表达的是对家乡的热爱、赞美之情。这首诗清新、婉约、优雅，是马尚文诗歌中比较温婉的一首诗作。诗的开头两句“玉兰樱花润露干/红叶碧桃羞妆颜”通过“妆颜”与“红叶碧桃”的对比，表现出自然美胜于装扮美，诗句含蓄蕴藉地抒发了保安族家园的自然美景。“国色天香牡丹仙/黄河奇石卧庭院”抒发的是保安族人对美好生活的追求和营造，他们所追求的美既有花果树木的美，也有保安族人自己的庭院审美标准之一，那就是黄河奇石卧庭院的景象。保安族人在建造房屋时，庭院里面摆放有黄河奇石，他们在自家庄窠外也会摆放数目不等、大小不一的黄河奇石。这些黄河奇石质地优良、造型奇巧、图案精美，当陌生人来到大墩村参观的时候，这些石头也成了一道亮丽的风景，吸引游客驻足、观赏。“但享美景天伦乐/畅饮清泉咏青山”描绘了生活在山庄里的保安族人幸福美满的生活场景，他们安然享受着天伦之乐，他们喝着纯净的山泉，面对青青的大山，他们唱着赞美的歌谣，保安族人生活在如此美丽的世外桃源，怎么不让人流连忘返呢？这里还有积石雄关、大墩堡、临津古渡、保安腰刀等，这些富有地域特色和民族特色的景物让在外闯荡的游子产生无限的依恋与赞美之情。除了对家乡的歌颂之外，诗人还抒发了“山高水长史未易/唯有岁月摧容颜”的感慨，表达了人生在大自然面前的渺小和短促，这是马尚文诗歌与一般保安族诗人的不同之处。截至目前，大部分保安族诗人的诗歌创作还没有脱离对保安族自然景物的歌咏，他们对人生、对命运的关注比较少。好的诗人，除了关注现实、歌咏现实之外，更应该关注彼岸、注重抒发人生的况味。马尚文在《家韵》里既有对家园美景的赞颂，更有对人生易老的感慨，写出了人生无以名状的惆怅之情。

《静安堡》也是一首歌行体诗歌，共24行。静安堡遗址位于大河家镇大墩村，是大墩村标志性的景观之一。清咸丰十一年（1861年）河州知州赵桂芬在原墩的基础上筑堡，取名静安堡，东西宽 100 米，南北长 200 米，城堡墙高 6 米，厚 2.5 米，占地面积 2 万平方米，堡中心有一用泥土筑砌的坚固小堡为守军指挥所。静安堡位于积石山下，地理位置极为险要，居高临下，扼控关隘，攻守有利。原居住在青海省同仁县尕撒尔的保安人迁徙到甘肃省积石山境内，这部分人就定居在静安堡，这就是以后被称为“大墩村”的地方。当时的这部分保安人，为了安全考虑，选择定居在地理位置险要的静安堡，这里既可以防御，还可以方便选择后退至积石山腹地。如今的静安堡已经成为一处军事遗址，大墩村已成为著名的保安族聚居村落，这里环境优美、民风淳朴、保安族民族风情浓郁。马尚文借助静安堡，抒发的是保安儿女勤劳善良、建设美好家园的优良品质：保安族人在这里开荒种地，经过 150 多年的辛勤劳作与繁衍生息，如今的静安堡周围良田卧平川，腰刀人家欢声笑语，保安族人民凭借自己勤劳的双手，构建了美丽的家园。

《花儿》共 24 行，作者从保安族“花儿”的角度，抒发对母族的赞美、热爱之情。这首诗歌语言含蓄隽永，韵律和谐，除便于诵读之外，也给读者带来有关“花儿”的知识。例如，“大令尕令赛琴弦 / 民曲音萦须弥岩”中，“大令”“尕令”是“花儿”的两个曲调，“花儿”的曲调在民间被称为“令”。保安族“花儿”系河州花儿的一个分支，河州花儿的“令”有上百种之多。保安族不仅能传唱甘肃和青海境内流行的“花儿”，也独创了属于本民族独有的“花儿”，如“保安令”“脚户令”“六六三令”等。“大令尕令赛琴弦”一方面生动传神地表达了保安族民间歌手美妙的歌喉赛过琴弦的演奏；另一方面描述了保安族民间歌手娴熟的歌唱技艺，“大令”“小令”开口就唱，歌词也是即兴而作。“一曲神韵千秋赞 / 河湟大地万世传”两句对仗工整，抒发“花儿”在西北地区传唱的悠久历史及被当地各族人民喜爱，至今传唱不衰的盛况。总之，《花儿》这首诗，除了赞美之外，更多的给人以知识和想象的空间。

《瑶露泉》赞美的是积石山大墩峡里的名为“瑶露”的泉水。这条泉水名不见经传，即便在网络上搜索，也找不到相关的文字记载。但保安族及附近的人们世世代代饮用甘甜的瑶露泉水，这条泉水在当地人心目中十分珍贵，泉水除了甘甜之外，还有药用价值。马尚文这样赞美瑶露泉：“清源是为药水泉 / 过往汲饮沁心拳 / 近山远川疾若侵 / 一捧珍露病榻前”，在短短的 4 行诗句中，诗人记载了瑶露泉在当地人心中的分量，也写出了当地人在病榻前喝瑶露泉水的习俗。

马尚文的歌行体诗歌与其词曲相比，略显直白，但有些诗句还是比较含蓄生动的。如在《积石山颂》中，作者化用毛泽东的诗句，使诗歌达到了含蓄蕴藉的艺术效果。“老船古渡铁索寒”从毛泽东《七律 · 长征》“大渡桥横铁索寒”化用而来，歌咏了大河家，又名临津古渡的峥嵘岁月与沧桑历史。

从总体考察，马尚文歌行体诗歌借助积石山、静安堡、黄河、瑶露泉、保安人家、保安腰刀、“花儿”等富有地域特色和保安族特色的意象，营造了雄奇、壮阔的积石山画卷，将保安山庄的清幽、闲适美描画得淋漓尽致。马尚文以一个民族诗人的身份，带着感同身受的强烈情感，赞美了保安族赖以生存的自然环境，展示了独特的民族风情、风俗，为读者的阅读带来了鲜活的气息。

（二）词创作

马尚文的词作有《念奴娇 · 积石雄关》《念奴娇 · 保安山庄》《念奴娇 · 大墩峡》《忆秦娥 · 大墩》等。《念奴娇 · 积石雄关》《念奴娇 · 保安山庄》《念奴娇 · 大墩峡》是马尚文以词的形式唱给保安族的赞歌。作者借用“念奴娇”词牌，分别吟唱出保安族生存的积石山久远的历史，大墩峡幽美迷人的风景、保安山庄醉人的风情。这组词从微观角度，集中概括地表达了对保安族由衷的颂美之情。保安族与别的民族相比较，家园意识特别强烈，这与其民族的族源、迁徙等有很大的关系。无论是保安族的口头传说、民间故事，还是本民族书面文学创作，充盈其中的强烈的家园意识，是一个巨大的、绕不过的创作母题，马尚文的创作亦不例外。这种根植于民族血脉之中的家园意识，是马尚文诗歌创作取之不尽用之不竭的创作源泉，也是一个少数民族诗人立身安命的根本所在。如，在《念奴娇·保安山庄》中有这样的诗句："忆祖迁徙，路漫漫，历经风雨雪霜。大河东流，情道是，故地不堪望。"在这短短数行词中，容纳了丰富的内涵，熟悉保安族历史的人，可从中读出保安族在150年前从青海同仁迁居到现今甘肃省积石山大河家定居的艰辛历程，从而感同身受地体会到一个人口较少民族在生存道路上所经历的风雨雪霜；不熟悉保安族历史的人，透过这些诗行，可查询到这个民族迁徙的历史原因与迁徙路线，从而学习到相关的历史文化知识。在马尚文的诗歌创作中，反复出现积石山、保安腰刀、保安山庄等意象，这些意象不仅强化了其诗歌创作的民族意识，而且进一步推进了保安族诗歌意象的经典化过程。

（三）曲创作

这里的"曲"指的是散曲。从数量上看，马尚文的散曲作品不多，但是他是第一位尝试用散曲进行创作的保安族诗人。马尚文善于用同一曲牌写一组相关联的曲来抒发情感。如《天净沙·夏辰》《天净沙·故乡》《天净沙·乡恋》用同一曲牌"天净沙"赞美自己的家乡——大墩村。"天净沙"曲牌被马致远运用得极为高妙，《天净沙·秋思》脍炙人口，流传广泛，这首小令借助名词性意象，寓情于景，生动的表现了一个长期流落异乡的人的悲凉之情。抒发了一个飘零天涯的游子在秋天思念故乡、倦于漂泊的凄苦愁楚之情。而马尚文《天净沙·夏辰》《天净沙·故乡》《天净沙·乡恋》三首词的意境清幽散淡、清新可人，表达的是对家乡的赞美之情。作者用同一曲牌，从不同角度表达同样的主题，可以互为映衬，达到循环往复、一唱三叹的艺术效果。

天净沙·夏辰

蓝天白云彤阳，
古堡人家花香，
清泉小河流淌。
无限风光，
令人痴心神往。

天净沙·故乡

青山绿水斜阳，
雄关黄河天苍，
羊群牧人红房。
白云飘荡，
回家乡心飞扬。

天净沙·乡恋

玉叶麦浪黄花，
古墙老树晨霞，
腰刀人家舒雅。
经声诵罢，

大墩堡传佳话。[①]

将三首曲排在一起赏析，三首词中的意象“古堡”“雄关”“黄河”“古墙”“腰刀人家”“大墩堡”等都指向同一个地方——大墩村，大墩村是著名的“保安三庄”之一，也是作者的故乡，大墩村坐落在积石山下，村中有静安堡、古城墙。作者通过对大墩村景物的反复描绘，赞美了家乡悠久的历史、美丽的景色和独具民族特色的人文景观——“腰刀人家舒雅”。保安族是一个以腰刀安身立命的民族，保安腰刀在甘宁青地区久负盛名，保安腰刀是保安族最具民族特色的手工艺制品。作者用“腰刀人家”替代保安人家是非常生动、非常形象的。“舒雅”，表达的是保安族家庭环境的舒服、优雅、洁净。保安族人崇尚洁净、雅致的生活情趣，家庭条件无论富裕者还是贫困者，他们都把自己的家园建设得美丽而又整洁，家家户户的院子里都栽有各种花卉和果树，堂屋里打扫得干干净净，家具摆放得整整齐齐。巍峨的积石山呵护着美丽的大墩村，蓝天白云映衬着麦浪黄花的村庄，悠扬的诵经声飘荡在空中，一幅美丽的保安族风景画展现在我们面前。马尚文用“古堡”“雄关”“黄河”“古墙”“腰刀人家”“大墩堡”等名词性意象的组合，以极简省的笔墨创设了丰厚的意蕴，为读者留下了无尽的想象空间。名词性意象的组合，可谓是一词一景，《天净沙·夏辰》《天净沙·故乡》《天净沙·乡恋》三首曲中，我们既能领悟到大墩村美丽的自然景色，更能体会到作者强烈而又饱满的主观情感。

在马尚文之前，保安族作家已经借助诗歌、散文、短篇小说等体裁，对积石山、保安族、保安腰刀反复吟唱、描写过了，而马尚文不落窠臼，在创作过程中，尝试用歌行体、词、曲等文体进行创作。他

① 中国作家协会:《新时期中国少数民族文学作品选集·保安族卷》，294—296页，北京，作家出版社，2015。

的这种大胆的多种诗歌体裁的尝试，不仅仅对保安族书面文学创作提供了可借鉴的创作模式，也对于其他民族同样具有一定的参考价值。马尚文的诗歌创作，包含着多种意蕴：第一，他的诗歌承载了保安族丰富的历史文化价值，可给读者带来诸多的文化信息，可延伸作者的阅读视野，扩大知识面；第二，马尚文诗歌包含了有关保安族文化传统丰富珍贵的历史信息，它所带来的文化之根和血脉意识有助于我们进一步了解这个民族的文化、历史；第三，马尚文在其诗歌创作中，既超越了本民族自身文学在主题、体裁等方面的传统，又对主流话语进行有甄别的接受，保持了民族诗人的个性特色；第四，马尚文的文学创作为保安族书面表达提供了丰富介质的语言源；第五，马尚文的诗歌创作，给我们提供了一个思考的样式，即一个作家的民族出身，对他的创作存在着类似集体无意识一样的潜在的、隐含的影响。

三、马尚文的现代诗歌创作

除了古典诗词曲的创作，马尚文也创作了大量的现代诗歌，收录于《新时期中国少数民族文学作品选集·保安族卷》中的现代诗有《石海》《黄草坪》《胡杨》《致青春》《大河家》《黄河》《黄河石》等。这些现代诗歌，从不同角度抒发了诗人对家乡的热爱赞美之情。马尚文的现代诗歌情感强烈，意象选取恰当，他的现代诗歌主题紧紧围绕积石山、黄河、保安族来抒情，既彰显了一位民族诗人强烈的家园意识，更体现出马尚文超越民族意识的博大情怀，这些诗歌具有较强的感染力。《石海》《黄草坪》描绘的是积石山县的两处景观——石海、黄草坪。“石海”在积石山自治县积石民俗村西南侧的河滩地带，距县城约 3 公里。这里自然景色奇特，滩内磨圆度较好的大小石头遍地，有如万羊云集。其中的“鲁班石”最为出名，在积石山民间有关于“鲁班石”的动人传说。“磐石的风骨 / 称全了你海的奇观 / 来自天涯的烈风 / 抚慰着你的执着 / 任凭世间沉浮变迁”《石海》的第一节大气磅礴，表达了这些亿万斯年石头的坚韧风骨，诗歌借景抒情，表面看是在抒发对石头的赞美之情，实际上要表达的是诗人主观的情感。王国维认为：“昔人论诗，有景语情语之别，不知一切景语皆情语也。”[①] 这句话包含两重意思：一是写景状物的文字都是作者表达情感、寄托意蕴的载体；二是一切景物又必然引起作者的感情波动，进而付诸文字，形成景语。情与景，景与情，二者相辅相成，不可分离。马尚文阅历丰富，经历过人生的多种磨砺，他通过石海中的磐石，抒发个人坚强的意志品质。《黄草坪》清新淡雅，格式整饬，抒发了作者对黄草坪自然风光的赞美，对“花儿”民歌及人文景观的歌颂。黄草坪是分布于积石山自治县刘集、石塬、柳沟等乡的高山草甸，海拔在 2300 ~ 2600 米之间，面积约 2 万亩，地势西高东低，呈东西走向，地形以黄土峁为主，区域内有较开阔的滩地，是积石山自治县的主要牧场之一。这里沟梁相间，山坡较缓，草场分布广，草坡面积大，地下水丰富，植被发育好。这里有良好的生态、优美的景观、凉爽的气候，黄草坪是夏季草原休闲及风情体验的绝美去处。关于黄草坪，包括李萍等作家都以散文或诗歌的方式写过了，马尚文也以诗歌的方式表达对黄草坪的热爱赞美之情。《黄河》《黄河石》等诗篇表达的是对母亲河的眷恋之情、对黄河石刚强豁达品格的赞美之情。

《守望田庐》是马尚文创作的现代组诗，全诗分 33 节，共计 381 行，这组长诗是马尚文唱给保安族的赞歌。《守望田庐》是保安族“寻根之旅、迁徙之旅、文化之旅”的精品力作。诗中记忆与故事交织、梦想与现实碰撞、诗情与画意共鸣，诗歌以保安族文化基质为根基，显示出独特的美学风格。很长时间以来，作为甘肃特有的三个少数民族

① 郭绍虞、罗根泽：《蕙风词话 人间词话》，225 页，北京，人民文学出版社，1984。

之一的保安族，被一些人等同于与回族一样的民族，这个民族独特的族群记忆不被外界所熟知。马尚文作为一名保安族文化人，深刻认识到自己民族的独特历史与文化内涵，他用长诗的方式进行了独特的言说。《守望田庐》是保安族历史记忆与族群认同在文学中的具体体现。关于保安族族源，有几种不同的观点，保安族著名学者马少青认为：“保安族是元朝以来一批信仰伊斯兰教的中亚色目人，在青海同仁地区成边屯垦，同当地蒙古、藏、土等各民族长期交往、自然融合，逐步形成的一个民族。”[①] 马尚文在其《守望田庐》诗歌中认同马少青关于保安族族源的观点。在诗的开篇这样写道：“美丽的中亚乐园 / 一个梦辈辈相传……阿拉伯海的暖流如此酣畅 / 中亚的固墙环绕着欢乐的村庄 / 里海的潮气亲吻着沙漠的热浪”。关于保安族族源的形成，作者通过“一个梦辈辈相传”，表达出本民族族群记忆在族源形成过程中所起的重要作用。保安族族源形成于 800 年前，但在史书中缺少这方面的记载，只有在本民族的口口相传中保存着关于保安族族源的历史记忆，而这种历史记忆总是和失忆相伴。台湾学者王明珂认为：“观察体会一个族群或民族的本质，以及相关历史记忆与失忆如何凝聚或改变一个族群，社会人群如何藉各种媒介来保存与强化各种记忆，必将有助于我们理解历史文献与考古文物所蕴含的‘过去’，以及许多‘民族史’著作的社会意义”。[②] 马尚文的《守望田庐》恰恰印证了这种观点，诗歌从族群记忆的角度印证了保安族族源形成的过程。这组长诗的价值，不仅仅体现在文学方面，更重要的是体现在文化方面。作者根植于民族母体的内核，以现代史诗的方式，对本民族固有的记忆、传统进行了描述。有论者认为：“从柏拉图的诗比历史更真实的言说开始，文学与历史的纠缠与争斗一向是议论不休的话题。文学之所以能自立于历

① 马少青：《中国保安族》，7 页，银川，宁夏人民出版社，2012。

② 王明珂：《华夏边缘：历史记忆与族群认同》，31 页，杭州，浙江人民出版社，2013。

史之外，其中很重要的一个原因就在于它提供了不同于历史书写的别样记忆体系，涉及理性与权力之外的情感、情绪乃至信仰与迷思。少数民族文学在多样性的记忆性书写中，尤其具有丰富中国记忆的价值和功能。很长时间以来，地方性的、族群性的边远记忆，在历史与文学史的主流叙事中往往处于主导性话语的阴影之下或者干脆就是‘在场的缺席’”。①此话不假，保安族历史、文化多年来鲜被外界人所了解、所熟知。这是一个边远地区人口较少民族文化人内心的伤痛和焦虑，这种对本民族文化强烈的认同感、责任感，促使马少青、马世仁、马瑞、马尚文、韩维礼、马沛霆等文化人产生了强烈的对本民族文化推介的历史使命。他们义无反顾地承担起历史赋予他们的神圣使命，并且在这条道路上踽踽前行。马尚文以文学的方式，践行着自己的神圣使命。

《守望田庐》中，作者踏着先祖的足迹，离开被“铁蹄”践踏后难以为继的祖先的“中亚乐园”，“越过沙漠”“驰过草原”，来到“隆务河畔”，建立了“保安四寨”。然而，“夜黑星暗鬼狂舞”，保安人逃离隆务河畔，穿越“尕楞口”“文都寺”，来到“撒拉八工”暂住，因天气干，庄稼收成不足，难以养活保安人，迫使保安人继续迁徙，他们来到积石山下、黄河岸边的“临津古渡”，定居“静安堡”，并建立了闻名遐迩的“保安三庄”。保安人在新的家园里辛勤劳作、安居乐业。在这些既有叙事，又有强烈抒情的诗行中，保安族从青海同仁到循化，再到甘肃大河家迁徙的历程，读者可以体会到保安族历史渊源、保安族定居后的生活场景等，作者用饱含着深情的笔调，吟唱了这个民族勤劳、勇敢的美好品格。要读懂这首长诗，读者必须查阅相关资料，尤其本诗所涉及的历史地理名词，掌握有关保安族历史、文化的

① 刘大先：《记忆与故事，现实与梦想——2013年少数民族文学综述》，载《文艺报》，2014-01-06。

多种知识。这正是马尚文《守望田庐》带给读者的价值所在。《守望田庐》是作者知识积累的总爆发，也是作者多年心血的结晶。正如布瓦洛所说："一首卓越的诗篇流利而脉络分明，绝不是率尔而成，单凭着一时高兴；它需要功夫、锤炼：像这样艰巨作品绝不是一个蒙童初写作，学步效颦……"。[①] 马尚文诗歌创作开始于21世纪初，他有长期的生活积累与潜心钻研，在古典诗学与理论方面有扎实的准备。他的文学创作不是突然一时的心血来潮或者跟随浪潮，他的创作有着深厚的内在的文化积淀，那是一种与生俱来的民族感情和浸润许久的民族文化熏陶的结果。

《守望田庐》从第20节开始，主要赞颂保安族人定居在积石山麓大河家后勤劳耕作、建设美好家园的生活场景。在这些诗行中，诗人有时用直抒胸臆手法进行抒情，如："改变一个民族的命运/靠的只是自己的双手/执着的信念永不湮灭/刚毅的性情仍在张扬"。表达出保安族人们自强奋进的精神品质。有时借助修辞手法与保安族民间故事进行间接抒情。在第24节，有一句诗："用他有力的一把手/撑起了整个民族的侠胆义骨"。看似简单的诗行中，其实蕴含着丰富的文化内涵。"一把手"是在精美的保安腰刀上凿刻的五指并拢的图案，是保安腰刀出口的统一标识。在这里，诗人用了双关修辞格，写出了保安族工匠坚强有力的手臂，这是写实，另一方面，又暗指"一把手"图案，形象地揭示了保安族人民坚贞不屈的精神品格。在保安族传说故事《"一把手"腰刀的故事》中：在旧时代，恶霸势力统治下的大西北，大河家的保安族人民生活在饥寒交迫之中。腰刀工匠为了生存流浪到青海、西藏、四川等地为当地百姓制刀。有一位工匠打造的腰刀精巧锋利名扬西北，尤其在藏族聚居区享有极高的声誉。地方官吏为了讨好地方

① 布瓦洛：《诗的艺术》，见伍蠡甫、胡经之：《西方文艺理论名著选编》（上卷），200页，北京，北京大学出版社，1985。

恶霸，限令这位工匠在一个月内赶制出一百把质量优良的腰刀，不然就砍掉他的一只手。这位工匠对地方官吏欺压百姓的行为恨之入骨坚决不从。地方官吏将这位工匠绑走，逼迫他在官吏的庄园里制作腰刀。工匠宁死不屈，恼羞成怒的官吏残忍地砍掉了工匠的右手。从此，这位工匠再也无法为百姓打制腰刀了。保安族工匠们为了怀念这位刚直不阿的匠人，就在最精美的腰刀上凿刻上五指并拢的“一把手”图案。像这样暗含保安族民间故事、传说的诗行还有“那个刚直不阿的铁匠哈克木”、“五眼泉里跑出的那只山羊”、“跨上洁白的神马”、“吟一首动人的阿舅和外甥”、“莽撞的妥勒尕尕”、引诱那盛气凌人的“巴羊坤”等，每一句诗歌中，都暗含着一个保安族民间故事。这种表现手法含蓄委婉，耐人寻味。

第三节　马祖伟诗歌创作与评述

一、马祖伟简介

马祖伟（1966—），保安族，甘肃省积石山保安族东乡族撒拉族自治县刘集乡高赵家村人，中国少数民族作家学会会员、中国西部散文学会会员。2020 年 10 月，马祖伟散文集《情满大河家》出版，这是保安族作家第一部个人散文集，是继马少青《积石山的路》、马学武《花儿漫过野风的山岗》后，第三本保安族作家个人文学作品集，在保安族书面文学史上占有重要的地位。2022 年 3 月，马祖伟出版诗集《远行》，这是保安族作家出版的第二部个人诗集。马祖伟先后在《民族文学》《西部散文家》《河州》《民族报》《云岭歌声》《金银滩》《甘肃日报》《甘肃法制报》等报刊发表散文、诗歌、歌词、侦破通讯等400余篇，现供职于积石山县公安局。马祖伟多才多艺，能歌善舞，他勤奋创作，散文、诗歌、侦破通讯等作品数量多、质量高。他是保安族“60后”作家的主干将之一。

二、马祖伟现代诗歌创作特色

马祖伟诗歌创作以现代诗为主，还包含一些歌词创作。马祖伟的诗歌大部分直抒胸臆，抒发自己强烈的感情。马祖伟诗歌创作具有以下特点。

（一）扩大了保安族诗人诗歌创作的题材范围

马祖伟是一位人民警察，他的诗歌《蓝色警服》抒发的是对警察的责任、担当与赞美之情。《蓝色警服》发表在《甘肃公安报》2000年1月10日。这首诗歌从写作题材看，具有重要的价值：首先，这首诗歌是保安族作家创作的第一首“警察”题材诗歌。全诗共5节。每节首句以“穿上蓝色警服”开始，复沓铺排，强化了气势，抒发了强烈的感情。其次，诗歌抒发了警察工作的艰辛和不易，警察职业并不仅是外人眼中的威严、酷帅，还饱含着更多的艰辛、付出、孤独、痛苦以及无私奉献。诗歌以感同身受的情感来抒情，达到了以情动人的目的。马祖伟是一位诗歌创作的有心人，他将自己从事的职业写进诗歌，这是难能可贵的。

（二）含蓄朦胧，富有韵味

好的诗歌一般用暗示来表达思想感情，语义含蓄多解，富有朦胧美。马祖伟的一些诗歌，情感不是直接呼吁出来的，而是借助意象间接地暗示出来的。这样的诗歌含蓄朦胧，能够给人带来思考、想象的余地。“含蓄”就是把诗歌写得你既能明白感悟到它在说什么，又不那么露骨，给读者以想象的空间。如《远行》这首诗写得非常含蓄。

远行

你何必
用眼神诉说哀伤
你何必
用步履诉说负重
难道你没有感觉
芳草嫩绿的清香
已浸透你的香唇
别以为泪水
永远会打湿石榴裙
别以为雷电
会震醒梦魇
只要得到一滴
春的甘露
就该重新
起步远行

初读起来，以为这首诗歌是一首爱情诗，但从诗歌的结尾，揣摩到应该是一首哲理诗，这正是这首诗歌的魅力所在。

从诗歌艺术表达效果上看，“朦胧”在“含蓄”之上。朦胧是一种模糊美，是一种隐约缥缈，寓意难定的艺术风格特征。主要表现在：第一，境界的模糊性、不确定性。第二，寓意的隐晦性、多意性。如《诗经·蒹葭》、李商隐《无题》、戴望舒《雨巷》、卞之琳《断章》等。马祖伟《失落》具有朦胧的意蕴美。

失落

一次次火花的迸裂
一枚枚失落的诗心
怎能捡得起
失色的日子
网住曾经
丰满的月夜

当我再次走过
熟悉的幽径
收集月色足迹
却不见
散落的玫瑰
灵魂深处的琴键
如何悲昂
却不能成曲
如隔
千山万水

《失落》发表在《金银滩》2011 年第 1 期。整首诗通过“日子”“月夜”“幽径”“玫瑰”“琴键”等意象抒情，境界模糊，寓意不定。达到了含蓄朦胧的艺术效果，令读者产生无数的遐想。体现出诗歌含蓄蕴藉的美学特征。像《远行》《失落》这样的现代诗歌在保安族诗人中并不多见。

（三）比喻性意象的巧妙使用，增添了诗歌的想象力和灵动感

诗歌是以意象为基本结构单位，通过单个或者多个意象来凸现诗意，抒发情感。诗歌创作在很大程度上借助意象进行想象，达到抒情写意的目的。比喻意象就是“打比喻”，通过不同的方式将诗人的感情比做它物，如明喻、暗喻、象征，把作者的情思直接比喻为人或物，使之具有人或物的某些特征。例如，李白的“高堂明镜悲白发，朝如青丝暮成雪”将青丝、雪等意象直接拿来比喻头发，从而使读者的联想、想象一下子清晰、生动、明朗起来，给读者以无比鲜明的感受。舒婷《祖国啊，我亲爱的祖国》中“我是你河边上破旧的老水车”一句给人留下了非常深刻的印象，根因就在于作者用“老水车”这一意象来象征“我”与祖国的某种联系，使得整首歌细腻而含有丰富的象外之意。

马祖伟在诗歌创作中，善于运用比喻性意象，想象丰富，达到抒情的目的。如，《乡魂》第一节“月下的乡魂 / 抑或是 / 古罗马的宫殿 / 颓废的情愫 / 或是长城垣处 / 孟姜女的眼泪”。在这里，作者连用两个比喻性意象，第一个将“乡魂”比作“古罗马的宫殿”，通过古罗马的宫殿，暗示出乡魂之绵长、悠久、厚重的特点；第二个将乡魂之情愫，比作在秦长城下哭诉的孟姜女的眼泪，通过孟姜女的眼泪，抒发对故乡的眷恋和相思之苦。两个比喻新奇、贴切、生动，有力地抒发了诗人内心丰富的情感。再如，《昨日的风景》第一节“隐忍的伤痛就像 / 水中月影 / 缥缈不定 / 远离的 / 不仅是昨日的风景 / 还有心底的诺亚方舟 / 总有千种风情 / 爱琴海的柔风 / 再也吹不响 / 撒哈拉沙漠的柔风”。“伤痛”像“水中月影”采用了远比的艺术手法。所谓“远比”，指本体

和喻体之间相似性不明显，两者跨度大，读者粗看一时难以接受，这样的比喻陌生化效果强烈，带给读者的审美刺激也更大。伤痛与水中月影之间没有必然的联系，作者通过“水中月影”抒发的是一种隐隐约约、似有似无的一种“隐痛”，这种痛虽然没有那么强烈，但是萦绕在心头，剪不断、理还乱。这种莫名的惆怅就是“昨日的风景”，耐人寻味，发人深思。

第四节　韩维礼诗歌创作与评述

一、韩维礼简介

韩维礼（1966—），男，保安族，笔名羊卑河。甘肃省积石山保安族撒拉族东乡族自治县刘集乡高李村人。1988年毕业于陕西师范大学汉语言文学专业，1995年获得研究生学历。现任甘肃省保安族文化研究会副会长、秘书长。担任甘肃省少数民族古籍文化丛书聘任专家，甘肃省少数民族语言研究聘任专家。受邀担任临夏现代职业学院聘任教授。多年来关注雪域高原人文地理与河湟历史地理文化研究传播。2017年编著出版了“中国少数民族文史资料书系”《保安族百年实录》。韩维礼进行广泛的田野调查与研究，编著出版了临夏历史文化系列丛书《山水临夏》《话说临夏》。2021年12月，韩维礼诗集《羊卑河诗集·雪域礼赞》由敦煌文艺出版社出版，这是保安族作家出版的第三本诗集，是保安族第五部个人作品集。这部诗集由“灵魂独白”“牧野风光”“春花雪色”“草原诗情”“大美雪域”“九色高原”“圣洁幻境”“梦幻家园”“秘境卓尼”“幽幽古风”“滚珠洮河”组成，共计150多首诗歌。每首诗配一幅摄影，图文并茂、形式新颖。

二、韩维礼诗歌特点

韩维礼公开发表的诗歌主要由现代诗和格律诗两部分构成。纵观其诗歌创作，主要有以下审美特征。

（一）情感强烈，表达自然

诗歌以抒情为主要表达形式，诗歌最主要的特征是抒情性。陆机认为“诗缘情而绮靡”。[①]意思就是诗歌因为抒情而显得美丽细腻。白居易也认为：“感人心者，莫先乎情，莫始乎言，莫切乎声，莫深乎义。诗者，根情，苗言，华声，实义。”[②]也将情感放在诗歌表达的首位。韩维礼诗歌饱含激情，通过强烈的情感赞美藏民族以及这个民族赖以生存的雪域高原。他的诗歌大多具有强烈的主体意识，呈现出对雪域高原真实而又纯朴的心灵体验。如《亲吻》[③]：

亲吻

人间净土
九色甘南

我用纯洁的双手
常常触摸你

---

① 张怀瑾：《文赋译注》，29页，北京，北京出版社，1984。

② 白居易：《与元九书》，见郭绍虞：《中国历代文论选》（第二册），170页，上海，古籍出版社，1979。

③ 韩维礼：《羊卑河诗集·雪域礼赞》，20—21页，兰州，敦煌文艺出版社，2021。

我用炽热的红唇
亲吻你

……

我用深情的歌喉
歌唱你

我用最美的文字
歌颂你

因为我深情地
爱着你
……

作者用直抒胸臆的诗行，毫不掩饰对“人间净土 / 九色甘南”的爱，抒发对这片土地的挚爱与款款深情。这种写作没有过多的雕饰，是对生活由衷的感叹，是作者强烈感情的自然表达。

（二）主题深刻，立意高远

《羊卑河诗集·雪域礼赞》是韩维礼的第一部诗集，读这部诗集的时候，读者和评论者都有一个疑惑：保安族诗人为什么写的诗歌全部和藏族有关？民族诗人一般在出版第一部诗集的时候，或多或少都要创作与本民族有关的诗。但是，韩维礼却没有，这的确让人感到意料之外。当您熟悉韩维礼，阅读完他的诗集，与他通过深度交谈后，您会发现，韩维礼之所以怀着如此强烈的情感，赞美藏族人民与雪域高原，是有特殊原因的。他要通过对藏族和雪域高原的赞美，用诗意的、感恩的方式表达保安族人民对藏族人民的深情厚谊。我们在读韩维礼的诗歌时，不要仅仅停留在诗的表面，而是要透过诗行，体会诗歌中潜藏的深刻内涵。第一，“保安回”居住在同仁时，周围都是藏族，保安回以打制腰刀、兵器、马掌、铁链及经商谋生，保安族与藏族、土族有婚姻往来。第二，文化方面，保安族饮食、服饰、歌舞都大量吸收了藏族文化元素。第三，保安族与藏族在经济方面有密切的来往。保安族打制的腰刀、铁器、马掌等，大多销往藏族聚居区。保安族与藏族在经济上互利互补，交往密切。第四，藏族人民生活在青藏高原及周边地带，他们崇尚自然、爱护环境，守护雪山、圣水。黄河、长江、澜沧江均发源于青藏高原，藏族人民在为中华民族水源保护方面作出了卓越贡献，他们应该受到讴歌与赞美。

韩维礼正是怀着以上深刻的思考，去创作《雪域礼赞》，他的诗歌创作主题，超越了民族诗人创作的局限，将自己的视野建立在中华民族大家庭这样一个背景之上，他的诗歌创作显得大气、恢弘，具有强烈的时代气息和中华民族大统一、大团结的高远立意。

（三）脚踏青藏，行吟高原

雪域高原地域辽阔。韩维礼在《雪域礼赞》的创作过程中，沉浸于诗歌的浪漫之旅，他且行、且吟、且歌，用一首首饱含情感的诗歌展示了雪域高原的独特与不平凡。韩维礼多年生活在临夏，临夏与甘南藏族自治州交界，他有更多便利条件畅游甘南。他两次到西藏，考察当地风土人情。普通人到西藏，足迹所至大多为名胜古迹，西藏实际上更多的地方是外界人所不熟悉的，可以称为“秘境”。例如阿木去乎、博拉乡、甘加雪山等。作者将这些知名或者不知名的高原景色以诗歌的形式呈现给读者，并用饱蘸情感的笔调赞美其所经历的历史沧桑与现实之感。

例如，为了创作《玛吉阿米》[①]这首诗，韩维礼在拉萨八廓街整整逗留了十五天，他反复行走在六世达赖仓央嘉措曾经走过的线路上，体味仓央嘉措创作那些脍炙人口的情诗时的场景：“时过千年后的今天/徜徉在拉萨八角街里/依然能感受到/你深情的告白/不仅仅是对/曾经幽会过的/玛吉阿米的热恋/更是对万千藏族儿女的热爱/更是心中对佛的一片赤诚之心。”我们选取的这一节“观古今于须臾，扶四海于一瞬”[②]，表达了诗人对美好爱情的诗意想象、对仓央嘉措情诗的美好诠释。韩维礼的许多诗歌，是在青藏高原上行走过程中，即兴而作。韩维礼对青藏高原的景物不是浮光掠影的考察，而是深入考究，寻根探源，在此基础上通过诗意想象，创作出贴近生活、具有独特魅力的诗篇。如《虔诚》[③]：

虔诚的牧民啊
你匍匐在地
长跪不起
是因为
你要让厚重的大地
紧贴
你无比虔诚的心灵吗
……

在各地通往拉萨的大道上，我们不时见到信徒们从遥远的故乡开始，沿着道路，三步一叩首，磕着等身长头，积年累月地磕向拉萨。

① 韩维礼：《羊卑河诗集·雪域礼赞》，87页，兰州，敦煌文艺出版社，2021。
② 张怀瑾：《文赋译注》，22页，北京，北京出版社，1984。
③ 韩维礼：《羊卑河诗集·雪域礼赞》，7页，兰州，敦煌文艺出版社，2021。

对于藏族人民的宗教信仰，我们或许不理解，或许不以为然，或许抱着观望的态度。而韩维礼通过仔细观察，以叩问的方式，表达藏族人民发自内心的、对信仰的执着与虔诚。

（四）讴歌雪域，历史悠长

雪域高原是一片神奇的土地，其文化具有独特性，也具有陌生化的特质。如果没有长期的观察与体验，没有对该地地理、文化、历史等知识的熟稔，就写不出其特质。《羊卑河诗集·雪域礼赞》中所选取的诗歌大多以藏地风景、藏文化意象为载体，如佛寺、雄鹰、雪山、酥油、糌粑、锅庄、牦牛、香浪节等等，全方位、多角度讴歌雪域高原的美。除此之外，作者在诗歌创作中还糅合了大量历史、地理、文化知识，使读者在阅读诗歌时，增长见识。如，《史话甘南》[①] 由四首七言绝句构成，在对甘南历史的回顾中，蕴含着大量地理、历史、文化知识。

> 甘南草原古羌地，头人爰剑称无弋。
> 党项故地在玛曲，姜维屯田在舟曲。
>
> 临潭洮州茶马邑，洪和新城卫池地。
> 姜维郭淮曾争战，元朝淮南人屯田。
>
> 白马武都参狼羌，党项留何在宕昌。
> 洮河上游卓尼县，古树峥嵘天成险。
>
> 漓水养育罕幵羌，罕羌侯邑夏河旁。

① 韩维礼:《羊卑河诗集·雪域礼赞》，79 页，兰州，敦煌文艺出版社，2021。

西辽鲜卑吐谷浑，剽悍甘南三百春。

以上四首诗中，历史人物有“爰剑”“姜维”“郭淮”“留何”等，民族有“羌”“党项”“鲜卑”“吐谷浑”“白马”等，地名有“甘南”“玛曲”“舟曲”“临潭”“宕昌”“卓尼”等。通过人名与地名，读者感受到甘南历史的悠久与多民族融合的历史。有心的读者要读懂、理解以上组诗，就需要查资料，从而增长历史文化知识。在我国，诗歌本有介绍知识的古老传统，孔子云：“小子何莫学夫诗？诗，可以兴，可以观，可以群，可以怨；迩之事父，远之事君；多识于鸟兽草木之名。”[①]韩维礼《羊卑河诗集·雪域礼赞》中有诸多关于雪域高原、藏文化、地理山川的知识，通过阅读他的诗歌，除了增长知识之外，还激发我们对雪域高原的热爱与神往之情。

再如，《卓尼赞》[②]中，有这样两节：

莎姆舞与巴东鼓
祭天敬祖多祈福

三格毛与小娘娘
珊瑚玛瑙戴珍珠

“莎姆舞”又称“巴郎鼓舞”，是甘南藏族自治州卓尼县至今流行的一种古典锅庄，具有 1300 多年的历史。舞者手里拿着一个形似“巴郎”的双面羊皮鼓道具，随着沉稳劲健的舞步不断摇击，并循着节奏高声齐唱。“三格毛”服饰是卓尼县藏族独特的服饰，“小娘娘”指未出嫁

① 孔子：《论语》，陈昌明译注，192 页，太原，山西古籍出版社，1999。
② 韩维礼：《羊卑河诗集·雪域礼赞》，259—263 页，兰州，敦煌文艺出版社，2021。

的藏族少女。“珊瑚”“玛瑙”“珍珠”是当地藏族妇女随身佩戴的珠宝。

如果没有在卓尼县长时间的实地考察，就不会了解卓尼县独特的锅庄和服饰。韩维礼在“秘境卓尼”14首诗歌中，呈现出卓尼独特的自然景观和人文历史，为我们了解卓尼提供了重要的信息。

（五）意象独特，想象丰富

诗歌是以意象为诗情表达的基本结构单位，借助丰富的想象和新奇的比喻，以具有强烈节奏感和音乐性的语言，高度概括地表现诗作者对宇宙、人生的深刻理解和对生活的由衷咏叹的文学文体。[①] 诗歌往往通过单个或多个意象凸现诗意，抒发情感。诗情表达必须借助典型的意象，典型意象的得来必须依靠诗人对生活长期的观察与积累。牦牛、篝火、酥油、糌粑、锅庄、玛曲等意象反复出现在韩维礼的诗行中。作者通过对牦牛意象的采撷，意在赞扬藏族温顺的性格；《篝火》用白描式手法，表达对雪域的野性原始的纯美；酥油、糌粑是藏族人民赖以生存的基本生命线，是藏族人民身上世代流淌的生命的琼浆玉液，是浓缩的生命精华。酥油在其他地区看来，似乎成为过时的食品，也不太习惯这种原始的味道。但在饱含激情的诗人笔下，十里飘香，韵味深刻；锅庄作为藏族的舞蹈，具有人类原始蒙昧的普遍性和代表性。

在《羊卑河诗集·雪域礼赞》中，写“玛曲”的诗多达29首，而且这29首诗歌，全部用7言绝句写就，表现出诗人较为深厚的古典文学功底。诗人将玛曲的人文、地理、不同季节的景色全面展现给读者，令读者有去玛曲看看的冲动。“玛曲”在藏语中指黄河。“玛曲”也是甘南藏族自治州下辖的一个县名。玛曲弹唱、赛马节、天下黄河第一湾闻名遐迩。韩维礼用热情洋溢的诗行，赞美玛曲。如：

① 刘海涛:《文学写作教程》，81页，北京，高等教育出版社，2005。

九曲黄河草间流，玛曲风凉冷飕飕。

千堆藏羊万堆牛，摇头摆尾草间游。

玛曲秋日山色黄，碧水汪洋千鸟翔。

阿万仓与曼日玛，生态牧草欧拉羊。

在《玛吉阿米》一诗中，“玛吉阿米”这个意象很独特，有多重含义。“玛吉阿米”在藏语中为“未嫁娘”之意，传说是仓央嘉措热恋过的一位藏族女子的名字。“玛吉阿米”也是一个餐厅的名字，坐落在西藏拉萨市八廓街的东南角，是以尼泊尔、印度以及西藏风味为主的餐厅。“玛吉阿米”已经成为了藏族餐饮业最著名的品牌；也是率先进入内地市场的藏餐连锁企业，某种意义上她已经成为藏餐文化的象征和符号。韩维礼以“玛吉阿米”为题目，让我们对仓央嘉措以及他的情诗产生无限的遐想。这个意象的使用，含蓄蕴藉，耐人寻味，增强了诗歌的文化含量和审美意蕴。

韩维礼诗歌想象也是很丰富的，“柔情千年的 / 仓央嘉措——啊 / 你是雪域高原上 / 最圣洁的雪莲花 / 也是青藏高原上 / 永恒不朽的传奇……”[①] 诗人把仓央嘉措比做“最圣洁的雪莲花”，这样的比喻想象丰富，雪莲花耐高寒、圣洁、美丽，它是青藏高原特有的物产，雪莲花可衬托出仓央嘉措对爱的执着、纯洁与神圣。为了追求爱情，他可以摒弃权利、地位与金钱。仓央嘉措的情诗以及他的传奇故事，成为雪域高原“永恒不朽的”传奇。

再如，“滚珠洮河”中的“滚珠”也是一个独特的意象。“滚珠”又称“洮河流珠”，是黄河支流洮河上特有的景观。经卓尼、临潭的洮河，每至冬季，便有千万冰珠涌流河面。冰珠晶莹透亮，互相碰撞、

① 韩维礼：《羊卑河诗集·雪域礼赞》，87页，兰州，敦煌文艺出版社，2021。

沙沙作响，是洮河上的一大奇观。韩维礼捕捉到这一独特意象，赋予它“冰清玉洁”的特质，让我们领略到雪域高原的圣洁与美丽。

总之，韩维礼诗的歌情感强烈，表达自由。在对诗歌意象的采撷、对雪域高原独特的自然景观与人文景观的抒写上体察精妙，想象丰富。他的诗歌创作，为保安族文学带来了生机与活力。

韩维礼的格律诗，大部分符合格式，个别诗篇在平仄、对仗、押韵等方面还可以进一步雕琢。

第五节　马春芳诗歌创作与评述

一、马春芳简介

马春芳（1977—），女，保安族，笔名伊人。甘肃省积石山保安族撒拉族东乡族自治县大河家镇崖头村人。1997 年中央民族大学附属中学毕业，1999 年临夏州民族学校毕业，从事乡镇妇联工作二十年，爱好文学创作。甘肃省临夏州作协会员，积石山县作协副秘书长，中乡美四室新闻编辑室主编，在《文艺报》《甘肃日报》《民族日报》《河州杂志》等报刊发表文学作品，在网络平台发表诗歌多篇。

马春芳是近年来崛起的保安族作家，她是截至目前保安族唯一的女性作家。马春芳的文学创作具有重大的价值：她填补了保安族女作家的空白，为保安族文学创作增添了新鲜的血液。我们相信，在马春芳的带动下，保安族女性作家队伍将会出现新的气象。马春芳的文学创作体裁主要有散文、诗歌。马春芳以细腻的情感，灵动的语言，描写家乡大河家镇美丽的景色、悠久的历史以及童年成长的坎坷经历，抒发对母族强烈的赞美之情。

二、马春芳诗歌艺术特点

马春芳的诗歌大多发表在网络平台，她的诗歌多抒发对生活的感悟，从诗歌创作题材划分，有抒发幽幽情思的，如《小窗》《中秋赏月》《初恋》等；有对保安族赞美的，如《保安腰刀》；有对父亲的回忆、对母亲的依恋，如《父亲》《今生最美的相遇》等；有对现实生活记录的，如《逆行者的背影》等。从诗歌艺术性来看，马春芳诗歌写作无矫情、不炫弄技巧，也没有无病呻吟。她能表达出个体真实而又质朴的情感，并善于通过比喻性意象进行抒情。

散文《母爱的天空》写出了母亲的美丽、勤劳、能干和顽强，充满着温馨。而在《今生最美的相遇》这首诗中，作者还原了母亲在现实生活中的一地鸡毛，她暴躁、出言不逊、她用恶毒的语言“诅咒”女儿，这样的母亲恰恰是真实的母亲。29 岁守寡的母亲，只能在语言的暴力中宣泄自己物质和精神双重的苦难，而这种宣泄只能给自己的儿女。这是母亲生存的悲哀，也是失去父亲的孩子感受到母爱情感的另一面，那就是通过对孩子的辱骂，来达到内心的宣泄。马春芳毫不避讳地还原了母亲真实的形象。诗歌的最后，作者并没有因为母亲用恶毒的语言骂过她而耿耿于怀，而是认识到母亲生存的不易、内心的苦痛以及对母亲感同身受的理解：“妈妈，我想对你说 / 请你忘掉悲痛 / 忘掉忧伤 / 在寂寞中，我支持你 / 在孤独中，我陪伴你。”因为成熟，马春芳理解了母亲；因为爱，马春芳更加疼爱命运多舛的母亲。在如此真实语境的诗行中，我们体验到“接地气”的诗歌创作方式。如果诗歌总是写风花雪月，如果诗歌总是在虚幻的激情和浪漫中自我陶醉，那么诗歌就会失去它关注现实的力量。杜甫的“三吏”“三别”，白居易的《卖炭翁》《上阳白发人》写出了生活中的苦难和底层小人物的卑微，这些诗歌闪耀着现实主义文学的力量，在中国诗歌史上熠熠生辉。马春芳《母爱的天空》是写实的，写出了最真实的母亲，也抒发了作者最真实的情感。真情是诗人写作的原动力，也是诗歌的生命。诗人只有追求并操守真情，才能在诗作中体现出鲜明的个性。诗歌离不开写“我”，具有真情的“我”是诗歌个性的支柱，也是独特的诗美所在。

我的梦想

怀着希望和梦想
在希望的田野上
理想总是丰满
现实却很骨感
我像个疯子一样
依然守着梦想
勇敢的起航
哪怕面对冷调的阳光
我依然无怨无悔
我要像小溪流
勇敢的穿越时空
在无际的人群中
像花儿般绽放
用我温柔的情话
似水的柔情
滋润你的心房
在寂寞的夜里

我们低诉衷肠

彼此鼓励祝福

安慰支持着

欣悦的进入梦想

这首诗抒发了马春芳的梦想以及与现实之间的距离。有梦的人在现实中好像疯子一样不被俗人理解。但作者无怨无悔地为梦想而努力着。作者用“冷调”的阳光这样一个意象来隐喻现实世界的寒凉。这首诗的第一节以现实世界和丰富的生活作情感的根基，表现真实、丰富而有个性的“我”，但是，诗歌的第二节将“梦想”落实到爱情的层面，这显然窄化了“梦想”的内涵，减弱了诗歌的深层韵味。

马春芳的诗歌创作可以在意象的使用、意境的营造、诗歌内涵的提炼等方面继续努力。我们相信，随着时间的推移，马春芳将会写出更多的优秀作品。

第六节　丁生智、马文渊、冶福云等人的诗歌创作与评述

保安族作家队伍除前面介绍的外，还有一些作家创作了不少优秀作品，他们是丁生智、马文渊、冶福云、马瑞、马骥、马文华、马惠龙、马寿青等。他们的文学创作是保安族文学百花苑中不可或缺的部分，他们的作品焕发着独特的艺术光彩。

一、丁生智

丁生智（1948—），保安族，甘肃省积石山保安族东乡族撒拉族自治县大河家镇梅坡村人，曾任积石山县委宣传部部长，现为退休干部。丁生智酷爱摄影，现为中国摄影家协会会员、甘肃省摄影家协会会员、临夏州摄影家协会会员、甘肃现代摄影学会会员。其摄影作品曾参加过各级各类影展和赛事，并获得过各类奖项。在积石山县先后举办过四次个人摄影展，得到了社会各界的一致好评。丁生智除爱好摄影之外，他也酷爱“花儿”，20世纪80年代初，丁生智与马少青、绽秀义等人搜集、整理并发表了保安族的很多民间传说故事和歌谣。丁生智也是一位支持和倡导保安族文学创作的热心人。他的文学创作主要形式为“花儿”诗，如《火红的太阳当头挂》是在保安族传统“花儿”的基础上的诗歌创新，这种诗歌具有明显的由民间文学向书面文学过渡的痕迹，是保安族书面文学处于发轫时期的诗歌样式。丁生智的诗歌创作除“花儿”诗外，还有歌行体，如《东出积石关》；现代诗，如《牛皮筏情思》等。丁生智诗歌创作数量虽然不多，但是在保安族书面文学发展史上占有一席之地。在马克勋《保安族文学》中，选录了丁生智3首诗歌——《火红的太阳当头挂》《牛皮筏情思》《东出积石关》，《新时期中国少数民族文学作品选集·保安族卷》中同样收录了丁生智这3首诗歌。

火红的太阳当头挂[①]

火红的太阳当头挂，

① 原载于《积石山》特辑，1981年。

崔家峡红旗如画，
开山劈石建渠坝，
摆开了三庄的人马。
日夜奋战比疲乏，
清流水要浇个庄稼。
保安儿女决心大，
心里头揣着个四化。

这首诗是丁生智“花儿”诗的代表作，也是1980年初期保安族诗人诗歌创作的代表作品。诗歌开头两句用了起兴的手法，点明诗歌写作的地点、环境，达到“先言它物，以引起所咏之物”的艺术效果。这首诗歌借助“花儿”形式进行创作，开头两句起兴，引出诗歌描写的地点——崔家峡。积石山著名的山峡有大墩峡、吊水峡和崔家峡，诗人用崔家峡指代积石山，将诗歌写作的具体地点交代清楚。第三、第四句进入主题，写保安三庄的人马开山、劈石、建渠坝的热烈场面，这两句同时点明诗歌写作的对象、事件；最后三句直接抒情，抒发保安族儿女建设美好家园的决心和信心，以及他们建设家园、建设社会主义祖国的远大抱负。整首诗歌具有强烈的时代气息，洋溢着革命浪漫主义的家国情怀，讴歌时代风尚，充满着正能量。诗歌用词通俗易懂，每句押韵，读起来朗朗上口，节奏感、韵律感非常强。语言通俗晓畅。诗歌具有鲜明的时代特色。这首诗歌非常“接地气”，表达了改革开放初期保安族人民建设美好幸福生活的动人场景。

东出积石关[1]

东出积石关，
黄河恋平川。
梯田盘中绿，
果树满青山。
白云绕屋旋，
牛羊遍草滩。
星光眼底泛，
炊烟上蓝天。
疑是桃花源，
却是吹麻滩。

《东出积石关》从体裁上看，属于歌行体。歌行体在音节、格律方面比较自由，形式采用五言、七言、杂言的古体，富于变化。这首诗属于五言歌行体。全诗共10句，抒发诗人东出积石关看到的美丽景色：黄河、平川、梯田、果树、白云、牛羊、草滩、星光、炊烟、蓝天等，这些具有地域特色的景象，记录了诗人从积石关到积石山县县政府所在地——吹麻滩沿途所见的山、河、房屋，作者通过眼中之景物，要抒发的是对生活在这种美景之中的人的赞美之情。最后，诗人仿佛来到了桃花源，其实，他到达的是吹麻滩。整首诗歌偶句押韵，平仄相对，韵律感、节奏感非常强烈。

① 马克勋：《保安族文学》，143—144页，兰州，甘肃人民出版社，1994。

牛皮筏情思[①]

耳边回荡着雄浑的涛声，
吃力的桨杆拌和着沉重的累喘；
牛皮筏啊！一把飞舞的桨，
倏地，融进了我思绪的瞬间：
啊！古老的牛皮筏，
黄河上的不沉之船；
浪涛赠给它一声震耳的惊雷，
急急的漩涡里划拉出峰回路转。
在这飞船登月造星的岁月，
时代的浪潮追踪着不息的信念：
可筏子客的汗滴却依然浸透着
炎黄子孙的坚毅与肝胆。
浪谷波峰中搅动的情思，
让，岸上的柔风送去我的心愿；
划吧，应着黄河奔腾的狂澜，
合着洪涛拍岸的节奏再跃上一个浪尖……

这首诗属于现代诗，诗人通过自己的家乡大河家临津古渡的牛皮筏进行抒情。“牛皮筏”这个意象选用得非常好。牛皮筏是我国藏族人民以牦牛皮制作的一种水路交通工具。因为西藏地区河流众多、地形复杂、河床沉积巨石、河水湍急。为了适应这种自然环境，藏族人创制了牛皮筏这种水上交通工具。位于大河家的临津古渡是多民族聚居地，回族、藏族、土族、东乡族、撒拉族、保安族、汉族等民族长期

① 马克勋：《保安族文学》，141页，兰州，甘肃人民出版社，1994。

生活在这里。大河家是甘肃通往青海的一个古老的渡口，过去这一带群众渡黄河时常乘坐牛皮筏。牛皮筏有大、小两种，大的用 6 张或者 8 张牛皮并列串联而成，小的用 4 张牛皮，都连成正方形，上面加绑横木。大牛皮筏可载 20 余人，小牛皮筏能载 7 到 8 人。渡河时，乘客蹲坐在皮筏中间，水手 3 至 4 人分别站在牛皮筏首尾，合力挥桨划水，水手们齐声呼号鼓劲，将牛皮筏顺流驶下，抵达对岸。丁生智《牛皮筏情思》以诗歌的形式再现了牛皮筏渡河的场景，歌颂了包括保安族在内的各民族筏子客载人渡河的毅力与勇气。这首诗歌具有浓郁的地域色彩。

总之，丁生智在其为数不多的诗歌中，尝试用多种诗歌体裁进行创作。他的诗歌充满豪情，充满对家乡、对普通劳动者的热爱、赞美之情。他的诗歌具有鲜明的时代特征。丁生智的诗歌创作实践，为保安族作家的诗歌创打下了较为坚实的基础。

二、马文渊

马文渊（1956—），保安族，甘肃省积石山保安族东乡族撒拉族自治县大河家镇大墩村人。

在马克勋《保安族文学》中，选录了马文渊的《山庄锤声》以及另外一首诗歌。在《新时期中国少数民族文学作品选集·保安族卷》中收录了马文渊的诗歌 11 首——《山庄锤声》《路》《保安族史话》《走进积石山》《积石神话》《无眠有思的啼鸣》《石海》《情洒积石》《溯源旅章（组诗）》《山乡写意》《冬的畅想》。

山庄锤声[①]

春树绿丫，
雨落山庄人家。
勾吱——勾吱
叮当——叮当
一曲悦耳的交响乐，
就在炉火旁敲打。
风箱，
吹旺了炉火，
锤下，
溅起了钢花。
“嗬！什样锦刀子又是一把。”

勾吱——勾吱
叮当——叮当
锉声，锤声，
恰似铁匠的心声，
“干吧，奥拉。明天的生活如蜜似花。”

保安族是一个以腰刀安身立命的民族。马文渊的《山庄锤声》以诗歌的形式真实地再现了保安族能工巧匠在家打制腰刀的场面。这首诗歌也许是保安族诗人“腰刀”题材的滥觞之作吧。诗的第一节开头两句“春树绿丫 / 雨落山庄人家”包含着几层意思：第一，写明时令，是春天绿树发芽的时节。第二，写明天气，雨天。对于一般的庄稼人来

① 马克勋：《保安族文学》，142—143 页，兰州，甘肃人民出版社，1994。

说，下雨天不能下地，只能在家里待着休息。但对于保安族男人来说，他们正好利用雨天打制腰刀，补贴家用。第三，赞美了保安族人吃苦耐劳的精神品质。诗歌的第三、第四句用了拟声词，“勾吱——勾吱/叮当——叮当”，增强了诗歌的形象性。诗人把这勾吱、叮当的锤声比作“悦耳的交响乐”，通过这个生动的比喻，表达了腰刀匠人愉悦的心情，对生活充满美好希望的追求愿望。后面几句中的风箱、锤、钢花是对打制腰刀的工具、材料的具体描绘。结尾用口语“嗬！什样锦刀子又是一把”再现了腰刀匠人完成作品后愉快的心声。他们打制的什样锦刀子不止一把，而是又一把。通过“又一把”，再次凸显了保安族人民勤劳、吃苦的品质。诗歌的第二节仅有5句，两句拟声词的重复运用，写出了腰刀打制过程中多次的捶打和繁复的工序，锉、锤交替，不断锤炼，才能打好一把腰刀。保安族铁匠并不以此为苦，反而乐在其中。他们似乎是在进行艺术创造，把自己对生活的美好愿望汇聚到腰刀里。诗歌的结尾用口语“干吧，奥拉。明天的生活如蜜似花”结尾，与第一节结尾遥相呼应，既通俗，又深化了诗歌的主题——保安族人对美好生活的追求精神。

马文渊的有些诗歌篇幅较长，如《保安族史话》《走进积石山》《积石神话》《无眠有思的啼鸣》《溯源旅章（组诗）》等，作者试图以“史诗”的形式追溯保安族族源、保安族迁徙的历史，把个人对本民族的情感、认识凝聚在诗行中。但是，史诗是人类最早的精神产品，它对我们了解早期人类社会具有重大意义。史诗和古代的神话、传说有着天然的联系。从保安族族源形成的时间看，已经到元朝初期，这个时候已经不是人类早期了。另外，史诗作为一种庄严的文学体裁，内容多为民间传说或歌颂英雄功绩的长篇叙事诗。在保安族发展的历史过程中，虽然有民间传说，但是这些传说故事情节简单，也没有本民族典型的英雄。保安族好几位诗人想用史诗的形式来进行诗歌创作，可都没有达到理想的效果。马文渊的长诗虽然没有达到“史诗”般的艺术效果，但是他的尝试是难能可贵的。这些长诗通过对保安族历史、文化的追忆，加深了对本民族的理解。

《路》是一首反映改革开放给保安族人带来巨大变化的一首诗歌。生活在偏僻落后山乡的少数民族，告别了独轮车，有了柏油马路。生活在这里的人们，生活富裕后，思想观念也发生了翻天覆地的变化，他们用新技术种地，年轻人冲破禁忌，姑娘、小伙勇敢恋爱。保安族人在坚守传统的同时，还善于接受现代文明，传统与现代有机结合，使得保安族人的眼界更加开阔。作者通过“塑料薄膜”“迪斯科”等意象，表达保安族人对现代文明的接受。通过这首诗，我们可以体会到保安族人民善于接受新鲜事物的发展理念。

三、冶福云

冶福云（1964—），保安族，甘肃省积石山保安族东乡族撒拉族自治县大河家镇韩陕家村人。临夏州卫校内科讲师。1987 年毕业于兰州医学院本科医疗系，获学士学位。1993 年被聘请为中国名医疑难病研究所副研究员，中华医学会、遗传学会和中国优生协会会员。冶福云在医学科研、教学工作之余，从事文学创作。其创作体裁主要为现代诗歌、词等形式。冶福云填词数量多、质量较高，他也是最早用词的形式进行文学创作的保安族作家之一，在《新时期中国少数民族文学作品选集·保安族卷》中选录冶福云散文 1 篇——《天池之恋》，现代诗 2 首，词 9 首。

冶福云是最早以词的形式进行文学创作的保安族作家。他和马尚文一道，拓宽了保安族文学体裁范围，为保安族文学的发展作出了较大的贡献。冶福云在填词过程中，涉及的词牌种类比较多，有《菩萨蛮》《浣溪沙》《踏莎行》《清平乐》《忆秦娥》等，体现出比较扎实的古典诗词的修养与功底。冶福云的词有赞美、歌颂保安族赖以生存的山川形胜、个人幽思等。如：

菩萨蛮·积石关

禹工抡斧出雄关，
黄河怒吼舞翩跹。
展翅万里鹏，
逶迤又磅礴。
天池舞雄关，
黄河扮彩莲。
翠柏妆关山，
风景更好看。

这首词赞美积石关雄伟的景象，黄河在大河家拐弯时的气势，以及素有“西北高原西双版纳”之称的孟达天池秀美的景象。词的开头“禹工抡斧出雄关”化用《尚书·禹贡》“导河自积石，至于龙门，入于沧海”一句，既有历史的深度，又有现实的力度，将积石雄关的壮美气势与大禹治水的气魄联系在一起，引起读者的遐想。黄河从积石关喷涌而出之后，水势随之渐渐平缓，黄河的雄浑与轻柔在这里互为见证。离积石关不远处的深山里，藏着的孟达天池或许没有像天山天池、长白山天池那样著名，但孟达天池的美是天生丽质难自弃的一种美，作者用一句非常简洁的“风景更好看”来形容积石关及其周围的景色，给读者留下想象的余地。这是文学创作中的“留白”，使得词的意境更为含蓄、缥缈。

清平乐·黄河

雄关飞渡，
攀枝揽天池。
青山拥抱松涛曲，
皓月滞步照彩池。

春花秋叶妆鉴，
伸手抚慰蓝天。
风景天下独角，
正如人间仙境。

冶福云的《清平乐·黄河》与《菩萨蛮·积石关》相互关联、相互映衬，描写了保安族人生存的环境。两首词都写景，没有一句写人的词语。但是透过壮美的景色，不得不使人联想到在这里生存的各族人民，尤其是保安族人民美好的精神世界。这就是所谓的艺术空白美，达到了此时无声胜有声的效果。

第五章　散　文

保安族的散文创作开始于20世纪80年代，主要反映了改革开放后丰富多彩的农村生活和保安族的民风民俗。马少青先后发表了《隆务河缅怀》《积石山的路》《祖父》《心曲》《伯卜埋杂上的那炷香》等。绽秀义是散文创作最有成果的保安族农民作家，发表散文作品20多篇。他的散文文字清新，诗意浓郁，散文《柳叶青青》1985年获全国第二届少数民族文学创作二等奖、甘肃省第二届少数民族文学创作特别奖、《驼铃》文学奖荣誉奖，《家门口的榆树香》获临夏州文学优秀奖。21世纪以来，保安族散文作家队伍逐渐壮大，主要作家有马祖伟、马世仁、马尚文、马沛霆、马学英等。另外还有马世仁的《临夏人看欧洲》、丁生智的《心上的话》、马成的《享誉世界的保安腰刀》《博物馆里的保安族文化》、马沛霆的《保安腰刀——保安族物质文化的光辉》等。第一代保安族的文学爱好者们以面对改革开放、丰富多彩的农村生活，运用自由短小的各种散文体裁，反映生活，抒发感情。这些散文中有描述保安族风情的，有介绍传统习俗的，有说明工艺特产的，更有叙事抒情散文。其中绽秀义发表散文作品20多篇，主要有《家门口的榆树》《飘香的冬果》等。散文《柳叶青青》通过大柳树的成长，簸箕湾被改称柳树湾后栽树人和大柳树的遭遇，真实而热情地反映了中共十一届三中全会后“保安人摆脱精神枷锁，开始掌握自己的命运”，“贫困面貌很快得到改变”的社会现实。这篇散文不到二千字，作者通过饱蘸着深厚感情的笔触，赞美了柳大姐栽培并保护大柳树的感人事迹，以及保安人纪念柳大姐的感人场景，盛夏的山村美景和动人的故事交织辉映。文章勾勒出一个勇敢善良，具有高尚品德的柳大姐形象，读来感人至深，印象深刻。绽秀义发表的这些作品大多是作者自己亲身感受的故事，抒发自己的思想感情。由于是亲自感受而直抒胸臆，文章更显得真切、动人。绽秀义在创作中表现出艰苦而严肃的探索精神，他如饥似渴地学习，借鉴古今中国文苑的优秀作品，力求使自己的散文含蓄精炼，追求诗的意境。他每写一篇文章，不仅反复推敲，而且读给村上的年轻人和文学爱好者们听，征求意见，直到满意为止。《家乡的冬果》运用散文诗的体裁，描述了家乡冬果的甜美，表达作者对家乡的深情厚谊。“想起你呀，家乡的冬果！你生长在古老的黄河之滨，扎根在苍翠的山麓，……”是对家乡的赞美，是对黄河母亲的怀恋。绽秀义的散文文字清新、诗意浓郁。

第一节　马少青散文创作与评述

马少青的散文大多创作于20世纪90年代，这个时期是他文学创作的高峰期。他的散文作品主要有《隆务河缅怀》《积石山的路》《给香港朋友介绍保安族的一组通信》《祖父》《伯卜埋杂上的那炷香》《心曲》《沙特见闻》《记日本之行》《毛藏纪行》等。从创作题材划分：对保安族的历史、文化的写作，如《隆务河缅怀》《给香港朋友介绍保安族的一组通信》《心曲》；对故乡和亲人的怀念之情的篇目有《积石山的路》《祖父》《伯卜埋杂上的那炷香》；游记类篇目《沙特见闻》《记日本之行》《毛藏纪行》等。马少青的散文创作清新自然、不加雕饰，语言平实晓畅，具有清水出芙蓉的艺术美感，其散文作品具有以下特色。

一、情感真挚，表达了对家乡、对保安族的一腔热爱之情

散文最能反映作者的性情、精神和情感。“凡方寸中一种心境，一点佳意，一股牢骚，一把幽情，皆可听其由笔端流露出来。”① 一篇好的散文，往往能表现出作者的真心、真性、真情。散文写作要体现出作者见情见性的气韵特质，就要尽情张扬写作者的个性气质、要描述出写作对象的生命力、要有一种散文特有的写气图貌的行文气势。如苏轼的《前赤壁赋》《后赤壁赋》等。作为一名保安族作家，马少青在散文创作中，紧紧围绕自己熟悉的保安族历史、文化等进行创作。在散文大家林立的当代文坛，如何写好散文？如何写出自己的特色？如何脱颖而出？这是摆在每个散文写作者面前的难题。从马少青的散文作品看出，他的创作没有随波逐流，他抓住自己熟悉的生活场景、自己感同身受的对本民族的强烈情感来进行散文的创作。这样的作品令人耳目一新，达到了“陌生化”的艺术效果。保安族作为甘肃特有的少数民族之一，由于人口较少，居住在偏远的少数民族聚居区，这个民族鲜被外人所了解。马少青以文学的方式不遗余力地表达对本民族的赞美与热爱之情。散文写作应具有强烈的抒情意味，这样才能达到写意传情的目的。在《心曲》里，马少青丝毫不掩饰对本民族及文化的热爱之情，文章开头“我从小刻骨铭心的心曲莫过于保安族独特的‘花儿’”②，什么是“心曲”？心曲指的是内心深处或心事。马少青写他的心曲是保安族“花儿”，一方面表达自己内心的真实感受，另一方面通过“花儿”来表达对本民族的一腔热爱之情。马少青出生、成长在积石山县大河家镇大墩村，这是一个保安族聚居村，是有名的“保安三

① 林语堂：《论小品文笔调》，见俞元桂：《中国现代散文理论》，67 页，桂林，广西人民出版社，1983。

② 马少青：《积石山的路》，39 页，兰州，甘肃人民出版社，1999。

庄”之一，大墩村是他魂牵梦萦的故乡，故乡的山山水水、故乡的一草一木，都深深印记在他的脑海之中，故乡独特的“花儿”同样在他的脑海里烙下深深的印记。1994 年 5 月，从甘肃省会城市兰州来到大墩村，家乡美丽的景色、新鲜的空气、劳作在田间地头的男男女女，这些如诗如画的田园景色，让他感动，又让他痴迷。他率性写道：“家乡如画的景色使我如醉如痴，这清爽的空气，湛蓝的天空，和兰州城令人窒息的空气和烟尘笼罩的天空一比较，我禁不住向山里大喊，我爱我的家乡！”[①] 这种坦率、质朴的写作手法，天然去雕饰、清水出芙蓉，表达了作者真实的感情。或许有的读者会问，马少青在这里写作的时候是不是有些矫情，抬高自己的家乡？事实上，作者没有丝毫的矫情。20 世纪 90 年代的兰州，空气污染比较严重，而马少青的故乡——甘肃省积石山保安族东乡族撒拉族自治县大河家镇大墩村，坐落在积石山下，黄河岸边，这里生态环境优美、空气清新，无工业污染。与当时污染严重的兰州形成了鲜明的对比。难怪作者在字里行间写出对家乡美由衷赞美之情，并大声发出呐喊。正当作者大喊大叫爱家乡的时候，引来了一首花儿：

樱桃好吃树难栽，
葡萄树要搭个架哩；
心里有话口难开，
“花儿”里要答个话哩！

与作者同行，去田野考察“花儿”的马瑞[②] 对唱道：

① 马少青：《积石山的路》，39 页，兰州，甘肃人民出版社，1999。
② 马瑞（1949—），保安族，积石山保安族东乡族撒拉族自治县大河家镇大墩村人。曾任大墩村小学教师，保安族花儿演唱专家。通晓多种“花儿”曲令，擅长《河州三令》《尕马儿令》《保安令》等。

白牡丹白着耀人眼哩，
红牡丹红着破哩；
尕妹的跟前有人哩，
没人时陪你者坐哩。

在这样一唱一和的田间地头，马少青记录了保安族花儿对唱的生动场景。《心曲》篇幅不长，但鲜活地再现了保安族“花儿”演唱的场面，更重要的是抒发了作者对家乡、对保安族文化的热爱之情。

《积石山的路》篇幅不长，是作者抒发对家乡、对保安族、对积石山无限眷恋的一篇散文。这篇散文采用第三人称的手法，散文中的“他”是马少青本人的真实写照，具有鲜明的自叙传色彩。当他离开家乡，回到家乡，远远望见那熟悉的积石山，心里涌出抑制不住的悲怆。他爱的家乡、家人，在“文化大革命”中遭受的磨难一幕幕浮现在眼前：父亲被批斗、关进牛棚，母亲被迫住在积石山下一间破烂的茅房里。日子过得越来越煎熬，红卫兵小将三大两头搜家、斥责，“屋漏偏逢连夜雨”，母亲病重，吃了上顿接不了下顿，只能让孩子去积石山上砍柴换取面粉。当他和连手（好朋友）穆沙一起在天没亮之前上山砍柴时，发现同村不少大大小小的人去山上砍柴，同行的人唱着“花儿”：

哎，尕斧头别给（者）腰里了，
上山（者）打一趟柴走；
阿哥（哈）穷光阴缠住了，
活人（者）没有个奔头。

作者通过这首忧伤的“花儿”，表达了当时人们痛苦的心情，对前途的绝望和迷惘。

正当他沉浸在悲伤的回忆之中时，听到了浪山的人们唱的“花儿”：

柳树上的叶叶展开了，
牡丹花开下的俊了；
光阴越过越好了，
百姓们高兴者笑了。

太子山高来积石山陡，
崎岖的路，
看谁是攀登的高手；
祖国的前程似锦绣，
四化的路，
看阿一个走的（者）前头。

通过前后“花儿”的歌唱，形成了鲜明的对比。通过对比，表达了生活在积石山下的人们对美好生活的追求和向往之情。通过“四化的路”，将鲜明的时代特色定格在文中。《积石山的路》结尾充满了正能量，表现出作者对家乡、对祖国强烈的爱。这是马少青作为一位少数民族作家的家国之爱，这种情感的抒发质朴而又真诚。有的人或许以为，这样的写作显得太幼稚，太直接，但笔者以为，马少青的散文与当下某些矫情的、充满负能量的“私”散文相比，更为舒朗、更加充满温暖。

二、鲜明的文化意识和理性色彩

作为一名保安族文化学者，马少青义不容辞地肩负起介绍自己民族、向外界推介自己民族的重任。他不仅编辑整理了大量关于保安族的著作、文献，还以散文的方式介绍保安族，他的这类散文创作将保安族文化研究的“理”与文学创作的“情”结合起来，既充满思考的智性，又不乏文化关怀和个人感受。《给香港朋友介绍保安族的一组通信》构思精巧，通过9封信，分别从保安族的居住环境以及境内的山川风貌和有关的民间传说、保安族的族源、保安族人的心酸史、保安族迁徙到甘肃积石山后的生产生活情况、保安腰刀的制作、保安族文学、保安族宗教信仰、保安族风土人情、保安族体育活动项目等全面介绍了保安族，读来令人耳目一新。从篇幅上看，这组通信是马少青写作最长的一组散文，通过9封信，读者全方位地了解了保安族。以书信的方式介绍保安族，比起学术性的介绍要显得委婉、亲切、生动，再加上作者情感的合理运用，使得文章的情与理达到和谐统一。20世纪80至90年代，中国当代文坛出现了文化散文，作者是从事人文学科或社会科学研究的学者，在取材及行文上表现出鲜明的文化意识和理性色彩，风格上大多比较节制，有着深厚的人文情怀和终极追问的散文，这种散文又被称为“学者散文”，主要从文化视觉来关照表现对象，在美学风格上往往表现出理性的凝重与诗意的激情，以及将理性与诗意有机结合的特征。代表作家及作品有余秋雨《文化苦旅》《文明的碎片》《行者无疆》《千年一叹》，陈平原《学者的人间情怀》，张中行的《负暄琐话》等。余秋雨的《文化苦旅》中的文章，都是他在游览人文景观时的所感所想。马少青《给香港朋友介绍保安族的一组通信》也可以归类到文化散文的范畴。与余秋雨文化散文相比较，马少青对保安族文化、历史、生活习俗等的介绍感同身受，没有“隔层”，他是从保安族文化“内核”的角度写这9封信的。而余秋雨的文化散文写作，是从一个“过客”的角度写的，因此，余秋雨与他所要描述对象之间有着隔层，因为有了隔层，或多或少对所描述的文化现象有一种想象或者臆测的成分。而马少青的写作则不同。读者在读《给香港朋友介绍保安族的一组通信》的时候，对马少青笔下的保安族及其文化感到非常亲切、自然。马少青的散文之所以产生巨大的影响和较为广泛的关注，就是因为他的散文写作将情与理融为一体，达到了较为和谐的统一。

但是，从更高的文学艺术水准的角度要求，马少青书信体散文情感略显单薄。书信体散文在中国具有悠久的历史，产生了脍炙人口的名篇，如：司马迁《报任安书》、李斯《谏逐客书》、丘迟《与陈伯之书》、王安石《答司马谏议书》、曾国藩家书、林觉民《与妻书》等。书信体散文特点为：以真情实感为核心、以剖析心愿为内容、以抒情和议论为表现形式。从书信体散文的审美角度衡量马少青《给香港朋友介绍保安族的一组通信》，显得理性有余而激情不足，缺少散文的灵动之美、轻盈气息。但是，我们不能苛求处于发轫阶段的保安族散文创作，马少青能够进行文学创作，能巧妙地构思用书信体散文介绍保安族已经是难能可贵的了。

三、平淡朴实的艺术风格

马少青的散文没有浓墨重彩的渲染，也无华丽的辞藻的修饰，具有清新淡雅、平淡朴实的审美特征。这种写作风格内敛、含蓄，不肆意张扬，如同保安族先祖曾经生活过的青海同仁县保安城一样静默，如铁成山一般坚韧。马少青因为心中具有对保安民族一腔深深的挚爱，他用非常简洁、朴实的语言写自己的民族、抒发对她的热爱之情。即便在写作过程中用最朴实的语言，也掩饰不住其情感的抒发。《祖父》《伯卜埋杂上的那炷香》都是写人记事散文，作者都是通过质朴的叙事来抒情。《祖父》采用白描记叙事实，没有任何修饰、渲染，全是平平实实的叙述。通过对祖父的一件件、一桩桩琐事的追忆，赞美了一位保安族老人平凡而又伟大的精神品格，也抒发了祖父对中国共产党的热爱之情。在旧社会，祖父在饥寒交迫中度日如年，是毛主席、共产党给保安族人民带来了幸福。作者用平淡、质朴的语言进行描写，达到了非常好的艺术表达效果。

《伯卜埋杂上的那炷香》是作者怀念叔叔的文章，保安语将叔叔称为“伯卜”，文章写得情真意切，将自己内心的悲痛、对亲人的怀念之情淋漓尽致地进行了抒发。在这篇散文中，马少青依然用的是白描的写法，他用最简练的笔墨，不加任何渲染，刻画出伯卜勤劳、为大家庭无私奉献、对晚辈严格要求的品质。作者通过伯卜坟墓上的那炷香，回忆了伯卜的一生，写出了一位在旧社会受尽苦难、为家庭无私奉献，在新社会翻身做主的保安族供销员平凡而又伟大的人生。伯卜作为家里的老二，宁愿自己和父亲上山砍柴，供哥哥读书。他自己虽然读书不多，但是他明白读书的重要性。当“我”在三年困难时期因挨饿而想抽血时，伯卜通过“我”和父亲上学情况的比较，认为现在比旧社会好多了，我父亲上学时连鞋都穿不上，“这点苦受不了，算啥男人!”伯卜的话既语重心长，又有鞭策。正是在伯卜从生活、思想上对作者的教育、启迪下，“我”才成为保安族著名的人物。在弥留之际，对马少青说：“你是一盆花，不光我们家族爱护你，浇灌你，所有的保安族父老乡亲都在爱护你，浇灌你呀！你一定要自尊自爱，一定不能给保安人脸上抹黑呀!”[①] 马少青记录了伯卜这些质朴的话语，将一位保安族老人的家人之爱上升到民族大爱的情感传神地展示在读者面前。这是一个典型的细节描写，这样的细节描写客观、真实地将保安民族的奋斗精神表达出来。在这种朴实无华的言传身教中，我们感受到了保安族人民对本民族作者的厚望、对本民族的殷切希望。马少青通过朴素的语言，描写了伯卜作为一名保安族人从旧社会到新社会的生命历程，也记载了他对新社会的热爱之情。伯卜和祖父一样，对新社会一样有着

① 马少青:《积石山的路》，38 页，兰州，甘肃人民出版社，1999。

美好的向往。其实，作者以小见大，表达了保安族人民对本民族、对祖国的热爱之情。

第二节　绽秀义散文创作与评述

绽秀义的散文创作开始于1980年初。他是保安族从事散文创作的最早的作家之一。另有一些作品最初发表在《陇苗》《河洲文艺》《积石柳》等刊物。绽秀义的散文《柳叶青青》获第二届少数民族文学创作奖散文二等奖，这次获奖意义不同凡响，这是保安族作家作品首次进入国家级奖项之列，为保安族文学乃至保安族赢得了声誉，使保安族文学载入了中国当代少数民族文学的史册，它标志着保安族书面文学的发轫和成熟，为以后保安族文学的繁荣和发展奠定了坚实的基础。绽秀义散文题材取材于农村现实生活，带有浓郁的乡土气息和鲜明的保安族民族风情，深深地打上了时代的烙印。他的散文具有以下特色。

一、表达对家乡、对保安族的热爱与赞美之情

作为一位农民作家，绽秀义的人生经历了从旧社会到中华人民共和国成立，再到改革开放的历史变迁。他以一个历史亲历者的身份，感受到保安族人民当家作主、翻身解放的喜悦、自豪的心情，他将自己的这种发自内心的情感用朴素的笔墨进行了抒写。在《柳叶青青》的结尾，他借用花儿歌词："积石山的松柏四季青 / 杨柳的叶叶更青 / 保安人过上了好光阴 / 忘不下党和毛主席的恩情"来表达保安族人民翻身解放，对共产党和毛主席的赞美、热爱之情。在今天看来，这样的散

文结尾或许显得有些直白，缺少散文的含蓄蕴藉之美。但是请不要忘记，这是保安族人最早的书面文学作品，她虽然显得稚嫩、朴素，但是她代表着一个人口较少民族书面文学从无到有的印记，这样的印记对我们研究保安族书面文学有着宝贵的参考意义。散文写作注重情感的抒发，绽秀义在其散文中，表达的就是对家乡、对母族、对共产党的一腔热爱之情。

二、对保安族民俗、风情的摹写

绽秀义散文创作把读者带到不为外界所熟知的保安山庄，让我们见识、领略到新鲜的风景、不一样的民俗风情。读了他的散文，让我们既觉得舒心惬意，又受益匪浅。例如，在《柳叶青青》中，我们看到的保安族小山村坐落在一个朝阳的簸箕状的山坡里，房宅依坡修建，一家比一家高，绿树白墙，恍如世外桃源一般静谧、闲适。这样的开场白，用浪漫主义的手法，表现了保安族人民热爱生活、勤劳勇敢的精神风貌。他们在西北偏远的高寒山区，选取宅基地在一个向阳的、“簸箕”形的地方，冬暖夏凉，这是他们的生活经验和智慧的表现。他们在房屋周围种上各种各样的树木，白杨、红柳、苹果树、杏树、梨树、核桃树、花椒树等等，把居住环境装扮得格外舒心、漂亮。从这些不经意的描写中，读者可以领略到保安族人民洁净、爱美的生活习惯。每年7月中旬的某一天，全村人无论男女老少欢聚在大柳树下，宰羊、炸馓子、拌凉面、捏包子、炒菜，庆贺包产到户的丰收年。乡亲们在白土地上铺上毯子和毛毡，喝着盖碗茶，茶水是紫铜水壶烧的开水，很烫，这是保安族人的习惯和爱好之一。

三、赞美了保安族人民吃苦耐劳、坚忍不拔的意志品质

在《家门口的榆树》这篇散文中，作者通过象征手法，以一棵具有100多年树龄的老榆树顽强、执着的生命历程，表现了保安族人民在艰苦、险恶的生存环境中顽强生存的精神品质。“我家门前的黄土崖畔上，生长着几株幼榆，它们虽然是从老榆树的根须上生发出来的，但长得蓬勃茁壮。老榆树把贵重的躯体献给了人间。据说，那逝去的老榆树，和我们保安人的历史是联系在一起的。”[①] 老榆树生长在干旱的黄土崖畔，经历了风、雷、火的洗礼，老榆树索取的少，奉献的多，在生活最困难的时期，老榆树用它的榆钱、树皮填饱了保安山村人饥饿的肚皮。老榆树的品质，就像保安族人一样：100多年前，保安族人生活在青海省同仁县境内的隆务河畔，辗转迁徙到甘肃省积石山县境内，他们开垦荒地、打铁卖铁、在川藏地区经商行商，在条件极其恶劣的环境中繁衍生息，硬生生闯出了生存之路。保安族是一个值得可歌可泣的民族，绽秀义是带着对母族的一腔赞美之情来进行散文创作的。

由于时代的原因，绽秀义的文学作品流传并不广泛，他的知名度仅限于极少的研究保安族文学学者的范围之内。但是，这并不能阻挡绽秀义对保安族的热爱之情，不能阻挡他在保安族书面文学创作中的崇高地位。

① 中国作家协会：《新时期中国少数民族文学作品选集·保安族卷》，38页，北京，作家出版社，2015。

第三节　马祖伟诗散文创作与评述

马祖伟散文大多以记人叙事为主，他的散文创作具有真情实感、语言质朴的特点。他善于描写特定生活情境中的特定人物，表达对这些人物的同情、赞美之情。在《新时期中国少数民族文学作品集·保安族卷》中收录了其7篇散文作品。马祖伟散文集《情满大河家》中收录其散文作品26篇。马祖伟散文具有浓郁的民族特点，情感细腻，文笔流畅。体现出民族作家的家国情怀。

一、表达对父母的怀念之情

马祖伟的故乡在积石山县刘集乡高赵家村，这个村庄是保安族聚居村落。积石山县大河家镇有著名的保安三庄——大墩、梅坡、甘河滩，在外界人眼中，以为保安族聚居在大河家镇，其实刘集乡的高赵家村也是保安族聚居村落之一。马祖伟是在具有浓郁保安族风情的高赵家村成长起来的。在《苦苦菜》《原谅我吧！爸爸》两篇散文中，马祖伟写到了自己的父亲。在他的散文中，写到的父亲是1970年以后的父亲形象。《苦苦菜》讲述的是作者童年时代的艰难困苦的日子，家中粮食不够吃，很多时候以苦苦菜充饥。母亲在家里照顾一家老小，父亲在临夏县漫路公社工作，每个月只有几元钱的工作补贴，养活十几口的大家庭。“父亲每次回家，总是步行，时常在积石山的乩藏、居集落脚，随意躺在一户人家的草垛上，第二天曙色微露，又起程踏上回家的路。每次回到家，父亲第一时间做的事就是用刀把脚跟处厚厚的老茧削掉……”[①] 在作者看似不经意的写作中，我们感受到马祖伟父亲的坚韧与刚强，以及不畏艰难的高贵品质。从临夏县漫路公社到积石山县的深山大沟中，父亲独自一人步行，寒冷的夜晚露宿在草垛旁，天亮后又赶路，回家、离开家都是如此，年复一年、日复一日，在特定的年代，他一如既往地坚持，度过了那个艰难的年代。马祖伟的父亲叫马明昌，他不是普通的保安族人，他是保安族杰出人物之一。马明昌在1949年前上过初中，算是保安族最早接受现代教育的人。马明昌除了有文化，他还有高强的武艺，他枪法精准，在20世纪30年代末至40年代中期，他是去印度经商的“印度客”之一。在经商途中，他有勇有谋，多次以自己的智谋战胜了沿途的土匪，保证了商品的安全，受到同行人的一致好评。在中华人民共和国成立之初，马明昌因为见多识广，积极参加土地改革，1951年他参加到了土地改革工作队。1952年，政务院正式命名保安族，同年秋天，马明昌担任保安族自治乡乡长职务。“1952年10月，马明昌以保安族代表及乡长身份成为甘肃省少数民族贸易工作团成员，参加了在西安召开的西北民族贸易工作代表会，受到当时西北地区党政领导人的亲切接见并合影留念。这是保安族人第一次以一个民族代表的身份参加国家重大的政治经济活动，具有划时代的意义。”[②]

马明昌有如此丰富的人生阅历，他有过许多辉煌的人生经历。在“文化大革命”期间，他从未向孩子们透露过自己的过去，相反，他忍辱负重，在艰难的环境中始终坚持对中国共产党的忠诚信念，他终于熬过了人生中的“严寒”，迎来了改革开放的春天。1981年，马明昌光荣退休。在他人生的最后时刻，儿子不能侍奉于床前，他不但不责怪

① 中国作家协会：《新时期中国少数民族文学作品选集·保安族卷》，185页，北京，作家出版社，2015。

② 迈尔苏目·马世仁：《在“田野”中发现历史——保安族历史与文化研究》，206页，北京，中国社会科学出版社，2008。

儿子，反而这样劝慰妻子："我知道儿很忙，别影响他的工作，是警察，就得顾大事，就让他安心忙局里的事情吧。"[①] 马祖伟通过强烈的情感、质朴的语言，叙述了父亲的高风亮节，一个对党忠诚、热爱儿女、忍辱负重、坚强不屈的保安族人物跃然纸上。

马祖伟用饱含情感的笔触，同样写出了自己对母亲的赞美、依恋、不舍之情。天下母亲是最辛苦的，母爱是最伟大的。有许许多多的人写到过母亲、母爱。例如，土家族作家彭学明的长篇散文《娘》，长达 20 多万字。在这部散文中，彭学明讲述了自己的苗族母亲屈辱、坚强的一生，彭学明通过对母亲身上体现出的尊贵品质的挖掘，表现了湘西底层苗族母亲善良、淳朴、大地般宽广的胸襟。怎样写好西北偏远地区少数民族聚居区保安族母亲形象？这是摆在保安族作家面前的一个艰巨而又具有挑战性的写作任务。马尚文、马学英、马春花等人也尝试过写自己的母亲，他们用各自母亲不同的人生经历，通过生动传神的细节，写出了自己母亲的可贵精神品质。马祖伟写自己的母亲，不仅仅抓住生动鲜活的细节，更注重饱满的情感，用款款深情的笔调，抒发对母亲深深的眷恋之情，写出了母爱的伟大，母亲的善良与坚韧不拔的意志品质。

《无法拨通的电话》是马祖伟回忆母亲的散文，这篇散文构思巧妙，具有强烈的抒情意味，是一篇非常好的抒情散文。如，在文章的开头作者这样写道："那时的娘是一片嫩绿的树叶，被命运的狂风暴雨从黄河之畔的撒拉之乡吹落到积石山刘集河畔的保安族村落。"马祖伟的娘是从青海省循化县改嫁到甘肃省积石山保安族村落的，当时的娘已经生育了三男三女，但娘仍是"一片嫩绿的树叶"，她的生命如同一片嫩绿的树叶，任狂风暴雨摧折，她没有任何能力掌控自己的命运，婚姻

① 中国作家协会：《新时期中国少数民族文学作品选集·保安族卷》，75 页，北京，作家出版社，2015。

好坏全靠运气。娘的第一次婚姻是不幸的，娘只能选择离婚，改嫁他人。但娘面临的是与孩子的生离死别，娘从前夫那里带来的三个孩子，其中一个必须送人，娘在撕心裂肺的痛苦中遭受煎熬。娘改嫁到保安族村落后，又生育了几个孩子，但生活是非常艰辛的，过着食不果腹的日子，娘靠挖苦苦菜度过饥荒，马祖伟在《苦苦菜》一文中，写母亲生下哥哥不到三天，就到野地里挖苦苦菜，维系全家人的生命。父亲在外地工作，工资很少，一月只有几元钱的生活补贴，十几口的大家庭，全靠勤劳的娘操持，生活的艰难是难以想象的。在《无法拨通的电话》中，作者写到了母亲的辛苦与忙碌："在我的记忆里，娘没有一刻的清闲，依然忙碌，忙碌得常常披星戴月，如牛负重，总是忙啊忙，放下铁镐，拿起锄头；放下背篓，又拿起镰刀。干完生产队的农活，又要操持着家务，再苦再累还要照顾身边三个儿女。娘依然毫无怨言尽职尽责地承担着全部的家务劳动，以付出的形式，来不断地填充抑或享受着平淡清苦而真实的生活。……手和双脚经常都冻裂开口子，时常在流血，娘一瘸一拐，白天没功夫去处理，直到全家人熟睡了，那一轮惨淡的弯月升起，娘一天的忙碌也才算告一段落，拖着疲惫的身躯，就着一盏昏暗的油灯去处理伤口。娘处理伤口的方法也很特别，用青油灯不断去灼烧裂口，使得裂口周围都烧成死肉，这样，走起路来也就不痛了。然后在裂口上涂点草木灰，算是消炎了。"在这样的劳苦中，母亲将几个孩子抚养长大，孩子们个个有出息，母亲在晚年终于迎来了幸福的日子，她过上了衣食不愁的幸福生活，与前夫生养的孩子也经常联系。可是，病魔最终夺去了母亲的生命。

母亲是撒拉族、保安族、东乡族母亲的代表之一，她们是那样的平凡，但她们又是那样的伟大。她们用柔弱的身躯支撑起爱的天空，让孩子们感到家庭的温馨，也让孩子们放飞自我，实现人生的理想。

二、抒发保安族人淳朴、善良，同情弱者的高尚情操

马祖伟的《望夫台》是一篇选材特别好的散文。这篇散文讲述的是西路军女战士彭婶的故事，作者抒发的是善良的保安族老百姓对彭婶的悲悯、同情、呵护、关爱之心，散文闪耀着人性美的光辉。对于红军西路军女战士的遭遇，董汉河的报告文学《西路军女战士蒙难记》中有详尽的描述，她们的遭遇特别悲惨，要么壮烈牺牲、要么被马匪俘虏，遭受欺凌。这些女战士最后的结局怎么样？《西路军女战士蒙难记》大多是从西路军女战士的角度采访、写作的。而马祖伟的《望夫台》则是从保安族人的角度写西路军女战士彭婶在保安族村落里的遭遇，这个角度非常新颖，可以说是对《西路军女战士蒙难记》从民间写作角度的补充、完善。一个姓彭的西路军女战士被村里在马步芳军阀中当匪兵的彪形大汉抢来，她被带到积石山县刘集乡高李村，匪兵企图霸占彭婶，彭婶宁死不从，以死抗争。善良的保安族长者们奉劝匪兵改邪归正。

村里人为彭婶散乜贴，大家带着虔诚的信仰帮助她，宁肯自己挨饿，也要节省一口饭给彭婶吃。村里人还给她在清真寺旁盖了一间小屋，为的是让她受到保护，不受伤害。村里的长者还想凑路费让她回到四川老家。后来，彭婶收养了一个孤女，定居到保安山庄，渐渐老去。这篇散文细节描写生动，对彭婶的遭遇有着深深的悲悯之情，对保安族乡亲们的善良、同情之心表达得淋漓尽致。在写作过程中，作者的情感比较节制，在客观的叙述中，让读者感受到彭婶的命运多舛，她的希望和失望，都深深地牵动着读者的心。作者将一个红军西路军女战士的人生遭遇全方位地展现在读者面前，达到震撼人心的力量。

三、记叙自己独特的成长历程

马祖伟出生于60年代中期，成长于70年代。那个年代的保安族村落，物质生活极为困乏，再加上马祖伟兄弟姐妹众多，吃不饱、穿不暖是常事。对于自己的童年，马祖伟在《苦苦菜》《白面馍》等散文中进行了描写。《白面馍》选材精妙，作者借助自己童年时代偷吃别人白面馍的细节，生动、形象地再现了自己作为一名保安族儿童艰难、痛苦、无奈的往事。也是在这篇散文中，作者写出了自己命运的改变，原因是当时的临夏州歌舞团招聘舞蹈演员，14岁的马祖伟被选中。他所在的学校，1000多名学生中就选中他一个，这是一个令人意外的结果。这个偷吃别人白面馍、心理自卑的男孩，因为容貌、骨骼、身体条件良好的原因，被招收到临夏州歌舞团。他从此走出偏僻、落后、闭塞的山庄，在艺术的道路上孜孜以求，实现自己的人生梦想和价值。在歌舞团，马祖伟除了练习舞蹈动作之外，跟编剧勤奋学习文化课，学练钢琴、声乐，等等。他以保安族年轻人特有的吃苦耐劳的精神，不仅在舞蹈方面有出众的表现，更在钢琴弹奏、歌唱诸方面都有良好的艺术修养。

马祖伟自己争取到给编剧们抄写剧本的机会，他在抄写的过程中，仔细揣摩写作方法、写作技巧，不懂的地方查资料、请教，他的文化修养、文化水平得到很大的提高。由于一次偶然的机会，马祖伟从临夏州歌舞团调任到积石山公安局，成为一名从事文案工作的警察。在公安局工作期间，由于经常随刑警破案，他积累了大量的素材，创作了大量侦破通讯，发表在省级、州级刊物上，引起了较大的反响。马祖伟在此基础上，拓展自己的写作题材，从事文学创作，在诗歌、散文创作方面取得了不俗的成绩。他也成为保安族作家文学的代表人物之一。马祖伟通过写作自己的人生经历，告诉读者，人的命运自己虽然不能实时把握、掌控，但是在人生的道路上，唯有自己勤奋学习、不断努力，就能取得好的成绩，就能无愧于自己、无愧于父母、无愧于自己的民族。马祖伟的成长道路和写作经历，对于“90后”“00后”的保安族年轻人，有着激励作用。

四、记录作者的见闻，表达自己内心的真情实感

散文是以写作真性情见长的文体。一篇散文写作的好与不好，在很大程度上体现在是否写出了自己的真性情、真感受，只有写出真情实感的散文，才能打动读者。马祖伟的散文大部分都能表达自己的真情实感。马祖伟作为一名保安族的代表人物和国家公职人员，有多次机会在国内考察、学习，也到我国台湾等地参加全国少数民族联谊活动。马祖伟散文相当一部分题材就是对自己的所见所闻进行写作，并表达自己内心独特的感受。《阿杜》《泛黄的记忆》《美丽的记忆》等是其散文代表作。

《阿杜》写的是作者在赴广州、深圳、珠海、海南三亚等地旅游途中的见闻，以及对导游阿杜的人生经历的写作。在写作过程中，作者的笔触并没有停留在对景物的描写或者对阿杜人生经历的概括方面。作者通过阿杜作为一名“剩女”——大龄而未婚，但她在婚姻方面不凑合，她精明能干、特立独行。阿杜不将婚姻作为港湾和靠山，而是将爱情视为情感的依托，作者表了阿杜独立自强的性格特点。作者最后点题：“真正的，理直气壮的靠山，也许就是自己。”这篇散文虽然没有过多的阐释和讲理，但是透过字里行间，马祖伟表达了每个人要独立自强的生活信念。作为一名生长在西北偏远少数民族地区的男人，马祖伟也许司空见惯了少数民族妇女在婚姻方面的不自主，以及对婚

姻的依赖，他写出了海南姑娘阿杜的独立自主，是对美好爱情的向往和对自强不息的女性形象的赞美。这是《阿杜》的亮点所在。

《泛黄的记忆》是马祖伟灌注情感的一篇散文力作。这篇散文发表在《穆斯林诗书画》2011 年第 3 期。在这篇散文中，马祖伟用质朴的文字、真实的情感，表达了他在文学追求道路上的艰辛、收获以及他的阅读、写作与文友的交流。在偏远的积石山小县城，文学气氛淡泊，人们追求更多的是金钱、名利、女人以及官场的蝇营狗苟，而文学、理想、人生、诚信这些高尚的精神追求反而成为与小社会环境格格不入的另类。马祖伟在这样的环境中坚持阅读与写作，实在是难能可贵的，作者毫不掩饰地写出了自己对书籍、对阅读、对知识的渴望。他的这种渴望仿佛一道光亮照亮了黯淡的现实。处在偏远地区的保安族作家，要长年如一日地坚持文学创作，这是一件非常艰难的事情。马祖伟、马学武这些保安族作家怀揣着对文学的梦想、对精神世界的追求，他们有共同的追求，他们之间有深厚的友谊。马学武因为参加过三次鲁院作家班的学习，视野相对开阔，他在文学创作、阅读等方面给予马祖伟指点和帮助。马祖伟阅读了很多少数民族作家作品，从某种程度上说，马祖伟已经与他所阅读的作家在精神上“神交”了。正是有了这些阅读经验，马祖伟的写作视野变得开阔起来，他对写作有了更加深刻的感悟。他的写作没有停留在对族群记忆的重复写作方面，他力所能及地表达自己对生活、对人生的感悟与认识。

第四节　马尚文、马沛霆、马学英散文创作与评述

一、马尚文散文创作与评述

马尚文散文作品数量与其他保安族作家相比是比较多的，作品的质量也比较高。马尚文的散文题材丰富多样，除现代散文创作外，他还尝试用赋、铭、颂等体裁进行创作。《新时期中国少数民族文学作品选集·保安族卷》中收录的马尚文散文共8篇，占据全部散文数量的百分之十三左右。其中现代散文4篇，分别为《青春的记忆》《做人如茶》《兰若母亲》《花果坪》；赋3篇，分别为《保安族赋》《积石山赋》《保安腰刀赋》；铭文1篇《积石铭》。马尚文能够运用多种体裁进行散文创作，一方面展示了作者的才情；另一方面拓展了保安族作家文学散文创作的体裁，为保安族在体裁方面的书面文学创作提供了有益的借鉴。

（一）马尚文的现代散文

马尚文的散文创作数量是比较多的，由于种种原因，发表的篇目并不多。作为一个具有民族担当精神的作者，马尚文在繁重的行政工作之余，放弃了很多休息时间，常年坚持写作到凌晨2点以后，有时候甚至通宵达旦地进行文学创作。他的这种创作精神，是令人敬佩的。这种超出常人的精力与他青少年时期坚持打篮球、坚持锻炼有关。《青春的记忆》写的就是作者打篮球的经历，这篇散文创作于2010年，作者这样写道："回想五十年前，当篮球作为一种新兴的运动项目走进保

安人的生活时，我的父亲就经常和同村的青年一起练习球技。”[①] 从时间上计算，篮球这项运动项目进入保安族村寨始于60年代，50多年来，保安族年轻人热衷于打篮球，代代相传，在马沛霆散文《山火的凝练》中也写到了保安山庄年轻人在球场上打篮球的场景。从历史上看，保安族人性格剽悍、体格强健，具有坚忍不拔的意志品质，这些特点在迈尔苏目·马世仁《在“田野”中发现历史——保安族历史与文化研究》中有生动的记载。截至今天，他们的身体素质也是比较好的，除了遗传、饮食之外，更多的是与他们的劳作、积极锻炼身体有关。

一个好的散文写作者，不是看他出版了多少部作品，而是看他写出了多少篇拿得出去的精品，看他每篇作品在读者心中的分量和影响力。纵观马尚文的现代散文创作，具有以下特点：

第一，清新质朴，不假雕琢，抒发真情实感。散文离不开情感。散文创作不仅要求有情感，而且要求有真情实感，融情于景，言情于物，寄情于事，这是散文的魅力之一。大自然是丰富的，社会生活是丰富的，我们都可以用散文来进行表现，尽可以把浓郁的情感灌注到散文之中。大到民族情、爱国情，小到亲情、友情、乡情、爱情等，这种情感的表现力是无穷尽的，关键是散文写作者要找到自己的创作切入点，这个点找好了，作品就成功了一多半。所谓找切入点，不是待在家中冥思苦想，也不是从电脑里找感觉，而是要从现实生活中去感悟，去体验，去把握，去提炼。马尚文散文创作从自己的亲身经历和生活体验出发，以饱蘸着强烈情感的语言，表达自己对家乡、对母亲的爱恋之情。《兰若母亲》以清新质朴的语言，表达了母亲勤劳、善良的高贵品质。母亲养育了7个儿女，父亲常年生病，家中劳力少，挣不了多少工分，年底从生产队分不到多少粮食，全家老小经常衣不

① 中国作家协会：《新时期中国少数民族文学作品选集·保安族卷》，119页，北京，作家出版社，2015。

蔽体、食不果腹。是母亲继承了外祖父的裁缝手艺，为乡亲们缝制新衣，母亲不辞劳苦，长年累月地缝纫，她还能推陈出新，紧跟时代步伐，创设出既具有保安族民族特色，又能紧跟时代步伐的服饰样式，母亲精湛的缝纫技艺受到乡亲们的信赖和好评，十里八乡的人们到家里定做衣服。母亲用她灵巧的双手撑起了家庭重担，使得这个有10多口人的大家庭度过了艰难困苦的日子。母亲除了勤劳能干之外，她还心地善良，经常扶危济贫，同情弱者。母亲教育子女经常挂在口边的三个字："不忘本"。母亲不识字，但她心胸开阔，在教育子女中用保安族民间故事引导孩子们向善、向往光明。马尚文的母亲是保安族妇女的代表，他的母亲身上所体现出的勤劳、淳朴、善良等高尚品质，其实就是积石山保安族妇女身上所具有的共性。这些女性往往一生默默无闻、没有上过学堂，她们把自己的青春和一生献给了儿女、献给了家庭；她们内敛、含蓄，她们质朴无华，她们有虔诚的信仰，她们以自己的言传身教完成了对子女的启蒙教育；她们高尚的精神品质胜过兰花，她们坚忍不拔的意志品质赛过翠竹，她们是担负起家、国重任的默默无闻的民间英雄。

第二，注重日常生活的写作，善于捕捉瞬间感受。马尚文的散文重在表现日常生活，他善于通过细小的生活场景、氛围的描写，表达对生活、对人生的感悟。《做人如茶》篇幅不长，作者通过喝茶这样一个生活场景，表达了做人如茶的哲理性思考和感悟。作者以茶的品质喻人的品质，茶具有清新高雅的气韵，做人也要像茶一样芬芳、清香。而要达到芬芳、清香的精神境界，必须要经过各种各样的考验和锤炼，只有寡欲少利，让灵魂安放下来，才能达到像茶一样清新高雅的人生况味。作者情感细腻，在此基础上进一步引申、阐发，要成为一个如茶之人，还要受两层苦：第一层是对自己苦，第二层是对别人苦。只有经历了双重的苦，才兼具做人的原则和底线，二者原则和底线通常都会成为让别人感觉不舒服的苦味。茶因为有了这特殊的苦味，才有它独特的品质。人也是如此，才能达到自我的品质的提升。作者以茶喻人，于平凡之中讲出大道理。《做人如茶》超越了作者的民族身份和对本民族、本地域写作的窠臼，作品抛开本民族写作的限定，上升到人类共同体层面，从这个角度讲，马尚文的写作上升到了一个新的高度。老舍是满族，但老舍的作品，没有局限于对本民族描写的狭小范畴，他写出了特定时代的具有鲜明性格特征的人物，塑造了众多鲜活的人物群像。截至目前，保安族大多数书面文学作者，还停留在民族特色描写的层面，没有突破族群写作的界限，这是保安族书面文学难以出精品力作的限制之一。马尚文的《做人如茶》具有开创性的尝试，只有突破了民族体裁的限制，民族文学才能找到更广阔的写作空间，才能达到更高的平台。

第三，细节描写生动传神。生动传神的细节描写是散文富有感染力的一个重要特点。生动传神的细节往往能在最短的时间内最大限度地调动读者的情感，使读者对文本产生强烈的情感共鸣，给读者留下深刻的印象。一个细节的刻画，往往凝聚着丰富的情感，把握细节的内涵，往往能很快地走进那一片情感的世界。如在《兰若母亲》中有这样一段细节描写："记得有一次，那是个艳阳高照的夏日，我刚进家门，就看见母亲正小心翼翼地给一个女人梳洗。只见母亲一手提着汤瓶浇水，一手仔细地冲洗头发上的泡沫，又轻轻地用一块崭新的毛巾将她的头发擦拭干净，最后又用心地给她梳编头发。母亲这一连串的动作显得自然而娴熟，似乎是为自己的儿女梳妆一般亲密……"[①] 当作者看清母亲梳洗的对象是邻村那个长相丑陋、精神失常、到处讨饭流浪的哑巴三姐的时候，作者被母亲的这种善良与正义所打动。在这段

① 中国作家协会：《新时期中国少数民族文学作品选集·保安族卷》，166页，北京，作家出版社，2015。

描写中，写到了母亲手中的“汤瓶”，这看似不经意的写作，其实彰显了保安族日常的生活习惯。汤瓶是回族、保安族等穆斯林日常生活中必不可少的传统盥洗用品。宁夏回族有句谚语：“回回家里三件宝，汤瓶盖碗白帽帽。”这句谚语形象地概括了汤瓶在穆斯林日常生活中的重要性。汤瓶原为熬茶、熬汤之用，后来作为穆斯林沐浴净身的专门用具。不论经济条件如何，家家有把汤瓶。母亲手拿汤瓶为讨饭女洗漱，这个细节生动传神地写出了保安族母亲的善良、质朴、助人为乐以及高尚的同情心。

第四，语言鲜活、灵动、典雅优美。散文的语言不拘一格，可以清新雅致，可以委婉优美，也可以凝练深邃。可如高山大海气势磅礴，可如潺潺流水润物无声，可像一幅画能够静静地欣赏，可像一首诗可以细细地品读，也像一曲音乐可以缓缓地享受，使浓郁的诗情画意跃然纸上。散文的语言，比小说多几分浓密和雕饰，却又比诗歌多几分清淡和自然。散文语言简洁而又潇洒，朴素而又优美，自然中透着情韵。散文语言之美，恰好就在浓与淡、雕饰与自然之间。马尚义散文语言灵动鲜活，典雅与优美互为一体，根据不同的写作内容，表现出不同的语言风格。《花果坪》是一篇充满童年记忆，具有浓郁乡愁情结的散文。这篇散文的语言鲜活、典雅。如，“每逢春夏，星星点点的花儿就会布满泛红的山石坡，随风轻摆的柳树叶伴着叮咚作响的清泉水穿流在低矮的灌木林。碧草茵茵，椒香弥漫，蝶飞蜂舞，鸟鸣清脆，似一幅浓墨重彩的山水画……秋冬之际的花果坪也别有一番景致。金秋时节，山坪红枫遍野、层林尽染。核桃、香梨、山楂就会竞相挂满枝头，一股清香之气扑面而来。进入隆冬，洁白的雪花轻轻覆盖在坪上，泉源之上晶莹的冰碴儿在冬阳的映射下熠熠生辉，花果坪显得寂静而又安详。”[①] 这段文字如行云流水，一气呵成，浓墨重彩地写出了花果坪四节的美景。再如，《青春的记忆》语言质朴，清新自然，没有任何的雕琢痕迹。一个成熟的散文作者，应该将语言的运用拿捏得恰到好处。马尚文基本上做到了这一点。

（二）马尚文的韵体散文

马尚文在现代散文创作的同时，还创作了一些韵体散文，包括赋、铭等体裁。

1. 赋

赋是中国古代的一种文体，源远流长，它讲求文采、韵律，兼具诗歌和散文的性质。马尚文为什么要用赋这种文体进行创作呢？借用清人刘熙载的话：“赋起于情事杂沓，诗不能驭，故为赋以铺陈之。斯于千态万状、层见叠出者，吐无不畅，畅无遏。”[②] 赋是马尚文赞美保安族所用的独特文体样式，在他之前，还没有保安族作家使用过这种文体。从2010年5月至7月，马尚文连续在《甘肃日报》《民族日报》发表了《保安族赋》《积石山赋》《保安腰刀赋》，这三篇赋紧紧围绕保安族历史演变、保安族生存的自然环境以及保安族最为显著的文化传承技艺——保安腰刀进行抒情，酣畅淋漓地抒发了对母族的赞美、热爱之情。对于自己的民族情感，马尚文“情事杂沓”，思绪万千，不吐不快。作者借用赋“陈事”之特征，对保安族族源、历史变迁、民族生存现状、民族性格、民族习俗等反复铺陈、渲染，如：“山开银屏，岭舞素练。登高远眺，惠风和畅。临津古渡，红崖垂帘。灿若云霓，色如渥丹。黄河经贯，灌溉农田。浩浩汤汤，激涌入海。经邻小镇，繁华之郭。香坪牧场，牛羊健硕。万壑油松，扬幽峡之桑翠。金草耀塬，

① 中国作家协会：《新时期中国少数民族文学作品选集·保安族卷》，168页，北京，作家出版社，2015。

② 刘熙载：《艺概注稿》，袁津琥校注，411页，北京，中华书局，2009。

接涟漪吊水，万石沉梦，喻鲁班鸿志。立岠横峰，竟成百里之嶂；铺霞缀锦，或为积石之冠……”[①]这是《积石山赋》中的一段文字，这段文字字句整饬、声调和谐，描写事物极尽铺张之能事，寄托了作者对积石山的一往情深和赞美之情。在阅读这些富有感染力的文字的时候，读者既感到语言之优美，更体会到作者情感的抒发如江河奔腾，浩浩汤汤；如万马齐鸣，空谷传响；如大海汹涌，波涛不息。

在阅读马尚文《保安族赋》《积石山赋》《保安腰刀赋》的过程中，不仅了解到保安族的历史文化，更感受到语言文字之美。陆机《文赋》云：“诗缘情而绮靡，赋体物而浏亮。”[②]李善认为：“诗以言志，故曰缘情；赋以陈事，故曰体物。”[③]也就是说，诗是用来抒发主观感情的，要写得华丽而细腻；赋是用来描绘客观事物的，要写得爽朗而通畅。马尚文深谙赋的这些特征，大胆用赋这种古老的文体“铺采摛文，体物写志”[④]。铺采摛文，指赋的形貌，铺陈文采；体物写志，指赋的内容，写赋要有所依托不能无病呻吟，要体现作者自身的思想感情志向。铺陈是辞赋的基本创作方法，作家在具体的创作过程中，可通过运用大量华丽的语句张扬文采，从不同的方面描写事物，不厌其详，不厌其细。《积石山赋》《保安族赋》《保安腰刀赋》语言华美，以四字句为主，兼有四六字句，骈散结合，读来朗朗上口，既有赋的华美畅朗，又有诗的韵律美；既体现出作者深厚的文化功底，又尽情地抒发了作家的情感。赋的具体创作手法有散布式、并列式、段落式、递进式四种，马尚文对这几种铺陈方法娴熟运用，达到了良好的表达效果。在《保安族赋》中，作者采用的是并列式铺陈方法，即在全篇作品中从9个不同

① 中国作家协会：《新时期中国少数民族文学作品选集·保安族卷》，134页，北京，作家出版社，2015。

② 陆机：《文赋释著》，张怀瑾释，29页，北京，北京出版社，1984。

③ 萧统：《文选》，李善注，上海，上海古籍出版社，2005。

④ 刘勰：《文心雕龙浅释》，向长清释，99页，长春，吉林人民出版社，1984。

的方面进行横向式描绘："景秀家园，通达四方""水墨家园，风景如画""溯源家园，年及八百""探流家园，沧海桑田""人文家园，沧桑名扬""匠族家园，名播四海""信仰家园，亘古笃真，聚礼成拜，显穆族之虔诚""民俗家园，固守传统""豪情家园，厚重久远"等，全方位展示了保安族所在的地理方位、风景胜迹、民族渊源、迁徙历史、勤劳质朴、腰刀技艺、民族信仰、民俗民风、性格特质等。由于作者对"赋"体裁的熟稔，再加上对本民族的文化、习俗、信仰等的谙熟于心，对于不熟悉保安族的人，读了《保安族赋》，就可以对保安族有较为全面的了解。《保安腰刀赋》采用的是递进式的铺陈方法，即在整篇作品的铺陈过程中，采取层层递进、步步深入的描述方法，具有纵向性。如第一段"保安腰刀，载谋生计……今成保安之魂也"，第二段紧接着第一段写道："保安魂者，腰刀魂……"第三段："腰刀韵者，保安韵……"等，环环相扣、层层深入，反复铺陈，不厌其烦地表达了保安腰刀对于保安民族的重要性，作者卒章显志，感叹道："嗟乎！形制冷艳千秋，神韵气贯长虹，声誉名扬九州，此真可谓保安腰刀矣。"

2. 铭

铭是一种刻在器物上用来记事或功德的文体。如，刘禹锡《陋室铭》、苏轼《三槐堂铭》，另有一种叫"碑铭"，如陈寅恪《清华大学王观堂先生纪念碑铭》等，还有一种铭文为"山川铭义"，带有赞颂性质。萧统《文选》选入晋人张载写的《剑阁铭》一篇。铭的写作一般都要押韵。曹丕在《典论·论文》中说"夫文本同而末异，盖奏议宜雅，书论宜理，铭诔尚实，诗赋欲丽"[1]，曹丕认为，铭诔的写作要求崇尚事实，达到记载德行，以志不忘。陆机在《文赋》中说"诔缠绵而凄怆，铭博约而温润"[2]，要求铭的写作要言简意深，温婉润泽，并提出"要辞

① 陆机：《文赋释注》，张怀瑾释，63页，北京，北京出版社，1984。
② 陆机：《文赋释注》，张怀瑾释，29页，北京，北京出版社，1984。

达而理举，故无取乎冗长”的要求。刘勰《文心雕龙·铭箴》说：“夫箴诵于宫，铭题于器，名目虽异，而警戒实同。”[①] 所以，后人将箴、铭连称为“箴铭”。刘勰又说，写作“箴”“铭”时应注意二者的细微区别：“箴全御过，故文资确切；铭兼褒赞，故体贵弘润；其取事也必覈以辨，其擒文也必简而深，此其大要也。”[②] 强调“铭”文创作要突出褒扬与赞颂，要言简意赅。

马尚文《积石铭》是保安族作家文学中的第一篇铭文，写作铭文需要厚实的语言功底和文体意识，马尚文大胆尝试，他选取保安族生存繁衍的积石山为写作对象，巍峨壮丽的积石山连接甘青两省，聚居在积石山周围的各族人民在这里长期生存，创造了灿烂的文明。保安族人从骨子里对积石山有不同一般的感恩之情，当年他们迁出长期居住的青海省同仁县后，流离失所，是积石山敞开她那宽阔的怀抱接纳了保安族人，让他们在这里扎根、安家，在这里繁衍生息。从这个角度讲，积石山对保安族人来说，是值得刻在石头上，铭志不忘的。马尚文《积石铭》的写作初衷应该是这样的。《积石铭》全文如下：

积石铭[③]

蓝天白云，黄河古渡。彩陶花儿，腰刀人文。虽为高原，风光无限。名胜多古迹，风情万千赞。清泉绕古寺，瑶池藏深林。心痴游美景，神迷览雄关。非市井之乱耳，无车马之劳形。古时谓枹罕，今朝积石山。竟相云：美哉山城。

① 刘勰：《文心雕龙浅释》，向长清释，130 页，长春，吉林人民出版社，1984。

② 刘勰：《文心雕龙浅释》，向长清释，130 页，长春，吉林人民出版社，1984。

③ 中国作家协会：《新时期中国少数民族文学作品选集·保安族卷》，293 页，北京，作家出版社，2015。

全文简短精练，符合铭文写作“博约而温润”的要求。所谓“博约”，是指铭文内容博大而简约，在不到100字的篇幅里，这篇铭文写到积石雄关、黄河、彩陶、保安腰刀、清真寺、孟达天池等事物，写到生活在世外桃源般怡然自乐的各族人民。作者抚今追古，将积石山灿烂的古代文明与当下的繁盛融为一体，抒发了对壮美积石山的赞美、热爱之情。在这篇铭文中，作者的情感温文尔雅，不偏不倚，温润适宜，达到了一种“中和”之美的艺术效果。中和之美是介于优美与壮美两极之间刚柔相济的综合美。其意蕴刚柔兼备，情感力度适中，具有含蓄、典雅、静穆等特性。

二、马沛霆散文创作与评述

马沛霆（1981—），保安族，甘肃省积石山保安族东乡族撒拉族自治县大河家镇大墩村人，法学硕士，民俗学专业研究生，研究方向为民族民间非物质文化遗产保护。现任甘肃省临夏回族自治州彩陶馆（州博物馆）副馆长。西北民族大学西北非物质文化研究中心客座副研究员、日本广岛大学中国学项目研究中心客座研究员、甘肃省民俗学会副会长、副秘书长、甘肃保安族文化研究会副秘书长、甘肃省民间文艺家协会理事。

马沛霆是保安族第一位民俗学研究生、保安族腰刀锻造技艺申请国家级非物质文化遗产成功的关键人。曾参与或主持了教育部2004年度哲学社会科学研究重大招标攻关项目“西部开发中的人口流动与族际交往研究”兰州子课题、教育部“蒙古语族民族文化变迁研究”等10余项国家级、省部级以及校级科研项目和社会调查研究活动；参与或承担完成了《新时期中国少数民族文学作品选集·保安族卷》《保安语汉语词典》等10余部著作的编撰工作；承担积石山县关于申报国家级非物质文化遗产名录的撰写任务，前后撰写了7项共10余万字的申报材料，其中“保安族腰刀锻制技艺”已进入第一批国家级非物质文化遗产名录，其他各项均被列入省级或州级保护名录。他在《人民日报》《光明日报》《人民政协报》《中国民族报》《甘肃日报》《西北民族研究》《回族文学》《甘肃民族研究》《丝绸之路》等报刊发表论文和文学作品30余篇，还创办了公益性宣传网站——“保安族文化网”，开办微信公众号平台——“微观保安族”，为保安族文化与外界的交流、促进民族文化的发展搭建了有效平台。

马沛霆是年轻一代的卓有成就的保安族文化学者，他的文学创作主要以散文为主，在《新时期中国少数民族文学作品集·保安族卷》中收录了其12篇散文作品。马沛霆的散文感情真挚、抒发其对本民族、对亲人的一腔热爱之情。作为一名“80后”写作者，马沛霆的写作更加理性，视野更加开阔，既有对本民族文化的热情讴歌，更有对本民族前途和未来的深沉思考。写作的内容与题材挖掘得更加纵深。纵观其散文创作，具有以下特征。

（一）直抒胸臆，表达对保安族的热爱之情

在散文《道上更觉路途遥》开头，作者直言不讳地抒发对本民族的热爱之情：“我出生在积石山下，保安族是我的母族。自信地说，热爱远不足以表达我对那片土地的感情。很久以来，我总是喜欢也习惯用‘我是保安人’这句话和每一位初识者开场白，即使后来一直在外求学，梦里也从来不肯摆脱故乡的大河厚土、父老乡亲。”[①] 由于对自己的民族有着刻骨铭心的爱，无论在家乡还是在外求学期间，马沛霆都心系着自己的民族。他以散文的方式，记录了一件件、一桩桩发生在保安山

① 中国作家协会：《新时期中国少数民族文学作品选集·保安族卷》，93页，北京，作家出版社，2015。

庄的感人事迹与感人场景。他的散文写作没有过多的矫饰，他用质朴、自然的语言表达了保安族人坚忍不拔、吃苦耐劳、忠于信仰、厚道朴实的性格特征。

《山火的凝练》是一篇值得我们细细咀嚼的散文，散文开头，作者给读者描绘了一幅优美的保安山庄风景画：冬天的积石关寒风瑟瑟，山川苍茫荒凉，但保安族人生活的村庄却洋溢着热闹的气息，年轻人在篮球场上生龙活虎地打球、孩子们在街头巷尾嬉戏追逐、性情恬淡的老人们前往清真寺准备晌礼。这样的场面描写生动、形象，一方面给不熟悉保安族的人提供了直观的风景图像；另一方面，从侧面表达了保安族人民乐观、活泼、虔诚的精神品质。他们生活在寒冷而又严酷的自然环境之中，但他们具有乐观的人生态度，他们也有崇高的精神追求。从这不经意的描写中，读者可以深深领悟到保安族人民顽强的意志品质：当他们从青海省同仁县迁徙到甘肃省积石山境内后，经历了千辛万苦和种种磨难，他们顽强地生存下来，靠的是什么？就是乐观的意志品质和对信仰的执着追求。正当读者沉浸在对保安族风情画的喜悦与欣赏之时，作者笔锋一转，写出一场大火突如其来，给保安族村民造成的惶恐与威胁。这样的写作在阅读效果上造成了一种张力，起到一种阅读刺激的效果，使读者的注意力更加集中。

当山火烧来时，乡亲们自发地组织起来，投入到救火的行列之中。年仅 16 岁的作者，也义无反顾地上山救火。他们用铁锹铲除火源，用水桶背水熄火。可大火肆虐，灭火难度非常大。即便是这样，他们日复一日地上山灭火，大火整整着了 20 多天，终于被扑灭了。20 多年前的大墩峡，山路崎岖，消防车无法直达，大墩村人自发组织起救火队，他们勇敢地与大火搏斗。马沛霆通过这一典型事例的描写，表达了保安族人团结合作、不怕累、不怕困难，勇于与自然灾害抗争的奋斗精神。作者带着感同身受的情感，这样直接抒发感情："生命的艰辛，谋生的苦难已将保安人磨砺，任世事沉浮他们总会胸有成竹，他们狂热地爱恋着生活，尽管祖祖辈辈的血液中都涌动着近似于愚昧和无知的倔强，而一旦静谧的心灵不得安宁，平和的生活受到威胁，他们便会义无反顾地裸露出深蕴的力量，与困难抗争不息。”①

（二）沉郁顿挫，表达对亲人的眷恋之情

马沛霆散文有的热情似火，有的清新自然，有的却苍凉悲壮。《新时期中国少数民族文学作品选集·保安族卷》中收入的马沛霆散文，都是马沛霆在年龄不足三十岁之前的作品，那时的他虽然年轻，但是他对世事无常、人间的悲欢离合却有一种超越年龄的参悟。这是马沛霆抒情散文较为鲜明的特征之一。散文入门易，但要写好非常难。好的散文必须具有文学意味，具有文学意味的散文一般应具备以下特点：富有意味的材料，在细节上加以取舍，多面剖析，灌注感情，充分表达作者的感受和想法。马沛霆的大部分散文具备了以上特质。如，涉及写爷爷的散文有两篇，一篇是《民院情结》，另一篇是《爷爷的背影》。《民院情结》写得清新自然，《爷爷的背影》写得苍凉悲壮，两篇散文都达到了较高的艺术水平。《民院情节》中写爷爷和我祖孙两代人都上了西北民族学院，这是值得骄傲和自豪的事情，保安族人口在1950年初不足5000人，受文化教育程度较低，大家的观念比较落后，不愿意走出赖以生存的保安山庄。爷爷与八位保安族人勇敢地走出家乡，到兰州等地上大学，这在当时需要极大的魄力和勇气。爷爷上大学后，可以吃上免费的“四菜一汤”，这与当时生活在保安山庄的乡亲们相比，似乎过的是天堂般的日子，这也是爷爷一辈子对西北民院怀念的情结之一。爷爷从西北民院毕业后回到积石山县在基层工作，50多年再也

① 中国作家协会：《新时期中国少数民族文学作品选集·保安族卷》，89页，北京，作家出版社，2015。

没有去过兰州，兰州到积石山县大河家镇大墩村距离约180公里，爷爷作为一名少数民族干部，居然在50年间没有来过一次兰州！看似不经意的细节描写，却对有心的读者来说，值得深思的地方太多了。首先，爷爷是一位老实、勤恳的基层干部，他把所有的心思用在工作和照顾家庭上，他没有余力看看外面的世界；其次，50年间，保安族人民大多数生活在较为闭塞的环境中，经济不宽裕，他们走出家乡的机会较少；再次，20世纪中期到21世纪初，积石山保安族人口数量从不足5000人增加到1.65万人，人口从数量上看增长较快，但保安族人受到高等教育的数量明显不足，他们到外地求学的人数比例很低。

马沛霆写对离世的亲人怀念之情的文字，沉郁顿挫，充满了悲伤的气息。《怀念》是写对遭遇车祸、英年早逝的三舅的怀念之作。文章中充满了悲凉的气氛，流露出痛彻心脾的伤感气息。回忆小时候自己对待三舅总是用恶作剧的方式，这个情节写得耐人寻味：一方面衬托出三舅的憨厚以及对自己的疼爱；另一方面，运用了以乐景写哀情的方法。通过童年与三舅之间快乐的交往，更加凸显了此刻失去亲人的哀痛。《爷爷的背影》写爷爷走到生命的尽头，弥留之际作者复杂、痛苦的情感体验。作者灌注一腔真情，多方位、多角度写出了爷爷可贵的精神品质。爷爷早年当过兵，1956年上民族学院，毕业后分配到积石山县供销系统工作，直至退休。爷爷是中华人民共和国成立后保安族文化人的代表，他的人生历程不仅对作为孙子的马沛霆具有较大的影响，更对整个保安族人有巨大的影响，因为村里人从爷爷身上看到知识改变命运、文化提升生命层次的重要性。保安族人逐渐让孩子们上学、学习文化知识。保安族特有的语言、文化也同样得到保护，从这个意义上讲，爷爷以及像爷爷一样的保安族人，他们为本民族文化传承作出了巨大的贡献。

（三）情真意切，抒发对本民族强烈的忧患意识

马沛霆接受过多年的现代教育，再加上他所学的专业是民俗学，他清醒地认识到在现代化进程中，人口较少民族保护、传承其特有文化的重要性。在其散文《道上更觉路途遥》，他这样写道："当回首自己在人生道路上歪歪斜斜地踩下脚印时，总会想起这段遭遇，哪怕它只能说明我的稚嫩，甚至懦弱。因为也许正要感谢那串泪水让我坚定地踏上了研习母族文化，传达母族精神的道路。"① 马沛霆对本民族爱得深沉，对其前途有着深深的忧患意识，有着比一般人更加清醒的认知。他感受到人口较少民族文化的独特性与重要性，也体味到民族文化逐渐式微的现状。随着现代化和经济全球化的进程，保安族原本独特的文化特色逐渐消亡。如，保安语濒临消亡，保安族传统服饰已逐渐退出生活的舞台，保安腰刀传承越来越难，保安族传统的"高墙连房"民居已被独立的四合院所取代。能够彰显一个民族特色的无外乎是语言、服饰、传统技艺等，马沛霆如是说："一个民族，只要卷入当前的全球化浪潮，其文化便不可避免地面临着某种丧失的可能，尤其像保安族这样的人口较小民族要想生存和发展，就必须积极应对全球化所带来的机遇和挑战，着力保护自己的民间文化，因为就人文的角度来说，一个民族在它失去服饰、语言及风俗习惯之后，还能剩下什么呢？"② 马沛霆的上述论点都是我们必须面对和思考的问题。在对保安族文化研究过程中，马沛霆站得高、看得远，他是站在文化人类学的角度审视保安族文化的。他的一些散文充满了理性的思考。他在散文写作中，除了抒发情感之外，对保安族的现状和未来进行推理和判断，将自己对本民族的忧患意识表达出来。这是马沛霆散文与其他保安族散文作

① 中国作家协会：《新时期中国少数民族文学作品选集·保安族卷》，93 页，北京，作家出版社，2015。

② 中国作家协会：《新时期中国少数民族文学作品选集·保安族卷》，99 页，北京，作家出版社，2015。

家在写作上的不同之处，显示出理性和高度。马沛霆认识到全球化浪潮不可避免，他不仅仅站在守护民族文化立场上为保安族写作，更多的是对民族文化的展望与建设。这是马沛霆作为一名青年学者的眼界与胸襟，《保安腰刀——保安族物质文化的光辉》《火光里的文明 断续中的传承》等篇章，体现的就是他的这种思考。

三、马学英散文创作与评述

马学英（1971—），保安族，甘肃省积石山保安族东乡族撒拉族自治县大河家镇大墩村人，中国金融作家协会会员。现为中国农业银行甘肃省临夏回族自治州分行党委办公室主任。从 1990 年始，马学英在中国农业银行甘肃省临夏州积石山保安族撒拉族自治县支行、中国农业银行甘肃省临夏州积临夏县支行工作多年。马学英主要从事散文创作，其作品收录于由作家出版社出版、中国作家协会编的《新时期中国少数民族文学作品选集 · 保安族卷》中，主要作品有《爷爷的盆火》《世上那朵美丽的花》《行走孟达峡》《古风大河家》《瑶露泉》《冬之韵》《母亲，心中的丰碑》《阿訇的墨宝》《秋的回忆》《网点新的一天开始》《秋菊》等。马学英的散文情感真挚、质朴自然、文字优美。其大多数作品能突破本民族狭小题材的束缚，写出自己独特的感受和生命体验。马学英的散文根植于保安族文化的丰厚土壤之中，他以饱含着深情的笔触，写自己的亲人，包括爷爷、妈妈、妹妹等；马学英还写了新世纪、新时代撒拉族、东乡族、回族人物的精神风貌；创作了大量的写景抒情的游记散文，这些散文表达了作者对自然之美的追求，抒发了对心灵净土的向往之情；马学英另有一些散文写作内容与银行金融有关，主要记叙农业银行商业网点的建设、对中小企业资金扶持等。马学英散文具有以下特点。

（一）通过对亲人聪敏才智的叙写，表达对保安族普通劳动者的热爱、赞美之情

马学英笔下的亲人有爷爷、母亲、妹妹等。他的这些亲人是普普通通的保安族人，他们没有接受过正规的学校教育，但他们却聪明、能干，具有丰富的生活经验。例如，在《世上那朵美丽的花》中，11岁的妹妹没有上学，她在家里做饭，还喜欢养牛。她知道小牛能听懂她的话。从这个细节看出，妹妹虽然缺少文化知识，但她懂得人与动物相处之道，懂得动物的习性。这其实就是妹妹独特的社会经验。由此，我们可以发出这样深沉的思考：学校教育固然重要，但社会经验在人的成长中必不可少，因为社会经验可以给人带来或正面或负面的人生哲理和处世技能，使人更能适应社会。《爷爷的盆火》是一篇取材非常好的散文，情感饱满、细节描写到位。散文通过爷爷冬天生火盆、煮茶的情节，讲述了爷爷勤劳、聪慧、能干的人生阅历。20世纪70年代的保安山庄，一家人能在冬天生上火盆，是一件奢侈的事情。在寒冷的冬天，村里的老人们聚集到爷爷的盆火边，一边取暖、一边喝茶、一边听爷爷讲故事。爷爷的人生经历非常丰富，1949年前经过商。在经商的过程中，爷爷因为不识汉字，记账时用阿拉伯文字标注保安语，将账目记录得清清楚楚。在爷爷年轻时，解放军征集自家的驼队，爷爷喝着茶，给大伙讲述这件事的时候，一种自豪感流露在他的话语中。爷爷也有自己的遗憾，最后免不了哀叹一声："当初部队人家留我们，可我执意回家了。"爷爷的人生，虽然有遗憾，但是与同村、同年龄的人相比较，爷爷是幸福的、快乐的。

《母亲，心中的丰碑》是怀念、追忆的一篇散文。马学英的母亲只活了49岁，她是平凡而又伟大的保安族母亲的代表。母亲在1960年初结的婚，聘礼是半袋萝卜。那时的保安山庄非常贫困，肚子无法吃

饱。由于生活所迫，婚后不久的母亲随父亲到青藏高原的一个藏族聚居区谋生，在这里，除了父母一家外，全部是藏民。父亲打制铁具，母亲要干农活、养儿育女。这些算不了什么，母亲不懂藏语，她用三年的时间，学会了藏语，学会了用桶背水，学会打酥油、捏糌粑。马学英写出了母亲坚韧、顽强、勤学的高贵品质。

爷爷、母亲、妹妹是保安族普通劳动者的典型，马学英通过写自己的亲人，表达的是对保安族普通劳动者的热爱、赞美之情。

（二）抒发对撒拉族、东乡族、回族普通劳动者的歌颂、赞美之情

马学英在中国农业银行基层工作多年，在扶贫、贷款中接触到各民族众多的普通劳动者。他除了赞美保安族的普通劳动者，还有一些写其他民族人物的散文，如《撒拉马爷》《采香菇的发图麦》《雨中大塬顶》等，这些散文写出了撒拉族、东乡族、回族人民的勤劳、聪慧，写出了他们在改革开放新时代的内心感受，以及他们的梦想与追求。《撒拉马爷》中的“马爷”是撒拉族，70多岁了，一个人在黄河边平整菜园。他的家在青海省循化撒拉族自治县孟达乡大庄村二社，这里因为修建水库，马爷的家迁到离这里20多里地的河对岸。马爷住上了二层别墅，家里过上了小康的生活。但马爷对故土依然眷念，每年他会来到故园，在黄河水没有淹过的土地上种植辣椒。撒拉族的辣椒在西北地区非常有名，甘肃、青海一带的“花儿”里是这样夸奖的：“宁夏的大米兰州的瓜，好辣椒出给（者）循化。唱一首花儿传天下，花儿的故乡是临夏。”宁夏的大米、兰州的瓜、循化的辣椒，是西北地区久负盛名的物产。马爷在古稀之年栽种辣椒，表现出撒拉族人对辣椒的一往情深。马爷认为，生活中的困难已经过去了，现在的日子就像天堂。马爷无论是在困境中，还是在顺境中，都有一种平顺的心境。像“马爷”一样的人，在西北偏远地区有很多，他们的人生虽然平凡，但是

值得尊重。他们用自己的双手、勤劳和坚韧，改变自身多舛命运，创造美好生活，他们才是真正的强者。正是在他们身上孕育了自强不息、艰苦奋斗、百折不挠的愚公移山精神，也形塑了黄河儿女朴实、倔强、隐忍的秉性气质。马学英在散文创作中，通过抒情的笔调，升华了文章的主题，加深了读者对马爷豁达人生态度的进一步理解。

改革开放后，各民族妇女积极进取，在各条战线上取得了卓越的成绩，为社会主义建设作出了突出的贡献。《采香菇的发图麦》写的是一位普通的东乡族妇女——发图麦，在农业合作社种植香菇、采摘香菇的场景。“发图麦是一位地道的农民，没上过一天学，从未离开过这片土地。从邻村嫁到这儿17年了，做梦也没有想到，自己能到附近合作社务工挣钱。发图麦她们合作社被中央电视台报道后，产生巨大的社会影响，引来广泛关注。”像发图麦一样的普通劳动妇女她们依靠自己勤劳的双手，获得了良好的回报，改善了自己生活的境遇。发图麦除了在农业合作社打工，还在自己家里养羊，生活比起以前有了非常大的改善。发图麦对未来充满了希望，她的日子越过越红火。

《雨中大塬顶》写马学英在大雨中到自己的扶贫户马达吾代家走访的情景。马达吾代家在甘肃省临夏州井沟乡大塬顶村，马达吾代和妻子马麦来由于年老体弱，再加上常年患病，无法外出谋生，一家人全靠长子马来牙外出打工挣钱养家糊口。儿子每年能挣来2万元，马学英粗略地算了一下：“医疗费开支6000余元，加上人情礼节、生活费用，只够勉强度日。”马来牙外出打工收入并不是十分稳定，马达吾代并不想坐着等吃，他想通过搞养殖业来补贴家用，但要想养10头羊，成本就需要2万元。马学英通过这篇散文，写出了像马达吾代一样的普通劳动者生活的艰辛，但他们并不想依靠政府、依靠儿子，而是在力所能及的范围自己行动起来，在奔小康的道路上积极摸索。《雨中大塬顶》具有鲜活的时代气息和个人深刻的感受，是一篇引发人深思的散文。

《撒拉马爷》《采香菇的发图麦》《雨中大塬顶》写出了少数民族人民积极进取，在小康大道上努力前行的探索精神。这组散文充满了正能量。“以情动人”是文学作品最基本的审美特征，但仅有这一点是不够的，文学作品更重要的是精神引领。用文学作品奏响时代变革的先锋号角，在改革开放的大潮中积极进取，这是时代的需要，也是时代赋予作家的神圣使命。马学英在自己的写作中感悟到了这一点，愿他在今后的写作中写出更多、更好的表现少数民人物精神风貌的优秀作品。

（三）悲怆缠绵、抒发对亲人的怀念之情

《世上那朵美丽的花》是怀念妹妹的一篇散文。文章以沉重的笔调、悲怆缠绵的情感，叙写妹妹的早逝，表达自己内心无比的痛苦之情。妹妹是保安族美丽的女性，她没有读过书，11 岁的时候就在家里干家务，包括做饭。她喜欢喂养耕牛。妹妹嫁人后，是一个令全家人满意的勤劳、善良的好妻子、好儿媳。可是，妹妹在结婚一年后，生了小孩，在月子里得了病，在 21 岁就离开了人世。妹妹是人世间一朵“美丽的花”，可这花儿凋谢得太快、太突然。鲁迅说：“悲剧就是把人生有价值的东西毁灭给人看，喜剧将那无价值的撕破给人看。”[①] 妹妹无论在出嫁前还是出嫁后，总是那么勤快、那么善解人意。而像妹妹这样可爱的人儿，却年纪轻轻就离开了她爱的人和爱她的人。当她的亲人们在失去了宝贵的妹妹之后，心中有无数的悲伤。妹妹的生命是宝贵的，即鲁迅所谓的“有价值的东西”。但这有价值的东西却一去不返，这就是妹妹人生的悲剧，也是家庭的悲剧，更是作者马学英心中最大的痛，因为妹妹死后不能复生，这就是悲剧源于矛盾的不可调和，其中渗透着无奈与绝望。马学英写出了这种情感，引起读者内心深处的共鸣。当我们读完《世上那朵美丽的花》后，心里会萌发这样的感慨

① 鲁迅：《坟·再论雷峰塔的倒掉》，159 页，北京，人民文学出版社，1973。

“妹妹不离开人世该有多好”或者“如果她再晚一点离世就好了”。可是，这只是读者的一厢情愿，而事实是无法更改的。

在马学英的生命历程中，承担了别人难以承受的生命之痛，这种痛苦，不仅仅是年轻妹妹的离世，还有母亲的离世，更有自己对命运的跌宕起伏的不可捉摸之感。马学英的母亲只活了49岁，这样的年龄正是女性最成熟的阶段。可是，母亲却早早地离开了人世。透过《世上那朵美丽的花》和《母亲，心中的丰碑》两篇散文，我们感受到作者对妹妹、母亲早逝的哀伤情感。

（四）对保安族民俗、饮食习惯等的描写

马学英散文与其他保安族作家散文的不同之处，在于马学英对保安族的民俗、饮食等在其散文中有较为详尽的描述。这样的散文创作，可以彰显保安族丰厚的文化特点和文化底蕴，为读者带来强烈的陌生化气息，也给读者带来新的认知、新的视野和新的审美体验。保安族作为一个人口较少民族，生活在偏远的甘、青交界的少数民族聚居区，这个民族的生活习性、文化传承，在外界人眼中具有神秘的色彩。一个本民族的作家，能够在散文创作中写出其民俗、文化的“独特性”，既体现出作者的写作功力，也达到了读者求知的欲望。《爷爷的盆火》中详细记叙了爷爷在冬天用的盆火燃料是小叔从山里砍来的木柴。爷爷与小叔一家住在一起，每天早上小婶一起床，第一件家务活就是替爷爷生盆火。开始生火时烟熏火燎，等火引旺了，烟没了，盆炉才搬到卧房的方桌上。通过小婶给爷爷生盆火这个细节，可以见证保安族敬老爱老的优良传统。寒冷的冬天，爷爷除了有盆火取暖，还能够喝上自己的另一个儿子——马学英的父亲从藏族聚居区捎来的“松州茶”。松州茶是四川松潘地区出产的大叶散茶，这种茶与普通的茯砖茶不同。爷爷熬好一罐茶，一般需要一个小时以上。熬茶的器

皿有时是一个罐子，有时候是一把铜壶。刚开始要烧水，水滚了，才将茶叶添进去，最后快熬成的时候再加一些水，继续熬。熬到八成的时候，茶水变得浓酽了，于是将罐子从火盆上移开，放在桌子上晾晾，等茶的温度降低一些后，在茶里放上蜂蜜，这样，蜂蜜的营养价值不会流失，茶的香味也美妙。爷爷的这种熬茶、喝茶的方法与习惯，不是保安族的方法。保安族人除了喝茯砖茶之外，一般喝盖碗子，盖碗子里除茶叶外，还加上冰糖、红枣、桂圆、枸杞、玫瑰花、葡萄干等。爷爷在茶里加蜂蜜，是从青海藏族聚居区的寺庙学来的。从爷爷熬茶、喝茶的细节，我们可以体会到藏族茶文化对保安族茶文化的影响。

《瑶露泉》中写到的瑶露泉是大墩峡里一条不大，但充满灵气的山泉。著名的“保安三庄”大墩、梅坡、甘河滩就坐落在积石山下的大墩峡附近，保安族人在冬天用的柴火，都来自大墩峡的森林里。人们上山砍柴回来的路上累了，喝一点瑶露泉的水，既可解渴，还可解乏。当地保安族人在临终的时候，都要喝甘甜的瑶露泉水，作为生命的最后给养。“当人们听到有哪个病人开始喝瑶露泉水，大概都预感到这个人快要离开这个世界了。这时候的瑶露泉水，成了人们生命的最后念想儿。”[①] 这段话表达了保安族人的一种习俗，这种习俗是独特的，独一无二的。

《秋菊》一文，选材也是比较好的。写到了母亲、姐姐、妹妹、邻居伯母围坐在廊檐下缝棉衣，又说又笑，好不热闹的场景。这种场面的描写，生动地再现了保安族妇女勤劳能干、多才多艺的美好品质。保安族妇女除下地干农活之外，能操持家务，还会缝制衣服。在20世纪70年代以前，她们中的大部分人没有接受过现代教育，就像马学英的母亲、妹妹一样，将她们朴素的爱给了家庭、给了儿女，她们像蜡

① 中国作家协会：《新时期中国少数民族文学作品选集·保安族卷》，172页，北京，作家出版社，2015。

烛一样，燃烧了自己，点亮了亲人。

（五）马学英游记散文特点

马学英的散文中，游记散文占据了近一半的篇幅。马学英的游记散文大多数短小精悍，画面感强烈。其游记散文篇目主要有《瑶露泉》《冬之韵》《穿越扎尕那大峡谷》《北山的杏花开了》《河畔夜行》《行走孟达峡》《大荒地游记》《登太子山记》等，这些游记的景观主要是甘肃境内的山河景观，这些景观有著名的，如太子山、扎尕那、孟达峡等；也有无名的，如北山、大荒地等。马学英将自己的游历与感悟充分结合，恰到好处地进行抒情，达到了游记散文情景交融的效果。马学英游记散文具有以下特点。

1. 具有独到的立意

立意是行文的出发点，也是散文写作的终极目的。立意就是作者在说明问题、明确主张、发表意见或反映生活现象时，通过文本的全部内容所表达出来的基本思想和写作意图。篇幅短小的散文作品要想让读者在极短的时间里获得尽可能多的审美愉悦，就必须发挥小题材、小文本的优势，就必须要有丰厚的审美意蕴，而这种“审美意蕴”就是作者明确的立意意识。《瑶露泉》是一篇篇幅短小的散文，这篇散文所要表达的主要意图就是瑶露泉的那种恬静、清冽、远离尘世的纯净气息，作者身在他乡，在滚滚红尘中谋生，但家乡的瑶露泉成为他心灵净土上的桃花源。因为有了较高的立意意识，《瑶露泉》超越了一般写景散文的平庸，具有一种超凡脱俗的气韵美质。《冬之韵》以冬天的景象做比拟，写出冬天在萧索的天地间积蓄着力量、沉淀着底气、孕育着生命，冬天过后就是春天，这就是冬之韵。作者在面对人生的挫折与困难时，通过对冬天的深刻感悟，抒发自己对社会、对人生的深刻感悟。正如作者所说的：“有一种恍然大悟的认识”。作者带着感恩的心态去接受挫折和困难的考验，一下子感觉到通透明亮，人会出乎寻常的强大起来，作者在《冬之韵》中写出了自己独特的生命体验。

2. 注重对景物细致入微的观察

马学英在散文创作中充分发挥五官的作用去观察，他认为："要像一部摄像机，把景物的画面特点，游历的人物的神态、行为动作摄下来，要把深化主题的细节摄下来；用好耳朵，要认真听，仔细听，要像录音机一样，把环境中的风声、水声、鸟声以及物体发出的等声音元素录下来，把人们的有意义的话记录下来；还把味觉、触觉感受记录下来，总之用感官去捕捉每个闪光点。同时把自己的感情融入，全身心投入。"《摇露泉》是大墩村附近的一处景点，保安族人在那儿休憩的时候，洗把脸，泉水的清凉赶走了疲劳，这是触觉描写；喝口泉水，甘甜的泉水顿时让人神清气爽，这是味觉描写。古人所说"五官生五觉，五觉生文章"就是讲观察在写作中的重要性。现实生活中的人物、景物、事物及其形态、特征与细节的获得与积累，都依赖于观察。观察还可以引发、刺激作者的创作欲望。马学英深刻地理解到观察的重要性，他的散文作品才能达到对景物细致入微的描写。

3. 剪裁得当，注意对写作材料的取舍

好的散文写作，并不是 股脑地对材料进行堆砌，而是要善于裁剪，善于对材料的恰到好处的运用。甘肃省甘南藏族自治州迭部县境内的扎尕那大峡谷是一处著名景点，好多人写过，角度也不一样。著名评论家、散文家雷达先生就写作《天上的扎尕那》一文，引起了很大的反响。彭青也写过一篇名为《神奇的扎尕那》的散文。怎样突破、怎样超越同一景观写作的限制，是摆在每一个写作者面前的难题。马学英认为，要写出自己的观察、自己的体会，并进行横比、纵比，通过反复的甄别、取舍，选择能体现景物特点和吸引人的视角的材料，并通过画面和描写把点有机地串联起来，这样才能写出好的游记散文。马学英在《穿越扎尕那大峡谷》中融入了对卖灵芝的藏族女孩的描写，这样把人和景组合起来，在文章中融入自己独到的观察和感受。《北山的杏花开了》写作者到临夏市的北山欣赏杏花的情景。在这篇散文中，作者除了写北山杏花的美景之外，融入了大量的儿时记忆中的关于杏花、杏子、杏核的描写，其中有对大伯家院落栽植的植物描述："伯父门前是一个大院子，院里有一棵树冠如盖的老核桃树，一棵能结毛茸茸的小小的果实的桃树。还有一棵是杏树，正对着大门。"在自家院子里栽种核桃树是保安族一道亮丽的风景，当人们到大墩村的时候，就会看到几乎每家院子里都栽种这核桃树。作者还写到了儿时奶奶用苦杏仁为生疮的孩子治疗的细节。这样的写作非常生动，使得游记散文富有韵味，增添了文化底蕴。

第五节　马春芳散文创作与评述

马春芳不仅是第一位保安族女诗人，她也是第一位保安族散文作家。从数量上看，马春芳的散文数量并不多，但马春芳的写作与保安族其他男性作家不同，具有女性细腻温婉的情感和敏锐的观察能力。马春芳的散文创作紧跟时代步伐，表达家乡的变化，抒发各族人民致富奔小康的现实图景，她的散文写作充满了正能量。

一、对保安族民俗、风情的描绘

《小镇大河家》描绘了大河家镇集贸繁荣、人民勤劳幸福的场面。

“你会发现人们欢乐地打招呼，愉快的购置日用品，年轻的后生骑着摩托车捎着漂亮的媳妇，在街巷里轻狂地奔驰，头戴白号帽的汉子提着新买的东西，在拥挤的人群中找寻挤丢的妻儿，老汉弯着腰拄着拐艰难的让路，老奶奶们三三两两蹲在店铺前等人……”这段描写通过不同年龄阶段的人逛大河家集市的动作、神态，表达出大河家人幸福、甜美、安康的生活状态：年轻的后生骑着摩托车，带着漂亮的媳妇狂奔；头戴号帽的中年汉子在拥挤的人群中找妻儿；老大爷、老奶奶们在拥挤的街道上让路、等人……作者抓住寥寥几个场景，就将大河家集市繁忙、拥挤、热闹的场面展现在读者面前。在张承志的笔下，大河家是一个小镇，密集的、土夯的农家参差不齐地排成几条街巷，街头处有一块尘土飞扬的空场，那就是著名的大河家集。张承志是著名作家，大河家对他来说，只是他游历中的一个地方，张承志是以“他者”或者“过客”的身份来写大河家，他写出了自己对大河家的独特感受。而马春芳则不同，她是一个地地道道的大河家人，她在大河家镇工作了整整 20 个年头，她是大河家镇变化的亲历者、目击者和见证人。她曾经住过大河家土夯的房舍，她一天天看着大河家由一个集贸小镇，一步步变为高楼林立的现代化的市镇，变成陇上名镇。马春芳写出了大河家镇的过去和现在，在今昔对比中描绘了大河家在改革开放中的巨大变化，同时也抒发了对大河家的热爱之情和对生活的由衷感叹。

积石山盛产花椒。2004 年 12 月积石山县被国家林业局命名为“中国花椒之乡”。积石山自治县花椒基地覆盖银川、铺川、安集、郭干、关家川、胡林家、柳沟、石塬等 15 个乡镇，85 个行政村。全县花椒栽植面积达 30 多万亩，花椒年产量 415 万公斤，实现产值 2900 万元。全县人均花椒收入 1096 元，主要产区人均花椒收入 4000 元。花椒已成为积石山的主要土特产之一，也成为积石山自治县东北部干旱山区农民脱贫致富奔小康的主导产业。作为一名乡镇干部，马春芳经常深入田间地头，与当地各族人民一同劳作。《积石山的花椒》写的是积石山自治县银川乡花椒丰收的景象。银川乡位于积石山县东部，东北与永靖县隔黄河相望，东与临夏县莲花乡相接，总面积为69.4平方公里，海拔1700米，辖12个行政村。花椒产业已成为银川乡的支柱产业，是农民增加收入的主要途径。由于独特的地理位置和地质条件，整个银川乡光照充足，无霜期长，种植的“大红袍”花椒以其色艳、粒大、肉厚、味香而闻名四方，远销四川、广东、山东等地。在马春芳的笔下，写出了她踏上银川乡，“脚下的土地是黄土坡，对面的山崖神奇的出现红泥的色彩，山大沟深。极目处花椒树像翠绿的屏障，隔挡住我们的视野，结满鲜红的花椒的山地里，一串串花椒像红色的珍珠玛瑙，拧成美妙的串帘，泥土混合着椒香，在晨曦的和风中漂荡”。作者通过视觉、味觉、感觉等感知器官，写出了花椒丰收的景象。这丰收的景象给致富奔小康的农民带来了喜悦、带来了希望，带来了对美好幸福生活的憧憬。作者通过与采摘花椒的阿伊莎交谈，得知阿伊莎自家能出产150多斤花椒，她还给别人摘花椒挣钱。她的丈夫哈桑在外打工，等丈夫回来，她家里就可以买上出租车，去年政府在镇上给她家修了房子。阿伊莎在家里养羊、照顾孩子上学，丈夫跑出租车。阿伊莎带着美好的想象摘着花椒，她的幸福是靠自己勤劳的双手努力的。作者通过真实、鲜活的细节，不仅写出了花椒的丰收，更重要的是表达了人民对幸福生活的追求和向往。

二、对母亲形象的刻画

《母爱的天空》是在现有的保安族散文作品中篇幅较长的一篇散文。这篇散文具有特殊的意义：

第一，它是第一篇保安族女性作家写母亲的散文。很多保安族男性作家在他们的散文写到了自己的母亲，如马尚文《兰若母亲》、马学英《母亲，心中的丰碑》等，但是，从女性写作的角度衡量，《母爱的天空》篇幅更长，对事件的记录更为详尽，对母亲的精神世界刻画得更为丰富。

第二，通过生动、鲜活的细节描写，塑造了保安族母亲勤劳、顽强、坚忍不拔的意志品质。马春芳的母亲18岁嫁给父亲，29岁守寡，当时有4个孩子嗷嗷待哺，这4个孩子中，最小的弟弟11个月大，马春芳3岁，上面还有一个哥哥、一个姐姐。家中只有3间没有安装门窗的土坯房子，炕上只有一床被子，还有父亲遗留下的一件军大衣，一家5口人要依靠这些度过冬天，青藏高原边缘的积石山冬天异常寒冷，马春芳一家子当时的生活困境十分艰难。作者这样写道："为了拉扯我们，母亲做过厨师，养过驴，养过羊，养过鸡鸭、养过蜜蜂，做过裁缝，给人接过生，打过针，卖过梨，粜过麦子，拿着刺绣的针线赶过集市，生活的艰辛，使母亲的生命显得斑斓精彩，在母亲的人生里，生命没有奇迹，所有的付出，没有相等的回报，这段时间母亲的生活依然艰辛，母亲还在给我带孩子，也照顾着弟弟的女儿。"在母亲这么多艰苦劳作中，作者抓住夜晚为母亲掌灯，母亲缝制衣服的场景进行细致入微的描写，通过详略有致的写作手法，表现母亲的勤劳、顽强的意志品质。家里生活困窘，连买盐、煤油的钱都没有。母亲用自己养的一头驴，换来了一台缝纫机。晚上，没有煤油照明，母亲"就用油菜花的油做燃料，母亲把棉花拧成细细的绳索，放到浸油的小碗里，点燃油灯。油菜花的油发出红彤彤的光亮，照在飞人牌缝纫机上，母亲开始她艰辛的劳作"。母亲在干活的时候，我是这样为母亲掌灯的："我瞌睡轻，母亲做起针线我都会醒来，我披着棉袄，跪在土炕炕沿上，一只手拿灯，一只手塞进棉衣取暖。直到另一只手冻得受不了，再换手交替掌灯，有时我用一只手掌灯，一只手托住下巴伏在缝纫机的斜匝上，看母亲做她的活计。”在母亲日日夜夜的辛勤劳作中，4个儿女逐渐长大。马春芳写出了母亲所经受的情感、生活中的苦难，将一位坚强的保安族女性活脱脱地展现在读者面前。

第三，这篇散文也是一位保安族知识女性的成长史。文章记录了一个普普通通的保安族女性由童年、少年、青年到走上工作岗位后的人生经历。在《母爱的天空》之前，保安族书面文学作品中对保安族女性形象有所涉及，但所涉及的女性形象面貌模糊，她们大多是以家庭妇女的形象出现的。而《母爱的天空》除了写母亲形象外，还写出了作者本人的成长史和心灵史；作者写出了少数民族女性需要靠读书、上学改变命运的真实经历，这种经历对于处于同样命运的少数民族妇女具有示范价值和激励作用。人活在这个世界上，除了物质的享受，还需要实现人生的理想和价值。马春芳通过上学改变了命运，有了稳定的工作。她并没有因此而得到满足，她拿起手中的笔，记录了自己艰苦奋斗的人生历程，她以文字的方式给这个世界增添了一份个人成长的精神产品。马春芳在求学路上所经历的苦难，是常人无法想象的，她上学需要全家辛苦劳作才能支撑。她这样写道：“为了我，母亲第一次向亲戚们借钱，母亲为了我，到工地打工；弟弟为了我，放弃了学业……为了我，我的家人，我的亲人，我的亲戚，付出了难以诉说的劳动，无法计算的帮助。”这是她到中央民族大学附中读高中时，家人为她作出的牺牲。在20世纪90年代，一个偏远少数民族地区的女孩，要上学需要付出如此大的代价，这是常人无法理解的。

第四，生动描述了保安族歌谣、“花儿”在日常生活中运用的场面。母亲在夜晚缝制衣服的时候，还要哄年幼的弟弟入睡，母亲把弟弟放进温暖的被窝里，填了麦草的土炕，温暖舒服，母亲哄弟弟入睡，嘴里哼着古老的童谣：“尕尕，尕尕瞌睡哩，荞麦地里拔草哩，拔哈的草喂羊哩，喂哈的羊屙粪哩，屙哈地粪填炕哩，填哈的炕烫烫哩，尕尕拉阿妈睡觉哩，一觉睡到天亮哩……”弟弟睡着了，母亲有时摇醒我，让我给她掌灯，有时也会自己一个人做活。保安族口头文学一般出现在研究文章中，研究者往往列举几个例子就可以了。具体在现实生活中怎样运用，作家很少在散文中写到。马春芳不仅再现了母亲唱歌谣的情景，还写到母亲唱“花儿”的情景，以及遭到老人们闲言碎语的困扰。母亲年纪轻轻失去了丈夫，她没日没夜地辛勤劳作。母亲最开心的时候，是在田间地头劳作的时候唱“花儿”，她通过“花儿”抒发心中的悲苦。即便是这样，母亲的行为受到村里保守老人们的责难。外公了解母亲，知道自己的女儿心中的苦，并没有阻止母亲唱“花儿”的意思。母亲知道原版的大河家崖头村“花儿”——《崖头坪上的尕麦燕》，这是通过一个真实的故事改编成的一首“花儿”，故事发生在马春芳家所在的崖头村。中华人民共和国成立前，崖头村出了一个美丽动人的少女，她貌美如花，生性活泼开朗，喜欢唱“花儿”。她十六岁时出嫁，半年后丧夫，她以“花儿”的形式，哭诉衷肠。她的爱情故事后来传遍十里八乡，人们传颂歌曲时，也出现了好多版本的唱词，但都以崖头坪上的尕麦燕的爱情故事为曲调，以她曲折离奇，令人肝肠寸断的送夫故事情节为唱词。马春芳的母亲也是以此为唱词，自编自娱地传唱那个故事。母亲的唱腔完全是一个出嫁新婚的少女，忽然丧夫的悲恸情怀。母亲的遭遇与尕麦燕何其相似，母亲借尕麦燕的遭遇，抒发自己心中的哀伤。

第三部分

21 世纪以来保安族非虚构文学资料整理研究

从广义的角度讲，一切以现实元素为背景的写作行为，都可称之为非虚构文学创作（写作）。“非虚构”这一概念首先被西方世界所用，这种文学形式因其特殊的叙事特征被誉为新的文学可能性。进入 21 世纪，保安族作家马世仁、马祖伟在坚守传统的诗歌、散文等文学文体的创作之外，还进行了口述实录、侦破通讯的写作，他们的这种“非虚构”写作是因工作、研究的需要而完成的，他们并没有意识到这也属于文学写作的范畴。随着国际、国内学界对文学写作概念的拓展与阐释，马世仁的口述实录、马祖伟的侦破通讯写作，成为保安族非虚构文学创作中的典型。

第一章　保安族非虚构文学产生的背景及相关资料整理研究

第一节　非虚构文学内涵及特点

2015年，白俄罗斯女作家、记者S.A.阿列克谢耶维奇的《切尔诺贝利的回忆：核灾难口述史》获得诺贝尔文学奖，再加上美国作家雪莉·艾利斯的《开始写吧！非虚构文学创作》一书，使得“非虚构”在中国成为一个热点话题，“非虚构文学”也成为中外文学创作中的一个热点话题。非虚构文学不是一种文体，它与诗歌、小说、戏剧、散文等不在一个分类系统中，以上文学文体的“四分法”是根据体裁和表达方式进行的划分，而非虚构文学是根据素材的真实性和虚构文学进行区分的。有论者认为：“‘非虚构写作’按照其所体现的作家的写真意识、文本再现的似真程度以及读者接受时的真实感效果等三个方面因素，将非虚构写作划分成完全非虚构（包含报告文学、传记、口述实录体、新新闻报道、纪实性散文等）和不完全非虚构（包含非虚构小说、纪实小说、新闻小说、历史小说、纪实性电影、电视剧剧本等）两种类型”[①]。

非虚构写作的内涵可理解为“用小说的技法来写真实的故事”，从而增强叙事的美感和艺术性。能借鉴虚构文学的方法，把真事儿写好

① 王晖：《非虚构写作：影响、异议、正名与建构》，载《中国作家》，2006（8）。

看，何乐而不为？作为文学殿堂里的新生代，非虚构写作兴起于20世纪五六十年代的美国，以《冷血》为开山鼻祖。作家卡波特花了6年时间，采访记录了6000多页的笔记，以全新的手法重现了堪萨斯州一宗轰动全美的灭门凶杀案，连载于1965年的《纽约客》，引起轰动。非虚构写作有着更普世、更现代的叙事特点，强调作者对历史和现实的再现和见证，遵循"真实"这一至高无上的原则，并用独特的视角、文学的技法，展示或寻常、或无常、或沉重、或荒诞、或戏剧、或残酷的烟火人间，通过细节、场景、动作与对话，探索并逼近人生的真相。"非虚构文学"要达到优秀的虚构文学的高度，就要表现出文学的力量与价值，也就是要关注文学的思想、人物、语言、细节等。非虚构写作最大的魅力，在于当代作家对现实和历史的深度介入。这种介入，是主动积极的，是微观化的，是现场直击式的写作。①无论是面对现实还是历史，非虚构所体现出来的这种现场式的介入性写作方式，有着非常重要的价值。它改变了当下有些作家习惯蛰居书斋的想象性写作，激发了作家观察社会的兴趣，使他们能够带着明确的主观意愿或问题意识，深入一些具有表征性的社会现实领域，通过田野调查的方法，获取第一手写作资料，也获得最为原始的感知体验。同时，非虚构写作还体现了作家对社会历史的探究意愿，以及对某种重要问题的深入思考。②

第二节　保安族非虚构文学创作资料整理

按照传统的文学分类的方法，保安族文学分为民间文学和书面文

① 叶伟民：《非虚构写作跟纪实文学、报告文学有什么区别？》，知乎网，http://www.zhihu.com/question/22920543,2019-02-26。

② 洪治刚：《非虚构写作的价值》，载《人民日报》，2013-1-15。

学。保安族文学除具有传统的民间文学、书面文学之外，非虚构写作也取得了显著的成绩。新世纪以来，由于“非虚构文学”在国内外产生了广泛的影响，非虚构写作也成为关注的热点。保安族作家的非虚构文学创作表现较为出色，这也是值得我们研究和探讨的内容之一。保安族最早的文学是民间文学，其次，是非虚构文学，最后才是书面文学。保安族民间文学在青海同仁时候就已经产生并形成；保安族书面文学产生形成于20世纪80年代初。保安族非虚构文学产生的年代，要早于书面文学，最早见于1956年中国科学院少数民族语言调查第五工作队保安语调查组的调查与记录①，1958年10月16日至18日，李世泽、张复（回族）、陈宁生在甘肃省临夏县大河家地区进行调查，采访了马木核麦、马牙固、马六十三等保安族群众，撰写成《保安族的商业活动情况调查》②。2008年，迈尔苏目·马世仁出版专著《在“田野”中发现历史——保安族历史与文化研究》，在该书第五章“商贸经济”一节中，马世仁采访了30多位保安族商人及其亲属，马世仁采访的保安族商人有从事国际贸易的，也有从事国内贸易的，他们经商的时间在20世纪20年代到40年代。这些访谈与实录不仅仅是史料或新闻访谈，更饱含浓郁的民族情感，有与访谈人之间心灵的碰撞与交流，在情感的抒发、生动的细节描写、人物心灵的描摹上达到了文学所要求的深度。马世仁对保安族个性的、典型的、独特的人物进行采访与写作，这种写作超出了史料的范畴，达到非虚构文学写作的高度。1994年6月，马祖伟发表第一篇侦破通讯，截至2021年4月1日，共发表200余篇侦破通讯，总字数30多万字。马祖伟的侦破讯通作品发表在《甘肃法制日报》《甘肃日报》《甘肃公安》《民族报》《民族日报》《法制导报》等报刊，这些作品以甘肃省积石山保安族撒拉族东乡族自治县侦破的

① 《中国少数民族社会历史调查资料丛刊》修订委员会甘肃编辑组：《裕固族东乡族保安族社会历史调查》，北京，民族出版社，2009。

② 同上。

大案、要案为内容，展示了多民族聚居地区广阔的社会生活画面，刻画了尽忠职守、机敏多谋的多民族公安干警群像，同时也有作者对这些犯罪分子的心理描写、犯罪动机的分析，达到了文学作品人物形象描写的高度。马祖伟的侦破通讯是保安族非虚构文学写作的扛鼎之作，他的写作拓展了保安族文学创作的题材、体裁范围。

从非虚构文学内涵及特点考量，结合保安族非虚构文学写作实情，我们认为：保安族非虚构文学包括马世仁的口述实录，马祖伟的公安侦破通讯。这些口述实录和公安通讯是以独特的现场感和真实感作为审美目标的写作，虽然在艺术性上显得偏弱一些。但它们突出的特点是实录之后的分析和思考，表现的是写作者特定的感受和理性思考。截至目前，保安族文学自身以及与其他人口较少民族文学相比较，相对薄弱。保安族作家如果能够抽出一些时间，进行一些必要的非虚构创作，不仅会为他们的虚构性写作提供巨大的帮助，也会增加保安族文学的丰富性、多样性。

第二章　口述实录资料整理与评述

口述实录写作最早出现在历史学的口述史，如，唐德刚在美国长期从事历史研究及口述历史工作，著有《张学良口述历史》《胡适口述自传》《李宗仁回忆录》等，这些著作既是历史著作，亦属于传记文学，传记文学属于非虚构文学的范畴。口述历史，是一种搜集历史的途径，这类历史资料源自人的记忆，由历史学家、学者、记者、学生等，访问曾经生活于历史现场的见证人，包括文字笔录、录音、影像录影等。口述实录就是对历史见证者、亲历者的采访录音整理为文字的部分。保安族有文字记载的历史很短，史料亦相对匮乏。因此，对与保安族历史的考证，见证人的口述显得尤为珍贵。这些口述实录如果加上生动的细节、情感的碰撞与交流、场面的真实再现等因素，给读者想象的空间，历史变得鲜活生动，因而具有了文学的色彩。口述历史对很多人来说是一个陌生的领域，由于保安族有语言但没有文字，其民间故事、历史传说等完全靠口口相传才得以延续。保安族有文字记载的口述实录始于 1956 年中国科学院少数民族语言调查第五工作队保安语调查组的调查与记录，这个调查组撰写了《保安族语调查报告》《大墩保安族语调查总结》《喀尔喀蒙语、大墩保安语、甘河滩保安语、下庄保安族语简单比较》，这三份史料不仅对保安语及使用情况进行了调查，还对保安族生存过的青海省黄南藏族自治州同仁县下庄村、甘肃省临夏回族自治州保安民族乡大墩村的一般社会情况进行了调查，是记录保安族民族历史、文化、语言的珍贵资料。由于历史原因，记录保安族人民生产生活的资料非常有限，1956 年完成的这些资料就成为最早的关于保安族族源、生活、生产、婚姻等的口述实录。

2008 年，保安族学者迈尔苏目·马世仁的著作《在“田野”中发现历史——保安族历史与文化研究》中有大量的口述实录，这些口述实录详细记载了历史见证者的讲述，具有较强的趣味性与可读性，具有鲜明的文学特色，成为保安族虚构文学的重要组成部分，丰富了保安族非虚构文学写作的类型，为我们研究保安族历史、文化与保安族人的精神品格提供了珍贵的素材。纵览全书，迈尔苏目·马世仁采访的对象在 100 人以上，其中对保安族商人的采访最为详尽，这些口述实录完全达到了非虚构文学的标准。

第一节　保安族迁徙前居住地的口述实录

1959 年 1 月 29 日，马克文（保安族）与蔡湘在青海省同仁县的年都乎、吴屯、尕撒尔、郭木日等地进行调查，采访了阿克错巴、鲜巴、上务才郎、仁青加、山告太尔、康伯、乔车、夏马等 22 位包括土族、藏族老人，根据他们的口述，写成《青海省同仁县年都乎等地区的保安族历史调查材料》，该资料中的口述实录，是最早的保安族非虚构文学。口述实录篇幅短，记载内容较为简略。对保安族从青海省同仁县迁徙到甘肃省临夏州积石山的原因，口述实录记载得较为详尽。通过当地居民，讲述了保安族迁徙的原因，反映了当时保安族人与土族、藏族之间的深厚友谊。从“非虚构文学”的角度衡量，这些口述中的人物真实可信，他们的口述语言符合人物身份，对细节的表述比较翔实，正是当时的口述实录，为后来的保安族书面文学创作提供了可靠的素材。

1959年1月30日，马克文（保安族）与蔡湘在青海省同仁县保安城、下庄、郎家等地进行调查，采访了王子元、王泰、张永功、色楞姆才郎等17位汉族、土族、藏族居民，根据他们的口述，写成《青海省同仁县保安地区的历史调查材料》，该资料翔实地记录了保安族的历史起源、迁徙的原因及对族源迁徙原因说法的反映。为研究保安族族源的形成、迁徙原因提供了非常珍贵的资料。以上两种历史调查材料是对保安族迁徙前居住地的调查口述实录。

第二节　保安族迁徙后居住地的口述实录

1958年10月16日至18日，李世泽、张复（回族）、陈宁生在甘肃省临夏县大河家地区进行调查，采访了马木核麦、马牙固、马六十三等保安族群众，撰写成《保安族的商业活动情况调查》[①]，该调查对保安族商业活动的特点、商业活动的范围、大河家地区市场的情况进行了较为全面的记录。其中，"藏客马木核麦的经商简史"，完全是根据马木核麦的口述整理写成，不过，使用的是第三人称。保安族历来重视经商，商业活动在他们的经济生活中占有重要的地位。保安族商人根据他们行商的足迹，分为"藏客""松潘客"及甘肃、青海交界商客。中华人民共和国成立前，保安族人民经商的特点是行商，他们的足迹向西到达印度的加尔各答、向东到达北京、天津，在西北各地，到处都有保安族商人的足迹。马木核麦是最早被记录史册的保安族商

① 《中国少数民族社会历史调查资料丛刊》修订委员会甘肃编辑组：《裕固族东乡族保安族社会历史调查》，143—146页，民族出版社，2009。

人形象，他是“藏客”，总共跑过 4 次藏族聚居区。他行商的资本、行走的路线以及赚取的利润，都有详细的记录。“藏客马木核麦的经商简史”在时间、地点、细节方面，记录得较为详尽，尤其是马木核麦第一次到藏族聚居区经商的记载。他当年 5 月离家，八九月份到西藏，休整一个月，去了印度，第二年 5 月从西藏返回，到 10 月底抵家，共计 17 个月。马木核麦第一次进藏是与哥哥同行，行商资本是向当时任保安商会会长的舅舅借的 900 银元。他用骡马驮了红枣，5 月出发，到西藏后把银元换成黑银，再把黑银换成印度货币。换好后，穿越喜马拉雅山，买上水獭皮、珊瑚、布匹、藏红花、手镯、礼帽等货物，同年腊月返回西藏。将一部分货物在西藏出售，获得一二分利润。在西藏又买些氆氇、牦牛等，于第二年 5 月返回家。途经青海藏区时，再销售一部分货物，如水獭皮、藏红花、珊瑚等，换些银元、牲畜，到 10 月到达家中。从青海藏区到甘肃大河家，路途并不遥远，但为什么走了五六个月？马木核麦说是因为牦牛走得慢。回来后再把氆氇、藏红花、藏枣等货物在甘肃一带售罄。

通过以上细节，反映出保安族“藏客”的精明能干，在 17 个月的行商过程中，虽然路途遥远，道路艰难，但他们有聪明的经商头脑，没有浪费任何机会，将有限的资金充分利用，使利润达到最大化。“藏客马木核麦的经商简史”还记录了保安族“藏客”在旅途中的安全保障问题，他们行商一般是集体出行，由四五十人到五六十人组成一个商队，商队人数最多达四五百人。

保安族总是以群体的形象出现在公众的视野中。马木核麦可以说是以个体形象出现在史料中。他的商人形象，对我们了解保安族家族、经商历史提供了实证。也为以后《中国保安族》《保安族文化形态与古籍文存》《在“田野”中发现历史——保安族历史与文化研究》等著作的创作提供了重要参考。

第三节　马世仁的全面调查与口述实录

2008 年 12 月，中国社会科学出版社出版了马世仁的著作《在“田野”中发现历史——保安族历史与文化研究》，共计 48 万多字，分为“保安族族源、历史与民族化过程”“保安族大迁徙与‘异乡’家园的重建”“同仁土族、藏族村寨中的保安族伊斯兰文化遗存”“保安族珍藏的伊斯兰文化典籍”“保安族的经济文化类型”“保安族的语言民俗文化”六章。该书最大的亮点是：对保安族族源、迁徙等所持有的观点，除占有大量的史料之外，作者站在文化人类学的视角，多次进行田野考察，获取第一手的资料，尤其是在口述实录方面做了大量的工作，为保安族研究提供了宝贵的资料。

一、对保安族迁徙前、迁徙后居住地的采访、调查

与 1958 年中国科学院少数民族语言调查相比较，马世仁的调查时间长、调查内容丰富，采访人物数量多。从非虚构文学写作的角度衡量，这些口述实录，是保安族物质、精神状态的真实再现。

（一）对保安族人两次赴同仁保安上坟的口述实录

《在“田野”中发现历史——保安族历史与文化研究》对保安族人赴青海同仁保安城上坟有两处口述实录，第一次是 1941 年，第二次是 1994 年。两次口述实录真实地再现了保安族人对先祖的怀念、对迁徙前祖祖辈辈生活之地的眷恋之情，保安族与藏族相互团结的动人场景。

马世仁的采访、调查，大部分用口述实录的方式进行记载，其中包含伊斯兰宗教术语和保安族口语。如，2005 年 12 月马世仁采访积石山柳沟乡斜套村 90 岁的保安族老人阿布杜，老人回忆说："在我 26 岁那年（1941 年）秋天跟着青海的马铭骥司令（保安族，甘河滩人，1936 年任临夏保安司令）组织保安族各庄的'藏客'、生意人到保安上坟，住宿在隆务街店里，每天上坟念《古兰经》。在隆务清真寺宰牛、炸油香，请隆务清真寺的阿訇、曼拉和保安族老人们念了'圣纪'。把老穆尔扎（坟）进行修复，出钱雇人在穆尔扎（坟）打了围墙。请来下庄和保安堡的头人们友好商量，签订了合约，保证保护好我们的祖坟。之后，大家到郎家部落看望老朋友。郎家人在麦场里支起帐篷，热情接待了保安族人。我们送去的礼品有红枣、茯茶、冰糖、核桃、冬果。郎家部落从隆务街专门请来回民厨师，烹制清真饭菜热情招待。他们给我们回赠了酥油、曲拉。"[①]2005 年 9 月，马世仁在郎家部落调查时，撒索麻一社 72 岁的娘麦村藏族老大娘回忆说："我 8 岁的时候，庄子里的头人们把核桃、红枣、茶分给各家，说是大河家的马伽仓送来的礼品。我们各家给他们回赠了酥油、曲拉。"[②]

保安族老人阿布杜和藏族老大娘两个人分别从两个民族的角度口述，分别印证了保安族纪念先祖的事实。阿布杜的口述，表现出细节的真实和生动，表达出浓重的穆斯林宗教色彩，"穆尔扎"等词汇的实录，记录的是保安语原生态的面貌。保安族人去藏族郎家部落看望老朋友，讲述得生动、形象。在保安族被迫东迁时，藏族郎家部落出手援救，1941 年距离保安族人集体迁徙后约 70 年左右，保安族人没有忘记郎家人对他们的帮助，专门带着礼品看望郎家人。或许，在历史

① 迈尔苏目·马世仁：《在"田野"中发现历史——保安族历史与文化研究》，122—123 页，北京，中国社会科学出版社，2008。

② 迈尔苏目·马世仁：《在"田野"中发现历史——保安族历史与文化研究》，123 页，北京，中国社会科学出版社，2008。

书籍中有可能提及保安族人对郎家部落的感恩之情，但那只是冷冰冰的文字记载。而口述实录，则从历史亲历者、见证人的角度再现历史，通过他们富有情感的叙述，让我们感受到保安族与藏族郎家部落之间的深厚友情，感受到两个民族之间的淳朴与善良，更重要的是体现出保安族人知恩图报的精神品格。保安族人赠送给郎家部落的礼品有红枣、砖茶、冰糖、核桃、冬果，这些礼品都是河州地区穆斯林日常喜欢的食品，这些礼品也是藏族同胞喜欢的食品。郎家部落送给保安族人的是酥油、曲拉，这是藏族人民日常喜欢的食品。郎家人在麦场支起帐篷，专门请来回民厨师为保安族人烹制清真饭菜等细节让读者想象出当时待客的热闹场面。藏族大娘的口述虽然不长，但含有的信息量比较大，首先，从另一个角度证明了保安族纪念祖先的事实；其次，印证了 1941 年的青海同仁郎家部落是在头人的统治之下的；再次，头人们把保安族人带给他们的礼品分给了各家各户，各家各户回赠给保安族人礼品。两个民族之间的礼尚往来记录得具体、翔实。

1994 年，甘河滩清真寺学董马明相听说青海保安地方修路把保安族的坟挖出来了，他组织甘河滩、梅坡、高赵家、李家等村落的 10 多个保安族人前往同仁县祭祖、交涉。这次上坟与 1941 年上坟间隔 50 多年，上坟的程序相似，带的礼物相似，他们先到隆务清真寺，分别在下庄、尕撒尔祖坟开经。1941 年，他们找的是当地头人保护他们的祖坟，而 50 年后，他们找的是相关部门处理此事，了解到先祖的遗骨早已安置妥当。他们到郎家部落后，见到了村支书，送了礼品，表达了对藏族郎家人当年舍命保护保安族的感激之情，喝了茶就打道回府。

以上口述实录中，从见证人的角度再现了时代的变迁。保安族从清朝同治年间迁徙至甘肃省积石山，朝代更迭，时间推移，但保安族人民对先祖永不忘怀；他们对郎家部落的救命之恩世世代代铭记于心。这些生动的、鲜活的场景，在保安族口述实录中得到呈现。

（二）对保安族迁徙至甘肃省积石山生产、生活经历的口述实录

保安族人迁徙到甘肃省积石山后，生活的真实面貌是怎样的？他们生活的境遇如何？在保安族文学作品中表现得并不多。马世仁通过田野调查，以口述实录的方式，详细记载了保安族人从青海同仁县迁徙至甘肃省积石山后生存的境遇。

保安族人迁徙到甘肃省积石山后，随着第二代人、第三代人的出生，逐渐面临耕地少、粮食不够吃的局面。在这种情况下，保安族人从当地回族、汉族人手里买土地，以缓解困境。另一方面，让一些分家的人迁移到更加偏远的、生存条件较差的地方去生存。2006 年 3 月，马世仁赴积石山县刘集乡上调研、考察。一位 93 岁的保安族老人回忆了他们的生存境遇："我们村的保安族人原先住在青海省保安城西南河边的大庄子里，清朝同治年间来到甘河滩定居。到了第二代人口多了，甘河滩耕地少，粮食不够吃。经头人们商量，把石家洼两户回民的十几亩地买下来，让人口多、耕地少，需要分家的人迁移到石家洼居住。当时从甘河滩搬过来的人有我的父亲木匠阿卜杜、马艾礼、马艾撒、马努勒、马生旺、马尕吾哥、马七斤，从高赵家村迁来的是马库而班，一共 8 户。我出生在这里，现在 93 岁了。因此，我们迁到这里已有 100 多年的时间（约在 1906 年），现在我们村有 49 户人家 234 口人，耕地 184 亩，49 户人家都是保安腰刀匠。"[①] 通过这段口述实录，可以得到以下信息：第一，保安族人对他们先祖生活过的地方不忘于心。93 岁的保安族老人牢记着他们的先人曾经住在青海省保安城西南河边的大庄子，这个在他脑海里的居住地印证了保安族人对历史、民族的记忆，是他们对自己族源和民族迁徙的回忆；第二，保安族迁徙

① 迈尔苏目·马世仁：《在"田野"中发现历史——保安族历史与文化研究》，107 页，北京，中国社会科学出版社，2008。

到积石山后生活开始稳定，人口得以繁衍，他们开始开发新的居住地；第三，为了生存，保安族人勤劳开垦土地，利用自己的打刀技艺，顽强地生存下来。他们迁到石家洼时仅有8户人家，100多年后达到49户人家，而且49户人家都是保安腰刀匠。

迁徙到甘肃省积石山后的一部分保安族人为了生存，不得不从保安族聚居村迁移到更加偏远、荒凉的山坡地带谋生，在人烟稀少的地方，野兽经常出没，野狼伤人事件时有发生。马世仁在进行田野调查的时候，对这类事件有多处记载。最典型的是保安族散则阿姑与狼英勇搏斗的口述实录。2006年3月29日，马世仁采访了积石山县柳沟乡斜套村61岁的保安族人马子先，通过他的回忆，再现了保安族人迁徙到积石山的生存状况。马子先讲述的是他的太奶奶散则阿姑与狼搏斗的故事，通过这段口述实录，可以得到以下信息：第一，保安族人迁徙到积石山后，除大墩村、梅坡村等聚居相对较集中外，其他保安族人大多生活在人烟稀少的深山老林；第二，保安族人大多以务农为牛，一部分男人外出做生意，女人们以干农活和做家务为主；第三，当时积石山生态环境比较好，森林覆盖面积较高，野狼时常出没，狼吃掉大人、小孩的事件时常发生；第四，保安族妇女非常勇敢，用铲子与狼搏斗，打跑了野狼，虽然受到重伤，但保全了性命。保安族妇女勤劳、勇敢的形象得到有力的表现。保安族妇女的社会地位在中华人民共和国成立前非常低，她们始终没有在正式的史料中被提及。因为她们没有机会接受文化教育，不能公开参加社会活动，也不能承担宗教职位，她们只能是默默无闻的家庭妇女角色；但在文化人类学的田野调查中，通过马子先的口述，一位名叫散则阿姑的保安族妇女展现在世人面前，这是独特的人物形象口述实录，保安族妇女的勇敢品质得到彰显。

二、对保安族商贸经济的口述实录

保安族从青海同仁迁徙到甘肃省积石山后，他们的生存是非常艰难的。人多地少，农业生产不能满足日益增长的人口所需，一部分人打造保安腰刀、铁器等，但这些手工业产品利润微薄，依然不能满足生活所需。“商贸经济是保安族经济的重要组成部分，保安族先民在元代到中国，除了兵士之外还有商人，所以，蒙古人把他们算为‘撒尔塔兀勒’或‘斡脱’，也就是商人。从元代到明清时期，保安族的商业活动主要局限在隆务河、黄河上游的农牧区，商品只限于农副产品和农民生产工具。到了民国时期，保安族的商贸活动走向全国和国际市场。”[①] 保安族从事国际贸易的商人足迹到达印度、日本，从事国内贸易商人的足迹到达北京、天津、陕西、湖北、宁夏、内蒙古、西藏及四川等地。对保安族商人商贸活动的口述实录是《在“田野”中发现历史——保安族历史与文化研究》一书中最精彩的部分，也是最具有文学色彩、扣人心弦的部分，这些内容将保安族人的善于经商、有谋略、敢于走南闯北的性格特征展示得淋漓尽致。马世仁对保安族的商贸经济活动以主要人物事迹为线索，他通过长期的实地社会调查，采访当事人以及当事人的家属、见证人等，口述实录人数近 30 人，并附有大量的图片资料，真实地再现了保安族商人经商活动的情形，将一段历史、历史中的人物鲜活地展现在读者面前，这些口述实录，既是珍贵的史料，又是难得的非虚构文学作品。

① 迈尔苏目·马世仁：《在“田野”中发现历史——保安族历史与文化研究》，198 页，北京，中国社会科学出版社，2008。

（一）保安族商人性格特征的再现

马世仁采访的保安族商人有从事国际贸易的，也有从事国内贸易的，他们经商时间在20世纪20年代到40年代，他们大多数没有文化基础，完全靠经验、智慧和勤俭从事商贸活动，其中也有极个别人担任外贸职业经理。如，马建业，他是保安族人中最早的大学生，1940年毕业于金陵大学，获得英语和图书馆专业双学士学位，精通汉语、藏语、蒙古语和英语。他曾在当时青海省政府担任田赋粮食管理处副处长，1941年担任青海省驻加尔各答经理处经理，因他精通英语，可直接与英国和印度的商界做生意，对当时青海外贸经济的发展做出了突出贡献。包括马建业在内的这些商人是20世纪初保安族人中的杰出代表，他们是历史的亲历者，他们进行贸易活动，不仅赚取利润，也为当时的中印贸易、西藏及青海牧区等地经济繁荣作出了贡献。马世仁的口述实录，不仅将他们载入史册，也将保安族商人群像再现在读者面前，这些商人的性格特征是保安族人性格特征的典型代表。他们的性格特征主要表现在以下方面。

1. 武艺超群、有勇有谋

马明昌，保安族，家名娃吾。1921年出生于积石山刘集乡高李村，1938年毕业于临夏县云亭中学，同年4月，17岁的马明昌第一次赴印度做生意。他有文化、胆大心细，在经商活动中各种才能得到施展，人生见识、人生格局得到历练。1951年4月，马明昌当选为保安自治乡政府委员，同年秋季，接任乡长职务。他的人生经历富有传奇色彩，从民国时代的商人到中华人民共和国成立后的政府工作人员，他的人生轨迹见证了时代的变迁。对马明昌经商经历的口述实录比较详尽。商队在押运货物途中，要经过安多等藏族聚居区。有一次商队宿营地来了三个背枪的藏族青年，他们提出进行射击比赛，显然有挑衅的意味。年长的商人用保安语提醒大家不要比赛，怕输了后藏族人认为商队人员枪法不准。年轻的马明昌并不这样认为，他们觉得不比枪法，会体现出商队胆怯。马明昌提出比赛，在100步的地方立了两根筷子，他先射击，他端起枪瞄准筷子，筷子被击中了。藏族青年一看阵势，认输不比枪法了。马明昌当时仅有17岁，在关键时刻毫不畏惧，赢得了对手的尊重。马明昌枪法精准这个细节说明，当时保安族人具有尚武习俗，商队押送货物可以称得上是武装押运。如果没有枪法精准的人，货物很难运到目的地。马明昌仅仅是其中的代表之一。保安族商人吃苦耐劳、骁勇勤奋的品质受到当时马步芳商队经理的赞赏："保安人一匹马、一杆枪、一件皮袄，西藏印度哈跑趟子，真厉害啊!"①

2. 精明能干、不畏强暴

马如彪是马世仁采访到的唯一在世的印度客。2007年3月26日下午，马世仁走访了他。马如彪在1940年农历四月前往印度，当时他只有14岁。对马如彪经商口述实录，细节描写到位，如一起赴印度的保安族人有谁，采购的货物具体是什么，具体的行走线路。商队规模一般由多个洼卡（伙食单位）组成，在押送货物途中的具体分工，如，前导、左右护卫、后哨等。对休息后怎样安营扎寨，怎样找石头支壶烧水、挖锅卡，各个洼卡之间竞赛烧水、做饭的速度都有记录。水烧开、饭做熟后叫各洼卡的年长者先喝，这个细节表达了保安族人长幼有序、尊老敬老的优良传统。吃完饭，在夜幕降临时，急行到前导看好的营地扎营夜宿，以防止土匪夜晚来袭。在看似轻描淡写的口述中，其实蕴含着以下信息：第一，商队经商活动组织纪律严明，分工明确；第二，商队警惕性非常高，他们为了保护好货物，随时可以迅速转移；第三，时常有土匪抢劫过路商人的财物，甚至威胁到商人的性命；第四，保

① 迈尔苏目·马世仁：《在"田野"中发现历史——保安族历史与文化研究》，208页，北京，中国社会科学出版社，2008。

安族人赴印度经商，不仅需要人力、财力的支撑，更需要智慧，商队如此辛苦，往返一次需要一年半的时间，从家里出发前置办什么货物，到拉萨怎样将银元换成印度货币，到印度后怎样出售货物，回程时采购什么货物，等等，都需要深思熟虑，果断买入卖出，才能盈利；第五，20世纪初，从甘肃通往西藏、印度的道路交通不便，全靠人力、畜力行走，保安族人在如此艰难的路程中获取利润，显示了他们吃苦、耐劳，有胆量、有智慧。

2005年7月26日，马世仁采访了短脚“果尔”哈麦吉的儿子马如仓，马如仓讲述了父亲哈麦吉的历险经历。哈麦吉是手艺出众的刀子匠人，他也经常做短途生意。1953年冬，他带上八副精制的马叉子，装在褡裢里驮在毛驴上，同河州的三个八坊人到夏河拉卜楞寺院市场出售。有一天行走到甘家滩以下的峡道里，有一个土匪开枪从森林里冲出来，用鞭子抽打几个商人，三个八坊人吓得哭喊着放下驮子逃跑了，而哈麦吉没有逃跑，土匪跳下马，看着哈麦吉的驮子，体积小、分量重，摸了一阵后以为是银子，蹲下来解毛褡裢的口子。保安族走“短脚”的商人都十分讲究褡裢口子的捆法，除了自己，别人都无法解开，土匪旁若无人地一心解褡裢口子。哈麦吉仔细观察土匪，他向三个同伴招手，示意回来共同对付土匪，而那三人早已吓破了胆。哈麦吉找到半块砖头大小的石头，慢慢走到土匪身后用全身力气向土匪头上砸下，土匪一下子被打晕了，他乘势去夺土匪的枪，枪套在土匪的背上，拧来拧去，土匪醒了，抓住了枪托。哈麦吉抓住枪管，两个人争来夺去，枪托断了，枪背带还在土匪的身上，哈麦吉用枪管猛砸土匪，土匪满脸是血，情急之下扣动扳机，子弹从哈麦吉的腰下方射过，两个人继续厮打，土匪从靴子里拔出小刀刺伤哈麦吉后，骑上马跑了。土匪走了一段，拿枪向哈麦吉瞄准，哈麦吉知道枪中没有子弹，指着自己的胸膛说：“朝这里打！”土匪无奈向树林逃去。因为哈麦吉穿的是皮袄，土匪的刀没扎透，当他把褡裢重新放在驴背上后，就昏过去了。后来，解放军医疗队发现他，将他抬到夏河，治好了他的伤，土匪也被解放军抓住了，哈麦吉的毛驴和驮子也领回了。哈麦吉治好伤后，将货物在夏河出售，平安回到家中。

这段讲述表现出保安族商人的精明，他们捆褡裢口子的方法有秘诀，一般人不容易解开，这样增强了货物在运输途中的安全性，防止小偷小摸。哈麦吉面对持枪土匪不但没有逃跑，反而抓住有利时机与土匪展开了殊死搏斗，既保全了财产，也保全了性命，在解放军的协助下，抓住了土匪。为后面的生意人铺平了道路。不畏强暴，英勇顽强的哈麦吉是保安族商人的典型代表之一。

3. 勤劳节俭、团结友爱

保安族商人非常节俭，在押送货物的沿途中自己生火做饭，到了拉萨、加尔各答等大城市，赚了钱也是自己做饭，很少进饭馆吃饭。马如彪讲述道：“自带帐篷、铜茶壶、铜勺子、切刀（菜刀）、扣目（皮制手工吹风）、铜锅。碗用麻绳做的碗套挂在马背上，还带了蔬菜、炒面、白面、酥油……”[①] 五六个人为一个伙食单位，叫“洼卡”。做饭的柴火临时找，有时是干柴，有时是牛粪。因为在路途中省吃俭用，相应地减轻了经商成本。保安族“印度客”如此，在国内从事商业活动的保安族商人也是极其节俭的。保安族商人中的一部分人从河州出发，采购牧区日用品，贩运到青海省柴达木盆地的蒙古族牧区进行交易，保安族乡亲们称他们为“鞑子客”。马世仁的父亲在1945年赴藏族聚居区经商，因连续走了20多天，靴子走破了，找鞋匠修补，他的舅子看到后，狠狠教训到：“好你个大少爷！自己没本钱典水地做生意哩，

① 迈尔苏目·马世仁：《在“田野”中发现历史——保安族历史与文化研究》，202页，北京，中国社会科学出版社，2008。

连个靴子个人都不补，叫靴匠补修，是大人们的少爷做派。”[1]从这个事例体会到，保安族商人经商途中的勤劳、节俭。他们没有本钱，只能通过借贷或者抵押水地来获取资金。商业利润的获得，人工成本是非常低的。正是因为他们的省吃俭用，才使得财富慢慢积累起来。他们用经商获取的利润购买宅基地、购买土地。马世仁的父亲因为舅子讲得很有道理，并没有反驳。从中可以体会到他们之间团结友爱、互帮互助的良好品质。正是因为保安族商人齐心协力、劲往一处使，他们才能够顺利押送货物、贩卖货物，最终获取财富。

4. 聪明勇敢、有情有义

在保安族历史上，保安族妇女首次被独立记载，是在马世仁的《在“田野”中发现历史——保安族历史与文化研究》中。保安族妇女社会地位较低，她们在中华人民共和国成立前没有受教育的权利，她们的主要角色是家庭妇女，参加社会活动的机会很少。即便是在这种情况下，还是有个别保安族妇女冲破藩篱，勇敢地走向社会，展示她们的聪明才智。马世仁在2006年2月1日采访了一些知情人，记录了一位闻名遐迩的保安族女生意人——海家姑的事迹。海家姑经名海吉者，她的娘家在高赵家村，她的父亲在保安语中的称呼是“果尔朵”，铁匠的意思，因此，大家把海家姑称作“果尔朵阿姑”，就是“铁匠的姑娘”的意思。海家姑嫁给肖家村的喇穆撒，喇穆撒是个贩卖保安腰刀的短脚生意人。刚开始的时候，夫妻俩一起跑生意，当海家姑掌握经济权后，她单独做生意。她和男人们搭伙，到松潘做生意。在藏族聚居区经商途中，她女扮男装，非常勇敢，丝毫不逊于男人。除了到四川松潘做生意，还到甘肃平蕃（永登县）做生意，赚钱后，1943年在刘集乡崖头村置办了产业，定居在此。后来，她又与汉族人赵和青搭伙做生意。

[1] 迈尔苏目·马世仁:《在“田野”中发现历史——保安族历史与文化研究》，232页，北京，中国社会科学出版社，2008。

1949年农历八月的某一天晚上，几个土匪去海家姑邻居赵和青家抢劫，海家姑听到枪声后，提枪翻身上房，向土匪射击，她的枪法好，一枪打中一个土匪的腿，土匪见同伙被打伤，就翻墙逃跑了，在海家姑的援助下，赵和青一家的财产和生命得以保全。

海家姑是保安族女中豪杰，她勇敢地走出家庭，与男人一同打拼，赢得了财富，自力更生置办家产，这在当时是个例，就是这个个例，表现出保安族妇女的聪明才智和勇敢果断。在赴松潘经商途中，道路艰难，押送货物困难重重，她头脑精明，发财致富，这是非常难得的。当自己的生意伙伴处于险境时，海家姑不怕牺牲，救人于危难之中。她有情有义，是一位值得称道的奇女子。她的事迹，也成为民族团结的佳话。海家姑的故事，至今在保安民间成为美谈。

5. 喜怒哀乐、溢于言表

保安族商人在经商过程中，有失败，也有成功。当他们失败的时候，就显得疲惫沉默，一旦他们在经商过程中取得成功，就会喜形于色，尽情欢庆。对村人、邻里没有什么回避。这说明保安族人非常淳朴，性情率真，没有什么心机。他们所生存的环境也是非常质朴、自然的。如，马明成跟随大舅艾斯夫赴青海柴达木盆地蒙古牧区经商的经历。当他们将自己带去的货物交换成羊只往回押运的过程中，由于疲劳过度，睡熟后，羊被狼咬死了20多只，损失惨重。大家唉声叹气，情绪低落。因为还不起生意借贷，眼睁睁看着债主将自家地里所产粮食拿走。显示了他们在生意损失惨重后失落、无奈的心情。第二年，马明成又借了本钱去松潘经商，这次来回三个月，收益颇丰，大伙非常高兴，回家时都骑着马，到了刘家集，鸣枪呐喊，赛马奔驰，张扬着进村，回到老宅。这段口述非常鲜活、生动，表达了保安族商人获得财富后激动的情形。通过这个细节，表现出保安族人淳朴、率真、豪勇的真性情。

（二）经商的艰辛

中华人民共和国成立前，保安族商人无论从事国际贸易还是国内贸易，他们的经商过程都是非常艰辛的。具体体现在以下几个方面：第一，高利贷与军阀的盘剥。大部分保安族商人在经商初期缺乏本钱，需要向当时的有钱人或者官员借贷，需要付高昂的利息，还要向军阀交保护费。如，马穆罕麦赴西藏、印度经商，曾向梅坡的马俊义借 2000 元，利息高达 35%—40%。“藏客”泛指经道西藏赴印度经商商人的统称，所有藏客必须在马步芳身上花钱，马穆罕麦给马步芳送过两次礼，第一次送了二三百银元，第二次送了四十对印度铁箱子[①]。第二，路途遥远，气候变化异常。商队经商过程中，所有货物靠畜力驮载，在青藏高原腹地行走几个月，到拉萨修整一段时间后，翻越喜马拉雅山，最终到达印度的加尔各答，沿途住宿自己搭建帐篷。青藏高原气候变幻莫测，他们的路途是极端艰辛的。例如，马如彪是这样讲述冬天的气候的：“早晨起来，高原的气候非常寒冷，牛背上 层霜，嘴边毛上挂着冰珠子，牦牛呼吸的气像团团白雾在喷射。……”在这样的气候条件下，还要找柴或者牛粪自己生火做饭。途中每天休息的时候要把货物从牛背、马背上卸下来，第二天上路的时候要把货物抬上驮子，日日如此，体力的消耗极大。第三，安全得不到保障。商队沿途既受到野狼的威胁、侵害，还时常遭受土匪抢劫，商队的财物、商人的生命安全易受到威胁。如，1945 年马世仁父亲等赴青海蒙古牧区经商，用针线、火柴、保安刀、羊毛剪子、马叉子、马镫等货物换了羊只往回赶，由于途中劳累过度，睡熟了。早晨起来一看，有 20 多只公羊被狼咬死了，只剩下十几只母羊，损失惨重，亏本了。在经商途中虽然有各种危险，但保安族商人并没有

① 印度铁箱子：20 世纪 20 年代，印度制造的铁质箱子，造型好看，并喷有高档防锈油漆，深受当时达官显贵的喜爱。

被这些艰难困苦吓到，他们甘愿受苦受累，生意亏本了，他们继续努力，在困难中站起来。一次次冒险做生意，最终获得利润。他们的经商历程可谓是“刀尖上舔血”，他们的商业利润在某种程度上可以说是拿命换取的，为了生存，他们不得不走这条险路。

三、生动的细节记录

马世仁对口述人所讲述的生动的所见所闻进行了实录。20世纪20年代至40年代，甘肃省积石山地区生产力落后，经济发展缓慢，一般的普通百姓很少看到外面的世界。保安族商人们来到印度边境城市噶伦堡，最终抵达印度东部的加尔各答，加尔各答在印度的工商业、金融、文化等方面占有重要地位。这些保安族商人来到加尔各答，他们坐上火车、用到冲水马桶、看到灯红酒绿的世界，他们的兴奋，尤其是年轻人的兴奋好奇等，都得到详细的实录。加尔各答都市的繁华在当时和偏远落后、交通不便的积石山地区是不能相比的。马明昌17岁第一次来到噶伦堡，他这样描述当时的情形：“一到那里，有生以来第一次看见电灯、汽车，我们都十分惊奇，因为那时候甘肃农村还没有见过汽车和电灯，我和同龄人马伊努斯晚上出去看路灯，看街上行走的汽车，头一天晚上兴奋得一夜没睡着。”① 这是一段生动的细节实录，表达出年轻的保安族商人见到现代化的汽车、电灯后激动的心情。由此可以进一步联想到，保安族商人在获取利润的过程中，他们见了世面，丰富了人生阅历，他们之所以冒着危险出外经商，是因为保安族商人的眼中不只有金钱，而且还有诗和远方。当他们从噶伦堡坐上大轿车向加尔各答出发时，他们把大轿车生动地比喻为“铁房子”，认为

① 迈尔苏目·马世仁：《在“田野”中发现历史——保安族历史与文化研究》，202页，北京，中国社会科学出版社，2008。

大轿车的速度跟赛马一样快。“坐在车上，几个月的骑马劳苦忘得一干二净……”后来，他们又换乘火车，火车比汽车快、稳、舒适，还可以倒开水喝，大家惊叹不已。马明昌等几个年轻人在火车上第一次用到冲水马桶，他们非常好奇，故意轮流上厕所，这些现代化的设施是国内家乡没有的。这些细节实录，表现出加尔各答在20世纪20至40年代经济的繁荣。1772年至1911，加尔各答一直是英属印度的首府，加尔各答位于恒河三角洲地区，是印度东部重要的港口、铁路和航空枢纽。当时，保安族商人选择赴印度经商，目光是非常敏锐的。

四、鲜活的口语表达

在对保安族商人口述实录的记载当中，马世仁用标准的普通话进行记录。但在关键节点上，用阿拉伯语、保安语、藏语或者汉语西北方言记录，这样的记录，普通读者都能读懂，更能贴切地再现口述的真实感、现场感，也使得整个口述实录生动鲜活。如，当大家突然听见“咣”的一声，齐声说“阿门了?”“阿门了”是西北方言，意思是“怎么了”，用“阿门了”，更能表现出大家当时被突如其来的声响惊吓的场面。再如，马明昌在加尔各答游玩，被酒店门口保安搀扶进去，与他同行的伙伴以为马明昌被抓了，回去报告给老印度客三十六阿爷，报告的人说：“娃吾哈被穿制服的两个人抓走了。”这里的“哈”是河州方言语气助词，没有实在的意义。这个语气助词记载得非常贴切，把同伴焦虑、紧张的心情表现得淋漓尽致。三十六阿爷听后，大吃一惊：“啊，这几年抗日，印度也抓日本特务，这次你们闯了大祸了，你们阿门者不听话哩。”[①]“阿门者”也是河州方言，与“阿门了”相比，含有

① 迈尔苏目·马世仁：《在“田野”中发现历史——保安族历史与文化研究》，203页，北京，中国社会科学出版社，2008。

责备的意思。马世仁通过“阿门了”“阿门者”两个具有细小差别的方言词，真实、鲜活地再现了当时不同场景下人物各自不同的神态，再现了当时焦虑、惊慌的情景。

马忠原本是保安族商人，曾作为“藏客”，在西藏、印度经商。后来，他定居沙特阿拉伯。在整理马忠录音资料中，马世仁保存了大量的阿拉伯语，如“安赛俩目勒坤目，安热亥麦东卡土”，其中“赛俩目”是典型的阿拉伯语，马忠用穆斯林常用的“赛俩目”开始录音讲述，表现出他是一位虔诚的穆斯林，在他的录音中，夹杂着大量的保安语，如，“尕娃们的勒给子宽哈了”，在这一句话中，有保安语“勒给子”，意思是“福分”，“尕娃们”是河州方言，指自己的孩子，“哈”是河州方言语气助词。通过这句夹杂着保安语、河州方言的录音记录，我们可以体会到马忠身在沙特阿拉伯，但他的乡音未改、民族语言未改，他对家乡的思念之情溢于言表。

第三章　马祖伟侦破通讯写作资料整理与评述

侦破通讯也称案例通讯，是指以侦破案件为主要内容，叙述案件侦破过程的公安法制新闻体裁。[①]侦破通讯之所以被纳入非虚构文学写作的范畴，最明显的特点是将文学写作的手法应用到通讯写作当中，重视叙事、对话、场景和心理描写，细节刻画生动。要写好侦破通讯，首先，要关注是否具有典型性和社会警示意义，而不是猎奇心理；其次，要围绕曲折性和可读性精心选材；再次，采访扎实，成竹在胸，谋篇布局灵活，语言生动感人；最后，侦破通讯的写作追求的是持久价值的新闻模式，不追求新闻的轰动效应和转瞬即逝，它追求的是像伟大文学作品那样的“不朽”精神。

马祖伟在散文、诗歌创作方面取得了良好的成绩。他的人生经历非常丰富，他最初的侦破通讯写作是出于职业的需要。后来，则成为一种写作的常态。马祖伟在少年时期，被选拔到甘肃省临夏回族自治州歌舞团，成为舞蹈演员，他是保安族第一代专业舞者，他能歌善舞，钢琴弹得不错。一次偶然的机会，他转业后回到积石山县当了警察，从事文案写作。在长期的刑侦工作中，他跟随刑警破案，积累了丰富的写作素材。1994 年 6 月，马祖伟发表第一篇侦破通讯，截至 2021 年 4 月 1 日，共发表 200 余篇侦破通讯，总字数 30 多万字。马祖伟的侦

① 李迅：《侦破通讯的写作艺术》，载《岭南新闻探索》，2006（4）。

破通讯，是保安族非虚构文学写作的扛鼎之作，他的写作拓展了保安族文学创作的题材、体裁范围。马祖伟的侦破通讯有：《“错齿”覆灭记》[①]《劫匪团伙的覆灭》[②]《惊心动魄10小时——积石山“8·17”持枪抢劫金店案侦破纪实》[③]《漫漫追逃路——积石山县公安局抓获潜逃上网逃犯》[④]《亲情背后掩盖的谎言——积石山县“虫草连环诈骗案”侦破纪实》[⑤]《兄弟相煎酿悲剧——积石山县“12·22”杀人焚尸案侦破始末》[⑥]《假钞犯落网记——积石山县特大贩卖假币案侦破始末》[⑦]等。这些侦破通讯发表在《甘肃法制日报》《甘肃日报》《甘肃公安》《民族日报》《法制导报》等报刊。从非虚构文学的角度来衡量，马祖伟的侦破通讯质量上乘，从写作语言、故事的生动性、细节描写、心理描写等方面，达到了一个比较高的水准。

第一节　塑造了机智勇敢、爱岗敬业的人民警察群像

在刑事侦查通讯写作中，要紧紧围绕发案、侦查、破案三个情节单元之间密切的关联来写作。破案情节是写作中的重点环节。破案，是指对立为专案侦查的刑事案件，经过缜密侦查，已经查清案情和主

① 马祖伟：《“错齿”覆灭记》，载《甘肃日报》，1995-02-10（4）。
② 马祖伟：《劫匪团伙的覆灭》，载《民族日报》，1994-12-24。
③ 马祖伟：《惊心动魄10小时——积石山“8·17”持枪抢劫金店案侦破纪实》，载《甘肃法制报》，2015-09-07。
④ 马祖伟：《漫漫追逃路——积石山县公安局抓获潜逃上网逃犯》，载《民族日报》，2010-06-04。
⑤ 马祖伟：《亲情背后掩盖的谎言——积石山县“虫草连环诈骗案”侦破纪实》，载《民族日报》，2010-05-21。
⑥ 马祖伟：《兄弟相煎酿悲剧——积石山县“12·22”杀人焚尸案侦破始末》，载《甘肃日报》，1996-12-4。
⑦ 马祖伟：《假钞犯落网记——积石山县特大贩卖假币案侦破始末》，载《法制导报》，2000-11-17（8）。

要犯罪的事实，掌握了犯罪嫌疑人主要罪证，提请拘捕主要犯罪嫌疑人的侦察措施。这是刑事侦查过程中的一个程序，要完成这一程序具有特定的条件和法律规定。马祖伟侦破通讯所报道的破案过程是依据于这一程序事实但又不完全雷同。“从侦破通讯的写作技巧看，报道发案时，重在设谜（形成悬念），而报道破案，则强调对谜底的披露。谜底所包含的内容应该是‘谁’和‘为什么’。‘谁’指的是犯罪嫌疑人，‘为什么’指犯罪嫌疑人如何作案或者为什么要作案（动机）。”①

马祖伟的侦破通讯，围绕设谜和对谜底的披露来写作。他的每一篇侦破通讯始终充满着正能量，他要赞美、讴歌的是在破案过程中付出艰辛努力的公安干警，每次大案、要案的侦破都经过严密组织、明确分工，做到有的放矢。马祖伟在其侦破通讯中，塑造了吃苦耐劳、机智勇敢、不畏强暴的警察群像：积石山县公安局从主管刑侦工作的副局长、刑侦队长以及具体办案的刑警，他们都爱岗敬业，抱着为民除害、伸张正义的立场来办案。他们具有灵敏的头脑，能对案情迅速、正确研判，最终将犯罪分子缉拿归案。积石山县公安局刑警足智多谋，为保一方平安做出了突出的贡献，马祖伟的一篇篇侦破通讯，其实就是一曲曲为人民警察谱写的赞歌。

第二节　反映了多民族聚居地社会生活的广阔性、复杂性

积石山保安族东乡族撒拉族自治县位于甘肃省西南部。东南与临夏县接壤，西与青海省循化撒拉族自治县毗邻，北与青海省民和回族

① 李华文：《侦破通讯中的破案及对破案的报道》，载《四川省公安管理干部学院学报》，1999（1）。

土族自治县隔黄河相望，东北部与永靖县以黄河为界。积石山县大河家镇是向西通往青海的必经之地，很多罪犯由大河家流窜至青海，再由青海逃亡至西藏、新疆，从地域上来讲，给案件侦破带来了极大的不便。

马祖伟侦破通讯所记载的事件系20世纪90年代初到21世纪初在积石山保安族东乡族撒拉族自治县发生的大案、要案侦破过程以及案件给人们的反思。这三十多年间，是改革开放后社会生活、经济生活发生巨变的时代，地处西北僻远地区的积石山县也不例外。在改革开放的大潮中，积石山县各族人民勤劳致富，过上了幸福安康的好日子。但是，一部分人受拜金主义的影响，再加上文化程度不高，法制意识薄弱，他们的人生观、价值观发生了扭曲，不惜以身试法、作恶多端，最终走向了犯罪的深渊。积石山警方多次破获重大刑事案件，犯罪分子得到应有的惩罚，人民生活、人身安全得到有力的保障。马祖伟站在警察的角度写作这些侦破通讯，虽然报道的是社会生活中的阴暗面，但最终的结局都是光明战胜黑暗，邪恶势力得到应有的惩罚，正义得到伸张。读完这些侦破通讯，大都有大快人心的效果。这些侦破通讯具有较强的正能量，呼唤人们向善、走向光明。马祖伟的侦破通讯，触及到生活的很多方面：经济、教育、婚姻、家庭、伦理道德等，通过一桩桩的案件，折射出社会生活的广阔性、复杂性、多样性。在虚构的文学作品中，保安族作家表现生活的深度、广度还没有达到这样宽阔的写作视野。如果作家一味地躲在书斋里，凭借一己的想象，远远不能表现出如此广阔、复杂的社会生活。

第三节 生动的细节描写与形象化的语言表达

非虚构文学不仅仅是对生活的“真实”再现，而是要“注重以文学的表现手法去解构作品、捕捉和描写细节、刻画人物心理，以小说的戏剧性技巧来叙述真人真事。”① 细节描写是文学作品中对人物语言、外貌、神态、心理以及自然景观、场面气氛等细小环节或情节的描写。细节描写在刻画人物性格、丰满人物形象、推动故事情节、丰富作品内涵，烘托环境气氛等方面具有重要作用。生动的细节描写，有助于折射广阔的社会生活，表现深刻的社会主题。马祖伟在其侦破通讯的写作中，精心设置和安排细节描写，达到了较高的艺术效果。马祖伟侦破通讯写作语言独具魅力，既具有新闻写作语言的平实、质朴、精确的特点，也具有文学语言的形象、生动、鲜活与含蓄隽永的特点。

综上所述，保安族非虚构文学写作是新世纪以来保安族书面文学取得的丰硕成果，是在写作内容、写作体裁、写作题材等方面的大胆尝试与突破。马世仁、马祖伟分别在口述实录、侦破通讯写作方面取得了显著的成绩。马世仁的口述实录既有史料的价值，更有文学的价值，他的口述实录真实再现了保安族人善于经商、吃苦耐劳、聪明能干、勤俭节约、有勇有谋、团结奋进的性格特征，对于我们了解保安族历史、文化提供了重要的参考，也为保安族作家今后的文学创作提供了丰厚的创作题材。马祖伟的侦破通讯反映了积石山广阔的生活画面，塑造了机智勇敢的各民族警察群像，对多民族聚居区积石山县的民风、民俗有所触及，对人物的犯罪动机，尤其是犯罪心理有较为中

① 马建辉：《非虚构文学的三个维度》，载《廊坊师范学院学报（社会科学版）》，2012（5）。

肯的描摹。马祖伟侦破通讯写作语言既有新闻写作的简明扼要，更有文学语言的形象生动；情节真实曲折，细节描写、心理描写到位，达到了比较高的水准。

第四部分

保安族作家及有关文化学者访谈录

一、保安族文学奠基人、文化学者马少青访谈录

时间：2020 年 4 月 22 日

地点：甘肃省临夏市八坊十三巷林夕苑书店·鲁米咖啡馆

被采访者：马少青，保安族

采访者：彭青，兰州交通大学文学院教授

录音、摄像：潘采伟，兰州交通大学经济管理学院教授

彭青：马书记，您是当代保安族文化的领军人物，也是保安族书面文学的奠基人。您集作家、民俗文化学者和书法家于一身。您也是第一位保安族中国作家协会会员。您的从政之路和文学创作一路畅达，这不仅为您自己创造了人生的辉煌，也为保安族赢得了荣耀。因为您，让处于西北偏远地区的、人口较少的保安族被外界所熟知。在您成长的历程中，命运与个人努力是怎样的关系？

马少青：我是土生土长的保安族人，出生在积石山大河家镇大墩村。过去，我们村子读书的人很少。60 年代那个时候，生活比较困难。我父亲是国家干部，他是个党外民主人士。他是中央民族大学的第一批学生，从中央民族大学毕业回来以后，担任咱们临夏县副县长。我跟着父亲在临夏上学。等上到五六年级时，“文化大革命”就开始了，我坚持把初中读完了，高中是在临夏一中读的。当时我们同学是城市

户口的，他们初中毕业以后就招工。我的户口在农村，初中毕业没办法就业，就只能上学，我于是就上了高中。高中毕业后，回到了我的出生地大河家大墩村。上大学没希望了，当兵也是没希望。

回到农村以后，当社请老师。自己进行了深深的思考，无论社会怎么变化、动荡，学习还是很重要嘛，还得学嘛！我爱看小说。在我们保安山庄，高中毕业的娃娃很少。当社请老师期间，同时也帮生产队干点决算呀、预算呀等。我要帮各个生产队的会计核算。我会刻蜡板，刻钢板，刻工分表。所以，那个时候我表现还不错嘛，1975 年我加入中国共产党了。入党以后，就当上了大队副书记。那个时候我一直喜欢文学、美术。我心里一直梦想着当个作家，或者当个美术家。当社请老师的时候，田间地头搞些采风。就是收集些“花儿”，收集的“花儿”比较多。《积石山的路》大部分都是我收集的“花儿”，也收集些民间故事。当时全县 54 个乡镇招干部，总共招 12 个干部。我当上了国家干部。我心里一直想着上大学，但一直没有上成大学，现在还是感到遗憾。当时参加工作也是解决吃饭问题，养家糊口呗！为父亲减轻点负担。

我刚开始在临夏县铺川公社工作，不到半年，就当上了公社团委书记。又工作不到半年，就把我调到临夏县县委组织部工作。我在县委组织部工作到 1977 年。当时国家民委在北京民族文化宫搞了个民族团结展览，一个民族要有一个讲解员。县上推荐我到北京民族宫工作了两年（1977 年到 1979 年）。这两年严格地来说，等于上了两年大学。1980 年积石山保安族东乡族撒拉族自治县成立。我原本是县委组织部的干部，从北京回来又分到了积石山县，担任了积石山县县委宣传部副部长。第二年，升为积石山县宣传部部长。第三年，担任积石山县县委副书记。

虽然那个时候，我担任宣传部长也好，县委副书记也好，但是文学这个情结，我心里面一直割舍不下。我还是利用业余时间一直搞保安族民间故事搜集、整理。因为搞书面文学创作，民间文学也是个基础。尤其是搞民族文学题材的，少数民族作家，民间故事、传说、神话啊，这个对以后的创作还是有很大的帮助。当时还有这么一个笑话呢。我之后被提拔为县委副书记了，省文联副主席、省民协主席曲子祯是归侨，到延安参加革命，他是个老革命。那个老汉非常非常好。他就说要把我培养成一个保安族作家、保安族书面文学作家。

父亲对我的影响很深，爷爷对我影响也是非常深。我爷爷是一个非常慈祥，非常好的人。在村子里威望很高，爱憎分明，对人很好。爷爷说，过去清真寺念海亭，走的时候要发油香。但是发油香的这个人比较势利。看见富人的时候，肉多给一点，油香、肉份子大一点，穷人的娃娃就是另外一种样子了。我爷爷当时就非常的生气，把油香摔在那人脸上就走啦。还有一个，爷爷老给我说人要互相尊重，老给我说“人抬者人高，水抬者船高。”

彭青：根据相关资料显示，从1980年开始，您潜心于民族文化的研究，利用业余时间，搜集、整理了大量的保安族历史文化及民间文学素材。您对保安族民间文学的挖掘、整理始于怎样的机缘？保安族民间文学对于您的文学创作带来了哪些滋养？

马少青：民间故事这方面，可能开始于1980年，那个时候搜集整理的第一篇民间故事叫《神马》。《神马》的故事发表在临夏州一个小小的报纸上。《神马》发表以后，就激发起了自己搞民间文学的激情，就开始刻意地搜集那些资料。《神马》的故事是我爷爷给我讲的。那个时候我父亲在临夏工作，我们就从大河家那个地方，坐马车过去，路上他给我说的。我想起来了，就写下来了。民间故事我写了几篇以后，西北民大的魏泉鸣教授，他说起我应该写小说。当时文化部门也好，咱们省文联也好，他们也都特别强调说你们保安族一篇书面文学作品也没有。一个民族没有书面文学，那不行。我也就是出于这个考虑吧，刻意的要在书面文学方面做一点自己的努力，我想自己在书面文学创作方面先开个头，为以后年轻人铺点路。所以，我经常鼓励我们保安族有文化的年轻人，我说你给咱们保安族留下点东西，这些东西可以传下来，祖祖辈辈传下来，这是文化遗产。

彭青：请谈谈您第一次发表小说时的感受？

马少青：实际上这个小说（《保安腰刀和蛋皮核桃》），马古牙就是我本人嘛。在这篇小说中，写我自己，写自己的亲身感受。第一次写小说，发表了以后，稿费通知单来了，就是15块钱稿费。我就把稿费放在家里的八仙桌上，村子里的人们来了以后就可以看见嘛，是马古牙的稿费嘛。实际上，这15块钱稿费领取的时候还买了几把腰刀嘛。

彭青：请谈谈您书信体散文创作的体会。

马少青：我的书信体散文，我回头看了一下，就是情感缺少一些，客观性比较强。因为散文是以情感为基调的，散文的情感一定要饱满，关注情感的散文才能达到情文并茂。

彭青：歌舞剧在您的文学创作中占有重要的位置，在保安族书面文学中具有里程碑的意义。《索菲亚上大学》是您创作的第一个剧本，请谈谈创作契机。

马少青：《索菲亚上大学》这个剧本很早，是1976年创作的。我是1975年10月参加工作的。当时在铺川公社工作，后来又调到居集乡。那个时候是全临夏州搞“路线教育”，居集乡是路线教育的一个点。当时县委决定：全州，凡是进行路线教育的公社，都要搞一台文艺汇演节目。当时我是铺川乡青年干事，他们知道我在铺川以前就在组织大队宣传队编节目写东西，就把我临时抽调过去了，组织了一帮知识青年，就编创了《索菲亚上大学》这样一台戏，除此之外，当时还搞了好多节目。就是在公社土房子里待下写的嘛。《索菲亚上大学》这个剧本跟保安族没啥关系，纯粹写的是穆斯林。剧本写的地点就是在吹麻滩，当时那儿有个五七干校。索菲亚上的所谓的大学就是吹麻滩这个“五七干校”。

彭青：肯定通过《索菲亚上大学》剧本的创作，对您创作《桑摩尔》可能有经验的准备。

马少青：经验嘛，《索菲亚上大学》也都是说唱的。《索菲亚上大学》的说唱里面肯定有“花儿”的唱腔，《桑摩尔》这里面有藏族民歌、保安族民歌两种形式。

彭青：《索菲亚上大学》剧本现在能找到吗？

马少青：当时剧本是油印本的，到哪里找去？演完了就完了，油印本嘛，没有保存下来。《索菲亚上大学》也算保安族文学。“桑摩尔”的意思就是“和睦”。剧本名称的意思就是“和睦之路”。保安族虽然人口很少，为什么能生存下来？就是因为保安族能和周边各个民族和睦相处，保安族是一个包容、宽容的民族。保安族的语言能保存下来，为什么？就是从青海省迁徙到甘肃省积石山境内以后，集中聚居到了大河家大墩、梅坡、甘河滩、高李等村子。

彭青：谈到这里，我想到了少数民族作家创作的局限性。少数民族作家，尤其是保安族怎样才能超越族群与地域书写的局限？

马少青：现在保安族作家队伍中，进行诗歌创作的人还比较多。保安族在 1980 年以前，基本没有书面文学。1980 年以前丁生智写过农业学大寨题材的一首诗歌，当时在《甘肃日报》上发表了。这也是保安族人在省级刊物上发表的第一首诗歌。写小说的人绽秀义是第一个。1980 年以后，一直到 1990 年以后吧，写的人比较多了。现在保安族作家队伍、作品数量、作品质量毕竟还是不能与其他少数民族比。所以，打破地域局限最主要的还是，第一，要灌输，灌输很重要；第二个，要走出去看，也重要；第三，适当地把现有这些写小说的、写诗歌的年轻人集中起来，咱们请上省上作家，组织进行评论、鼓励，这个也是非常重要。嗯，现在积石山有个小刊物，他们搞的不错，三天两头搞一次活动，组织省上的一些学者、评论家评论一下。我到省文联工作以后，咱们保安族从来没有作家上过鲁迅文学院。现在，已经有马学武等人上过鲁院了。

彭青：1980 年 6 月积石山保安族东乡族撒拉族自治县成立，您与丁生智等人创办、刊印了第一本反映保安族生活的文学刊物《积石山》和《积石柳》，集中收录了所有保安族文学青年的作品，为宣传新生的民族自治县和保安族文化做出了重要贡献。请谈谈当时创办这两个刊物的情况。

马少青：当时，只有一个刊物《积石山》，《积石柳》是以后的人们搞的吧？我没有搞过。我们编的是《积石山》。积石山保安族东乡族撒拉族自治县要成立了，当时我在宣传部，我说咱们要办一期刊物，把积石山好好宣传一下。当时积石山县成立的时候，全国的，或者是国家民委啊，全省各方面的人都要来庆贺。客人来了，你只送个腰刀也不行嘛。你还是送上一本杂志，起码让人了解一下保安族是咋回事嘛！所以，出于这个考虑，跟县委书记汇报了，县委书记同意后就办了这个刊物。这个刊物，只办了一期。

彭青：作为老一代保安族作家、文化学者，您对保安族文学创作与文化研究有怎样的建议？

马少青：我省成立了甘肃省保安族文化研究会，是省委组织部批准的，我是会长，当然这是民间的。总之，要有文化部门的支持，第二个像你们教授啊，大学老师们还是要多呼吁，多给有关部门反映这件事。保安族文学也好，其他民族文学也好，这些老师们还是要多讲、多呼吁，作用还是有的，你给你的学生也要讲这个事，多讲这个意义。

彭青：我的两个学生，在撰写本科毕业论文的时候，一个研究保安族神话，一个研究保安族花儿，毕业论文写出来了，两个人都写了一万五千字以上，我把底子都留下来了。

马少青：对！包括写论文，这个也是一种宣传，也是一种关注。我是临夏州聘请的文化艺术顾问，我也通过我的这个角度，以后还是呼吁，强调这个事。

彭青：您的文学创作高峰期是90年代，在您的文学创作劲头正盛的时候，您却转向了保安族文化研究，并且取得了非常大的成绩。我想了解的是，您是如何从一名作家转向为一名文化学者的？

马少青：这两者不是说没关系，是有必然的关系的。我年轻时候写小说、写诗歌，后来专门研究保安族的历史文化。我的出发点就是让更多的人了解保安族。出于这样的原因，我在保安族研究方面编写了几本书，《保安族文化形态与古籍文存》《中国保安族》等。

二、保安族文化学者马世仁访谈录

时间：2018 年 6 月 19 日

地点：甘肃省积石山保安族东乡族撒拉族自治县高赵家村马世仁老宅

被采访者：马世仁，保安族文化学者，临夏回族自治州政协原副主席

采访者：彭青，兰州交通大学文学院教授

录音、摄像：潘采伟，兰州交通大学经济管理学院教授

参加者：马沛霆，保安族青年学者，积石山保安族东乡族撒拉族自治县政府办公室主任

彭青：马主席，您是保安族文化人中的杰出代表。根据我的了解，您学的是水利专业。您在从政之余，创作了一些散文、诗歌。另外，撰写了近 48 万字的专著《在“田野”中发现历史——保安族历史与文化研究》，您花费了 10 年功夫，创作出这本著作。这本著作集图片、地图、文字于一体，史料价值非常高。请您谈谈是什么样的契机使您进行保安族历史、文化研究的？

马世仁：您对我的评价太高了。这个话题说来就长了。写历史题材，我实际上是一个外行，因为我上大学学的是水利工程建筑专业，后来又长期从事行政工作。1997 年我任临夏回族自治州政协第八届委

员会副主席，分管学习、宣传和文史资料工作。那时我46岁，精力旺盛，工作条件便利。再加上当时由省、州、县三级政协共同编辑出版文史资料专辑《中国保安族》，我担任副主编。在征集研究保安族的“三亲资料”（亲身经历、亲眼所见、亲耳所闻）的过程中，我接触到大量的由本民族提供的甘肃、青海两省关于保安族研究的相关资料，从那时起就萌发了研究的冲动。后来，日本学者杨海英（祖籍内蒙古，日本早稻田大学教授）夏、冬两季先后来积石山找我进行保安族口述历史的调研，他认为口述资料相当珍贵，建议我写下来。我说，我是学水利工程的写作能力不行，他说，只要把实事记录下来就行了，不然丢失了多可惜啊！他严谨的治学精神打动了我，我就积极着手资料的搜集与整理工作。我是1997年开始搜集资料的，从2004年开始进行田野调查。这期间，我老伴患上系统性红斑狼疮，每年住院两次治疗。再加上跨专业研究、写作非常吃力，我一度得了严重的脑神经衰弱症，很痛苦。在这样艰难困苦中，整理保安族史料，恰好转移了我的苦恼，精神世界得到慰藉。

我的调查资料包括五个方面，首先，是文献资料。我查阅的文献包括《元史》《蒙古秘史》，乾隆时期《循化志》《黄南州志》《同仁县志》《河州志》，伊朗史籍等。根据对这些史料的研究，我们保安人最早的称呼是“城里人”，确切地说，叫做“住在保安城里的人”。现存的铁城山“雕窠城”遗址，文献记载是元代以前的城堡，元代“探马赤军”驻扎在城里，“探马赤军”中保安族先民和商人居住在这里。明代万历年间修成保安堡，“雕窠城”里的军民迁居保安堡。清代军事建制是保安营，行政建制是都司府。其次，口头资料的搜集与整理。在进行口头资料的整理过程中，我先后15次去青海省同仁县进行田野调查，采访了150多人，其中两次由马沛霆陪同。那时，他还是在校大学生。第一次我是通过官方渠道进行实地调研，但是，当地的居民根本不买账，无法进行调查。后来，我通过当地文化界的朋友带路，以私人的身份去走访，见到土族的老人，我用保安语问候，发现他们说的话与我说的保安语一模一样，这样一下子拉近了距离，我们就像一家人一样交谈起来，感到非常亲切。通过这样的交流方式，我收集了到大量的口述资料。再次，寻找文物，包括保安族伊斯兰文化遗存和保安族珍藏的伊斯兰文化典籍。2005 年 9 月，到同仁县作田野调查时，得到《黄南报》记者赵云才先生的热情帮助，他拿出自清代乾隆到宣统年间近百年跨度的保安营文书原件，其中营兵领饷名册中有马姓、韩姓、王姓的保安族士兵，这是迄今为止唯一的保安营清代官方文件，后来转让给我保存。2007 年 2 月，我与兰州大学西北少数民族研究中心杨文炯教授一同前往青海同仁县朝阳村，找到 92 岁的马德仓老人，寻找伊斯兰经砖。这块砖是明代烧制的，经砖上共有 139 个文字，其中阿拉伯文 42 个，波斯文 27 个，突厥（土耳其）文 66 个。内容主要记载的是撒尔塔的穆斯林们为了防止冰雹暴雨请伊斯兰学者写的杜哇经，其实就是祈祷经文，祈求真主护佑，不要降暴雨冰雹。我们在调查、采访的过程中，还发现了从吴屯铁匠庄土族人手里买来的三本《古兰经》手抄本。第一页左下角盖有一个繁体汉字“军”印章。我们将这个经文交给文物专家鉴定，有“军”字记号的手抄本《古兰经》是元代屯军中穆斯林用的《古兰经》单行本，第二十九本“特巴日”[①]，距今约 600 多年。我还花 6000 多元，买到一本明代的《古兰经》合订本，现在保存在我这里。2007 年 4 月 3 日，在同仁县尕撒尔村楞布扎西家里收到一块刻有阿文的砖，长 29 厘米，材质是黏土坯上刻好字烧成的。另外，我在年都乎村调查时发现，这个村子 40% 的农户门板上都钉有新月金属片。在郭麻日村门板上钉有月牙片的户数占三分之一，在保安镇下庄村约有四分之一的人家门板上也钉有新月金属片。这说明穆

① 特巴日：阿拉伯文手抄本第 29 本经的阿拉伯文名称的汉语音译。

斯林文化在当地的影响可谓根深蒂固。复次，我寻找到了保安族先民们生活过的遗址。2005 年 9 月，在年都乎乡年都乎村发现了保存至今的清真寺。这座清真古寺与年都乎城堡同龄。最后，应用生物人类学研究成果和 DNA 遗传信息来验证族源。

彭青：《在“田野”中发现历史——保安族历史与文化研究》第二章“保安族大迁徙与‘异乡’家园的重建”中，有多幅地图。请问您的绘图过程是怎样的？同仁县是保安族先民居住过的地方。作为一名保安族后代，150 多年后重返故土，您的心情是怎样的？

马世仁：在我的这部书中，“保安族迁徙前居住分布图”“保安族迁徙路线示意图”“积石山保安族东乡族撒拉族自治县保安族村庄分布图”是我绘制的。这些图片的绘制需要好几道工序。首先，要对地形地貌进行现场踏勘描绘草图；其次，还要对保安族在同仁地区的生活、迁徙路线以及到甘肃积石山境内的历史记载和相关资料进行研究、判断。我所学的水利工程建筑专业有绘制地形地貌图的技能。水利工程建筑专业是用工程措施开发利用水资源的工作，培养了我严谨的专业性，这种专业性，使保安族历史文化研究具备了科学精神。

另一方面，我在年都乎、铁匠庄、郭麻日、尕撒尔、撒尔塔、保安堡等地的土族、藏族村寨寻找保安族伊斯兰文化遗存，当我寻找到清真寺遗迹、先祖们的墓地、穆斯林经砖、《古兰经》手抄本、铜汤瓶的时候，心情更加激动，既有收获的喜悦，更有对先祖们虔诚信仰的敬佩之情。

彭青：《在“田野”中发现历史——保安族历史与文化研究》第四章“保安族的经济文化类型”中的第三部分“商贸经济”，这一部分用大量的篇幅再现了保安族人经商的经历，而这些经历是以访谈实录的形式完成的。我觉得，这部分已经不是单纯意义上的商贸经济研究，已经具备了非虚构文学的特征。我想把这部分内容作为保安族书面文学中的非虚构文学来研究，您看合适吗？请您给我一些建议。

马世仁：在调查中，我对保安族历史人物的资料整理搜集花费了大量的精力。走访了很多保安族商人的后代，从他们那里获得资料或照片。保安族商人是我们保安族人中的杰出代表，我把他们的事迹原原本本地记录了下来。您用“非虚构文学”来研究，非常好，我同意。我自己还有《临夏人看欧洲》一组文章，先是发表在《民族日报晚刊》，后来被马沛霆收录在“保安族文化网”，您可以去看看，也作为非虚构文学的一部分。

彭青：在以往的史料中，保安族女性仅以群体的、模糊的面貌被记录。而在您的《在“田野”中发现历史——保安族历史与文化研究》一书中，保安族女性独立的个体形象被表现出来。女商人海家姑个性鲜明、女扮男装经商。她敢爱敢恨、侠肝义胆，给读者留下了深刻的印象。请您谈谈在写这个人物时，是怎样搜集到她的事迹、细节及相关资料的？

马世仁：海家姑的事迹在我们刘集乡高赵家村一直流传着。我是在2006年2月份，向刘集乡高李村四社的保安族老人们了解到海家姑事迹的。海家姑的父亲是刘集乡高赵家村人，她被大家叫做“果尔朵阿姑”（保安语：铁匠的姑娘）。海家姑嫁给了肖家喇穆撒。喇穆撒是个跑夏河的短脚生意人，以贩运保安腰刀获取利润。刚开始的时候，夫妇俩一起做生意，后来，海家姑掌握了经济权利后，开始自己单独做生意。在做生意的过程中，她和男人们一起搭伙，前往四川松潘、阿坝做生意。松潘、阿坝是藏族聚居地，她女扮男装，骑马打枪，非常勇敢，丝毫不逊色于男人。她在跑平番（甘肃永登）时赚了钱，1943年在崖头坪买了一处宅地，定居到崖头坪，后来与汉族人赵和青搭伙做生意。解放前，土匪打家劫舍的事情经常发生。1949年农历八月的某一天晚上，几个土匪去打劫海家姑邻居赵和青家。半夜，海家姑被枪声惊醒，判断枪声来自赵和青家，她赶忙起身，提抢上到房顶。向土匪开枪射击，她的枪法精准，一枪打中了土匪的腿，那个被打中的土匪干嚎着。其他土匪见势不妙，不敢继续抢劫，就翻墙逃跑了。在海家姑的鼎力相助下，赵和青家的人和家产得以保全。海家姑勇敢的事迹和行为已经在我们保安族民间流传了近70年了。

彭青：作为一名较早接受现代高等教育的保安族读书人，您的家庭对您的影响是怎样的?

马世仁：我是积石山县刘集乡高赵家村人。我的父亲是虔诚的穆斯林，在清真寺念经，精通阿文，不识汉字，会背写成篇成章的阿文经书。我家里兄弟姐妹也比较多，家里的经济条件不好。我的大哥喜欢上学，小学是在大河家魁峰学校念的，上中学时，家里困难需要劳力干活、做生意，不同意他继续上学。后来，我大哥拿上行李晚上翻墙逃跑出去上学，一直到上完中专才回到家里，20世纪60年代他从甘肃农业大学毕业，从中科院新疆分院研究员岗位退休。我小的时候，为了解决几块钱的学费拾骨头、挖麻莲根卖给供销社当学费，三年级时遇到“三年自然灾害”，吃不饱，腿浮肿皮下破裂留下了皮纹。1963年复课上小学，高中去吹麻滩中学，每周步行往返两次。那时道路不畅，雨天常常爬上红泥坡，滑下来，又爬上去。家里没钱给我，只能一周回家拿一次玉米干粮去学校，条件十分艰苦，但是我学习成绩好，也是班里的文体活跃分子。1974年被推荐到西北农业大学水利工程建筑专业。那时日子过得太苦了，15块钱的路费都筹措不出来。没有办法，只好向别人借钱去上学。至今，我对借我路费的人家依然心存感激，每年都要拿着礼物去致谢，受人滴水之恩，当涌泉相报。

彭青：您的散文《忆费孝通先生在河州》涉及著名社会学家、人类学家、民族学家费孝通先生，他的《江村经济》《生育制度》《乡土中国》等著作产生了广泛的影响。我想，费老的治学精神，尤其是田野调查这块，肯定对您的写作及研究产生了重要的影响，请您谈谈自己的感受。

马世仁：费孝通先生于1985年8月第一次来临夏考察，后来他先后五次到临夏进行调研。1986年8月7日，费孝通一行四人来积石山保安族东乡族撒拉族自治县考察，我当时担任积石山县长，接待并陪同费老进行调查。记得当时费老来刘集乡的高赵家村，受到全村保安族群众的欢迎。我们临夏州、积石山县的领导陪伴在费老身边。费孝通先生那时已经是76岁的老人，他到了村子后，走进两户村民家访谈，记得这两户人家是马尚礼和毛德家，他们两人都是保安腰刀工匠，费老进门时，他们正在打制腰刀。费老详细询问保安腰刀的制作成本、出售价、利润和年收入等，并亲自在本子上进行记录。他的亲力亲为，给我留下了深刻的印象。费老曾十二次来甘肃，五次到临夏开展社会调查，对临夏经济社会发展产生了深远的影响。我本人有幸陪同他进行社会考察，受益匪浅。无论是他的考察方法、还是他严谨的治学态度，对我产生了很大的影响，也为我以后去青海同仁县进行调查研究提供了重要的研究方法。

彭青：在我阅读到您的几篇散文中，我觉得《保安司令马铭骥》虽然以采访的形式获得资料。但这篇散文相对来说感情细腻，以情动人。请您给年青一代的保安族作家一些建议，如何写好本民族历史人物、历史事件?

马世仁：其实，我在写《保安司令马铭骥》的时候，并没有想太多技巧的问题。我只是根据我获得的资料，真实地写出了马铭骥归真（去世）前的情形。我搜集到这个材料是通过马铭骥的外甥马相明。当时，马铭骥在拉卜楞镇，他的病情加重，于是将他从甘南藏族自治州夏河县接回积石山大河家甘河滩老家，走到乩藏时天黑了，大家就住在乩藏镇街道上的旅店里。第二天是主麻日（星期五），马铭骥病情进一步加重，他拿出自己贴身收藏的几个金币，让外甥马相明买一只羊宰后散给来做主麻的人。把羊肉打成份子散给众人后，下午马铭骥就去世了。我在不经意间，写到了我们穆斯林的宗教、习俗。我想，年青一代保安族作家要写好散文，写好本民族历史人物、历史事件，一定要贴近我们保安族真实的生活场景、生活画面，并且能够将我们的真实生活情感写出来，这样才能真实再现我们本民族的历史事件以及事件中的人物。

彭青：请谈谈您进行诗歌创作的感受。

马世仁：我的诗歌创作基本以写景抒情为主，主要写我自己内心独特的感受。记得有一年春天，我们一家老小到北原果园去浪山（方言：春游），满山的果花洁白、桃花粉红，家乡的山川如此美丽，脱去了冬天萧瑟的景象，内心不觉产生了创作的欲望。我立刻将自己的感受以诗歌的形式写了出来。在《秋霜》中，“家妇门前扫重叶”原来的句子是“农妇门前扫金叶”，后来编辑改成了“家妇门前扫重叶”。我觉得不改更好，因为金叶指黄灿灿的落叶，是我亲眼所见，我当时被这金黄色的叶子所吸引，看到它们那种鲜艳的颜色，似乎将万座银山披上了一层霞光，格外壮观、格外美丽。这就是我的家乡，虽然偏僻，但一年四季美景变换不断，我沉浸其中，领略到我们河州、我们积石山保安族村庄别样的美景，就用诗歌的形式记载下来了。“农妇”一词更能显示乡村的美景、切合当时的境界。编辑改动后，读者就不能够体会其中的韵味了。

三、保安族作家马尚文访谈录

时间：2020年4月22日

地点：甘肃省积石山保安族东乡族撒拉族自治县云山酒店

被采访者：马尚文，积石山保安族东乡族撒拉族自治县县长、作家、诗人

采访者：彭青，兰州交通大学文学院教授

录音、摄像：潘采伟，兰州交通大学经济管理学院教授

参加人：马沛霆，积石山保安族东乡族撒拉族自治县中咀岭乡党委书记

彭青：马县长好！根据我的了解，您1991年毕业于陕西师范大学中文系。您是保安族人中较早全面系统接受汉语言文学教育的人之一。请问，在大学期间，您阅读得最多的是诗歌还是小说？

马尚文：我读的小说比较多一点。我读了很多外国的小说，当然国内小说也有对我影响很大的。诗歌方面，古代的有李白、杜甫，外国的有印度泰戈尔等。20世纪80年代的诗人有北岛、舒婷、海子等，他们的诗歌我非常喜欢，经常诵读。小说我从小就喜欢读，在小学五年级的时候看《说岳全传》，那个时候对其中的故事如数家珍。在初中的时候，读了《水浒传》《三国演义》《红楼梦》等中国古典小说，似懂非懂，但是就是喜欢读这些书。1980年初，我到北京中央民院附中读高中的时候，阅读了金庸的小说《射雕英雄传》《神雕侠侣》《倚天屠龙

记》等。那个时候，与家人的联系只能是写信的方式，我给我哥哥写信的时候，就把《倚天屠龙记》的情节给他详细描述了一番。当时，在我们保安山庄，金庸的小说是很难看到的。再就是看贾平凹的，上大学的时候就看国内的这些作家作品，鲁迅的啊，巴金的啊，还有好多。外国的有巴尔扎克、莎士比亚，还有歌德的《少年维特的烦恼》《浮士德》。还有契科夫的《装在套子里的人》、莫泊桑的《项链》、列夫·托尔斯泰的《战争与和平》、海明威的《老人与海》、马尔克斯的《百年孤独》。

在大学中文系，我们读完小说之后就看由小说改编的电影，然后在班级组织讨论。我的小说阅读涉及面比较广，阅读是系统化的，阅读和讨论对自己的影响和印象都比较大。国内的小说比如巴金的“家春秋三部曲”，还有鲁迅的《呐喊》《阿Q正传》《药》，鲁迅那种对民族觉醒的希望，给我的阅读带来了比较深沉的思考。在上大学的时候，贾平凹给我们上过课。陕西作家的勤奋写作和他们顽强的意志，给我留下了深刻的影响。路遥的人生与文学创作对我的影响也是比较大的。我觉得没有他的人生阅历，就不会产生《平凡的世界》这部小说。还有陈忠实的《白鹿原》。贾平凹、路遥、陈忠实这几位作家的作品我都读过。甘肃作家邵振国的小说《麦客》我也读过，还看过好多少数民族作家的作品，如扎西达娃。老舍的《茶馆》《骆驼祥子》等作品，把北京人的生活写得淋漓尽致，对人物性格的刻画非常到位，可谓入木三分。那个时候，我对小说的阅读是如饥似渴的，有时候三天就可以读完一本小说，读小说、读诗歌的时候，忘记了现实世界，整个人沉浸其中，忘却了一切烦恼。我在陕西师范大学中文系遇到了那么多的好老师，其中有一位天水籍的教授叫霍松林，是讲授书法的老教授。

我从小家境比较贫寒，但我较勤奋好学，读书改变了我的命运。我1986年到陕师大读书，1991年毕业，其中读了一年预科，总共5年时间的大学生活，使我的精神世界更加丰富。

彭青：请谈谈哪位文学家对您的影响最大？

马尚文：歌德的《少年维特的烦恼》和《浮士德》对我影响比较大。特别是《少年维特的烦恼》写得像诗歌一样，文字非常优美，情节非常动人，主人公对某种东西非常执着，哲理性也非常强，给我做人做事带来了很多启示。中国作家中沈从文对我的影响最深，他的小说《边城》和散文我是非常喜欢的，都仔细阅读了。我感觉他的文字非常朴实，达到了非常高端的境界，没有华丽的辞藻，追求简单的情节叙述设计，把语言简单化，我感觉沈从文和许地山《落花生》的风格很像。沈从文的为人处世跟我有点像，但我写不出他的高度。我认为，无论做什么，首先是做人，人品是最主要的。

彭青：与保安族其他作家相比较，您的写作修养好、起点高、作品质量上乘。在《新时期中国少数民族文学作品选集·保安族卷》中，您的作品入选篇目占据了五分之一，给读者留下了深刻的印象。行政工作特别繁忙，特别是担任领导职务后，您是在怎样的情境下进行文学创作的？

马尚文：我刚开始工作时在临夏县干了十年，在政府办做了三年多秘书，在粮食站做了六年多副局长。我是每天晚上写日记，积累一些创作素材。后来我调到积石山县乡镇，工作非常忙，写作方面耽搁了一段时间。后来，我担任积石山县教育局长职务，干了四年半，往后担任积石山县县委宣传部长。再后来，我被调动到临夏回族自治州担任州教育局党委书记兼副局长，在这个岗位上我干了三年，这个时候业务比较单纯，有了一点时间。当时我考虑，如果再不写些东西，就对不起我自己。自己打字速度比较慢，就买了个 iPad，在 iPad 上写，每天花两三个小时，坚持写两三千字，质量先不管，只要先写出来就行。那时每天晚上下班，在家里吃完晚饭，我就一个人写，写到半夜十一二点。有一次斋月，起得早，从零点写到早上八点才睡。在临夏州教育局工作三年间，我写了20多万字。当时写的时候也没想发表，算不算真正的文学作品也不知道。纯粹就是写日记，尝试性的那种写作。比如写赋，写古诗，写散曲，写散文，有时候是模仿性质的。我当时写散曲、铭、赋、词等都是经过了好多次的尝试，慢慢地积累了写作经验，我的作品大都是这样完成的。例如，我写《黄河赋》的时候，了解曾经写黄河赋的人非常多，可是我写的《黄河赋》就是我小时候的亲身经历、亲眼目睹的事实。我父亲在黄河边上淘过金子，淘金子的地方在大墩峡附近，积石山下那段黄河有波涛汹涌的场面，也有非常安静的状态，我通过用黄河的景色，表达人生的博大和平静，体现人的不服输的精神，所以我写了《黄河赋》。写出来后我自己非常满意，然后又写了《大墩赋》。因为我们保安族从青海省同仁县迁徙到甘肃省积石山下，的确不容易，我于是就写了《黄河赋》《大墩赋》《积石山赋》《保安族赋》《保安腰刀赋》等，目的是赞美保安族人民的勤劳、勇敢以及顽强的生命力。

我当时也创作了《大河家》这首现代诗，诗的语言也比较朴实。1983年，我在北京中央民院附中上学的时候，每次母亲送我上长途班车，在汽车开动时，母亲向我挥手的时候她都哭着，在创作《大河家》的时候，母亲向我挥手的场景历历在目。大河家是一个非常有名的地方，我从小生长在这里，这里是我的故乡，我对这里有深厚的情感，于是我就以“大河家”为题目，写了一首诗来纪念母亲，纪念自己到北京上学的经历。记得诗歌中有几句是这样写的：“那是母亲车窗外深情凝望 / 挥手道别的地方 / 那是我泪水滂沱强作欢颜 / 离家远行的地方 / 心爱的小镇 / 心灵的港湾……”诗歌发表后，我是比较满意的。在创作《积石山赋》的时候，我当时想：这么多积石山人，为什么没有人写关于积石山的赋？我写出来了，发表在《甘肃日报》，这是写关于积石山赋的第一篇，这对我的文学创作带来鼓舞，此后，我写了好多篇赋。

彭青：在散文《兰若母亲》中，您写道：母亲教育我们“不忘本”，请您谈谈“不忘本”的内涵。

马尚文：“不忘本”的第一个意思就是不忘亲人对自己的养育之恩，另一个不忘本就是不忘民族之本。我时常思考人从哪里来，干什么，到哪里去，一辈子追求什么？特别是不能忘记小时候吃过的苦，也不能忘记别人给你的帮助，别人的善良。母亲常常教导我们做人不忘本，我的母亲是个非常善良博爱的人。母亲说“不忘本”就是要记得亲人、乡亲给你的帮助，记得自己怎么从艰苦的岁月走过来的。时代好了，大家都好了，但不能忘本，要关心贫困人群，做人要善良，一定要帮助别人，这就是母亲所说的。

不忘本有四重含义：善良、公平正义、坚守、积极向上。我工作以来，自己的行政职务无论哪个位置，我都没变，没有架子，在我力所能及的范围内，为大家帮了很多忙。担任县长职务以后，我对积石山全县的贫困户非常关照，到基层走访、调研的时候，看到很多残疾人、困难户，每个家庭都有每个家庭的不一样，我都深表同情。现在国家政策好得很，我们县扶贫资金也较为充足，我把这些钱都用到精准扶贫项目了。一有时间我就下乡，到困难群众家里走走、看看，每次回来以后我都向母亲讲困难群众的生活状况，这是我对母亲教育我成长的最好的报答。

彭青：请谈谈您的文学创作和故乡、保安族文化的关系。

马尚文：每个民族的文化，跟这个民族的神话故事，民间传说有一定关系。无论是母亲、奶奶还是姐姐，在我童年时候，都给我讲过保安族民间故事，《妥勒尕尕上天取雨》是她们经常给我讲的故事之一。“妥勒尕尕”是保安语，汉语的意思是“兔子哥哥”。大人们有的时候讲一些民间故事，是让小孩子懂得善良的道理。

我对故乡有着深深的爱恋之情，我在写作过程中，坚持表达对母族的热爱之情。花果坪这个地方正好是我老家庄窠下面的一个坡，从大墩峡下来以后，我老家和黄河相连接的这片地域。我小时候爱睡觉，上学经常迟到，一旦迟到，就受到老师的批评。醒来迟了的话，有时候索性就不上学，跟着姐姐放牧牛和马，在花果坪晃荡，漫山遍野地玩，几天不上学，老师就找我去上学。我大姐当时没有上学，她帮家里干活。当时的牛大部分都是属于生产队的，生产队有专门的饲养员。那个时候，我家里面有一头“盖尔巴，”就是牦牛的杂交品种。花果坪是放牧的好地方，也是一个非常美丽的地方。夏天的时候，花果坪开满了各种花朵，还有很多野果子，各种各样的色彩。花果坪简直成了我童年的乐土，我在大自然的环抱中，感受到家乡的美丽。我跟我姐姐放牛的时候，整天就没什么事干嘛，姐姐就给我讲民间故事。保安族民间文学就这样滋养了我。对于我们保安族作家来说，好多人还没有写出自己的成长经历和成长故事。我走出了保安山庄、在北京读中学、在西安上大学，又在工作岗位上干得比较好。但故乡在我的记忆中永不磨灭，我的文学创作也是紧紧围绕故乡。在写作过程中自然不自然地写到故乡、写到保安族文化，这是与生俱来的文化熏陶，在写作中不由自主地去表达，也是无意识的表达。

彭青：据知情人士透露，您一直悄悄地进行文学创作，不仅仅创作现代诗、古典诗和散文，您还在创作小说。能不能透露一下您的小说创作情况？

马尚文：我自己有个梦想，就是在行政工作结束以后，出几本文学作品。我想先出版一本古风录，把我本人创作的古典诗词、赋、元曲等辑录在一起，目前作品数量还不够，需要再创作一些作品。然后，出版一本散文集，把我创作的散文全部收录其中。再就是现代诗歌集，我创作了很多现代诗，有几百首，出两三本现代诗集都可以。我一直在构思长篇小说创作，题目叫《大河家》。大河家这个地方本身就很气派，大河家也足以代表我们保安族迁徙到甘肃境内的生存状况。我们保安族定居在大河家已经有150多年的历史了。清朝同治年间保安人口很少，但是我们保安人非常刚毅，非常包容，非常坚强，也很聪明。我们的父辈们在大河家扎下根来，而且经历了很多年代，他们经历了各种各样的考验。在《大河家》小说的开头，我将自己的现代诗歌《守望田庐》作为引子。现在，《大河家》初稿已完成。

彭青：在保安族书面文学创作队伍中，您最大的贡献是拓展了文学写作的体裁，您尝试用赋、歌行体、词等文体进行创作。您的这种尝试，不仅仅对保安族书面文学创作提供了可借鉴的样式，对于我国人口较少民族的文学创作同样具有一定的参考价值。请您谈谈这方面的体会。

马尚文：我在陕师大读书的时候，老师们是讲过古文、诗歌的，我也系统地学习了中国文学史、外国文学史、文学理论课程。如果没有这些在大学学习到的基础知识的话，自己就没有这个自信，也写不出来赋、歌行体、词等文体。我从格律诗开始创作，如五言、七言绝句等。创作元曲，我就从模仿马致远的《天净沙·秋思》开始。在诗词创作中，有些东西是模仿不来的，比如说情怀。对于押韵，我觉得应该辩证地看待，有时不应拘泥。我在尝试写作的过程中，有时候是一发而不可收的。我之所以能够运用多种体裁进行创作，一方面是学了一些东西，有些基础；另一方面就是尝试，大胆的尝试。

彭青：在当代信息社会，作为一位文学写作者，要被外界所熟知，其作品必须要发表，无论是纸质的还是网络的。而您写了大量质量上乘的作品，却一直没有付梓成册，这的确令人有些遗憾，也为全面阅读、研究您的文学创作带来了不便。保安族书面文学作家本来就不多，您的作品能够刊印，对保安族文学来说，应该是锦上添花的一件事，您认为呢?

马尚文:这个评价对我来说太高了,我承受不起。当我的行政职业生涯结束的时候,我一定会专心致力于文学创作,但现在还不是时候,现在主要还是搞好行政工作。但尽管这样,我还是每天晚上抽空创作。几乎每天坚持写到半夜十一二点,有时候到凌晨两点钟。我认为,人总要有点事情来做,并且要坚持下来。我创作诗歌《山的呼唤,海的回答》的时候,也是灵感上来了,激情满怀,一气呵成。

彭青:所以说,文学作品也需要大力宣传、推介,当代社会是网络社会、信息社会。您别顾虑自己是领导干部,就把自己的文学作品隐藏起来,不让大家知晓。其实,对于保安族来说,保安族作家作品需要大力宣传,让更多的人知道保安族及保安族文学。

彭青:作为积石山保安族东乡族撒拉族自治县的县长,您在对文学人才的扶持方面有什么设想?

马尚文:积石山县是一个多民族聚居县,我们真的需要文学人才,特别是保安族的文学人才。我们县自身的文学人才发展起来了,才能创作出有分量的文学作品,这样才是最有力量的、最有说服力的事情。对于保安族文学人才的培养,一方面是在资金、经济上支持;另外一方面,就是探讨、交流。保安族文化、文学要走上繁荣之路,关键就是发现人才,我们民族爱好文学的人非常多,也比较重视交流。尽管我们积石山县在经济方面比较困难,但是对文学的支持力度还是比较大的。

我认为,对于文学人才的扶持、培养,一方面是经济上的支持,多交流,多融合,多探讨;另一方面,更重要的就是在较高的平台上面去培养,每次省上的作家培训,鲁迅文学院的作家班学习,我们都推荐保安族作家参加。马学武、马沛霆等都参加过鲁院作家班的学习,马学武总共去北京鲁迅文学院参加了三次培训班的学习。他今年(2019

年）出书，我们县上给他予经费支持。文学创作是每个作家付出的心血，咱们自己要肯定自己的人，互相帮助、互相培养、互相支持。马少青主席对于我们保安族文化人才、作家的培养是十分重视的，也是身体力行的。他利用各种机会扶持保安族文化人才。他是我们保安族书面文学的开拓者，是我们保安族人学习的楷模。他是一个非常善良、非常聪明、非常有智慧的人，而且人生经验也非常丰富，所以，他对保安族文化人才的培养，贡献是非常大的。马世仁主席对于我们保安族文化建设、文化人才的培养，贡献也是非常大的。另外，我觉得要提高本土作家创作水平，还要进行有针对性的培训，经常开作品研讨会。我认为：少数民族文化人才的培养，首先是抓教育，抓好基础教育，这样，才能让更多的保安族人考上大学，接受现代教育，增长见识，只有这样，保安族作家的写作水平与写作的层次才会更高一点。积石山县今年刚刚脱贫，扶贫工作告一段落，但精神扶贫、文化建设任重道远。我想，召开文学作品座谈会也是一个不错的办法，我们打算邀请学者、专家、著名作家到积石山县来，对我们的文学创作把脉、指导。除了请进来，还要走出去。在我们积石山县，在教师队伍中，汉族作家也非常多。积石山县文学人才的培养，应该是各民族的共同培养，共同探讨，这样文学创作提升得就比较快。

四、保安族学者、作家马沛霆访谈录

时间：2016 年 10 月 23 日

地点：甘肃省临夏市新西路圣泽苑天方一品茶楼

被采访者：马沛霆，保安族青年学者，保安族文化网总编、临夏州政府办公室秘书

采访者：彭青，兰州交通大学文学院教授

录音：郭昱汝，兰州交通大学 2016 级汉语国际教育硕士

摄影：赵丹，兰州交通大学 2016 级级汉语国际教育硕士

参加者：王彤玲，兰州交通大学艺术设计学院副教授

彭青：马沛霆先生，感谢您在百忙之中抽出时间接受我们的采访。我是从媒体渠道了解您的，您是保安族新生代文化人的杰出代表，您在保安族文化传承、文学创作等方面做了大量的工作。据我了解，您是保安族第一位民俗学研究生，也是保安族文化网的创办人、总编辑。2016 年，您与日本广岛大学语言学博士佐藤畅治共同编撰的《保安语汉语词典》由民族出版社出版发行；在《新时期中国少数民族文学作品选集·保安族卷》中收录了您的散文十二篇；另外，2016 年 8 月 4 日《甘肃日报》刊登了您的《五彩缤纷的保安族书面文学》一文；保安族腰刀锻制技艺能够顺利进入国家级非物质文化遗产名录，您也是功不可没；您另外还带头申请了几项省级、州级保安族非物质文化遗产名

录；您参与编纂出版的书籍除了《保安语汉语词典》，还有《中国少数民族古籍总目提要·东乡族 裕固族 保安族卷》《保安腰刀》《新时期中国少数民族文学作品选集·保安族卷》等十余种。另外，您还兼任西北民族大学客座副研究员、甘肃省民俗协会副会长、甘肃省民间文学家协会理事等职。从上大学到现在的十几个年头里，作为一名保安族的青年，您在学习、工作之余，为保安族文化的推广做了大量工作，请谈谈您的心得体会。

马沛霆：其实专家、学者这样的称呼我是不敢当的，实际上就是源于自己的这个民族，我身上流淌着保安族的血液，我便自觉地担当起了本民族文化传承的神圣使命。因为大学的时候选择了社会学、民俗学这样的专业方向，所以，对自己本民族的文化尤其是非物质文化遗产这方面多了一份关注而已。对文化的关注，一方面是因为自己的学业背景，另一方面是因为我们保安族文化的现实状况。保安族在整个临夏州、甘肃省甚至是全国的知晓度、知名度还是很小的。我到西北民族大学求学，每当看到维吾尔族的舞蹈啊、藏族的歌谣啊，我心理上就有一种强烈的反差，甚至是有种自卑感。后来，和同学们交流、交谈的过程中，互相问“你是哪个民族啊，哪地方的人啊”，跟他们说到我们“保安族”的时候，几乎没人知道，特别是外地的、外省的，后来我一想，还是保安族自身对外宣传的太少。

当时有一个网站比较有名叫“藏人文化网”，是旺秀才丹和才旺瑙乳他们兄弟两个创立的。我看他们的这个网站对本民族文化宣传的形式挺好的，我当时因为不是计算机专业的，我就去请教别的同学，刚开始就用最简单的那种模板，里面添加一些介绍保安族的文章，很多人在关注。现在我觉得网络在十几年前就快捷高效，对民族文化的宣传很有帮助。当时网站的内容没有什么讲究可言，有什么文章就往上堆砌什么文章。过了3年以后，2007年我找专业的网页设计师重新设计网页，设计了16个栏目，包括保安族概述、村落介绍、民族教育、民族研究、民族人物、民族友人等，分门别类做了一个整理，相当于网站的重新装潢。还在临夏市举办了一个盛大的保安族文化网开通仪式。然后，我就开始对外征集稿件，也激起了本民族很多人的写作热情。要把网站的各项工作做得细致一点的话，我一个人的精力是远远不够的，尽管这样，我也坚持了十一二年。我想着：因为人们对网络阅读的习惯也在发生着变化，更多的人倾向于关注微信，所以，我打算花点精力搞一个保安族的微信公众平台，实际上现在已经建起来了，只不过还在起步阶段。我想通过微信平台，把一些好的文章、好的观点、好的影像和大家分享，这个微信公众平台的名字就是"微观保安族"。

保安族的文学以1980年为一个节点，1980年之前基本都是口头文学，保安族的文化都是通过口耳相传的，没有书面文学。1980年左右，马少青、丁生智、马瑞等当时的这些保安族的青年，也是因为工作在积石山这边，他们都曾在积石山县委宣传部工作，他们工作之余收集整理散落在保安族民间的口头文学，这些口头文学主要包括神话传说、民间故事，还有一部分儿歌、谚语，他们对这些进行了原始的记录。《陇苗》杂志是最早发表保安族文学的杂志，1980年在积石山保安族东乡族撒拉族自治县成立的时候办了一个《积石柳》，还办了一个专刊《积石山》，保安族第一代作家发表的文章主要还是在临夏的《河州》杂志上。

马少青是保安族文学的奠基人，他倾向于民间故事、神话传说这方面的创作，而马瑞是保安族很有名的文化人，他现在是保安族口头文学和语言的省级传承人。他的特点是思维敏捷，擅长的就是"花儿"、打调、宴席曲，这些都是他相当拿手的。"花儿"本身是有固定的程式、固定的架构，但它的歌词都是现编的，这就需要"花儿"的唱家、唱把式有非常灵活的头脑和敏捷的思维，有见物填词的那种本事，看到东西就能将它即兴编唱。马瑞当时书面的整理也是集中于“花儿”。绽秀义的文学创作体裁主要是小说、散文。绽秀义还是保安族里面比较早获得全国性文学创作奖项的作家，第二届的全国少数民族文学创作奖，我还特意查了一下，他和张承志在同一届获奖。他的文学起步还是很早的，但是写的东西很少。我当时编《新时期中国少数民族文学作品选集·保安族卷》的时候，是在临夏县的档案馆查到他的这两篇文章——《麻拉巴过节》《柳叶青青》，然后我就记录到文学卷里面了。他的小说，是保安族老一辈搞文学的人当中最见功底的，他的很多用词、逻辑、叙述方式都非常好。马骥是我们保安族里面非常有才气的、非常难得的一个人才，为人豪爽仗义、谈吐优雅，著有《我所知道的马铭骥》《马占元其人其事》两篇文章。

到 90 年代的时候，马学武就开始崭露头角，他高中毕业以后没有考上大学，在大河家的水电站一直干临时工，到现在快三十年，现在 50 岁了，生活条件一直较差，但他相当的乐观。他把文学当成生命一样，觉得自己有文学就足够了的那种感觉。另外一位作家是马祖伟，他在公安战线工作，90 年代之前，他在临夏州民族歌舞团，是舞蹈演员出身，后来，他去了积石山县公安局工作。他从小写一些文章，从事公安工作后他写公安题材的通讯、新闻稿，之后，写一些散文，可能有二三十篇。

我要隆重介绍的是马尚文，他刚刚担任积石山县县长职务。马尚文是 1991 年从陕西师范大学汉语言文学专业毕业的，他的汉语功底非常好，他一直从事行政工作，在基层当乡长、书记，后来担任积石山县教育局长、宣传部长、临夏州教育局副局长。他一直没有时间把文学这一块抓起来。直到三年前，他到临夏州任职后，就相对有了一些时间，他的文学创作就在三年之内爆发了！他写东西很拼命，天天熬夜，天天写诗，他可能在今年还是明年要出个人文集。因为马尚文对文学比较重视，他自己有这个文学情结，之后他就设想给马学武、马祖伟等人都出版个人文集，在积石山出一个保安族的文学丛书，我就想着把能写的这些人都动员一下，他也表示同意。马尚文的文学作品质量相对比较高，体裁比较宽，赋也有，古体诗也有，现代诗也有，散文也有，而且他的写作方向、内容都是紧密地结合自己的家乡、自己的民族，这个就是比较难得的。本民族的学者也好，作家也好，应该推广宣传自己民族的文化。马尚文的文学创作资料也是我帮他整理、编辑的，大约有350多篇文章，第一步他想着先出现代诗，之后想把古体诗和填的词放在一起，然后再出一个散文集。他的文学作品在《甘肃日报》发了3篇，在《丝绸之路》发了一个组诗，《飞天》里面也发过，他的作品发表规格都是比较高的。

马学英今年大概45岁，也是大墩村的。马学英一直在银行系统工作，原来是积石山县农业银行的行长，现在是临夏州农行的办公室主任。他一直把自己雪藏起来，我也没发现他文学方面的天赋，也就是三四年之前，他从写宗教题材的散文开始，展现了他自己的文学天赋，他一开始写的是宗教方面的，到现在也一直写这个，偶尔写一两篇游记，然后又回到宗教这块，就写我们这个崖头门宦的历史渊源，带研究性质的散文，偏向于学术散文。他有些自己的观点、有自己的情感，写我们门宦的历史渊源、教义的组合、教义的来源，然后写历代门宦中的老人家（门宦负责人）的生平，歌颂老人家的品德。至于我，文学这块确实是非常的单薄，我的作品数量本来就不多，而且质量更不高。文学和我结缘就是完全很无意的，无意间就闯入生活了。多半的时候就是因为心情的烦闷，这种不愉快，不吐不快。

马尚文、马学英以及我等人都是2000年以后的写作者了。按照保安族作家年龄分代，马少青、丁生智、马瑞、马骥属于80年代；马学武、马祖伟是90年代；像我们都是2000年以后的，我是最迟的。从

2010年以来到现在，就是你的学生马婧、马青勇，都是文学创作的苗子，保安族未来文学创作得靠这些人，而且他们文学的这种表达方式、题材都跟以前的不一样，有可能选择网络文学途径，通过微信、QQ进行创作。

彭青：作为一名优秀的保安族文化的传承者与传播者，请谈谈家庭、家族对您文化人格的影响。据我了解，您的爷爷是西北民族大学毕业的，您的外公马正云是中央民族大学毕业的，您的舅舅马少青是保安族文学的奠基人。他们对您文化人格的影响有哪些？

马沛霆：我觉得，一个人的社会背景、家庭环境对本人的影响确实特别大，这个在我身上是感同身受的。我很小的时候，就听我爷爷讲一些历史、民俗。历史包括我们保安族是怎么来的、怎么迁徙的，保安族的族源、构成大概怎么样。像民俗，爷爷那一辈就讲保安族的这个民居、房连房、墙连墙是什么来历，墙头的石头是什么含义，他就特别喜欢给我说这些非常细小的知识，我觉得相比其他的同龄人，我是比较幸运的。因为我爷爷是保安族真正的第一代文化人，这是非常少有的，像我爷爷这样的人全民族就只有六七个。他还非常善于讲故事，讲以前他自己当兵的经历等，所以从小的这种耳濡目染，对我的影响非常大。

我舅舅马少青是保安族书面文学的创始人、奠基人，他出第一本书的时候是1989年，我8岁多，当时物质匮乏，尤其是书籍相当奇缺，我们觉得出书这件事情确实太伟大了。那是一本非常薄的书，我三四年都一直背在书包里面给同学们炫耀，有事没事就读。后来，我舅舅在我初中的时候，又写了《艾布的房子》那篇小说，我就觉得太有意思了，因为他写的是真人真事嘛！连名字都没改，是他的堂叔，我就觉得很亲切，觉得文学的魅力非常大。舅舅他也写书法，我觉得做一个有文化的人是一件很了不起的事情。有时间的时候，舅舅就给我讲保安族的文化等。总的来说，爷爷、外公、舅舅，他们对我的影响也确实是很大的，不仅是言传，还有身教。在他们的熏陶之下，我觉得自己是幸运的，对民族文化比同龄人关注更早。

彭青：请谈谈您编纂《保安语汉语词典》的初衷，当时为什么会有这么一个想法？

马沛霆：2003年的时候，云南大学高发元教授组织以云南大学中文系为班底的人员编写《中国少数民族村落调查》丛书。当时有一块是语言的调查，调查点就在我们大墩村。我和西北民大的藏族老师英加布一起做语言调查，这是在我大二的暑假展开的调查。当时设计了一个问卷，走访了500个人，按照不同的年龄、职业，我们分了不同的问题，问题里面的选项也分得很细，主要还是保安语的应用程度。其中只有5%的保安族人精通保安语，只有40%的人能说能听保安语，有40%的人不会说保安语，听得也不是很顺，15%的保安族人听不懂保安语，也不会说保安语。所以，我觉得保安语消失的脚步临近了。

实际上我也不是搞语言学的，我就想着怎么把语言保护一下。2005年的时候，我认识了日本广岛大学佐藤畅治先生。佐藤先生是广岛大学北京研究中心的主任，当时是副主任，他50多岁。他回去以后就用邮件开始和我交流，邮件有上千封，商量编写词典的事情。刚开始，佐藤畅治说用国际音标，我说不行，因为国际音标一般学语言专业的可以辨识，但是普通大众不行。我就说用汉语拼音，保安语的发音汉语拼音能发出来的就用汉语拼音，发不出来的再想办法，当时他就说用拉丁文，罗马拼音。事实证明，我的这个定位特别正确，这个就是《保安语汉语词典》最大的一个亮点。我们合作时间长达10年，才开始进入了出版的流程。

我之前还试过把有些电影，如潘长江演的《举起手来》翻译成保安语，同声翻译的那种，特别有意思。我想我们村子里的老太太、老爷爷，他们大多数是文盲，一辈子看电影、看电视没有看懂过一句台词。我还准备搞保安语歌谣曲十五首，翻唱十五首。

彭青：保安族是一个人口较少的民族，也是甘肃省特有的三个少数民族之一。目前，对于保安族文学的研究，队伍不够壮大，研究成果也比较少。马克勋在1994年，编著了《保安族文学》，距今已经22个年头了，对于保安族书面文学的整理研究，明显处于滞后状态，请您谈谈对保安族文学研究现状的看法。

马沛霆：刚才您提到的《保安族文学》是第一部跟保安族文学研究有关的书籍，而且这本书还不是保安族本民族的学者撰写的，是由东乡族的学者马克勋撰写的，是1994年甘肃人民出版社出版的。之后，只有零星的论文或者是散文提到保安族的一些文学情况，像《大河家的故事》啊，这些都是文学的综述。保安族书面文学数量太少，也还没有一个成形的文学创作队伍，部分文学工作者的创作大多是随性而为，有感而发。

彭青：保安族的书面文学创作起步较晚，马少青作为保安族书面文学的创始人，他的创作涉及小说、散文、戏剧等，他也获得过全国少数民族文学创作优秀奖，请谈谈您对马少青文学创作的评价。

马沛霆：马少青文学创作分两大模块：一是口头文学，即口头文学的整理；另外就是书面文学的创作。书面文学的创作主要有学术性散文和小说。马少青于1980年开始收集民间故事，数量在13篇左右。当时，保安族民间文学处于空白状态，可以说连一页纸都没有记载。其实他收集的好多故事，我们也听过。讲故事就是我们村子里的“讲古今”。三十年前的保安山庄，讲古今是一个非常重要的娱乐方式，老人给小孩讲古今，就是在炕头，在树底下，在村口，几个人围着听一个老汉讲，回到家就是外婆、奶奶、妈妈给讲古今。保安族的那些民间故事，在我看来还是很有特色的，它是有说有唱的故事。我印象特别深的是，马少青收集整理的《阿舅和外甥》，这个故事我们小时候经常听，故事里的舅舅为富不仁，十分歹毒，这个孩子的父亲很老实，舅舅把孩子的父亲杀害了，然后孩子来报仇。这个故事里面有唱词，虽然两人互相就要开战了，但是外甥用非常有感情的语调问："山顶上站的什么人？山腰上站的什么人？山底下站的什么人？"阿舅刚开始说（唱）："外甥啊亲，我的外甥啊亲，山顶上站起的是放鹰的人，山腰里站起的是放羊的人，山底里站起的是种地的人。"后来两个人继续走，走了一段路后，舅舅凶相毕露，然后外甥变成很惊恐的语气来问，是什么人，继续这样对唱。然后舅舅说，山顶上、山腰里、山底下都是杀你的人，最后两个人就开战。三十几年前听的故事，我印象特别深，我们保安山庄里每个人都唱出不同的感觉。民间故事对人的影响特别了不得。马少青整理书面文学有重要的文化价值。

彭青：目前，保安族的书面文学创作队伍比较壮大，在散文、诗歌、词赋方面取得了一定的成绩，80后作家，比如您，已经崭露头角，但是通过阅读收集在《新时期中国少数民族文学作品选集·保安族卷》的作品，我发现这些作品篇幅大多比较短小，而且呢，短篇小说创作，除了马少青、绽秀义之外，后起之秀严重不足，整个保安族书面文学之中，中篇小说、长篇小说、报告文学等题材，可以说处于空白状态。您对这种现象有何看法？对当前保安族书面文学作家有什么期望？

马沛霆：长篇、中篇小说，我前面提到的马尚文，他正在进行创作，应该还没出来。我们也希望一代更比一代强，要是有更多的人参与进来，肯定能改变现在的这种局面。我也想创作长篇小说，我对这个还是很有兴趣的。虽然我对文学创作不在行，但是看别人写的小说，很羡慕。

彭青：您的散文篇目比较短，多在细节上描写，篇幅就会长一些。比如说像《民院情结》，维吾尔族同学跳舞那一段，您感觉特别自卑，觉得维吾尔族有本民族特色的舞蹈，但保安族的文化标志是什么？诸如此类。但您只是简单说了一下，我读到了那里，我明白您的心思，但是您没有把它渲染出来，文学作品，尤其是散文，主要在于渲染烘托，然后让大家被你的情绪感动，但是您就那么一笔带过了。

马沛霆：这就是你们教授、专家的水平，你们的眼光可以看出来，其实我们就没有这种意识，就是不知道该在哪里浓墨重彩，该在哪里轻描淡写，没有这种结构的摆布，没有这种专业的素养，就是一种情绪的表达，满足于这种一气呵成，满足于这种快感，从来都不改。

彭青：对于我们汉族人，研究保安族的文化与文学，您能给我们哪些好的建议？

马沛霆：本身我觉得，学术研究无国界，当然也没有民族的界限。我作为一个保安族的所谓的文化人，特别希望有更多的人参与到保安族的研究中，来关注我们民族，多多益善。从不同的角度，在不同的场合宣传、推广我们保安族。我认为：不管是哪个民族的学者、专家，我都希望有一些比较高水平的研究成果出现，这是我唯一的期望。我就想能在我们研究的基础上有所突破，我们可以抛砖引玉，你们可以增砖添瓦，把研究推向更远或者增加新的高度。

五、保安族诗人马学武访谈录

时间：2020 年 7 月 20 日

地点：甘肃省保安族东乡族撒拉族自治县大河家镇韩陕家村马学武宅院

被采访者：马学武，原名马六十五，保安族，甘肃积石山县大河家镇韩陕家村三社人，现为自由撰稿人

采访者：彭青，兰州交通大学文学院教授

录音、摄像：潘采伟，兰州交通大学经济管理学院教授

彭青：首先，祝贺您的诗集《花儿漫过野风的山岗》由敦煌文艺出版社出版发行，这部诗集，不仅仅是您本人公开出版的第一部诗集，也是保安族作家中个人公开出版的第一部诗集，距离马少青个人文学作品集《积石山的路》20 年之后，您的诗集出版，这在保安族书面文学中具有划时代的意义。请您谈谈这部诗集的出版过程。

马学武：谢谢彭老师的祝贺！这本书本来早几年就要出版，但是由于个别原因，一直到 2018 年才出版。保安族文学在甘肃几个少数民族文学里面，它还是比较包容的，但是保安族文学还有待发展吧。

彭青：我主要是想问问您，这本诗集的出版过程。

马学武：我上过鲁迅文学院，当时在鲁迅文学院，大家都有作品，我当时就想我必须要有一部像样的个人著作。我一般是写诗歌，像散文还有其他类的文学体裁写得很少。从鲁院学习回来以后，我就一直

想出一本自己的诗集，然后就慢慢地开始准备，2018 年终于完成了个人的第一部诗歌集。这是我们保安族文学里具有代表性的诗集，也是继马少青文学作品集《积石山的路》20 年之后，才有的个人诗集出版。

彭青：马少青以后，只有您一个人出版作品集了。您在经费紧张、时间紧张的情况下，怎样克服困难出版这本诗集的？

马学武：我不会隐瞒我的生活比较窘迫的事实，但是我在文学上还是比较有热情的。不管我的生活多么的窘迫，我还是想完成出一部诗集的心愿。我在创作这部诗集的时候，得到过中国作家协会的帮助，这也是我们临夏州唯一一个获得扶持的项目。除此之外，我们县政府的领导还直接或间接地资助，帮助我完成这部诗集的出版。不光是我个人的，也是大家共同努力的成果。

彭青：在马少青主编的《陇原花雨——改革开放 30 年来的甘肃文学艺术》中，您是唯一一位被专门介绍的保安族诗人。是这样介绍的：马学武，男，保安族诗人。曾获多种文学奖项。马学武是保安族文化人当中的另类，浑身上下浸透着质朴却文风超俗、性格内向腼腆却傲骨胜人。在他的诗里既表达了对保安民族的热爱，又充满了对人生真善美的讴歌。在当今社会，马学武还是一如既往地追求美好的生活，崇尚理性的文学。您对这样的评价有怎样的看法？

马学武：说实话，我曾在博客里看到过这段话，但这本书我没有看过，但是这段评价我的话，对我评价太高了，我实在是承受不起。我以后在文学上，还是要继续追求吧！我朝"崇尚理性的文学"这个方向继续努力吧！

彭青：杜甫曾经有这样的诗句："文章憎命达，魑魅喜人过。"保安族大部分写作者都有稳定的工作，生活有稳定的保障。而您在没有稳定的收入，家庭负担较重的情况下，从事诗歌创作近 20 年，是什么样的原因让您从未放弃文学的梦想呢？

马学武：我的学历是高中。我上高中的时候有点偏科，喜欢文科，不管是文学、历史和外语我都喜欢。后来没考上大学，但是我想，人必须要有一技之长，需要一些安身立命的本钱吧。我喜欢文学，文学不需要花费太多的本钱。然后我就自己买书，书也不贵，自己投稿，谈不上踏上文学的路，只是阅读作品深入到文学里。

彭青：请谈谈您的家庭以及妻子对您文学事业的支持。

马学武：我的妻子文化水平不高，她经常待在家里面，对我还是比较支持的。当我的作品发表，她就想不通文字能够当作一件商品，或者说文字能够带来财富，她是想不通的。说实话，她是特别支持我的，她在家任劳任怨，地里劳动、干家务，伺候老人，照顾孩子，这就是对我最大的支持。

彭青：有时候您离家几个月或者半年，她没有抱怨过您吗？

马学武：抱怨也是抱怨过，但是抱怨得很少，她对我的支持还是比较多的。她有时候很自豪，说我的老公是作家。

彭青：您的《打工诗抄（组诗）》贴近生活、非常接地气，以诗歌的方式再现了底层劳动者生活的场景，表达了您对底层劳动者感同身受的真实感情。请谈谈组诗的创作过程。

马学武：这个打工的生活场景，我是直接或者间接的能够感受到的，并且感受的也比较深刻，这些都是在我身边发生的事。同时，我对现实有些事看不惯或者看法不一样的时候，我就用文字的形式把它写出来。我以前不太想在我的诗歌集里写到打工日常，但是现在打工作家也很多，虽然我没有知识改变命运的这个条件，但是我对基层的生活感受比较多，特别的了解。我的时间大多都是在打工中度过的，我经历了许多事，干过很多工种。

彭青：您经历过淘金吗？请把您的经历说一下吧！

马学武：我高中毕业考大学时，离高考录取线只差 2.5 分，我落榜了。当时家里很穷，那个时候我也不清楚，也没有去复读，就去了新疆打工。新疆是打工人的天堂，各方面的条件都是很好。尤其是新疆人比较实在，人与人相处比较友好。新疆本身就有很多来自全国各地打工的人，背井离乡的比较多，给打工人的机会也比较多。我摘过棉花，筛过沙子，做过家庭教师，我在新疆待了一年以后就回来了。我想我是有文化的人，我喜欢文学，这样打工下去也不是办法。我回来以后非常珍惜我的保安族身份，因为我个人的优势，借助本地的优势，写一些东西出来，比盲目打工有意义，而且我的根在大河家这个地方。在大河家，大家知道保安族里有一位诗人叫马学武。如果在外面打工，别人根本不知道我是谁。

彭青：您的诗歌能够在《诗刊》《星星》《民族文学》等国家级刊物上发表，这是非常难得的，也将保安族书面文学提升了一个档次。请谈谈您在国家级刊物上发表诗歌后的感受。

马学武：作为一名作家，必须要有写作意识、发表意识，我想说的是，我们保安族作家不是不多，也不是不少，但是有一个普遍的现象，他们就将作品发表在本地的一些报刊上，在《甘肃日报》上发表的也不多。我希望保安族作家的眼界能够更宽一点，站得更高一点，这是我对保安族作家的一点建议吧!

彭青：怎样表达保安族文化题材，又要超越本民族写作，是摆在保安族作家包括您在内的一个难题。保安族书面文学已有30多年的历史，在创作过程中，不能一直停留在保安族文化的表层，怎样超越和突破?

马学武：保安族作家跟其他民族作家都一样，用我的话来说，保安族作家有使命感，有担当性。他们既要了解汉族作家作品，也要了解本民族的作品，还要了解其他少数民族作家的作品，这样才能有突破口，才能超越自己。

彭青：您参加了鲁迅文学院第十二届、第三十七届中青年作家高级研讨班，后来又参加2012年高研班短期培训。这是您的荣耀，也是保安族人的骄傲。受到这样高规格的文学熏陶，给您的文学创作和人生阅历带来了什么样的变化？

马学武：我参加过三次鲁迅文学院高级研讨班，但是有一次是非正式的，正式参加的就是第十二届、第三十七届。对于一个作家来说，鲁院是文学作家的天堂，我作为鲁院的学生，非常骄傲、自豪。我在鲁院见到过许多有名气的作家，也读了许多的名著，对我的文学创作，以及对我以后的人生影响确实很大。以前我对文学是比较感性的理解并感性地写作，上了鲁院以后，我开始有了一些理性的认知，并且开始理性地写作。

彭青：就是说您现在超越了感觉的层面，而是有了技巧，是不是这个意思？

马学武：是的。我从鲁院回来以后，写的很少，写的少的意思是，好像我对文学理性的认识更深入了。不过这样反过来还有不好的一点，就是不敢写，就怕写得不好，还有就是怕别人说闲话，说你是鲁院高研班的人，还写这个层次的作品。但是不管怎么说，我从鲁院回来以后，对文学有了更加理性的理解。

彭青：次仁罗布、马金莲等少数民族作家，与您共同参加了鲁迅文学院第十二届中青年作家高级研讨班，次仁罗布、马金莲等获得了鲁迅文学奖。他们的获奖，对您的创作有什么样的激励作用？

马学武：我和次仁罗布是高研班的同学，我跟马金莲不是。现在想起来，马金莲真是关上门来搞文学创作，她不像我们这些人那样浮躁。次仁罗布上过两次高研班，他的小说确实非常有深意。不管是次仁罗布还是马金莲，他们两个对我直接或者间接的影响比较大，应该向他们学习。

彭青：裕固族、保安族都是甘肃特有的、人口较少的民族，但是，保安族书面文学与裕固族书面文学存在一定的差距，请谈谈这方面的体会。

马学武：裕固族和保安族作家的数量是差不多的，但是裕固族作家比较勤奋，比较理性，视野更加开阔。裕固族作家里出现了许多优秀的作家，铁穆尔、何忠、杜金德等人都是裕固族优秀作家的代表。还有就是阿拉旦、达隆东智这些都是裕固族作家的中坚力量，他们的作品以后会慢慢地被认可和进一步提升。

彭青：保安族文学的希望在哪里？

马学武：我认为，要对文学有一个正确的认知，态度要端正，不能把文学当作一种利益，或者说是利益的交换品，也不要把文学当作是一个跳板。另外，还是要多读书，多写作，登高望远。

彭青：您是临夏州作家协会副主席、积石山县作家协会名誉主席。对于保安族“80后”“90后”写作人才的挖掘、培育，尤其是保安族女作家的培育，谈谈您的设想。

马学武：说实话，保安族文学作家真正走出去的几乎没有，除了马少青以外。我或多或少参加过一些活动，但是也谈不上是资深作家，包括在保安族内部作家中间，也谈不上是资深作家。但是，保安族作家确实需要一些后备力量，尤其缺的是女作家，我知道的保安族女作家，一个是马春芳，一个是马彩虹，还有一个是马婧。马彩虹是临夏县发改委的一名干部，她的文字也不错，我们有来往。

彭青：马婧写过什么？

马学武：她以前给我说，她写过散文，但是我没有读过。

彭青：马婧在上大学的时候，我指导过她的写作课，当时写的《积石山的盖头》写得非常好，就是因为她的这篇文章，我才对积石山文学产生了兴趣，但是后来我没有见过她的作品了。我感觉保安族作家“90

后”现在断代了，面对这样的问题应该怎样解决？因为文学必须要传承，如果断代了，想让它更强大就越来越难了，您能列举出一两个“90后”作家吗？

马学武：没有。

彭青：“00后”的呢？

马学武：更没有了。

彭青：是啊，现在60年代、70年代生人是保安族作家的中坚力量，之后就没人了。我觉得文学断代是一个特别严重的问题，您看看您有没有一些设想，培养、挖掘青年作家，或者还有其他方面的一些措施？

马学武：保安族需要培养新一代的保安族作家，尤其是女作家。进一步发展保安族文学，发展一些保安族文学的后备力量，这是刻不容缓的事，否则，保安族文学濒临断代。

彭青：最后，请谈谈您本人文学创作的设想和打算。

马学武：我以前写的是诗歌，现在我会写 写散文，甚至会写小说，但是不管怎么说，我对诗歌还是比较感兴趣、比较注重的。我想在三五年之内再出一本诗集，争取能加入中国作协，这是我的一个设想和打算吧！

六、保安族作家马祖伟访谈录

时间：2020 年 4 月 23 日

地点：甘肃省积石山保安族东乡族撒拉族自治县吹麻滩云山酒店

被采访者：马祖伟，积石山县刘集乡高李村人，供职于积石山县公安局，中国少数民族作家学会会员、全国公安作家协会会员

采访者：彭青，兰州交通大学文学院教授

录音、摄像：潘采伟，兰州交通大学经济管理学院教授

彭青：马主任，您是一位人民警察，也是一位作家，同时还是保安族第一代专业舞者、歌唱家。作为保安族人，您身上有诸多才情。在文学创作方面，您创作了散文、诗歌、歌词、侦破通讯等，取得了较好的成绩。请谈谈您是怎样走上文学创作之路的。

马祖伟：其实，我很小的时候，父亲当时在工作，我走向文学创作之路，从某种程度上受父亲的影响最大，我的父亲对子女的文化教育很重视。像包括我的表哥，像马世忠、马世仁，他们当初上学都是受我父亲的影响。父亲对我们三兄弟在学习上、在教育上抓得比较紧，当时父亲的工资很低，日子很艰苦，家中兄弟姐妹也比较多，在那种情况下，父亲仍然坚持让我们上学。“文化大革命”那段时间，我的父亲没有工资，在那种情况下，母亲去探望的时候，父亲说，一定要让孩子们把书读好，哪怕有多大的委屈，多大的困难，也一定要克服。万一不行，我们可以把家里的东西变卖以后交学费，让孩子们一定要

上学读书。受父辈的影响，后来我们兄弟三人都参加了工作，我大哥是医生，我二哥是政府职员，在1980年，我只有14岁，就加入了临夏州民族歌舞团。当时歌舞团必须要招少数民族，临夏州有两个独特的民族——东乡族和保安族，民族歌舞团当时就缺这么两个民族的成员。我很幸运，歌舞团招人的时候到我们积石中学来。那时候我刚刚初中毕业，导演在1000多号人中选演员，选了两个，后来又淘汰了一个，最终选中了我。到了歌舞团以后，就发现自己在文化这方面太欠缺了，怎么办呢？自学。自学当时有个比较有利的条件，就是当时临夏州文学创作方面，好的作家全部都吸收到歌舞团写舞台剧本。在歌舞团我怎样提高文化知识？我就跟着这些作家抄写剧本，那时候全是手工，没有电脑，我那时候字写得还可以，我就主动跟老师说去帮他们抄写。抄完一遍又一遍，在这个过程中，我自己慢慢摸索，去琢磨语言、词汇的运用等。这段经历对我来说很重要，我之所以走向文学创作之路，也是这段经历奠定的基础。再到后来，我就自己开始写一些小通讯，当时《民族报》还没有办起来，我就把这些小通讯发到广播站，即临夏的广播电台，当时我写的小通讯就是通过广播电台播出去的。

1993年，我被录用到积石山县公安局，培训三个月以后我被分配到刑警大队工作。当时有个机遇，就是恰好破了一起枪支贩卖案件，总共缴获枪支有45支，是一个影响很大的案件。那时候我就写了一个侦破通讯，就是从那时起，我开始写侦破通讯，《积石山上的枪声》是我的第一篇侦破通讯。之后我们单位还获得了集体三等功。我之前也没有接触过侦破通讯，所以我写得很简单，后来，把这篇侦破通讯发到《甘肃公安》，《甘肃公安》的一位编辑他发现了我这篇侦破通讯，他觉得我这个素材特别好，但是我写得很简单，所以他专门跑到我们积石山县公安局，要我重新再写。后来领导觉得，这个小伙子还行，就把我调到了积石山县公安局办公室，在办公室一待18年。谈到我从事文学创作，还得感谢马少青、马世仁，还有马学武。侦破通讯对以后的文学创作也是有很大的影响的。

彭青：你的父亲马明昌是一位具有传奇色彩的保安族人。您父亲担任了当时大河家保安族自治乡乡长。1952 年 10 月，您父亲受到西北军政委员会副主席张治中的接见。请谈谈父亲对您人生道路的影响。

马祖伟：我父亲的经历在马世仁《在“田野”中发现历史——保安族历史文化研究》中专门写过一个篇章，我是从那本书当中了解到父亲的一些过去。其实，他对自己那段辉煌的历史从来不提。父亲教育子女的方式也很特别，我记得印象最深的就是说如何勤俭节约。其实我那时候上学啊，学费大概两三块钱，父亲其实是有钱的，但是你要钱，他说没钱，让我先等着，说不行先去借一点，实际上他带着钱呢！最后第二天早上要报名了，父亲看时间差不多了，然后就把钱给学校，让我们去上学，后来我想他用这种方式教育子女——要懂得珍惜。有时候他也不让我们穿新的衣服。现在我不抽烟不喝酒，当然这也是受到我父亲的影响，我生活一直过得很简朴。解放前父亲做生意，到印度的加尔各答去。我的父亲是护卫队的队长，他的枪法很好。他说有一次土匪来抢东西，他远远地看见马队已经来了，他就端起枪，第一枪把马队第一个人的帽子给打掉了，这个马队就马上停下，直接自首了。他说在生死关头一定要把对方给镇住。他还有一种手段，他说吃肉的时候要用刀子把肉骨头刮得干干净净，为什么？他说土匪来了，看这个吃肉的干净程度，这个商队不简单啊！记得当时我写了一篇反映希望小学回族女校长的动人事迹的文章，投稿《甘肃妇女》，发表了。发表后，我父亲看了后说：哎呀，不错，以后就这样好好写。父亲还特意强调：只要你把本事学到，以后别人是会主动找上门的。

彭青：其实，您父亲的经历就是一个非常好的写作素材，既可以写成长篇散文，也可以写成小说。您有这样的创作设想吗？

马祖伟：我的父亲受到张治中先生接见，是保安族历史上前所未有的事情。父亲在“文革”期间被打倒后，他给我母亲说：你把家管好，至于我的事情，我来解决。他还说，我没啥事儿啊，莫须有的罪名是强加给我的，迟早会给我平反。有一回，将近一年多时间他没回家，他被发配到一个生产队，住在生产队的牛羊圈里面，每天出去捡回两百斤的牛羊粪。父亲坚持干活，他没有什么事。事情平息后，父亲对我母亲说：“我可以逃走，但是我不能走，我一走或者说一跑就全完了。”我的父亲很坚强！我们单位，我们庄里面有好几个，原来有工作的，别人就说他有问题，准备把他打倒，他就不干了回家，这么几个人，跟我父亲形成鲜明的反差。我父亲退休以后，在我们村清真寺当学董，所以，他在群众当中威望还是很高的。

彭青：您的散文写作在保安族作家中水平较高，您的写人叙事散文善于捕捉各种人物以及他们独特的人生经历，对“有意味”的细节描写比较到位。《望夫台》中的“共产婆”——彭婶，取材非常好。她是一位幸存的西路军女战士，对西路军女战士的写作，甘肃省社科院董汉河有长篇报告文学《西路军女战士蒙难记》，他是从宏观的角度写了多位西路军女战士的悲惨遭遇。而您从被马家军抢走、流落到保安族村落的角度写个体的西路军女战士的遭遇。写出了善良的保安族群众对西路军女战士的同情、保护。这个素材非常好，值得大写特写。请谈谈您当时写这篇散文的初衷。

马祖伟：当时我们村里边，我记得好像有两名流落的红军女战士。她们都是孤独一人，是五保户。她们跟我们说话不一样，后来从村子老人的口中或者我父母口中知道，她们是流落红军。但是，她们怎么来到我们村子的，我们保安山庄里的人不是很清楚。后来，我了解到西路军女战士的情况后，我感觉到这实在是很悲壮的事情，就创作了这个“彭婶”。后来了解她们说的话是四川话，四川口音，后来证实也是四川人。我听了红军这些故事以后非常感动，一些红军女战士根本就没有回到部队或者老家，她们一生就留在了我们保安山庄。在开始写的时候，我发现写得不够深刻，好像是自己对这些素材不是那么会组织。这次我就想进行大幅度地修改，把这个再扩展了一下，又查了一些资料，写得更加丰满。当时写“彭婶”就这么个出发点。

彭青：您写得挺好的，写出了保安族人的善良，写出了保安族村民们对红军女战士的种种保护，让她住在清真寺旁边，更加的安全，是吧?

马祖伟：在那个特殊的年代，清真寺被拆掉以后，有些老人偷偷地去到清真寺原址做礼拜。将彭婶的住处修到清真寺旁边后，大家都能看得见她，在村里人眼皮底下，想欺负她谁敢？所以说将她的住址特意选在清真寺旁边，这样人来人往，某些有非分之想的人，是不可能实现的。

彭青：这细节写出了保安族人民的善良，这个角度特别好，《西路军女战士蒙难记》是董汉河写的报告文学，流落红军女战士遭遇特别悲壮，他写出了群体西路军女战士的不幸。而您从另外一个角度，从民间的角度写出了善良的保安族老百姓对流落民间的红军女战士的关爱。

彭青：由于职业的原因，您创作了大量的侦破通讯，如《错齿覆灭记》《英雄无悔》等。以前，新闻通讯属于新闻体裁，是区别于文学体裁的文体。自从美国作家雪莉·艾利斯出版《开始写吧！——非虚构文学创作》一书，再加上白俄罗斯女作家阿列克谢耶维奇的《切尔诺贝利的回忆：核灾难口述史》获得2015年诺贝尔文学奖，“非虚构文学写作”成为文学写作中的热点。有论者根据作家所体现的写真意识、问题再现的似真程度以及读者接受时的真实感效果三方面因素，将非虚构写作划分成完全非虚构（包含报告文学、传记、口述实录、新闻报道、纪实性散文等）和不完全虚构（包含非虚构小说、纪实小说、新闻小说、历史小说、纪实电影、电视剧剧本等）两种类型。因此，您创作的大量的侦破通讯可以划归到非虚构文学写作之中。请谈谈您的侦破通讯写作。

马祖伟：写侦破通讯主要有这么几个出发点。首先，就是把这个案件大白于天下。真相大白以后可以消除人们的各种猜测。其次，从中去吸取教训，最主要的目的是从中受到教育。我写积石山拐卖妇女案，事件发生在1978年，我们大河家镇24名妇女被拐卖到河北省泊头市，这个案件的破案过程很艰辛，这也是积石山建县成立以来第一起人口贩卖案。后来，我把这个过程全部写完以后，觉得非常凄惨。整个侦破的过程，整个审讯，走访受害人家属，去做笔录，我全部都跟踪下来。将案件的侦破过程写出来，就是让老百姓从中受教育，不要再上当受骗了。写缉毒警破案，我要表现民警那种智慧或者说舍生忘死的勇敢精神、奉献精神。

彭青：您创作了大量的歌词，请谈谈您歌词创作的情况。您创作的歌词《保安恋歌》是第一首保安族原创歌曲，后来还创作了《执着》等歌词。我听了《保安恋歌》，演唱形式采用男女对唱的方式，受“花儿”的影响比较大。

马祖伟：歌词其实我写的不是很多，成熟以后谱曲的就那么两首，如《保安恋歌》。那时候机会也很好，2000年是千禧之年，文化部和国家侨办联合组织的一个300人的中华文化展演团到台湾。到台湾去以后，有一个丽江市的歌舞团的团长，他以前是丽江市音乐师范学校艺术系的主任，而且还是国家二级作曲家，名字叫张金云。我们在交往当中认识了，他是一个很开朗的人，我们也谈得来。有一天我突发奇想，我说，“张老师，我们两个合作一下多好啊！”他说合作什么？我说，“你谱曲，我写词，我们在台湾写，而且把这个歌在台湾写出来多有意义。”他说，“那太好了，可以。但是我对你们西北的素材了解太少了，我几乎没去过西北，你们西北的民歌，我真是一点都不懂。”我说：“我把我会的花儿天天唱给你，给你灌耳音，所有我知道的花儿我都给你唱，你说什么时候唱，我给你唱。”他说：“那太好了。”后来，我重点把保安族的“花儿”给他唱，大概也就三四天时间，他说：“好了，差不多了，现在开始要创作了。”我们在台湾共有两个月的时间，在不到一个月的时间里，我们把《保安恋歌》完成了，他寄到台湾的一个音乐杂志上。在此之前，保安族是没有原创歌曲的，都是“花儿”类的，是民间的。

后来，我创作了一首《执着》，《执着》是针对禁毒做的宣传歌曲。当时，我是积石山县禁毒办主任，国家公安部下发通知以后，省上要求大家积极创作。但是，我觉得难度比较大。后来，我在积石山艺术团兼职副团长，发现团里有个小伙子谱曲谱得不错，我就当时找到他谈这件事。我说，报酬是没有，但是今天我就用一下“特权”，我作为副团长给你一个任务，我写词，你作曲，我们两个合作一下。小伙子很愉快，说，没问题，跟你要什么钱呢！后来这个歌写出以后，我先发到微信里面，征求一下大家的意见，看看大家有什么反应，有什么问题我们再修改。马少青厅长一看很激动，说：“哎呀，祖伟这太好了！你这个谁唱？”我说：“我们艺术团孩子唱。”他说：“这不行，你这个艺术团孩子们唱啥呢？你们又没有好的录音棚，简直是开玩笑嘛，我给你搞定录音的事情。”我说：“厅长，你给我弄好，那倒是好事情，但是费用我掏不起。”他说：“谁跟你说我跟你要钱的？一分不要，我给你录音。”最后，马少青找的是甘肃省歌舞团的职业演员，录音棚的事直接联系了省歌舞团的团长，这是1987年的事情。

彭青：在这两首歌词的创作中，您都遇到了贵人相助。挺好的，请谈谈保安族“花儿”、神话、民间故事、保安族文化，对您的影响。

马祖伟：我很小的时候，母亲经常给我们讲故事，虽然母亲文化水平不高，但是，她能把好多保安族传说、民间故事都装在脑海当中。母亲讲的故事大多是现在整理成书面文字的保安族民间故事。这些民间故事对我以后的创作还是有很大的帮助。立足于自己最熟悉的这个村庄，或者说最熟悉的这个民族来创作，从这个角度来说，保安族“花儿”、神话、民间故事、保安族文化对我的启发和教育是很大的。

彭青：在某种程度上，您已经是保安族的代言人。例如，国家民委宣传片“56个民族的家国故事之保安族、纳西族”中，《保安族：一位保安族人民警察心中的美好生活》以您为主人公拍摄，产生了广泛的影响。请谈谈作为保安族代言人的感受。

马祖伟：其实我很惭愧，说代言人不敢当。马少青厅长、马世仁主席，包括马沛霆、马学武还有很多人都具备当保安族代言人的资格。但是，当时的宣传内容要从一个警察的角度诉说，所以，我很幸运代言了。

彭青：您在文学创作方面取得了较大的成就，请谈谈今后的创作计划。

马祖伟：刚才您看了我的这个散文集草稿，如果不出意外，今年年底之前有可能出版。现在我想着下一步，就是你说的非虚构创作，因为这方面的素材基本上都是现成的，侦破通讯发表的很多了，如果可以的话，我想整理一下，也出一本书。另外，我还想着近一两年出一本诗歌集。

彭青：马少青、绽秀义他们曾获得全国少数民族文学创作奖，为保安族文学赢得了荣誉。自此之后，保安族作家再也没有人问鼎这个奖项了。全国少数民族文学创作奖现在改为“全国少数民族文学创作骏马奖”，您目前有没有冲击少数民族文学骏马奖的想法？

马祖伟：我有这个想法的。马学武的诗歌集，今年要上报“骏马奖”。临夏州有两个候选人，一个是马学武，还有一个是马自东，马自东是东乡族。但我觉得马学武获得的可能性比较大，他写诗歌的水平较高。临夏州文联有关同志给我建议，下一次看能不能把我的作品推荐参加“骏马奖”的评选。

七、保安族学者、作家韩维礼访谈录

时间：2022 年 8 月 16 日

采访形式：微信视频

被采访者：韩维礼，保安族，甘肃省积石山县人，甘肃省保安族文化研究会副会长兼秘书长，临夏国土科普展览馆馆长

采访者：彭青 兰州交通大学文学院教授

彭青：韩会长好，非常感谢您能接受我的采访。2016 年 10 月 22 日，兰州交通大学汉语国际教育硕士及导师一行 40 多人来临夏国土科普展览馆参观学习，受到您及工作人员的热情接待，您亲自为我们讲解，您的讲解精彩、生动，给我们留下了深刻印象。我观看过《远方的家·长城内外·话说保安族》节目，您担任向导，向全国观众介绍保安族，从那部电视纪录片中，我对您有了感性的了解。您担任保安族文化研究会副会长兼秘书长、《中华保安族》杂志主编、临夏国土科普展览馆馆长等职务。您对保安语使用现状调查、保安语语音资料采集数据库的建设等方面做了大量的工作，已经整理出《积石山县保安族语言资料普查》《保安语句式、短语对音翻译》等资料，即将出版《保安语图解词典》等。您出版了《保安族百年实录》《山水临夏》《话说临夏》等著作。除此之外，您在 2022 年出版了个人诗集《羊卑河诗集·雪域礼赞》。作为一名有文化的保安族人，您对民族的热爱是有目共睹的，取得的研究成果是丰硕的。您是较早接受大学教育的保安族人，上的

是陕西师范大学汉语言文学专业。首先，请您谈谈上大学的经历，以及大学教育给您的人生带来的变化。

韩维礼：我是积石山县刘集乡高李村人，出生于商人家庭。我的父亲是一名共产党员，曾担任村委会主任。我父亲喜欢阅读，长期订阅《参考消息》。父亲的学习态度影响了我，我热爱学习。我在刘集乡上的小学、初中。1981 年初中毕业时，我收到两份入学通知：一份是临夏师范、一份是中央民族学院附中。当时如果上临夏师范的话，毕业后就能有工作干，我的几个哥哥主张我上临夏师范。但我觉得去北京读高中更好，可以见世面，我父亲非常支持我。于是我就去了中央民院附中。在北京读高中的三年，是我人生的转折点。我受到良好的教育，增长了见识，读了很多书，学会了一些好的学习方法。1984 年，我考上了陕西师范大学汉语言文学专业。大学期间，我担任班长，还担任学校社会实践部副部长等职务，在此期间，培养了我与人交往、与人打交道的能力。大学 5 年间（含一年预科），我不仅学到了文化知识，增长了社会实践能力，还收获了爱情。

1988 年 7 月，我携对象来到积石山县吹麻滩中学任教。4 年后，我们夫妻两人考取了陕西师范大学古典文学研究生，研究方向是元明清文学。读研期间，我学习到了系统、专业的知识，并且在陕西地方志图书馆，阅读了《循化厅志》《青海志》《甘肃志》等，为我全面了解保安族历史、为今后的文学创作打下了坚实的基础。研究生毕业后，我被调到临夏经贸委、市场监管局等部门做行政工作，具体就是写材料。1999 年，我的工作调动到临夏州人事局，现在叫“人力资源和社会保障局”，我在这里工作至今。

彭青：请谈谈您在保安族文化研究中取得的成绩。

韩维礼：我在工作之余，一直致力于文化研究。始终将自己定位在文化人的层面。在保安族文化研究方面，做了大量的工作，主要包括以下几个方面：第一，积极努力，成立了甘肃省保安族文化研究会。研究会的成立，我付出了非常大的努力，我多次到兰州，到省上有关部门协调，通过不懈的努力，终于拿到甘肃省保安族文化研究会的批文。第二，创办了《中华保安族》杂志。这份杂志的创刊，为保安族文化的研究，提供了一个好的窗口和平台。杂志虽然每年出一期，但影响深远、意义重大。第三，从 2015 年开始，我和我的团队调查了甘肃省临夏州积石山保安族东乡族撒拉族自治县、青海省同仁县的 16 个村庄的保安语使用现状，收集问卷 4000 多份，拍摄照片 1000 多张，录制 10 多个小时的音频。与西北民大合作，建立了保安语语音语料资料库，可永久保存保安语语料，为以后专家学者研究保安语提供素材。第四，我正在编纂 3 部保安语词典，分别是：《保安语图解词典》，这部词典采用国际音标注音；《保安语常用词典》，这部词典用汉语拼音注音；《保安语会话词典》，这部词典选取典型的生活场景，增强保安语学习的实用性。总之，3 部词典可为保安语的学习带来便利。第五，配合中央电视台，拍摄了纪录片《远方的家·长城内外 话说保安族》。在拍摄这部纪录片时，我担任向导。这部纪录片的播出，很好地宣传了保安族，让全国人民了解了保安族。第六，我编纂了《保安族百年实录》，字数 83 万字，文史资料丰富、内容全面。其中有积石山概况、保安族族源、积石山保安族东乡族撒拉族自治县成立、保安族人物志等具体的史料。第七，我个人在文化、艺术方面也取得了较大的成就。我负责牵头成立了临夏国土科普展览馆，这个展览馆成立十年来，为宣传临夏、宣传保安族做出了很大的贡献，免费接待全国、全省游客 5 万多人次。2022 年，临夏国土科普展览馆由于各种原因撤馆了，更名为临夏天元艺术馆，地址在临夏天元国际大酒店。其中包含书画、瓷器、民俗物件、青铜器、化石、彩陶等展品，是我个人的收藏。我是保安族人中第一个在临夏州搞展览馆、艺术馆的人。

彭青：通过以上讲解，我进一步加深了对您的了解，也知道了您对保安族研究做出的巨大贡献。除了与中央电视台《远方的家》摄制组合作拍摄电视纪录片外，您还与国内哪些电视台合作拍摄了研究推介保安族的电视宣传片？

韩维礼：我与全国及甘肃省内多家电视台合作，宣传保安族。我记得比较清楚的有：2017 年，配合内蒙古电视台，拍摄了“丝绸之路上的保安族”。作为顾问，协同上海政法大学纪录片学院，拍摄了“刀尖上的民族”“临夏回味”“保安族的建筑”等纪录片。“刀尖上的民族”就是介绍我们保安族的嘛！因为我们保安族开始就是以打制保安腰刀、马掌、铁器等安身立命的民族。“临夏回味”是介绍临夏美食的纪录片，有几重含义，第一重含义是介绍临夏回族美食。第二重有“回味无穷”的意思。第三重含义，还包括多民族美食。“保安族的建筑”是专门介绍保安族建筑艺术的纪录片。配合中央电视台财经频道，拍摄了“美味临夏”纪录片，其中强化了保安族元素。2019 年，配合天津电视台，拍摄了“中国十大名包”，在这里，重点突出了保安族麦穗包子的独特性和制作过程等。我还配合兰州电视台、兰州都市频道的拍摄，宣传保安族。

目前，我正在与贵州电视台协商，拍摄三集《保安族》纪录片，准备拍出高质量的片子，拍出具有精神内涵、触及灵魂深处的关于保安族的影像资料。

彭青：据我所知，截至目前，保安族书面文学作家大都用真名发表文学作品。您用了笔名。您的笔名叫“羊卑河”，请解释一下“羊卑河”的含义。

韩维礼：羊卑河是积石山县刘集乡大山庄峡口里流淌出来的水，这条水流以前叫羊卑河。积石山地区设了一些“里”，如“吹麻里”等，刘集乡当时被称为“羊卑里”。我之所以用“羊卑河”作为我的笔名，第一，是为了表达乡愁，用故乡古老的名字，便于以后的读者通过羊卑河，记住刘集河、刘集乡；第二，为把刘集乡宣传出去。现在这个效益慢慢有了。“羊卑河”我没有专门说明，在第二本诗集里，我会专门做介绍。

彭青：《羊卑河诗集·雪域礼赞》是您的第一本诗集，是保安族作家出版的第3本诗集，也是保安族第5本个人文学作品集，在保安族文学史上具有非常重要的地位。请谈谈您诗歌创作的历程。

韩维礼：在中央民院附中读高中时，我就开始了诗歌写作。我写的第一首诗叫《一个大雨滂沱的夜晚》。当时刚到中央民院附中，对北京的生活很不适应，秋天雨下得很大，夜晚特别思念家乡，就创作了《一个大雨滂沱的夜晚》，这首诗现在还能找到，在我的一个笔记本里夹着。上大学后，我也写诗，写得也比较多。但是，我这个人有个毛病，就是不喜欢投稿，也不想出名。诗歌写好后，总是搁在那里。之所以写诗，是我一贯以来的爱好。我对诗歌创作的爱好，几十年不变。

彭青：作为一名保安族诗人，您将自己的视野、笔触延伸到广阔的雪域高原。第一部诗集《羊卑河诗集·雪域礼赞》以青藏高原为抒情对象，讴歌甘南及青藏地区自然景观、各民族生活画卷，是什么样的契机让您为雪域高原写下赞美的诗篇？

韩维礼：概括起来说，我之所以写《羊卑河诗集·雪域礼赞》，是因为保安族与青藏高原有经济上的联系，文化上，特别是语言、饮食等方面都有密切的关系。保安族服饰有一些藏族服饰的特点，保安族的孩子对藏族语言等方面比较熟悉。保安族对藏族有很深的情感，两个民族关系不错，性格都豪爽、坦然、开朗。我之所以写《雪域礼赞》，还有与藏族人交往的真实故事。2018年，我在临夏州医院住院，认识了同病房的藏族同胞阿卡，他从甘南来，我在生活上照顾他，我们结下了真挚的、深厚的情感。

另外，千百年来，藏族在高寒的青藏高原守护着这片圣洁的土地，我们喝的黄河水、长江水都是他们守护的结果。我怀着感恩的心情创作《雪域礼赞》。布达拉宫是一方圣地，我要赞美。我还要讴歌民族团结进步，赞美党的民族政策，以上是我创作这部诗集的初衷。

在诗歌创作过程中，我在甘南藏族自治州进行了两年多的创作调研。我也曾前往拉萨、日喀则、林芝、雅鲁藏布江流域，在仓央嘉措的家乡、文成公主的住地，在拉萨的八角街、布达拉宫进行了两个多月的深入考察、体验与现场创作。我认真查阅资料，在创作《玛吉阿米》这首诗的时候，我在拉萨八廓街整整待了十五天时间，思考感受到底是什么样的情感让仓央嘉措能写出如此动人的诗歌！另外，我单独走访了50多位在西藏工作或创业的各行各业人士，了解、倾听、体会关于西藏的历史文化、民族民俗方面的内容，积累了大量的第一手资料。在此基础上完成了《雪域礼赞》的创作。

彭青：请谈谈保安族文化与民间文学对您文学创作的滋养。

韩维礼：保安族民间文学，尤其是口头传唱的传统比较好。我从小生活在保安族村寨里，那个时候阿爷、阿奶以及父母都会给孩子们“讲古今”，有时候在村头、有时候在家里炕头。《神马》《艾布》《阿舅和狼》的故事我听过很多遍。村口老人们给我们讲的故事，实际上是文学的基因，是民族文学艺术家的创作灵感源泉。保安族文化与民间文学对我文学创作的滋养是有很大的作用的。“花儿”“宴席曲”都非常美，对我们民族作家文学素养都有非常好的陶冶。绽秀义、马少青他们更多受到保安族民间文学的滋养，他们的文学作品对后来的保安族作家具有启蒙作用。对我来说，我本人文学成就的取得主要还是民族传统文化在起作用。

八、保安族作家马学英访谈录

时间：2020 年 7 月 19 日

地点：甘肃省积石山保安族东乡族撒拉族自治县大河家镇云林宾馆

被采访者：马学英，保安族，散文作家，中国农业银行临夏分行办公室主任

采访者：彭青，兰州交通大学文学院教授

录音、摄像：潘采伟，兰州交通大学经济管理学院教授

彭青：马主任好！我是通过阅读《新时期中国少数民族文学作品选集·保安族卷》中所选的您的 7 篇散文了解您的。这个集子共选散文 54 篇，您的作品占了将近八分之一，说明您的散文写作在保安族散文中占有重要的一席之地。另外，我还阅读了您其他 32 篇散文、文学评论、诗歌作品。总体上感觉，您的散文文字优美、情感真挚，质朴自然。大多数作品能突破题材的束缚，写出自己独特的感受和生命体验。您一直坚持创作，追逐着自己的文学梦想。请问，是什么样的契机让您走向文学创作之路的？

马学英：首先，1981 年积石山保安族东乡族撒拉族自治县刚成立时，县上编发了一期县庆专刊《积石山》，其中发表了保安族作家马少青整理的保安族民间故事《阿舅与外甥》，那时候我 10 岁，已经上小学四年级，那篇文章引起了我极大的兴趣。在没有上小学前，经常能

听到母亲给我们讲故事。有时候是晚上，有时候是下雨天，大人无法下地干活，大家聚在炕上，母亲做着针线活，给我们绘声绘色讲述那些神奇的故事，听故事成了我童年最有趣的记忆。当有一天，看到曾经带给自己无数快乐的口口相传的故事变成文字出现在眼前时，惊喜不已，感觉文字有一种神奇的魅力。其次，80 年代保安族文学进入一个快速发展阶段，马少青、丁生智等作家创办了《积石山》《积石柳》等文学刊物，而且保安族作家绽秀义的散文《柳叶青青》获得 1985 年全国少数民族文学创作二等奖，那时候，能够获得这个奖项，不容易，影响很大，记得和绽秀义一同获奖的作家，有些后来成了全国著名作家，那个奖项分量很重，绽秀义、马少青他们成为了保安族文学的奠基人，保安族文学开始走向全国。随着保安族文学作品陆续出现，文学和我们族群生活的距离一下子拉近了。我觉得文学的震撼力是无法比拟的。第三，小学二年级，我的一篇作文作为范文在课堂上朗读，那个时候在这方面开始产生了浓厚兴趣。初三下学期，我开始写日记和心得，包括平时的认识和感受，随意地写，不会过于注重章法，也没想过发表文章。1994 年 9 月，经单位推荐，我进入兰州商学院学习，这期间，对文学的兴趣又得到较大激发。在学校里，我对大学语文、写作课特别入迷，投入的精力也更多，我写了大量读书笔记。学校经常会举办文学方面的专题讲座，这些难得的机会我自然不会放过，开始系统地接受到文学创作训练，对中国古典文学、外国文学多有涉猎，包括对少数民族文学也有了更加深入地了解，开阔了眼界。

彭青：请谈谈阅读和阅世对您文学创作的影响。

马学英：从阅读文学作品方面来说，我从小学、初中，到大学，到现在，始终没有长时间的中断过，有时候看某一专业领域的书，有时候看一些专著。我的第一本课外阅读书籍，来自我姑夫马福全。马福全是村里少有的文化人。他藏书颇丰，可惜在一次意外的火灾中，那些珍贵的书本大部分化为灰烬。我小学三年级的时候，马福全姑夫送给我一本繁体版本《唐诗三百首》，需要查字典，有时囫囵吞枣，读着很吃力，不过也背会了不少古诗。姑夫也给我给讲授古文。《红楼梦》对我启发很大，前前后后看过好多遍，不同阶段感受和认识不一样。小时候，作为农村孩子，能够找得到的课外读物很少，一本《红楼梦》，几个同学轮流看。再后来，阅读的书籍越来越多了，范围也越来越广了。

阅世对自己的影响可以说是刻骨铭心。村子里的人，几乎家家养牛。由于大墩村紧靠大墩峡，一到立夏时，家里圈养了整整一冬天的牛，就要放牧到山上，一个夏天都在山上，山上水草丰美，牛长膘快，整个夏天都不用人管，放到秋收以后，需要耕地的时候，才把牛赶下来。放牧的过程中，把自己的牛放到山上，一两个月过后，牛的体表会发生非常明显的变化，家里人都不认识牛了。村子里有些人，眼睛特别亮，保安族语叫“忒内”，就是一种认识、识别的能力。不论自家牛，还是别人家的牛，通过某个部位、某个动作或者某个细节，甚至牛的神态，就可以识别出是谁家的牛，甚至从这个山头能看出那个山头的牛，或者从垭口识别出山顶的牛。这不仅仅是印象问题，更需要眼力，是一个分析、鉴别的过程。他们这种识别和认识的能力，是从生活中积累得来的。生活在基层的人，他们在自己的生活环境里，用自己的经验来认识这个社会，这给了我启发，认识社会也好，认识人也好，认识民族也好，认识自己也好，都需要观察、识别，需要具备归纳、提炼的能力，这种能力来源于生活。

家庭环境也给我带来了对社会的认识。我祖父是土生土长的保安族人，祖母是撒拉族。我外祖父是八坊人，是一个当地小有名气的木匠和画匠，在大河家附近修过好多清真寺大殿。我从小能接触到保安族、回族、撒拉族、藏族、汉族等不同民族的生活经历、风土人情，经常会受到不同民族文化的熏陶。家里来的有回族亲戚，有撒拉族亲戚，甚至有藏族朋友，保安族、汉族人更多。好像生活在这儿的人们，都有一种语言天赋，同时会讲几种语言是很平常的事。一个家庭里面，交流的时候会用到好几种语言，保安语、撒拉语、藏语、汉语。小时候的我，也会一些日常交流的藏语，可是长大以后，离开了那个环境，藏语已经忘记了。我们家里，一般用保安族、汉语两种语言交流。

彭青：据我所知，银行工作压力大、信贷任务繁重。您是在什么样的情境下进行文学创作的？

马学英：我很感谢我的一些经历，第一，给予了我更多的生活体验。我在积石山县支行工作了十八年，由于工作需要，积石山县的每个乡、每个村我几乎都去过，与村民在农家院里畅谈，与他们一起围着炕桌吃饭，听他们远远近近的故事，对生活在这块土地上的多民族人民的生产生活、人文风俗、族群变迁、价值追求有了更深刻的体验。第二，文学能够给人带来希望。2009 年我从积石山县调到临夏县。在陌生的环境中，我丝毫不敢懈怠，在兢兢业业完成工作任务的基础上，如饥似渴地看书，几乎所有业余时间都用在读书学习上。在临夏县的三年时间，我耐住了清冷和寂寞，心清静了下来。单位旁边就是新华书店，我几乎看完了那个书店中所有文学类书籍。第三，文学成为自己生活工作的一部分。2010 年我开始写作。2012 年我去州农行人力资源部工作，2015 年 1 月到办公室，接手大量公文写作。公文写作的风格与文学创作完全不同，文学创作需要最大限度地突破已有的规范和模式，但是公文写作和文学创作都需要扎实的文字功底。此后，我一直在坚持写作，从未放弃，不荒废时间，主要就是不间断。这也是对文学的热爱吧。

彭青：在《母亲，心中的丰碑》中，您写到了母亲的勤劳、善良以及对宗教信仰的虔诚。母亲在藏区生活的那段经历给读者留下了深刻的印象。您母亲生养了一男六女，她是保安族普普通通妇女的代表，她把自己的青春和一生献给了家庭，她49岁病逝。请谈谈母亲对您人生成长的影响。

马学英：母亲对我的影响是最直接的，她跟随父亲在青海省同仁县住了二十年，我爷爷1959年很困难的时候，生活无法维持，从积石山大墩村去了青海同仁县，我也是在同仁出生的。一个一百来户人的小村子，叫双朋西，那个村子全部是藏族，只有我们一户保安族。我母亲到那里以后，要从事农业劳动。双朋西的农业与积石山大河家大墩村的种植方法完全不一样，藏族由于家家有牲畜，麦捆用牛、驴驮运，这些生产技能在老家大河家没有，需要从头学。生活方面也一样，要背水。母亲成为了村子里的一员，开始用木桶背水，腰部磨出了血，只能咬牙坚持。还有服饰，也要学习，母亲到了双朋西以后也要穿藏袍，那儿冬天寒冷。不过最难的，还是语言关，学习藏语，与藏族的妇女们一起劳动，不会藏语根本没法交流，母亲硬是把藏语学会了。她跟在藏族女人的后面问，回到家里向父亲、爷爷学习。我爷爷会五种语言。她每天能记住好多词语，回家后就问，就练。三年时间，她能用藏语流利交流了。母亲在双朋西生活了二十年，她人生最宝贵的年华在漂泊中度过，是一个在外的游子，但是她内心的信仰没有变，对故乡的眷恋没有变。

彭青：《爷爷的盆火》是一篇取材非常好的散文，生活细节描写到位，对保安族民俗、饮食文化也有所涉及。爷爷煮茶的原料您写的是“宋州茶”，其实应该是“松州茶”，这种茶产自四川松潘县，是河湟地区回族等民族喜爱的茶类之一。马世仁《在“田野”中发现历史——保安族历史与文化研究》提到了“松州茶”。您在文章中写道：爷爷煮茶还需要蜂蜜，请谈谈爷爷具体煮茶的过程和细节。

马学英：对。应该是“松州茶”。我的爷爷喝熬制茶在当时农村算很新鲜的事情，“松州茶”熬着喝，加蜂蜜，是很少见的。和打成砖型的茯茶不同，同样是粗茶的“松州茶”是散装的，带茎，圆形叶片。我的爷爷以前当过兵，经过商，这是去同仁以前的事。爷爷有二十多头牦牛的运输队，主要在青海地区贩运茶、盐等日常生活用品。在冬天需要御寒，他养成了熬茶喝的习惯。《爷爷的盆火》中，爷爷当时已经八十多岁，也不再经商，回老家休息了。爷爷喜欢喝茶，生火盆的木柴，是家里人从山里采集的。爷爷每天早上都喝茶，茶要反复熬制，有个罐子，有时候是一把铜火壶，刚开始要烧水，水滚了，才添进茶叶，最后快熬成的时候加水，熬到八成的时候，大概需要一个多小时，茶水变得浓酽了，罐子从火上移开放在桌子上晾晾，最后放上蜂蜜，香味溢满整个屋子。村子里的老人喜欢来爷爷这儿喝茶，冬天生着火，有喷香的熬茶，自然很吸引人。客人来了，爷爷自己熬，殷勤地给客人沏，大家娓娓而谈。

彭青：您今后对深入生活有怎样的打算？

马学英：我老家在大墩村，离临夏两个小时车程。我父亲、姐姐、妹妹、伯父都生活在那儿。我的农村生活环境没有变，节假日、周末都回去，时常参加村子里的人情往来，探访病人，拜访长辈学者，也会跟村里人走动、聊天。

这个问题我确实经常思考，以前写的，自己也不满意，我写出的东西与回族作家没多大区别，与汉族作家也没多大区别，这个是我个性的问题。作为保安族，我写作，需要有自己的写作风格和技巧，需要有属于自己的写作疆域，我需要深入生活，就是走出自己已经习惯的、熟悉的、经验式的生活。首先，要牢牢抓住保安族的精神特质。我的生活也好，语言也好，居住地大墩村也好，这个经历是他人所没有的。保安族人民身上表现出来的百折不挠、自强不息、坚守传统、永不放弃的精神，仍然是今后发展的强大的宝贵的动力，需要通过文学作品来反映、弘扬、继承。其次，要寻找突破口。要站在故乡的土地上，与民族文化血脉相连。文章的气质，来自于民族的气质。只有热爱故乡，热爱历史，把本民族文化融入中华民族的文化，才能从写作气质、文学神韵的层面来展示民族的品格。

彭青：游记散文在您的散文中占据了将近一半的篇目。《摇露泉》《冬之韵》《穿越扎尕那大峡谷》等写得比较好，请您谈谈游记散文的创作体会。

马学英：我写游记散文，最大的感受，就是用精炼的文字、巧妙的手法写出游历过程中的所见所闻所思。我的体会主要是：写好游记散文，重点在观察，首先，要善于观察景物。要充分发挥五官的作用去观察对象，要像一部摄像机，把景物的画面特点，游历的人物的神态、行为动作摄下来，要把深化主题的细节摄下来；用好耳朵，要认真听，仔细听，要像录音机一样，把环境中的风声、水声、鸟声以及物体发出的声音元素录下来，把人们有意义的话记录下来；还要把味觉、触觉感受记录下来，总之用感官去捕捉每个闪光点。《摇露泉》中这个泉算是家乡一处景点，人们在那儿休息，洗把脸（触觉），喝水（味觉），这个就是我的生活，自己也经历过，当时我想着这篇不长，不写的话心里始终是个疙瘩，这就是把自己小时候看到的、听到的、品尝到的写出来了，生活的场景历历在目。

其次，要选好角度和立意。写一篇散文，肯定有一个表达的主题，要紧紧围绕这些主题来精心选择角度。同一篇景物，从不同的角度出发，可以写出不同的散文。一个好的角度，常常决定了表达的立意，立意高了，才会给人思考。《冬之韵》，在遭遇困难和挫折时，有些人会自暴自弃、轻易退缩。冬天在萧索的天地间积蓄着力量、沉淀着底气、孕育着生命，春天来了，万物复苏，冬天意味着人生的历练和希望。冬天过后就是春天，这就是《冬之韵》，这是对自身的思考，尤其是面对一些困难，通过写作思考，给自己恍然大悟的认识。

再次，要学会比较取舍。如甘南扎尕那大峡谷是一个著名景点，好多人写过，角度也不一样。只有对自己的观察、体会进行横比、纵比，通过反复的甄别、取舍，选择能体现景物特点和吸引人的视角的材料，并通过画面和描写把点有机的串联起来，这样才能使游记不仅有鲜明的“骨骼”，还有饱满的“肌肉”。我在《穿越扎尕那大峡谷》中加入了藏族女孩，把人和景组合起来，在文章中加进了自己的“眼睛”。另外，厘清游览线索也需要注意，移步换景，柳暗花明又一村，景色更加生动。

九、保安族女作家马春芳访谈录

时间：2020 年 7 月 20 日

地点：甘肃省积石山保安族东乡族撒拉族自治县大河家镇韩陕家村马学武宅院

被采访者：马春芳，保安族，甘肃省积石山县人，笔名：伊人

采访者：彭青 兰州交通大学文学院教授

录音、摄像：潘采伟 兰州交通大学经济管理学院教授

彭青：春芳，这是我们第二次见面了。2016 年，我在采访董克义、马沛霆等人的时候，提到保安族没有女作家，期待女作家的出现。4 年后的今天，您已经以保安族女作家的身份进入研究者的视野。而且您的作品近期在《文艺报》《甘肃日报》发表，这是一件值得高兴的事情。您在乡镇工作多年，具体工作与文学创作毫无关联，是什么样的机缘让您走向文学创作之路的？

马春芳：我很小的时候就喜欢文学。因为家庭的一些缘故，我在上小学三年级的时候，就开始读一些文学方面的书。那时候读的是琼瑶、古龙等。后来，在上中央民族大学附中的时候，我有一种想写作的冲动嘛，1996 年 5 月写了一篇《山丹花》。我毕业以后，又在临夏上了两年民族学校，没有时间创作。有时候写了一些东西，就扔了，或者放那儿，没有发表的那种意识。在 2016 年的时候，马学武老师看到了我在赛兰平台发表的《父母》，《河州快讯》上发表的几首诗，推荐

很多人微信加我，说我们保安族还有写诗的人。马学武老师之后来找我，他说："我是写诗的，听说你在大河家镇上班，一直没见过，就是想看下我们保安族还有一位女作家、能发表作品。"他让我在《民族日报》投稿，还给了我几个投稿地址。2017年的6月，我在《民族日报》上发了一篇《梦中的老屋》，那是写我父亲的一首诗歌。写了一篇散文《陇上古镇大河家》，还写了一篇关于大墩村女孩子的《山丹花开》，都在《民族日报》上发表了。九月的时候，我写了散文《秋天到了》，发表在《河州》杂志，因为发表了一些作品，我就开始有信心写作了。

彭青：当您被冠以"保安族第一位女作家"这样的称呼时，您的感受是怎样的?

马春芳：我觉得我的责任重大。因为我们保安族从来没有一位女性在任何国家级或者省级正式的刊物发表过一个"小逗号"。我接触了学武老师，县作协各方面都邀请我，大家都说我是保安族女作家。我觉得自己好像并没有做出什么成绩，但别人冠给我这么大的荣耀，我觉得责任重大，还需要继续努力。

彭青：您没有汉语言文学教育的背景，又在基层工作，工作单位离家有一定的距离，您是怎样克服工作、家庭、生活的压力从事文学创作的?

马春芳：我中专学的是文秘与档案，我的专业一般来说跟文学还是有一定关系的。我到单位以后，刚开始在办公室上班，还是接触了一些文学性的东西。创作来说的话，我那时候还不懂，也不敢写，写了一些东西也不敢发表。在基层工作，虽然辛苦一些，基本上都是体力劳动，脑力劳动少。

彭青：您现在在大河家镇上班，而家在吹麻滩。您是每天跑，还是一周回一次家?

马春芳：有时候忙的话，两三天回一次家。

彭青：就是说上班的地方有宿舍？

马春芳：镇政府有一间房子，是我的办公室，就是妇联办公室。一般我都是在晚上创作，白天是没时间的。

彭青：作为一名女性写作者，哪位作家对您的影响最大？

马春芳：朱自清对我影响最大。我们临夏州作协的王国虎写了一篇《土司和他的子孙们》，对我影响也很大。我主要学了一下他的乡土写作等方面的技巧。

彭青：朱自清影响到您写作的哪些方面呢？

马春芳：朱自清的《背影》对我影响特别大。我觉得他写的一些辞藻呀，一些技巧呀，都不是特别华丽。但是他的一些细节呀，特别是他的父亲给他买橘子的过程，以小的事情反映父爱。他偷偷地自己流泪了，然后他父亲回来以后，他又不让父亲看见。当时他奶奶去世了，他父亲又失业了。我觉得一个作家的成长，生活经历特别重要，我的成长和他有一点相同之处。因为我从小没父亲嘛，我的母亲一个人把我们四个兄弟姐妹拉扯大。我一直想写一下我的母亲，因为我的母亲和别的母亲不一样。我上学的时候，好多人劝说我母亲不要让女儿上学了，我们保安族的女孩子上学有什么用？那时候我们村子跟我一起上小学的有二三十个人，到最后，只有我一个人上了大学。

彭青：《母爱的天空》是一篇比较长的散文，2 万字以上，是截至目前我读到的保安族作家写得情感饱满，生活气息浓郁的散文。在这篇散文中，您写到了母亲哼童谣哄弟弟入睡的情景，还写到了母亲唱“花儿”的细节。请谈谈保安族民间文学对您创作的影响。

马春芳：保安族民间文学特别丰富。本来“花儿”是一种在野外唱的东西。我父亲去世以后，我母亲心里特别烦躁，她每天晚上在缝纫机上做活的时候，我给她掌灯盏或给她穿针，她怕我瞌睡，就给我唱“花儿”。我特别喜欢听她唱“花儿”，那时候我母亲年轻，三十三四岁的样子，她长得又好看。每天到地里拔草的时候，她在山坡上唱“花儿”，那时候还是到处能听到“花儿”的声音，我母亲唱的《崖头坪上的尕麦燕》，讲一个姑奶奶的故事，她是编了一个故事在唱。原版的《崖头坪上的尕麦燕》是一个非常严肃的爱情“花儿”。我母亲唱的是一种感同身受的感觉，尤其是唱到：“疼烂了肝花想烂了心，哭瞎了一对大眼睛”，她每次唱这段话的时候，是哭着的，因为我父亲那时候离开了人世，她那种特别无奈的感情对我影响特别大。

彭青：读完《母爱的天空》后，我感动得流泪了。您的母亲是一位勤劳、吃苦、善良、能干的保安族妇女。她 29 岁守寡，用柔弱的肩膀为四个嗷嗷待哺的孩子撑起了一片天空。您父亲去世时，您只有 3 岁，弟弟才 11 个月大。您写出了母爱的伟大，写出了母亲的不平凡、写出了她坚忍不拔的性格特点。请谈谈母亲在您成长道路上的作用。

马春芳：我母亲文化水平不高，但是我的太奶奶对我母亲影响特别大。太奶奶我没给你说过，可能这篇文章上也没写。我太奶奶会写毛笔字，有文化。我父亲去世以后，太奶奶就住在我们家了。那时候我们家也穷，我母亲也还没有缝纫机，也不会做缝纫机活，我太奶奶就给别人写春联挣点钱。为了我们一家，太奶奶把她的棉袄、首饰卖了，把手头的银元变现，然后给我们养家糊口。我妈妈特别崇拜我太奶奶，她就说有文化的人不一样。

彭青：她就是哪怕自己再吃苦，也要让自己的子女学到文化。

马春芳：刚开始我也不想上学。一至三年级的时候啥都不懂，整天一直往外跑。后来妈妈就一直让我上学，做一个太奶奶那样有文化的人。我八岁才上的学，小学毕业的时候就十二三了，我妈说再让我念上三年。那时候我妈就开始在缝纫机上做活了，做活供我上了三年初中。我每天是走五公里的路去上学，从崖头到刘集乡。中午我一般不回家，就吃些干馍头。晚上下了晚自习才回家，一天吃一顿饭。

彭青：1994 年 9 月—1997 年 6 月，在中央民族大学附中读书的经历是您人生中的一个重要历程，虽然在上学期间生活比较艰苦，但过了 20 多年后，您的感觉肯定不一样了。请谈谈这段经历对您人生的影响。

马春芳：这段生活使我性格变得开朗了。我从北京回来以后，眼界也开阔了。我在初中的时候，见了人也不敢说话，那时候性格比较内向，村里人对我妈妈说，你女儿见了人也不问话。在北京的时候，生活更苦，但更苦的生活更加锻炼了我。

彭青：现在，保安族妇女在政治、文化中的作用并没有得到最大限度的发挥，大多数妇女受教育程度不高，她们多数从事农业生产，担任家庭主妇的角色。请您以过来人的身份，谈谈保安族妇女改变命运的途径。

马春芳：这个问题跟我的工作比较接近。现在保安族妇女走出家庭、走向社会的机会多，文化水平也提高了。妇女以前就待在家，但这个情况已经改变了。因为现在各方面的学习培训都多，保安族妇女的命运较以前改变很大。

彭青：但是她们在政治、文化中的作用发挥得怎么样？

马春芳：现在保安族妇女家庭地位提高了，妇联主席选举等各方面活动，妇女一般都参加了。

彭青：还有文化，就像您这样的保安族妇女从事文化宣传的，我觉得还是不够，对吧？

马春芳：您应该采访一下马秀芹，她是一个代表性人物。现在网络平台特别好，有好多保安族女性在网上销售产品。

彭青：您的文学作品从文体上来看，以散文和诗歌为主。请谈谈您在文学创作过程中的经验和体会。

马春芳：我觉得我现在经验还是不足，因为我写的一些东西还是比较粗糙、比较古板的。现在我手头还有好多的题材可以写，比如说妇女发展、城乡改变，知识改变命运这方面的元素我融入得少，正能量的少。我一般写的都是记叙文，把过去的经历都写了。

彭青：最后，请谈谈您在文学创作方面的规划。

马春芳：以后我想写一本关于保安族的中篇或者是长篇小说，专门写一下保安族的发展，像我们这一代的发展，年轻一代的发展这方面的小说。

十、东乡族作家、学者马自祥访谈录

时间：2016年12月2日

地点：甘肃省兰州市中山林德祥楼酒店

被采访者：马自祥，东乡族，作家、学者，西北民族大学教授

采访者：彭青，兰州交通大学文学院教授

录音、摄影：陈鸿雁，兰州交通大学文学院副教授

彭青：马老师，您是东乡族著名作家、学者，您的《东乡族文学史》《东乡族民俗志》《东乡族古籍文存》等著作是东乡族研究最重要的成果。您在长期的理论研究与文学创作中，取得了丰硕的成果，多次获得国家级、省级奖励。请谈谈您40多年来保持旺盛的创作力与高昂的研究能力的秘诀。

马自祥：也不是什么秘诀，好像一种自觉，拿现在时髦的话说是“文化自觉”吧。我从1970年发表作品以来，一直在关注着本民族，我自己从小在东乡族自治县的山区长大，东乡族的民俗风情、自己的母语、东乡族的文化，对我是一种滋养吧，我们民族的这些东西不应该在我们的手里遗失掉。于是，我开始研究东乡族的民间文学，偶然搞一些创作，这两者都是相辅相成的。研究作为一种理性的梳理，但形象的这些勾勒，更能给人以心灵上的震颤。我当初开始文学创作时，关注的人比较多一些。

彭青：2008年底，您推出了一部重要的长篇历史小说《阿干歌》，作品荣获甘肃省少数民族文学一等奖。您将笔墨深入到太子山下曾经叱咤风云的鲜卑族，并且将这个已经消失的民族记忆以“阿干歌”的方式进行了再现，通过《阿干歌》在鲜卑、氐、羌、匈奴、吐谷浑等多民族中的相互流传与演变，表现了历史上民族融合的主题。这部小说是有难度、有高度的创作实践，您本人对此进行了挑战，并且取得了成功。请谈谈您在《阿干歌》创作中的心得体会。

马自祥：我为什么要写《阿干歌》、鲜卑族呢？我过去非常喜欢历史小说，我家就在东乡族自治县的索南坝，一出门就是终年积雪的太子山。我经常想这个太子山是怎么来的？为什么叫太子山？这也在我的《阿干歌》的前言、后记里写到了。临夏是“花儿”之乡，“花儿”的最早说法很多，有三种具有代表性：一个是回族说、一个是明代起源说、还有一说是鲜卑说。“花儿”从哪里来？不可能莫名其妙凭空从天上掉下来这样一个东西，我觉得“阿干”就是鲜卑语“阿哥”的意思，“花儿”里读阿哥就是一个很普通的叫法。

《阿干哥》主要讲述了古代民族的故事，“花儿”不是凭空而来的，我也是支持“花儿”源流说中的“鲜卑说”。在文化交流方面，古代时期少数民族文化，特别是西部的少数民族，都有意无意的把文化的痕迹、文化的遗迹留在了现在的这块土地上。

彭青：东乡族、保安族是甘肃省特有的两个民族，均有语言、没有文字。很多人对这两个民族区别不开。请您谈谈东乡族、保安族最主要的区别。

马自祥：这两个民族是有区别的，一个区别是地理上的，保安族在甘肃和青海的交界处，东乡族靠兰州很近。东乡族生活的地方有4条河，洮河、黄河、大夏河、广通河。保安族在黄河边上，保安族的历史比东乡族短一些，保安族迁到大河家有150多年历史。保安族工匠多，比如说制作保安腰刀的工匠。保安族和藏族聚居区交流的比较多，当时商业贸易不是钱对钱，都是以物换物，保安族人拿刀换藏族人的牛皮、羊毛，所以保安族的打刀技术保留了下来。东乡族的匠人刚开始也很多，我们很多居民都是匠人，比如编织匠、毡匠。

彭青：我觉得你们东乡族匠人主要是毡匠。

马自祥：毡匠是保留下来的，别的工匠类别都没有保留下来。东乡族刚开始的农牧文化完全转成农耕文明，保安族农业还少一点，把工匠技艺就保留下来了。东乡族受周围汉族、回族文化影响多一些，就这么一些区别吧。

彭青：保安族文学的发展要晚于东乡族文学近30年。在1970年初，您本人开始文学创作。保安族文学在1980年初才开始起步，出现了绽秀义、马少青等作家。而东乡族在1950年就有了汪玉良这样的代表性作家。请您谈谈造成这种状况的原因。

马自祥：作家的“传帮带”是一方面，文学创作主要靠内因，本身不爱写的人你就算把所有方法教会他也不行。作家是个吃苦的行当。写好文学作品要有生活积累，人员交际要广。最主要是要下苦功，不下苦功当不了作家。环境也是一个原因，县上有文联，州上有文联，现在都扶持着呢，扶持是外因。另外，当一个好的作家，阅读量要广，不阅读根本提不上去，要创作好作品，不看书的话，写作技巧从哪里来？

彭青：马老师，您是一位资深的少数民族文化研究者和作家，请您谈谈少数民族作家在文学创作过程中怎样才能超越族群的边界？

马自祥：好的作家、成功的作家都要读书，读书就是有意无意地接受各个民族的文化。现在一些成名的作家读书量很大，他们不仅看中国的书，外国的书也读。音乐是没有国界线的，文学也是。像苏联时期的文学作品影响了中国的几代作家。跨越族群，这是人性的，无论哪个民族，语言不一样，风俗习惯不一样，但是人性总是一样的，都是崇尚真、善、美，崇尚比较先进的东西。读的书多，有意无意地受到这些方面的熏陶，自然而然的就有了自己的创作灵感。所谓超越，就是能把自己的特色写得活灵活现。环境也很重要，人是环境的产物，文化也是环境的产物，这就是说民族的记忆特色问题。除了民族本身的特色以外，还有一个记忆特色问题，我们说超越，越是民族的，越是世界的，那么，把民族的这些人性的东西写活了，那这就是超越。

彭青：请您从一个少数民族作家、资深作家的角度，给予保安族作家在文学创作中一些建议。

马自祥：一方面是要扶持像马学武这样的青年，要给他一定的生活保障。养家糊口是基本的，无论是什么职业，自己的口都糊不了，怎么能进行文学创作？另一方面，组织上应该考虑给有创作能力的少数民族作家提供好的创作环境，帮助开展文学方面的培训、学习。最后，和创作者本身也有关系，既然你选择了文学写作这个职业，就要有文化自觉。

彭青：2006年由甘肃人民出版社出版的《甘肃文学创作研讨会论文选》里选了您的论文《甘肃少数民族作家小说创作谈》一文，在文章结尾您写道："从民族心理、文化意识和传统观念各个方面，反思了民族性的优秀传统与劣根性"。请您谈谈东乡族、保安族的优秀传统与"劣根性"。

马自祥：在进行文学创作时，我们要弘扬优秀文化传统，有些劣根性也要鞭挞。一个作家的作品里写到的内容有好的方面，也有不好的方面。比如，我的书里，也写了不好的，有例如一些犯罪分子这不就是劣根性嘛！民族的优秀传统我们要弘扬，有些缺陷我们也要适度的把它指出来，这也是相辅相成的，我们人群里有勤劳致富的，也有好吃懒做、坑蒙拐骗的，是吧？

彭青：请您给我省少数民族作家在文化修养、创作技巧等方面提出一些建议。

马自祥：文化修养是综合素质的表现。兴趣要广泛，不能一门心思，写啥就只注意啥。我们说深入生活，不一定就是在农民、工人当中，生活面是非常广阔的，哪里都可以写，现在是多元文化。修养方面，第一，一定要有基本功，要多看书。第二，要吸纳弘扬中华民族的、各个民族的优秀传统文化。生活当中，要有用自己的眼睛捕捉艺术形象的能力，这是长期的，这是靠艺术素养。包括现在我们身边发生的一切，都要看在眼里，记在心上。第三，就是要多写多练。例如，契科夫，他就留心身边的人和事，在他吃饭的时候，看到一个吝啬鬼，把牙签放在纸里包着放在兜里，之后他在写有关吝啬的内容时，就用到这个细节，他就能发现这些东西，对艺术细节的捕捉，这个细节是生命啊！小说、散文、诗歌都讲究细腻处嘛！第四，要有广泛的兴趣，要有高的艺术素养，要多看看美术展，等等。文学艺术都是触类旁通的。第五，历史文化知识也要关注，特别是我们优秀传统文化中的非物质文化遗产，这是祖祖辈辈传承下来的好的东西。第六，还要关注理性的、理论的知识，这些对写作是有帮助的。

十一、“花儿”研究专家董克义访谈录

时间：2016 年 8 月 16 日

地点：甘肃省积石山保安族东乡族撒拉族自治县吹麻滩镇民族风情园

被采访者：董克义，汉族，积石山县志办工作，临夏“花儿”研究专家

采访者：彭青，兰州交通大学文学院教授

潘采伟，兰州交通大学经济管理学院教授

录音：马婧，保安族，兰州交通大学汉语言文学本科、西北师范大学汉语国际教育硕士，积石山县委宣传部干事

摄影：马青勇，保安族，西北师范大学汉语言文学本科，积石山县委宣传部干事

彭青：董老师，您对于积石山的文化研究比较深入，成果丰硕。比如说在地方志、地域文化、民族文化等方面著作等身，大约有十几部，据我了解您主编有这些著作《积石山县志》《积石山县史话》《积石山县概况》《积石山县年鉴 2006—2007》《积石山爱情花儿精选 2000 首》《古今诗赋咏积石》《中国西北角的旋律——积石山诗歌选集》《积石山风韵》等，编著出版了《甘肃保安族史话》，发表关于“花儿”研究方面论文十余万字。请您从一个汉族人的角度谈谈您对积石山这片土地

热爱的根源，您为什么对这片土地爱的这么深沉呢？

董克义：每个人都热爱家乡，我们积石山县虽然在甘肃来说比较偏僻，但从过去来说它这个位置刚好属于几个过渡地带，是青藏高原到黄土高原的过渡带，再一个就是中原农耕文化和游牧文化的过渡带，它的文化底蕴非常深厚。新石器时代的文化遗存，如马家窑文化、齐家文化等相对来说分布得非常广，史前文化可以说非常丰富，出土的彩陶罐非常多，国家博物馆、省、州、县博物馆里都有大量保存。

彩陶王存放在国家博物馆，属于国家一级文物，它的出土地点属于安集乡，我的家乡就在安集乡。安集乡的位置就是临夏州永靖县炳灵寺对面的那个乡，彩陶王就出土在那个山的台地上。还有就是积石山县的大墩，稍微往西去有个村庄叫关门村，有个峡谷叫积石峡，不知道你们去了没有？

彭青：积石峡没去，我们去的是大墩峡。

董克义：大墩峡出来是个古路，古路往西就是积石峡，传说大禹导河的时候就是从那个地方开始的，那里有个关叫积石关，有个峡叫积石峡，还有个禹王庙，为了纪念大禹治水。《尚书·禹贡》篇载，大禹治水“浮于积石，至于龙门”，所以积石山具有悠久的历史，也是个很有名的地方。还有我们积石山是个多民族团结、奋斗、共同开发的地方，民族风情也特别浓厚，像咱们保安族聚居在积石山这个地方，居住在积石山以外的保安族人主要是是通过工作关系、婚姻关系走出去的。积石山县汉族人口最多，还有回族、东乡族、撒拉族等。

马婧：保安族宴席曲的来源是不是回族宴席曲？

董克义：其实这个宴席曲汉族也比较早就有的，可能保安族吸收汉族及别的民族的元素，加入了自己的东西。民间文化丰富得很，特别是在春节的时候，经常演出。这几年比较少一些，原来汉族、土族聚居的地方每年都在唱秧歌，还要唱财宝神，我还专门写了《积石山秧歌与财宝神文化》这么一本书。

马青勇：财宝神与麻布戏怎么区别？

董克义：麻布戏基本属于秦腔。财宝神是积石山县汉族群众非常喜欢的一种民间艺术形式。财宝神主要是在柳沟乡和石塬乡演唱，原来石塬乡的肖红坪，柳沟乡的阳山、赵王家传唱的比较多。虽然积石山山大一些、沟深一些，但这么好的地方、这么丰富的文化，我怎么能不热爱？

彭青：请谈一下您搜集、整理“花儿”的过程。

董克义：临夏是“花儿”的故乡，“花儿”从当前流派来说，基本分两派：一个是“河州花儿”、一个是“洮岷花儿”。“河州花儿”也叫“河湟花儿”，湟是现在的湟水谷地，原来河湟的概念比较大，过去包括青海的很多地方，比如我们知道的民和、乐都、同仁、贵德、循化等地，原来都属于河湟地界，我们这边叫“河州花儿”，青海人叫“河湟花儿”，为了这个名字，甘肃学者和青海学者还一度写文章争论不休。它的曲调按目前搜集、整理、研究来说有三百多种，一首词可以有两三百种唱法，这就是“花儿”辞令的丰富性。

其实“河州花儿”“河湟花儿”是一回事，就是名字不一样，积石山就是河州花儿的主要流行地，是“花儿”的主要源头之一。积石山过去是到处可以听到“花儿”，我们小的时候，春天除草，人们每天都在唱。跟着大人去放羊，一听就唱会了。所以，从很小的时候对“花儿”耳濡目染，自然而然都会唱的。工作以后，我在中学里当语文老师，后来又到兰州上了学，上学回来以后才自觉地关注“花儿”。以前我以为“花儿”就是地方的野曲、民歌，后来从文学的角度开始有意识的关注，并进行田野调查做专门的搜集。

彭青：您搜集了多少年？

董克义：10多年。开始搜集的时候有空了就写一些论文，由于工作比较忙，整理“花儿”集的精力也没有，时间也没有。我们积石山县志编成的时候，刚好有一段时间比较闲，整理了一个小册子《积石山爱情花儿精选2000首》。

彭青：那您这2000首爱情花儿还涉及几个民族，不仅仅是保安族?

董克义：这个可以说是生活在积石山的各个民族当中的“花儿”，其中有一些是保安族文化。现在有些“花儿”也分不清是哪个民族的。再就是“花儿”讲究的是随意性，在“花儿”对唱的时候，根据先前的环境、心情或者互相表达的东西，然后现编现唱。所以，硬说哪个“花儿”是哪个民族的有点牵强。有些“花儿”是根据本民族生存的环境、生存的经历等一些东西编出来的，属于人家本民族的东西，但是许多“花儿”都是大家公用的。我研究“花儿”纯粹是个人爱好，是从“花儿”美学开始的，第一篇“花儿”论文也是从“花儿”美学方面开始写作的，当时还发表在《兰州师专学报》上，后面主要参加了一些全国的学术研讨会，交流一些问题。

彭青：这说明一个什么问题，您的研究只要独特，不在于地域偏僻还是不偏僻，您抓住了富有特色的东西。

董克义：我们县没有大的图书馆、资料室，想查资料就非常非常困难。平常人家说你做学问，我就说做啥学问，就是为像您一样的教授们提供一些基础的东西，供大家研究。我们做搜集、整理，时间有限、经费也有限，各方面条件也欠缺。

彭青：就是，您确实难得。但是我觉得您还是得到大家的认可了，这是天道酬勤，真的是对您的回报。

董克义：咱们积石山县做这种文化的人太少了。

彭青：反正您已经得到了大家的认可，一提到积石山的文化、“花儿”这方面，那您的名字就是响当当的。

董克义：原来就搞了那么个“花儿”书，写了些论文，临夏州民间文学协会没有换届的时候，十年前吧，给了我临夏州民间文学协会的副主席职务。去年的时候前任主席退了，我被选成了临夏州民间文学协会的主席。汉族了解保安族的人不多，因为编地方志，临夏州、积石山县上搞活动尽量让我参加。

彭青：保安族是个人口较少的民族，也是我们甘肃省特有的三个少数民族之一。对于保安族文学的研究在我的了解中这个队伍不壮大，并且研究成果少，关注的人也少，在国内、省内，就是保安族自己人研究自己，比如说马少青，马沛霆，在文献资料里高凯写了一篇关于马少青的评论发表在《光明日报》上。再就是西北民族大学的学者写了几篇评论文章，比如像马自祥等。对于这种状况您有什么看法？

董克义：保安族文学创作在建国前是空白，保安族的书面文学发展比较迟，70年代末、80年代初，在报纸、杂志上才开始见到保安族人写的东西，原来见不到保安族自己写的书面文学，最早的保安族作家有绽绣义、马少青、丁生智。最具有代表性的就是马少青，他主要是从整理保安族口头文学开始，还有神话传说。早期的口头文学都是马少青搜集整理，还有另一位保安族作家马瑞也搜集整理。真正写书面文学的，除马少青之外还不多，后面就是马沛霆，这几年就是马学武、马尚文等。汉族里边，积石山县就我一个人进行关于保安族资料的整理与研究。积石山县以外可能研究的人比较多，西北民族大学的马克勋是东乡族，他写了《保安族文学》挺有分量的。我编著的《甘肃保安族史话》中专门谈到了保安族民间文学与书面文学，搜集的资料还是比较新鲜的，反映的比较实一些，能收集到的作品都在那篇章节当中。

彭青：保安族书面文学的创作起步较晚，刚才董老师已经谈到了。那么马少青作为保安族书面文学的创始人（可以这样认为），他的创作涉及了小说，比如《艾布的房子》《保安腰刀和蛋皮核桃》等等。除了小说，他也写散文、戏剧，戏剧《桑摩尔》是他与别人合著。您作为地方上对保安族历史、文学了解比较透彻的人，那么您对马少青的作品有什么评价？

董克义： 马少青是自积石山保安族东乡族撒拉族自治县成立以后国家培养的第一批领导干部。他原先是我们县委宣传部的部长，后来是县委副书记，然后就是甘肃省共青团委副书记，省青联主席，甘肃省文化厅厅长、甘肃省文联党组书记，现今在省人大工作。他是真正获得文化知识，较早走出去的保安族人，他是真正地热爱自己的民族，热爱家乡，高度关注着本民族的人。他在做行政工作的同时搜集整理保安族的民间文学，并逐步地开始创作，写一些散文，尤其是以保安族为题材的散文、小说。他是保安族书面文学的奠基人，并且不断地向外推荐保安族。他非常重视保安族文化的宣传工作。我们做保安族服装活动，在兰州会谈时，他请我们吃饭，会上有保安族干部参加时他非常高兴。他为保安族传统文化的发展也做出了突出贡献。

彭青： 前人已经对保安族口头文学进行了整理、挖掘，比如说马少青，还有其他人做了很多工作，既有用汉语记载的保安族民间故事、神话，而且还有用保安语讲述的民间故事、神话语音资料。日本的学者佐藤畅治也进行了大量的搜集、整理工作，那么以保安语为基础对保安族文学等各个方面进行搜集、挖掘的空间有多大？

董克义： 我恰好认为在这个方面也是一个空白，因为保安族和其他少数民族语言一样，面临消亡的危机。保安族的圈子非常窄，民族的语言只有在保安族内部的部分人之间才能交流。当前，许多保安人也不会说保安语，原来会说保安语的保安人的后代一部分也不能说了。所以说，会说保安语的人越来越少，以此交流的人更少了。如果在文学创作当中用保安语创作，或者在汉语创作中糅合一些民族语言，将是一个非常鲜明的特色。同藏语一样，把保安族的音用汉语表达出来，它也还是保安语嘛，也是个特色。比如藏语歌曲中的“呀啦索，呀啦索”，起码是一个民族对外大家所熟知的一种元素。现在保安语除部分保安族懂之外，还有谁懂？我很关注保安语文学，但我还是不懂保安语。

十二、作家、文化学者马步升访谈录

时间：2016 年 11 月 9 日

地点：甘肃省社科院马步升办公室

被采访者：马步升，汉族，甘肃省作协主席，甘肃省社科院文化研究所所长

采访者：彭青，兰州交通大学文学院教授

录音：陈应雄，兰州交通大学汉语言文学专业 2015 级本科生

摄影：张长亮，兰州交通大学汉语言文学专业 2015 级本科生

彭青：马主席，您好，您是一位作家，写了大量的小说还有散文，尤其在散文创作方面，您用您的足迹丈量了甘肃的大部分土地，也写下了许多关于甘肃地方风俗、景物乃至人物的散文。《大河家》《保安三庄素描》《吹麻滩》是您写积石山的散文。吹麻滩是积石山县政府所在地，而保安三庄是我们甘肃特有的少数民族之一——保安族的聚居地，保安族与别的民族最大的一点不同是居住比较集中，大多在积石山大河家镇、刘集乡、柳沟乡等地。请您谈谈对大河家地理、人文、环境的了解和认识。

马步升：我确实是走过许多地方，甘肃共有 86 个县级行政区划单位，我全部都去过，有的是反复去过，我对甘肃的地方文化有一定的了解。从普遍意义上来说甘肃地区的文化是一种源头文化，中华民族

的源头文化。保安族作为甘肃特有的一个民族，在甘肃形成了相对固定的居住区。保安族是一个以腰刀起家，以腰刀立身的民族。当然这是民族文化的一个符号。我考察的保安三庄正好就是黄河从青藏高原过渡到黄土高原大河奔流拐弯儿的地方，也是当年从中原通往西域的一条重要通道。大河家那里有临津古渡，再往北被水库淹没了的刘家峡一带，还有一条重要的黄河渡口，还有一条就是兰州的金城关黄河渡口，这都是中原通往西域或西域通往中原的可供人们选择的重要通道。保安族除了腰刀制作，当然也从事农业、工商业，形成了有自己特色的文化。保安族有语言没文字，2016年马沛霆和日本学者编出《保安语汉语辞典》，这在保安族的文化研究史上是具有里程碑意义的一部著作。

大河家在黄河拐弯处、甘肃、青海两省交界的地方，山河险要，同时又是当年内地和草原地带进行贸易，茶马互市的一个重要的交汇点，所以这里形成了比较深厚的丰富多彩的文化，也是各民族的汇聚地。在这里一个村庄可能同时居住着好几个民族，这里是一个山河交界带，同时也是一个民族文化的交汇带。我觉得这个课题选得好，深入进去，能做出具有深度和广度的东西。

彭青：保安族文学与东乡族、裕固族相比较，保安族书面文学起步比较晚，您能否综合比较一下这三个少数民族书面文学创作的现状？

马步升：我们现在所说的文学其实是现代意义上的书写文学，在这个书写文学之前，不论是哪个民族，我们说的这三个民族它都有传承久远丰富多彩的口头文学，即民间文学，这些文学形式同样滋养着这个民族的心灵，塑造着这个民族的性格和情怀。书面文学是从民间自发状态脱离生发出来的自觉状态，就是自觉书写状态。其实甘肃的这三个民族的现代书写，并没有明显的前后之分，几乎都是同时开展的。但是，文学创作是一个极其复杂，且带有极大的个人色彩的创造性劳动，不是说同步出发，就可并肩同行，就可获得同等的成果。参与文学创作的人员，文学天分有差异，所处的文化环境各自不同，取得的成果也会有很大差异。比如，裕固族的铁穆尔，他的散文创作达到了一个比较高的水准。裕固族的作家群体比较大，像近期获得“骏马奖”的妥清德，原来还有贺中，还有达隆东智，他们都是有着代际传承的，尤其是 80 年代以后，经过二三十年，裕固族文学的实力比较强大，涌现出的文学人才也是比较多的。

裕固族文化传承带有比较强大的延续性，文化根基是比较深的。比如像铁穆尔，他是站在一个大的历史背景下来开展文学创作的，他本身接受的是汉语教育，也懂蒙古语。他一直在进行考察研究，所以他的文学作品是建立在一个广阔的背景之下的，他的创作一直绵绵不绝，创作的作品也有比较高的艺术价值。他使裕固族的文学由民间状态进入到了现代书写状态。我说的并不是他是裕固族从事现代文学创作的第一人，而是从他开始，裕固族现代意义上的文学创作走向成熟了。

保安族从文学创作上来说也有一些人，也产生过一些作品，他们也出现了一些文学人士，比如马少青。马少青是使保安族文学从民间状态进入现代书写状态的重要人物。马少青在八九十年代的时候写过一些小说、散文，当然他这种小说和散文的基本核心还是建立在保安族民间文学的基础之上。他的作品中带有很浓的民间文学元素，带有民间文学的一种书写方式和表达方式，正好就是从民间状态进入文学状态的一个过渡形式。

东乡族的文学创作现象确实值得研究，它和其他两个民族在现代文学创作上的起步时间差不多，都是从上世纪五六十年代民族识别以后起步的。自从有了受过现代教育的本民族人才以后，就开始了本民族现代意义上的文学创作。老一代的汪玉良、马自祥，他们都写了很多的作品，他们本身就是学者。新一代的了一容，也取得了一些成绩。

钟翔也是获过“骏马奖”的，他的散文达到了一定的水准，他也在认真积极地写作。还有西北民大的冯岩，她也写过一些散文，她是介于老一代和年轻一代的东乡族中年作家。

彭青：根据我的了解，您曾经担任过第十届、第十一届全国少数民族文学创作“骏马奖”评委，请您谈一下与国内人口较少的其他少数民族书面文学创作相比较，保安族文学创作的优势和差距在哪里。

马步升：这个我首先厘清一个概念，就是与国内其他人口较少民族创作相比的话，事实上可比较性不大，因为有些人口较少民族，这个创作实力还是可以的，比如东北的达斡尔族，还有鄂温克族，他们的创作实力就比较强，诞生过代表性的作家和作品。还有云南的一些人口较少民族，也经常出现一些不错的作家和作品。要说比较哪个实力更强，真不好作比较。但是有些民族可能还没有产生进入文学视野的现代意义上的文学创作人才，所以各民族发展不平衡。比如西藏的一些人口较少民族，云南的一些人口较少民族，都有创作人才，但是成绩有多大目前还看不出来，但总体上出于一个发展上升状态。保安族从创作实力上来说，还缺少代表性人物和代表性的作品，这是一个不争的事实。再者，保安族从事文学创作的人才相对比较少，看新一代的受过现代教育的作家们能不能凸现出来，这只能是等待了。

彭青：保安族书面文学创作，怎样才能超越族群与地域书写的边界？

马步升：文学无论怎么说都有它的地域性，这是无法克服的一个时空界限，每一个作家都是活在特定的时空之中、特定的文化氛围之中，这是一种与生俱来的东西是不可克服的。但是这既是一个作家的根据地、一个作家的心灵所栖，同时可能也是一个作家最重要的创作资源，这是问题的一个方面。另一方面，写作者的目光、文化视野、脚步、甚至文学目标，如果只局限于这一个地域的话，那么这个地域有可能变成“地狱”，就是文学的地狱，你永远也找不到文学的“天堂”在哪里，大量的文学事实证明，有些人对创作与地域关系处理得当，地域正好成为他的文学创作助推器，成为走向文学“天堂”的一个阶梯。

彭青：根据我的统计，目前保安族书面文学创作中还没有一个职业的作家，保安族作家大部分都从事行政工作，比如说马少青，曾经担任甘肃省文化厅厅长、甘肃省文联党组书记等，马尚文现任积石山县县长，还比如说马沛霆在临夏州委从事行政工作。对于保安族文学创作队伍来说，这种由行政职员构成的文学创作队伍是否制约了保安族作家创作的动力与心灵深处的思索。

马步升：从国家层面来说，把这一个民族受过教育的人才，首先要放到国家层面的岗位上。写作具有漫长性，比如你谈到的保安族女研究生马婧，她不一定能写出文学作品，但是她肯定会起作用的，她把文学的种子、文学的理念、文学的情怀播散开来。如果她是个老师，是个社会工作人员，她会对一个地方的文化土壤产生影响，这就是文化土壤的培育过程，也许这个苗不在她身上出，也许她的下一代就会出。比如说我在分析西北地区现代文学的发展，除了陕西，中国的文学进入当代以后，西北地区的文学才从现代开始，才从古典状态脱离出来，这就是一种距离，这是什么因素起了重大作用呢？就是从50年代以后，大量从事教育工作的人进入西北，才把这个现代文化普及到西北地区，也因此，为西北各项事业，包括文学创作，准备了大量的人才。为什么甘肃、青海等地，大多的本土作家是80年代以后成长起来的，就是这个道理。通过30年的教育，从土壤肥沃以后生长起来的一批人进入了写作状态、进入了学术研究状态、进入了科学研究状态。

彭青：请您从一个作家的角度或者体会，给予保安族作家一些好的创作建议或者意见。

马步升：我觉得这个建议和意见带有普遍性。对于保安族作家来说可能就有两种：一种是能大量的阅读，那是再好不过了，但是不一定条件能够达到，读书也是一个漫长的过程。如果说还有什么另外的途径的话，我觉得要把本土文化研究透彻，也有可能写出来比较好的作品，站在当代的立场上，站在历史文化交汇点上深入研究本民族历史、研究本土文化。

彭青：请将您最宝贵的创作经验给大家分享一下。

马步升：如果要说我个人还有什么创作经验的话，也就两点：一个是扎实生活，研究本土文化；一个就是大量读书。如果读书做不到的话，就关注对民间文化的研究、对乡土文化的研究，可以从那里面寻找出现代的意义、现代的情怀来，也有可能写出不错的作品。

结　论

保安族文学是中华民族文学宝库中珍贵的资源，保安族文学体现了其独特的民族精神气质。保安族历史发展与文学传统源远流长、内涵丰富。保安族有自己的语言，属于阿尔泰语系蒙古语族，没有文字，与共同生活的兄弟民族交往中大多使用汉语。保安族的民族文化融合了中亚伊斯兰文化、西域突厥文化、蒙古高原的蒙古文化、青藏高原的藏族文化和中原地区的汉文化，在长期的历史发展中形成了自己独特的文化模式。保安族在13世纪中叶至19世纪中叶生活在青海同仁地区，在19世纪中叶，迁徙到甘肃积石山大河家。从地域文化上看，保安族生活的青海同仁与甘肃积石山地区历来是多民族居住、迁徙、交融之地，是一个多元的文化空间，保安族文学是这种多元文化长期交融的结晶。

一是保安族文学分民间文学和书面文学两个部分。民间文学是群众的口头创作、口头流传并不断进行集体加工的文学。20世纪80年代初，马少青、丁生智、马瑞等人对保安族口头文学搜集、整理，用汉语进行了记载。保安族民间文学“从内容看有解释人类起源和各种自然现象的故事，有保安族形成发展中和兄弟民族和睦相处的传说，有平凡善良的劳动者智斗邪恶的故事，有叱咤风云的英雄人物故事，有止恶扬善的劝善故事等等，举凡社会生活，风土人情、民俗风尚、山川河谷乃至民族关系等都有十分生动的反映。”[①] 保安族民间文学的创作素

① 马克勋：《保安族文学》，16页，兰州，甘肃人民出版社，1994。

材，来自他们丰富的社会生活和不同的民俗习惯。保安族人注重友情，团结互助，对困难人家热心帮助，大力周济；对老年人、长辈、阿訇和有知识的人倍加尊重，感情相当浓厚。千百年来，民间故事、民间传说口耳相传，陶冶年轻人的情操。保安族民间文学作品中具有哲理和浓厚的民族特色。保安族民间文学的部分内容，直接叙述反映的是保安族劳动人民在旧社会遭遇的苦难生活，表达的是劳动人民的愿望、要求和理想，是保安族人生活历史的投影。保安族民间文学的类别有神话、传说、故事、歌谣、说唱、谚语等。保安族“花儿”是保安族歌谣中艺术特色最为鲜明的艺术种类。保安“花儿”是河州“花儿”中的一束奇葩。保安“花儿”显著的特点是在歌唱中运用“保安令”，保安令中蕴含着受蒙古族、藏族影响而形成的独特风格。

保安族书面文学产生较晚，1980 年从“花儿”诗创作起步，1990 年前后出现了具有影响力的保安族作家马少青。自此以后，保安族作家队伍不断壮大。目前，保安族作家队伍中“60 后”“70”后占据主导地位，“80”后寥寥可数，“90 后”“00 后”出现了断代现象。保安族女作家严重匮乏，仅有马春芳一人崭露头角，保安族文学想要长久发展，必须在作家培养、作家队伍的梯队建设上下大力气。

保安族书面文学的特点有：第一，当代保安族作家表现出了多样的创作才能，在各种文学体裁上都有不俗的表现。在小说、诗歌、散文、戏剧领域都有作品发表，从事诗歌、散文创作的人数多、作品多。除此之外，保安族作家在口述实录、侦破通讯等非虚构写作方面取得了突出的成绩。保安族作家紧跟时代步伐，创作了大量的网络文学作品，网络文学是保安族文学的有机构成部分。这种文学创作的繁荣景象，在保安族文学史和文化史上是空前的、难能可贵的，是值得研究者关注的文学现象。第二，保安族书面文学创作虽然滞后于中国当代文学的历程，却有自己新的发展和独特贡献。1949 年至 1976 年是保安族书面文学的萌发阶段，保安族人民受教育程度、文化素质在此时间段内得到有力提升，为保安族文学的发展打下了坚实的基础。1978年到20世纪末，保安族书面文学成熟，出现了绽秀义、马少青等代表作家，他们的作品获得国家级奖项，为中国少数民族文学增添了新鲜的血液，也为中国当代文学作出了独特的贡献。21世纪以来，保安族作家队伍进一步壮大，有更多的作品在各类报刊发表，成为一股不可忽视的文学力量。第三，保安族书面文学既表现了时代的声音，又抒发了自己民族的情感。保安族书面文学在中国当代文学中力量显得微弱，但它是一个民族的文学，经历了从无到有的发展历程。保安族书面文学创作始终围绕赞美祖国河山、歌唱伟大的祖国这个主题。我们通过阅读保安族作家的作品，能感受到保安族作家对社会发展的深度关切。保安族作家的创作，有着自己鲜明的民族特点和独特的个性。在他们的作品中，读者总是能感悟到一种深切的民族情感。

二是在原有文献资料的基础上，本课题组对保安族口头文学中的神话、传说以及“花儿”进行了专门研究，得出保安族神话故事大多缺乏独创性，基本可以认定保安族神话故事是对传统宗教故事和其他民族故事的继承与改编。这些神话表达了早期保安先民对自然现象的解释和对周围世界的认识，反映了保安人对居住地的自然崇拜。与神话故事相比，保安族的民间传说更具有本民族自身的特色，地方传说中“水体”话语的涌现，共同构成了保安族自然景观、族源历史和迁徙历程中情感隐喻的最终话语表达。在对保安族“花儿”的研究中，重点突出了对保安族“花儿”传唱及其文化价值的研究。对于保安族书面文学的研究，是本研究的重点，我们对保安族书面文学有影响的作家进行访谈，并对部分作家的作品进行了全面的解读、分析，对他们的艺术特色进行概括、归纳。对马克勋《保安族文学》中涉及的，但论证不充分的作家、作品进行了补充、完善，对该书中没有涉及的作家以及后来新产生的作家作品进行了全面研究。另外，根据保安族文学写作现状，我们对保安族非虚构文学创作从口述实录、侦破通讯两方面进行专门、系统的研究，拓展了保安族文学研究的领域，有利于全面、准确评价保安族文学。

三是对保安族文学在已有基础上进行有益的补充和拓展。通过对保安族文学资料的整理和对该民族特点和发展规律的梳理，探讨保安族文学形成和发展的文化生态、类型、同源性与类同性等问题。已有研究资料对保安族口头文学的研究成果丰硕，无论是马克勋的《保安族文学》还是单篇的研究文章，对保安族民间故事、保安族“花儿”及保安族宴席曲都有大量的研究。因此，本书对保安族民间文学的研究仅限于民间故事和“花儿”的补充与完善。由于以往对保安族书面文学的研究相当匮乏，即便有研究，也是以综述的方式出现，如，马沛霆《五彩缤纷的保安族书面文学》。根据以上情况，结合保安族作家文学发展的现状与趋势，本书将研究的侧重点放在对保安族书面文学的研究，专章节对绽秀义、马少青、马尚文、马学武、马祖伟、马沛霆、马学英、马春花、冶福云、马文渊、丁生智等保安族作家的作品进行全面搜集整理，对他们的文学作品分体裁、多角度进行分析，希望通过这样的深入研究，使更多的研究者了解保安族书面文学创作队伍和创作现状，也希望本书能对保安族书面文学作家的文学创作走向新的台阶提供可借鉴的理论参考。

四是本书存在的不足及遗留未解决的问题。

第一，对保安族在其宗教生活、民族心理以及与其他民族特性的比较方面，所做的探究不够深入。课题组除文献资料的搜集整理外，研究人员先后 7 次赴甘肃省积石山保安族东乡族撒拉族自治县吹麻滩镇、大河家镇、刘集乡、柳沟乡等保安族聚居区进行文化考察，通过深入细致的考察、访谈活动，对保安族宗教信仰、民风民情、生活习俗等有了较为深入的理解，也加深了对保安族作家作品的认识、了解，为深度分析作品打下了坚实的基础。但每次调研时间较短，田野调查不够全面、深入，没有沉潜到保安族人民生活的内核；对保安族在文化心理上没有达成高度的共识。对保安族文学作品的解读，仅仅从个人审美、理解角度进行阐释，没有从更广泛的角度阐释作品，对保安族作家作品的评判有待进一步提高。

第二，对保安族民间文学的研究不够全面、深入。保安族民间文学种类包括神话、传说、故事、歌谣、说唱、谚语等，我们仅从神话、传说、“花儿”几个方面做了粗略的研究。马克勋在《保安族文学》中虽然对民间文学资料、作品整理得较为全面，但对作品的内容、美学特点分析不够，本书在这方面的研究也是不够的。

第三，对保安族文学作品搜集得不够完备、全面。对民间文学，我们只是搜集、整理了已公开发表的作品，没有深入到保安族村落挖掘新的民间文学作品；对书面文学，也仅限于搜集整理已经公开出版的作品，对没有公开出版的部分作家作品搜集整理不够。如，对保安族作家发表在网络上的作品及非虚构文学作品搜集、整理、研究不够。

第四，全体研究成员不懂保安语，对保安族鲜活的民间语言理解不到位，给具体研究带来了一定的困难。因为这个原因，无法深入到保安族村落进行民间文学的搜集与整理。

第五，对保安族书面文学作家、文化学者进行的访谈也不够全面、细致。对一些较有影响力的保安族文化学者没有访谈到。

五是今后进一步研究的方向。

第一，在现有研究的基础上，对保安族民间文学进行全面搜集、整理、研究。尤其要突出对民间文学作品审美价值的分析。

第二，加强对保安族网络文学的研究与关注。本书中，对保安族网络文学作品没有专门研究，今后要进一步关注保安族网络文学，发现、发掘保安族作家人才。

第三，对保安族作家定期关注，为他们的文学创作提供理论支持。在作品审美、文学创作具体手法上提供意见。

附录：保安族文学大事记

1. 1976 年马少青创作了独幕说唱剧《索菲亚上大学》，该剧曾参加了甘肃省临夏回族自治州的汇演。《索菲亚上大学》是保安族最早的戏剧文学。

2. 1980 年，积石山保安族东乡族撒拉族自治县成立，马少青等人创办《积石柳》杂志，该期刊只有一期，为油印版、内部刊物。《积石柳》虽然只有一期，但它是保安族文学里程碑式的文学作品集，是保安族人自己编纂的第一部文学作品集。

3. 1981 年 9 月，由"中国少数民族文学作品选"编纂委员会编纂，上海文艺出版社出版了《中国少数民族文学作品选》，这套选集共五个分册，第二分册辑录了保安族民间文学 5 篇，分别为《苦胆的锅锅里熬黄连》《我把你没忘过半天》《种庄稼要实现机械化》《拖拉机手》《三邻舍》。这是保安族民间文学作品最早被编辑到少数民族文学作品选集中。

4. 1982 年 7 月，甘肃省临夏回族自治州群众艺术馆编纂《临夏民间故事集》（内部刊物），收集保安族民间故事 6 篇，分别为《三邻舍》《木匠和妻子》《神马》《哈比卜的故事》《阿舅与外甥》《妥勒尕尕》。

5. 1983 年 6 月 10 日，绽秀义创作的小说《麻巴拉过节》获甘肃省少数民族文学二等奖。

6. 1983 年 7 月，毛星主编的《中国少数民族文学》由湖南人民出版社出版，分上、中、下三册，在上册中对保安族民间文学从“民间传说故事”“民歌”“宴席曲”三个部分做了简略的介绍，引用保安族民歌7首、宴席曲1首，评论总字数约2500字。民间传说故事部分对《三邻舍》《神马》《兔子哥哥》三个故事做了介绍。

7. 1983年，绽秀义散文《柳叶青青》获第二届全国少数民族文学创作散文二等奖。

8. 1986年，马少青短篇小说《艾布的房子》获第三届全国少数民族文学创作奖特别奖。

9. 1986年7月3日，甘肃省第二届少数民族文学创作评奖活动颁奖大会在兰州举行，马少青小说《保安腰刀和蛋皮核桃》获甘肃民族文学创作二等奖；绽秀义散文《柳叶绿了的时候》获甘肃民族文学创作二等奖。

10. 1987年10月，中国少数民族民间文学丛书、民间故事集《东乡族保安族裕固族民间故事选》由上海文艺出版社出版。该书主编为西北民族学院副教授郝苏民，其中选收马少青、马瑞等整理的保安族民间故事11篇。

11. 1990年12月28日，兰州少数民族文学会首届作品颁奖大会在甘肃省青年宫举行，马少青和郭正清合作创作的保安族历史歌舞剧《桑摩尔》获优秀作品奖。《桑摩尔》是保安族第一部成熟的剧本。

12. 1991年6月4日，甘肃省少数民族作家协会成立大会在兰州举行，大会选举马少青为副会长（会长杨应忠）。

13. 1991年11月9日，马少青散文《祖父》获甘肃省第二届敦煌青年文学奖。

14. 1993年8月，马少青小说《艾布的房子》获甘肃省首届敦煌文艺奖。

15. 1994年11月，马克勋（东乡族）《保安族文学》由甘肃人民出版社出版，这是研究保安族文学的第一部专著，分绪论、口头文学、书面文学三章。

16. 1995年7月，由马少青撰写解说词的大型民俗电视片《中国保安族》在香港卫视中文台播出，对宣传保安族，产生重大影响。

17. 1997年6月，首届保安族文学艺术研讨会在积石山大河家乡召开。

18. 1998年1月，马克勋（东乡族）在《甘肃民族文学》发表《保安族语言民间文学中的民族个性化探索》一文，这是最早论述保安族民间文学的论文。

19. 1998年7月，马沛霆散文《心愿》发表于《民族报晚刊创刊号》，这是“80后”保安族作家作品首次发表的作品。

20. 1999年2月，马克勋（东乡族）在《甘肃民族研究》发表《略述保安族书面文学的产生与发展》一文，这是第一篇全面论述保安族书面文学的论文。

21. 1999年5月31日，广岛大学的佐藤畅治用日文翻译的《保安族民间故事》作为《东方语言文化丛书》第一卷在日本出版，其中收录保安族民间故事13篇。

22. 1999年9月17日，马少青文学集《积石山的路》由甘肃人民出版社出版，这是保安族第一部作家文学作品集。

23. 2001年5月，董克义（汉族）编著的《积石山爱情花儿精选2000首》由甘肃人民出版社出版，收录保安族花儿多首。

24. 2001年6月，马少青编著的《保安族文化形态与古籍文存》是目前整理出版的第一本研究中国保安族古籍的专著，收录保安族民间传说故事21篇，保安族叙事曲3首，保安族宴席曲4首，保安族打调

5首。

25. 2004年9月，马少青加入中国作家协会，他是保安族迄今为止唯一的一名中国作家协会会员。

26. 2006年2月，马学武诗歌《一个女人》发表于《星星》诗刊，这是保安族作家作品第一次在国家级文学刊物上发表。

27. 2007年4月马学武参加了中国作家协会主办的“全国人口较少民族作家东部行”采风活动。

28. 2007年6月马学武参加中国作家协会主办、《民族文学》杂志社、《中国民族》杂志社承办的“全国人口较少民族作家研讨班”。

29. 2008年4月，西北民族大学马沛霆撰写完成硕士学位论文《保安族口头文学的确认与研究》，这是第一篇研究保安族民间文学的硕士学位论文，也是保安族人自己完成的第一篇研究保安族民间文学的学术论文。

30. 2008年4月马学武代表保安族作家参加了中国作家协会主办、《民族文学》杂志社承办的“全国少数民族作家改稿班”。

31. 2008年12月，迈尔苏目·马世仁专著《在“田野”中发现历史——保安族历史与文化研究》由中国社会科学出版社出版，马世仁在口述实录方面做了大量的工作，为保安族文学研究提供了宝贵的资料。

32. 2009年5月，马祖伟代表保安族作家参加了中国作家协会主办、《民族文学》杂志社承办的“祖国颂”创作研讨班。

33. 2009年5月，陕西师范大学裴亚兰（汉族）撰写完成硕士学位论文《保安族民间文学研究》，这是第二篇研究保安族民间文学的硕士学位论文。

34. 2009年8月21日，马沛霆论文《腰刀花儿亮雄关：保安族》发表在《光明日报》，这是保安族作家在国家级报刊发表的第一篇散文。

35. 2009年9月，青年诗人马学武赴鲁迅文学院第十二届中青年作家高级研讨班（少数民族作家班）进修，这是保安族作家首次参加鲁迅文学院作家研讨班。

36. 2009年11月10日，马学武诗歌《花儿（外二首）》获甘肃省作家协会少数民族文学创作“铜奔马”奖。

37. 2013年5月，兰州大学周艺（汉族）撰写完成硕士学位论文《流淌在积石山的文化之流——保安族“花儿”述评》，这是第一篇研究保安族“花儿”美学的硕士学位论文。

38. 2014年10月，董克义主编、积石山保安族东乡族撒拉族自治县志编辑部编辑的《积石山民间传说集》（内部刊物）收录保安族民间传说13篇。

39. 2014年12月，青年作家马沛霆赴鲁迅文学院第16届全国少数民族作家培训班进行，这是保安族作家第2次参加鲁迅文学院作家研讨班。

40. 2015年5月，由中国作家协会编纂、马少青及马沛霆任编者的《新时期中国少数民族文学作品选集·保安族卷》由作家出版社出版，分小说、散文、诗歌三个部分，收录了20位保安族作家的144篇书面文学作品，这是第一部公开出版的保安族书面文学作品集，该选集成为研究保安族书面文学的重要史料。

41. 2016年5月，青年作家马祖伟赴鲁迅文学院第18期少数民族作家班进修，这是保安族作家第3次参加鲁迅文学院作家研讨班。

42. 2016年1月，张琳（汉族）长篇小说《腰刀的歌》由甘肃少儿出版社出版，这是第一部以保安族儿童成长故事为题材的长篇小说。

43. 2016年年3月，马学武当选甘肃省临夏州第五届作协副主席。

44. 2016年6月，由兰州交通大学文学院彭青（汉族）教授申报的

“保安族文学资料整理与研究”获得国家社科基金项目立项，这是保安族文学研究第一次获得国家级立项与资助。

45. 2016 年 8 月 4 日，马沛霆在《甘肃日报》发表《五彩缤纷的保安族书面文学》，这是第二篇全面论述保安族书面文学的论文。

46. 2017 年 10 月，彭青（汉族）在《兰州交通大学学报》发表了《唱给保安族的赞歌——马尚文诗歌创作论》，这是第一篇保安族作家文学专论。

47. 2018 年 1 月 13 日，马沛霆《阿爷的腰刀》发表于《人民日报海外版》。

48. 2018 年 11 月，马学武诗集《花儿漫过野风的山岗》由敦煌文艺出版社出版，这是保安族作家的第一部诗歌集，是第二部保安族作家个人文学作品集。

49. 2020 年 6 月 12 日，马春芳散文《小镇大河家》在《甘肃日报·百花版》发表，这是保安族女作家的文学作品第一次在省级报刊发表，标志着保安族女性作家作品的成熟。

50. 2020 年 6 月，马春芳散文《积石山的花椒》发表于《文艺报》，这是保安族女作家的文学作品第一次在国家级报刊发表。

51. 2020 年 10 月，马祖伟散文集《情满大河家》由团结出版社出版，这是保安族作家出版的第一部散文集，是第三部保安族作家个人文学作品集。

52. 2021 年 2 月，经中国诗歌春晚组委会专家团认真评选，隆重推出第七届中国诗歌诗歌春晚 2020 年度新诗十佳获奖名单，马学武获得“2020 年度十佳少数民族诗人”之一。

53. 1994 年 6 月，马祖伟发表第一篇侦破通讯，截至 2021 年 4 月 1 日，共发表 200 余篇侦破通讯，总字数约 30 多万字。马祖伟的侦破讯通写作，是保安族非虚构文学写作的扛鼎之作，他的写作拓展了保安族文学创作的题材、体裁范围。

54. 2021年12月，马祖伟诗集《远行》由中国华侨出版社出版，这是保安族作家出版的第二本诗集，是保安族第四部个人作品集。

55. 2021年12月，韩维礼诗集《羊卑河诗集 · 雪域礼赞》由敦煌文艺出版社出版，这是保安族作家出版的第三本诗集，是保安族第五部个人作品集。

56. 2022年8月，马尚文诗集《积石新韵》由云南大学出版社出版，这是保安族作家出版的第四部诗集，是保安族第六部个人作品集。

参考文献

[1] 毛星 . 中国少数民族文学（上）[M]. 长沙：湖南人民出版社，1983.

[2] 郝苏民 . 东乡族保安族裕固族民间故事选 [M]. 上海：上海文艺出版社，1987.

[3] 甘肃民族事务委员会，甘肃省民族研究所 . 甘肃少数民族 [M]. 兰州：甘肃人民出版社，1989.

[4] 马如基，韩小平 . 河州风情 [M]. 兰州：甘肃人民出版社，1992.

[5] 时蓉华，刘毅 . 中国民族心理学概论 [M]. 兰州：甘肃民族出版社，1993.

[6] 马克勋 . 保安族文学 [M]. 兰州：甘肃人民出版社，1994.

[7] 郗慧民 . 西北民族歌谣学 [M]. 北京：民族出版社，2001.

[8] 乌丙安 . 民俗学原理 [M]. 沈阳：辽宁教育出版社，2001.

[9] 乌丙安 . 民俗文化新论 [M]. 沈阳：辽宁大学出版社，2001.

[10] 马少青 . 保安族文化形态与古籍文存 [M]. 兰州：甘肃人民出版社，2001.

[11] 董克义 . 积石山爱情花儿 2000 首 [M]. 香港：天马出版社，2001.

[12] 刘守华 . 中国民间故事类型研究 [M]. 武汉：华中师范大学出版社，2002.

[13] 刘守华 . 比较故事学论考 [M]. 哈尔滨：黑龙江人民出版社，

2003.

[14] 马少青 . 保安族研究文集 [M]. 兰州：甘肃人民出版社，2006.

[15] 刘守华 . 故事学纲要 [M]. 武汉：华中师范大学出版社，2006.

[16] 董克义 . 积石山史话 [M]. 兰州：甘肃文化出版社，2006.

[17] 段宝林 . 中国民间文艺学 [M]. 北京：文化艺术出版社，2006.

[18] 郭正清 . 河州花儿 [M]. 兰州：甘肃人民出版社，2007.

[19] 武宇林 . 中国花儿通论 [M]. 银川：宁夏人民出版社，2008.

[20] 丁乃通 . 中国民间故事类型索引 . 郑建威，李倞，商孟可，等译 .[M]. 武汉：华中师范大学出版社，2008.

[21] 郑振铎 . 中国俗文学史（上、下）[M]. 北京：团结出版社，2009.

[22] 马少青 . 积石山的路 [M]. 兰州：甘肃人民出版社，1999.

[23] 迈尔苏目 · 马世仁 . 在“田野”中发现历史：保安族历史与文化研究 [M]. 北京：中国社会科学出版社，2008.

[24] 钟敬文 . 民间文学概论 [M]. 北京：高等教育出版社，2010.

[25] 叶舒宪 . 文学人类学教程 [M]. 北京：中国社会科学出版社，2010.

[26] 苏有文 . 保安族文化概要 [M]. 兰州：甘肃人民出版社，2010.

[27] 马少青 . 中国保安族 [M]. 银川：宁夏人民出版社，2012.

[28] 董克义 . 河州爱情花儿对唱 [M]. 兰州：甘肃文化出版社，2012.

[29] 和政县文化广播影视局 . 松鸣岩花儿曲令 [M]. 兰州：兰州中正印刷有限责任公司，2013.

[30] 中国作家协会 . 新时期中国少数民族文学作品选集 · 保安族卷 [M]. 北京：作家出版社，2015.

[31] 林继富 . 中国民间故事讲述研究 [M]. 北京：中国社会科学出

版社，2013.

[32] 王明珂 . 华夏边缘：历史记忆与族群认同（增订本）[M]. 杭州：浙江人民出版社，2013.

[33] 姚宝瑄 . 中国各民族神话 [M]. 太原：书海出版社，2014.

[34] 李扬 . 中国民间故事形态研究 [M]. 北京：中国社会科学出版社，2015.

[35] 朱卫 . 近代甘宁青地区民族关系研究 [M]. 北京：社会科学文献出版社，2017.

[36] 马学武 . 花儿漫过野风的山岗 [M]. 兰州：敦煌文艺出版社，2018.

[37] 马祖伟 . 情满大河家 [M]. 北京：团结出版社，2020.

[38] 马祖伟 . 远行 [M]. 北京：中国华侨出版社，2021.

[39] 韩维礼 . 羊卑河诗集 · 雪域礼赞 [M]. 兰州：敦煌文艺出版社，2021.

[40] 马尚文 . 积石新韵 [M]. 昆明：云南大学出版社，2022。

后　记

2008年秋天，我在为汉语言文学专业大一同学讲授《写作基础》这门课。有一个环节需要同学们在全班朗诵自己的习作，然后老师进行点评、同学们互评。当时有一位叫马婧的女同学，读了《积石山的盖头》一文，这篇文章写得文采飞扬，将穆斯林女性对盖头的情怀描述得惟妙惟肖，给我留下了非常深刻的印象。那时候，我才知道马婧是保安族。从此，我对积石山保安族东乡族撒拉族自治县开始关注起来。到了2010年春天，我在为2009级汉语言文学专业同学讲授同一门课程时，了解到有一位叫许生梅的汉族女孩子，也是来自积石山县。我在课堂上随口说，我希望去积石山县看看，你有空约我一起去，说了我也就忘记了。到了“五一”前夕，许生梅邀请与我去积石山县考察，我欣然前往。

我出生在甘肃省临洮县新添镇。临洮县与临夏回族自治州康乐县、广河县、东乡县隔洮河相邻，临洮县在洮河的东边，康乐县、广河县、东乡县在洮河的西边。小时候，我们经常在洮河边玩耍，那个时候的洮河河面开阔，水流湍急。很多时候，会看到戴着白号帽的中青年男子站在木筏上，手里划着桨，口里唱着悠扬的歌声，从洮河上游顺流而下。木筏漂过我们身边时，我们就拿起石子，朝木筏上的“老回回”扔过去，当时我们估计不到10岁吧，又是女孩，石子扔不到河中心，也根本打不到木筏上的人。只听见木筏上的人哈哈大笑，木筏飘然而去。那个时候，我根本不知道他们唱的就是“花儿”。新添镇曾是甘肃省三大集镇之一，每当逢集时，街上非常热闹、商品琳琅满目，人来人往、熙熙攘攘。其中，从临夏各县来赶集的人有很多，戴着白号帽的各个年龄段的男人，还有戴着各色盖头的不同年龄的女人。那时，我也分不清回族、东乡族、保安族。

当我第一次到达积石山县，去柳沟乡上徐家湾村时，才真正接触到穆斯林居住的村庄。我第一次到大河家，看到了雄伟的积石山、清澈的黄河以及张承志笔下那座著名的红山崖。在县政府所在地吹麻滩，我品尝到各种穆斯林美食。积石山给我留下了非常深刻的印象。后来，参加过几次甘肃省文联、作协组织的文学作品研讨会。时任甘肃省文联党组书记的保安族作家马少青经常主持会议。我开始关注起保安族、东乡族文学。在雁滩一个小书店里，我淘到马少青的《积石山的路》，汪玉良的《水磨坊》，马自祥的《鸽子飞了》等，先后还购买了《中国保安族》《中国东乡族》《中国撒拉族》等著作。2014 年，我有幸参编了《中国回族文学通史 · 当代卷》甘肃回族作家文学创作评论，我对赵之洵、沙戈、吴季康、买鸿昌、马步斗、李栋林、杨光荣、敏彦文等人的文学作品全面细读，并写出了相关评述。

2016 年国家社科基金项目申请指南中有一个题目："人口较少民族文学资料整理研究"。看到这个题目，我眼前一亮，一下子想到了保安族。我申请了"保安族文学资料整理与研究"，结果获得了国家社科基金项目资助。这对我来说，既是一件幸运的事，也是我前期不断积累的结果。当真正开始研究时，困难还是挺多的，不懂保安语，对保安族民间文学资料的获取和研究存在隔阂。对保安族书面文学资料的获取也存在一定的困难。在这种情况下，我决定从访谈入手。

2016 年 8 月，当我第二次来到积石山县城时，马婧已经研究生毕业，在积石山县委宣传部工作。她带我参观了保安族聚居村大墩村，到保安族青年才俊马青勇家里做客。我们还到高李拱北、崖头拱北参观。最后，我们一起采访了“花儿”研究专家董克义。同年10月，我联系到保安族青年学者马沛霆，并进行了访谈。马沛霆给我提供了很多重要的信息，为本研究的顺利开展提出了良好的建议。同时，他还对我提出了殷切的希望，希望我能在保安族文学研究中做出实质性的成果。在研究过程中，我先后6次到积石山实地考察、访谈，马沛霆给我引荐了马少青、马世仁、马尚文、马学武、马祖伟、马学英、马春芳等保安族作家，并多次陪同我进行访谈。课题的顺利展开与他的无私帮助是分不开的。在课题申报过程中，我在“保安族文化网”获得了大量信息与资料，马沛霆是“保安族文化网”的创办人、总编辑。在本书出版过程中，马沛霆联系到民族出版社张义军主任，并进行推介。在此，一并向马沛霆致以诚挚的敬意和感谢。

感谢马少青、马世仁、马尚文、马学武、马祖伟、韩维礼、马学英、马春芳等保安族作家能接受我的采访，讲述保安族历史、文化；讲述他们精彩的人生与文学创作实践，为我了解保安族历史，评判他们的文学作品奠定了坚实的基础。2018年到2021年间，马学武出版第一部个人诗集，马祖伟出版第一部个人诗集、散文集，韩维礼出版第一部个人诗集，他们的文学创作，为保安族文学研究提供了丰硕的资料。马学英主任专程邀请我赴积石山考察、访谈，对他的热情帮助在此表示深深的感谢。

在本课题研究过程中，时任甘肃省作协主席、甘肃省社科院文化研究所所长的马步升先生对课题的开展进行细致、耐心的指导，并介绍笔者与裕固族作家铁穆尔进行访谈。感谢“花儿”研究专家董克义先生接受我的采访，并为本课题研究提供了良好的建议。在此，一并表示衷心的感谢。

还记得在2016年12月2日，我采访东乡族学者、作家马自祥先生的场景。而此刻，先生已复命归真半载矣！在此，唯有将先生的金玉良言付梓成册，才能表达对他的感谢与敬意。

兰州交通大学文学院刘秋芝教授在本课题的申报、研究过程中给予大量的帮助。兰州交通大学艺术设计学院王彤玲教授两次陪同我前往临夏、积石山进行调研。兰州交通大学文学院陈鸿雁教授陪同我采访了马自祥教授，并在资料整理等方面做了大量工作。在此，向以上三位女性表示衷心的感谢。

兰州交通大学汉语言文学专业2015级本科生陈应雄、张常亮两位同学分别选择“保安族神话与传说”“保安族‘花儿’”作为毕业论文选题，他们的研究是本书第一部分“保安族民间文学资料整理研究”第一章至第四章的重要基础。

民族出版社张义军主任，编辑马少楠对本书的出版做了大量工作，在此，表示感谢。本书编辑黎莉统筹全文、认真校勘，为本书顺利出版付出了辛勤的劳动。

最后，我还要感谢我的丈夫潘采伟先生。他多次陪同我前往积石山考察，担任专职司机，并多次参与采访。为本研究的顺利开展出力很多。

感谢所有帮助过我的人们。

彭青

2022年10月于兰州交通大学桃海花园